«PANDORA»

MARIAN IZAGUIRRE

LA VITA QUANDO ERA NOSTRA

Traduzione di Tiziana Gibilisco

Sperling & Kupfer

ISBN 978-88-200-5550-9
86-I-14

Realizzazione editoriale a cura di Studio Dispari

I versi di Emily Dickinson «L'acqua è insegnata dalla sete» di pagina 201 e quelli di pagina 295 «Sicuri nelle stanze di alabastro» sono tratti da Emily Dickinson, *Tutte le opere*, Mondadori, Milano 1997.

Non piove mai a Honfleur;
ma a volte piove sull'infanzia.
Erik Satie

1

Fa freddo. È solo ottobre, ma sembra già pieno inverno. Per la prima volta ho tirato fuori il cappotto e, siccome oggi è nuvoloso e c'è vento, ho deciso di mettermi un foulard in testa. È un vecchio fazzoletto di seta che a volte porto attorno al collo, con la mia giacca di Linton Tweeds. Prima però ho raccolto i capelli dietro la nuca. Mi sarebbe piaciuto avere un po' di brillantina Rosaflor, perché così nessun capello ribelle sarebbe sfuggito, ma ho dovuto accontentarmi di passare il palmo umido della mano sulla fronte e sulle tempie. Perché i miei capelli sono così? Sono esageratamente bianchi per la mia età. A volte mi guardo allo specchio e noto un certo riflesso giallastro, color pulcino, che mi ricorda quando ero bionda.

Ho solo cinquantun anni. Sono nata con questo secolo. Non credo che dovrei avere i capelli così bianchi.

Farò quattro passi fino al suo negozio. Mi piace passeggiare. Uscire a metà pomeriggio, quando ormai sono stufa delle mie faccende, e camminare un paio d'ore senza una meta precisa per questa città che cresce velocemente come passano i giorni. Anche se ormai abito a Madrid da tredici anni, ci sono molte zone che ancora non conosco. Mi sono trasferita qui a trentott'anni. Com'ero giovane, e come mi sentivo giovane allora, sembra incredibile... Normalmente non mi allontano molto, ma quando ho voglia di vedere qualcosa di completamente diverso prendo uno di quegli autobus che vanno in periferia, pronta a intraprendere un lungo viaggio, come quando si va in un altro Paese, e divoro le strade che vedo dal finestrino. Ai semafori osservo le vetrine. Cambiano a mano a mano che ci allontaniamo dal centro. Capisco di essere ormai distante quando spariscono i negozi di alimentari o di abbigliamento e cominciano a vedersi le officine.

Credo di averlo conosciuto durante una di queste escursioni. Di ritorno dall'altro capo della città. Ero stanca e mi accingevo a chiudermi in casa. Un po' controvoglia, a dire il vero, perché era giugno e le giornate erano lunghe e luminose. Fu allora che vidi quell'uomo. Lo notai perché reggeva una pila di libri tra le braccia. Indossava una vecchia giacca con le toppe sui gomiti che sembrava avere qualche anno di troppo, proprio come il cappotto che porto io oggi. Non aveva il cappello, ma non era un operaio né un contadino. Forse è un insegnante, pensai allora. E prima di rendermene conto mi ritrovai a seguirlo, un isolato dopo l'altro, per le strade del distretto di Chamberí.

Lui camminava di buon passo, facevo fatica a non perderlo di vista. Alla fine si fermò davanti a un portone in calle Caracas. Io mi bloccai a un paio di metri da lui, fingendo di cercare qualcosa nella borsa. Non si era accorto che lo seguivo. Chi presta attenzione a una vecchia con i capelli bianchi? Sollevò il battente. Diede tre colpi. Poco dopo apparve una donna spettinata e con il grembiule. L'uomo le consegnò due dei libri. Non udivo quello che diceva lui, ma sentivo lei, che aveva una voce un po' stridula: «Non viene su? Il signorino Luis la sta aspettando».

Allora mi avvicinai un poco e per la prima volta sentii la sua voce: piacevole, modulata, piuttosto profonda. Se fosse stata uno strumento musicale, credo che sarebbe stata un violoncello. O almeno una viola, in certi momenti.

«Oggi non posso, devo ancora consegnare un ordine», rispose, con un tono che almeno a me parve sincero. «Lo saluti da parte mia e gli dica che giovedì salirò sicuramente a trovarlo.»

La donna si chiuse la porta alle spalle e lui allora si girò dalla mia parte e mi guardò senza vedermi – credo di aver già detto come possiamo passare inosservate noi donne quando la vecchiaia appare evidente – e s'incamminò per la stessa strada da cui era arrivato.

Lo seguii, perché sapevo che sarebbe andato a consegnare gli altri libri. Chi era? Che cosa faceva? Per un bel tratto – devo confessare che mi divertivo a giocare in vantaggio – camminai al suo fianco, gomito a gomito, sull'ampio marciapiede di Zurbano. Per un breve istante, il suo braccio e il mio si sfiorarono quasi. Allora lanciai una rapida occhiata ai libri. Certamente non erano nuovi, ma non riuscivo a vedere i titoli. Era il fattorino di una biblioteca? Il commesso di una libreria? Come previsto, lui continuava a non accorgersi di me, ma per non correre rischi preferii lasciare che si allontanasse un po', fino a quando si fermò a un altro portone. Questa volta non bussò, perché il portinaio era fuori a spazzare il marciapiede. Immaginai che avrebbe fatto tardi, quindi mi sedetti su una panchina. E lo aspettai.

Che cosa ci faccio su questa panchina? mi domando nell'attesa, quando un po' di buonsenso placa il mio entusiasmo. Ripeto: ho cinquantun anni, non sono più una ragazzina. Sono sul punto di andarmene, ma non lo faccio. Voglio sapere di più su quest'uomo che consegna libri a domicilio.

Inganno il tempo pensando ad altre cose, ad altri luoghi, a un'automobile che Henry aveva fatto dipingere di giallo per me. A come mi piaceva guidare per le strade dell'East Sussex, da sola, tutto il pomeriggio, per rincasare all'ora di cena, trafelata e contenta, e vederlo che mi aspettava con il giornale piegato a metà e il bicchiere di whisky sul tavolo... Penso ai capelli castani che gli cadevano sulla fronte e al mare cangiante che si vedeva dalla finestra. A Henry che, sorridendo, mi osserva da sopra gli occhiali e poi scompare...

Per ingannare l'attesa penso a queste cose, perché così non sono tentata di rinunciare. Penso anche che sto facendo una vera sciocchezza e che, invece di star seduta come un'idiota su una panchina a dieci metri dal portone di una casa in cui non so nemmeno chi diavolo viva, potrei essere a casa mia, con le gambe sollevate, a leggere un racconto di Katherine Mansfield o una poesia di Emily Dickinson. Le solite cose che faccio quando sono stufa del mondo che mi circonda.

No, non voglio ingannarmi: sto seguendo questo sconosciuto perché sono una vecchia stupida che non ha nulla di meglio da fare. Ecco.

Uscì con le mani infilate nelle tasche dei pantaloni. Poi si allontanò in fretta. Feci molta fatica a non perderlo di vista. Passammo la calle de Génova e, mentre attraversavamo la calle Orellana, per poco non m'investì una macchina. L'autista strombazzò con furia e fece voltare il mio sconosciuto, che però credo seguitasse a non accorgersi di nulla. Continuai a camminare più in fretta che potevo per un tratto della calle Argensola, tenendomi a una decina di metri da lui. Alla fine s'infilò in un vicolo cieco tra la calle Fernando VI e la calle Barquillo. E sparì.

Come si fa a capire se qualcosa è importante oppure no? Una sciocchezza, per esempio, come pedinare un quarantenne per le strade di Madrid, così, tanto per ammazzare il tempo, in un soleggiato pomeriggio di giugno in cui non hai voglia di stare chiusa in casa. Quando lo persi di vista, me ne sarei potuta andare. Macché: infilai il vicolo – un luogo assurdo per un negozio, perché, insomma, chi diavolo entrerebbe mai in una stradetta che non conduce da nessuna parte? – e nel preciso istante in cui vidi quel posto, una libreria di seconda mano con la vetrina piena di matite colorate, gessetti e libri di Jules Verne, in quel preciso istante capii che stava succedendo qualcosa di straordinario e che dipendeva da me il peso che quell'episodio avrebbe assunto in futuro. Potevo girare sui tacchi e lasciar perdere tutto. O potevo entrare e parlare con lui.

Entrai.

Sono stata in quel negozio due o tre volte. È uno strano spazio per una libreria. Troppo angusto, troppo appartato e, mi parve in un primo tempo, perfino un po' inadatto a quel quartiere. Fu sicuramente questo a stuzzicare la mia curiosità. Chi era quell'uomo che gestiva un'attività apparentemente così poco produttiva? È chiaro che ero fermamente decisa a scoprirlo. I libri sono la mia religione e perciò, a ben vedere, il mio fervore non era così privo di senso.

Quella prima volta comprai solo una gomma per cancellare, «quella che costa meno», chiesi. In fondo non mi serviva affatto... Potei osservarlo da vicino. Il suo sguardo era interessante, profondo, un po' malinconico, forse per quelle ciglia nere e lunghe e i lievi cerchi scuri sotto gli occhi. Aveva il naso prominente, un po' aquilino, e le labbra carnose. E un filo di barba. Non so perché, ma pensai al suo mento che mi sfiorava la pelle. No, certo che no, non fantasticavo su un'avventura romantica, semplicemente quella barba mi riportò a un ricordo del passato: i pomeriggi pigri del Mediterraneo, i primi caldi, le strade di Valencia che bruciavano e le lenzuola umide, fra le quali Henry e io cercavamo di sfuggire alla paura e al baccano. La sua barba mi sfiorava la pelle...

Insomma, ricordi dolorosi. Non vorrei divagare, non stiamo parlando di questo. Devo concentrarmi se voglio spiegare esattamente com'è andata.

Riconosco che sono cocciuta. Quando mi metto in testa

qualche cosa non mollo, sono incapace di arrendermi o di gettare la spugna. Insomma, ognuno è fatto modo suo, è già da molto che me ne sono fatta una ragione. Per un pezzo, quasi durante tutto il corso dell'estate, ho osservato l'uomo della libreria. È un gran lavoratore e oltre a servire i suoi clienti fa sempre qualcosa: legge molto, riordina e compila schede e, ogni tanto, scrive qualcosa in un taccuino nero con la copertina di tela cerata che porta sempre con sé, un taccuino identico a quello di Henry. Ogni volta che lo vedo con quel taccuino in mano, sento un tuffo al cuore.

I martedì e i giovedì, sua moglie resta in negozio e lui consegna libri a domicilio a quelli che immagino siano i suoi clienti speciali, che sono quattro o cinque. Uno di loro abita nella casa della signora con il grembiule e l'altro nella via dove mi sono seduta ad aspettarlo la prima volta.

Sua moglie mi piace. È giovane e molto bella, ha i capelli ondulati e sempre perfettamente in ordine. Questo mi fa una certa invidia, devo confessarlo. Un giorno ho comprato una matita Faber-Castell, una 2B, e ho notato che aveva anche delle mani molto belle, agili e ben proporzionate, e dita lunghe come quelle di un pianista.

La terza volta che sono entrata in quella libreria era un sabato. Quella volta volevo davvero un libro, non era una scusa. Pensai che quel negozietto mezzo nascosto in un vicolo cieco mi avrebbe riservato parecchi attimi di gioia in futuro.

Chiesi al mio libraio se avesse qualche libro in inglese. Lui tirò fuori l'edizione in lingua originale della *Freccia nera* e una copia squinternata di *Oliver Twist*. Stavo per spiegargli che non era esattamente ciò che cercavo, ma non ne ebbi il tempo, perché proprio in quell'istante arrivò un uomo brutto e bassetto con una pesante valigia che, come scoprii in seguito, era piena di libri usati. A dire il vero, fu proprio quell'ometto insignificante a farmi venire l'idea. Il libraio sollevò il piano del bancone, lo fece entrare e gli disse di attendere un attimo mentre terminava di servirmi. A quanto potei sentire, quel tizio si chiamava Garrido.

Quando il libraio tornò da me, gli domandai se non avesse qualcosa di meno... insomma, infantile. La mia era una richiesta un tantino assurda, se vogliamo. Chi lo dice che Stevenson o Dickens scrivono libri per ragazzi? Credo che fossi nervosa, tutto qui, però lui sembrò aver capito.

«Venga dentro», disse, sollevando di nuovo il piano del bancone e aprendo lo sportello. «In quell'angolo, sul secondo scaffale, ho qualche romanzo in inglese e in francese. Guardi se le interessa qualcosa, altrimenti tra poco torno subito da lei.»

Tre persone erano troppe in quello spazio angusto. Io però ero al settimo cielo. C'erano pochissimi libri in inglese ed erano tutti molto particolari: edizioni americane di autori che avevo già letto in passato, come Edith Wharton, William Faulkner o John Dos Passos. Scovai anche i racconti di Katherine Mansfield, una scrittrice che ho sempre amato. Erano libri che certo non ci si sarebbe aspettati di trovare in un posto come quello. Credo che fu questo, oltre a tutto ciò che accadde prima e alla casualità di avere quel libro nella borsa, a farmi venire l'idea.

Osservai il tizio che si chiamava Garrido mentre vuotava il contenuto della sua valigia su una sedia – una montagna di testi abbastanza nuovi, tutti di autori spagnoli – e non potei fare a meno di ascoltare ogni parola della loro conversazione, anche se non riuscii a capire dove quel Garrido prendesse i libri.

«Ha trovato qualcosa d'interessante?»

Era una domanda inutile perché avevo già preso due volumi, *L'età dell'innocenza* di Edith Wharton e *La festa in giardino* di Katherine Mansfield, e li stringevo al seno come veri e propri tesori. Garrido se n'era andato un minuto prima. Il libraio gli aveva dato venti pesetas e poi era tornato da me.

«Ha visto questo?» domandò mostrandomi una copia

abbastanza in ordine di *Passaggio in India* di E. M. Forster. «È un bel libro.»

Me lo allungò. Lo presi.

«Ti porta nell'epoca coloniale come su un tappeto volante», aggiunse senza la minima volontà di persuasione.

Mi piacque quell'osservazione. Era abbastanza azzeccata.

«Ti aiuta a sopportare la realtà, vero?» Mi guardò sorpreso. Poi annuì istintivamente. «A volte ne abbiamo davvero bisogno», aggiunsi, annuendo a mia volta e restituendogli il libro. «L'ho già letto, grazie.»

Dire che tra noi due si stabilì una corrente di reciproca simpatia non è una mia fantasia. Io me ne accorsi e lui pure. Mentre incartava i romanzi, mi avvicinai alla pila di libri che Garrido aveva depositato sulla sedia e... lo feci.

Nessuno mi notò. Nella mia testa echeggiarono le parole che Ezra Pound aveva scritto a Walt Whitman: «Abbiamo la stessa linfa e le stesse radici. Lasciamo che ci sia scambio, tra noi due».

Lo feci, sì. Senza esitare. Presi il volume che avevo in borsa e lo posai sulla pila di Garrido. Sicuramente quel negozietto era il posto giusto dove lasciarlo.

2

«SPEGNI quell'affare, per piacere.»

«La radio?»

«Sì, spegnila.»

«Ma adesso danno il notiziario.»

«Appunto.»

Erano seduti in cucina, ciascuno su uno sgabello di legno. Nell'angolo c'era uno scaffale e sullo scaffale una radio Invicta che sembrava avere qualche anno. Lola era seduta proprio là sotto, mentre Matías stava dall'altro lato del tavolo e si preparava una sigaretta. La stanza era piccola, angusta. Su un lato c'era una stufa a carbone sormontata da mezzo metro di piastrelle bianche, con il deposito dell'acqua calda e un lavandino di granito non molto profondo. Contro la parete opposta invece c'era il tavolo, dove Matías e Lola stavano finendo di pranzare. Tra una parete e l'altra uno spazio poco più ampio di un metro e mezzo.

«Non capisco perché abbiamo una radio se non possiamo accenderla.»

Matías non rispose. Si appoggiò contro le piastrelle e accese la sigaretta che aveva appena preparato.

«I miei l'hanno pagata quasi mille pesetas», insistette Lola, mentre sparecchiava e la radio cominciava a trasmettere la sigla del notiziario, «e io non posso nemmeno sentire le notizie.»

Intanto, la voce profonda dello speaker diffondeva un comunicato dell'agenzia ufficiale del regime. Declamava con tanta enfasi che sembrava una lettura teatrale.

«Sua Eccellenza il Generalissimo Franco si trova in visita nella provincia di Badajoz, dove ha ispezionato le opere magne dell'Istituto Nazionale di Colonizzazione. Nei pressi di Montijo ha invece inaugurato una diga e visitato due nuovi villaggi ricavati dalla riqualificazione di 8.000 ettari di terreno ottenuti dall'acquisto e suddivisione di 62 fondi, dove si stabiliranno ora un totale di 5.901 famiglie.»

Matías fece un gesto con la mano, come indicando qualcosa che fluttuava nell'aria.

«Queste non sono notizie, Lola. È la sua propaganda.»

Lola si asciugò le mani nel grembiule e spense la radio. Un silenzio triste s'impadronì della cucina.

Senza dire una parola, si lasciò cadere sullo sgabello. Sembrava rassegnata. Ormai erano trascorsi dodici anni da quando la guerra era finita, ma le cose erano a malapena migliorate. Erano soli, in balia di menzogne, repressione e paura. Per questo a Lola piaceva tenere la radio accesa, per ascoltare la musica e non solo il notiziario o gli sceneggiati. A volte aveva la fortuna di sentire un Lied di Schubert o qualche canzone di Concha Piquer, e questo le riempiva la mente di immagini rasserenanti.

«Non so tu, ma io non posso ascoltare una parola in più su quella maledetta *Carta degli Spagnoli*», aggiunse Matías con rabbia, scagliandosi contro la legge del 1945 che regolava diritti e doveri di tutti i suoi connazionali. «Oggi davvero non ce la faccio.»

Con quello che restava nel pacchetto di cicoria, Lola preparò un pentolino di caffè. Poi lo passò in un colino, la cui reticella metallica era fissata all'anello con punti di canapa. Anche le tazze di ceramica erano ormai sbeccate, a una mancava perfino un pezzo del manico. All'improvviso, Lola scoppiò a piangere. Non riuscì a trattenersi. Il colino in una mano e l'altra mano posata sulle piastrelle tiepide.

«Su, benedetta ragazza», esclamò Matías costernato, «non fare così. Dai. Non sapevo che per te fosse così importante avere la radio accesa o spenta.»

Si era avvicinato e l'aveva presa per le spalle. Lola non si girò. Continuò a piangere in silenzio mentre Matías l'abbracciava. Poco dopo si alzò e si soffiò il naso con un fazzoletto che teneva nella tasca del grembiule.

«Su, tesoro, coraggio.»

Allora lei si girò e cercò di sorridere. Matías la osservò, molto serio.

«Cos'hai? Perché fai così?»

Lei alzò le spalle.

«Non so», rispose. «Certi giorni mi sembra tutto così brutto.»

Matías le accarezzò i capelli. In principio Lola lo lasciò fare, ma all'improvviso il suo sguardo mutò e lei scostò il viso.

«Ci hanno portato via tutto, non te ne rendi conto?» disse con la voce rotta di chi deve sfogarsi. «La casa editrice, la casa di tua madre, i mobili, gli amici...»

Si era accalorata e aveva ricominciato a piangere. A Matías dispiaceva vederla così.

Lola si fermò. A che cosa serviva continuare a elencare tutti quei soprusi? Sentiva che tutto, nella sua vita, richiedeva uno sforzo sovrumano.

«Sai cosa mi succede?» esclamò aprendo le mani a mezz'aria come per svelare un segreto custodito da tanto tempo. «Ho nostalgia della vita quando era nostra.»

A Matías quella frase sembrò devastante, ma molto tipica di Lola. Sotto sotto, oltre al dispiacere provò l'orgoglio che aveva sempre suscitato in lui quella donna così coraggiosa, intelligente e piena d'entusiasmo che oggi sembrava sul punto di arrendersi.

«Già», ammise, avvicinandosi di nuovo al tavolo per prendere la sigaretta dal posacenere prima che la cenere cadesse sulla tovaglia. «A volte anch'io mi lascio sopraffare dall'angoscia.»

Prese il pacchetto di tabacco e se lo ficcò in tasca.

«Comunque, guarda», fece lui con un tono più rinfrancato, che sicuramente non era autentico ma lo sembrò per un istante, «non permetterò a nessuno di rovinarci la giornata.»

Lola chinò il capo.

«E quindi?» mormorò a voce così bassa che quasi nemmeno lei riuscì a sentirsi.

«Togliti il grembiule. Il caffè oggi andiamo a prenderlo al bar. E poi vieni con me in negozio.»

«Di domenica?»

«Sì, solo un paio d'ore», rispose Matías spegnendo il mozzicone nel posacenere di stagno. «Voglio cambiare la vetrina.»

Lola si sciacquò il viso nel lavandino. E poi si sentì meglio, più confortata.

«Il caffè però prendiamolo qui, ci metto un attimo a prepararlo», disse asciugandosi con un angolo del grembiule.

«Neanche per sogno. Oggi beviamo un caffè vero, al *Metropol*.»

Lola alzò le spalle fingendo di arrendersi. Matías però sapeva quanto le piacessero quei piccoli lussi che la riportavano all'epoca in cui potevano permettersi di cenare in un ristorante o di fare un viaggio all'estero.

«Dov'è il leggio?»

«Il leggio?» domandò Lola stupita.

«Sì, il leggio di mio padre.»

«Mi pare che sia nel soppalco della stanzetta. Ma non vorrai prenderlo adesso, vero?»

«Ci metto un attimo.»

«Ti servirà la scala.»

«Tu intanto infila il cappotto, che arrivo subito.»

Lola andò in camera e si aggiustò un po' i capelli davanti allo specchio del comò. Aveva il naso rosso. Allora mise un velo di cipria, che prese da una scatola ormai quasi terminata, e poi il rossetto. Vedendosi il viso così ricomposto, sentì il bisogno di cambiarsi e quindi prese un completo dall'armadio e lo indossò. Infilò le calze pesanti di seta e le scarpe col tacco. Si guardò ancora allo specchio. Era un'altra donna. All'improvviso, le disgrazie e la miseria di quegli ultimi anni erano svanite e lei era ancora la traduttrice giovane e cosmopolita che lavorava per la casa editrice di Matías, la donna che faceva perdere la testa a tutti gli uomini e che sapeva tenerli a distanza. Tutti eccetto Matías, che l'aveva stregata facendole abbassare la guardia, fino a quando era rimasta imprigionata in una ragnatela da cui non era più riuscita a fuggire.

Lui era sposato e aveva divorziato. Poi gli avevano comunicato che il suo divorzio non era valido, ma a loro due questo non importava. Lei lo amava, con tutta se stessa e dal profondo del suo cuore. Forse perché anche l'amore di Matías era così unico da non ammettere mezzi termini. Lo amava perché lui era serio e onesto senza essere temerario, perché accanto a lui tutto sembrava possibile. E perché lo ammirava. Il modo in cui si era comportato, prima e dopo la guerra, dimostrava che era un uomo imperturbabile. Per poco non era stato fucilato. Lola credeva che non lo avrebbe mai più rivisto, ma poi suo padre, che era un medico molto conosciuto e aveva alcuni pazienti tra i capoccia del nuovo governo, era riuscito a fargli commutare la pena. Allora lo avevano portato in un campo di prigionia, in Galizia, ed era rimasto là tre anni fino a quando la violenza delle rappresaglie si era smorzata e lo avevano rimandato a casa. Al suo ritorno, ormai non gli restava nulla della sua vita di un tempo. La madre era morta, Lola era andata a stare dai suoi e la piccola casa editrice, che pubblicava i migliori autori francesi e inglesi del Novecento, era stata smantellata. In quell'edificio di calle Argensola adesso c'era una sartoria ecclesiastica di due piani. Però, prima che alcuni tizi non meglio identificati entrassero a sgombrare l'immobile, Lola era riuscita a portar via qualche centinaio di libri dal magazzino e una mezza dozzina di manoscritti ancora da tradurre. Parte dei libri li aveva portati dai genitori, il resto nella soffitta di amici. Da allora erano trascorsi diversi anni. Troppi per nutrire ancora qualche speranza, ma troppo pochi per abituarsi a vivere in quel modo.

«Accidenti... Ci siamo messe in ghingheri...»

Matías l'aveva raggiunta in camera. La guardava con quel suo tipico lampo negli occhi.

«Sei bellissima, amore. E se cambiassimo programma?»

Aveva già indossato il cappotto e teneva il leggio sotto il braccio. Lola lo prese per una manica e lo portò fuori. Il caffè *Metropol* era il suo unico lusso dopo tanti mesi.

Erano di buonumore quando arrivarono al negozio, eppure lei non poté evitare di domandarsi che cosa provasse lui ogni mattina, quando alzava la serranda di quella piccola libreria che aveva aperto nel bugigattolo di un orologiaio. Si accedeva dall'androne, dove c'era il banco, e poi occorreva sollevarne il piano e aprire uno sportello chiuso con un catenaccio per entrare nel negozio. La cosa più bella, però, era sicuramente la piccola vetrina che, nella parte più profonda, appena un metro e mezzo, dava sulla strada. Era poco più di niente, ma rappresentava ciò che loro due sapevano fare. L'idea romantica della cultura che li aveva avvicinati. I libri erano stati la sua vita, la vita di entrambi, e in un certo senso lo erano ancora.

«Hai preso qualcosa di nuovo?» domandò Lola togliendosi i guanti e afferrando un mucchio di riviste piene di polvere. «Ieri mi hai detto che è venuto Garrido.»

«Qualcosa c'è», rispose lui, «ma non lì.»

Lola conosceva quel tono.

«Cosa?» domandò impaziente.

Matías continuò a ritirare i romanzi di Salgari e Verne dalla piccola vetrina. Alcuni potevano sembrare nuovi. Due o tre avevano delle illustrazioni.

«Cosa?» insistette lei.

«Abbi pazienza», mormorò lui sistemando le matite colorate e i quaderni, che era costretto a vendere perché altrimenti la loro attività sarebbe stata completamente in passivo.

Lola continuò a curiosare da sola. Il sabato mattina, Matías riceveva la visita discreta di un noto critico del quotidiano *ABC* che gli vendeva i romanzi che gli arrivavano dalle case editrici perché li recensisse. Erano libri assolutamente nuovi, che il critico aveva già letto o che non avrebbe letto mai. Di solito erano proprio questi ultimi che interessavano a Matías.

«Finirai per sporcarti. E poi lì non c'è niente.»

«Giochiamo a acqua, fuochino, fuoco?» protestò lei.

«Su, benedetta ragazza, aspetta un attimo, te lo faccio vedere subito. Ti piacerà.»

Lola provava sentimenti stranamente contrastanti per quel negozio. Da un canto sapeva che era la cosa migliore che Matías potesse fare in quel periodo: comprare e vendere libri. Però la rattristava che fosse obbligato a svolgere un'attività svilente come acquistare e rivendere romanzi rosa e western. I clienti del quartiere, soprattutto ragazzette e adolescenti, compravano un romanzo usato, lo leggevano e poi per cinquanta centesimi potevano riportarlo al negozio e prenderne un altro. Matías sosteneva che questo sistema serviva a creare lettori. A Lola invece veniva il latte alle ginocchia a vedere quei libri sgualciti, sudici, ingialliti... Non riusciva a immaginare se stessa leggere quelle porcherie quando aveva sedici o diciassette anni.

«Ecco, tieni.»

Finalmente aveva terminato di sistemare il leggio al centro della vetrina. Adesso in mano reggeva un volume dalla copertina rigida con il disegno in puro stile art déco di una donna elegante che scendeva dalla passerella di una nave. Quell'illustrazione le ricordò un'opera di Wagner che avevano visto insieme prima della guerra.

«Cos'è? Un altro di quei romanzi rosa?» domandò aprendo il libro per leggere il risvolto della copertina.

Matías lasciò che trovasse la risposta da sola.

«Ah... sono memorie...»

Attese ancora e, proprio come aveva previsto, Lola sussultò.

«Una figlia segreta del duca di Ashford... Dice che ha combattuto in Spagna nelle Brigate internazionali. Sarà vero?»

Lo guardava sconcertata. Matías annuì in silenzio.

«Da dove è saltato fuori questo libro? Sembra nuovissimo.»

«È stato pubblicato in Messico», spiegò lui, «nel 1946.»

«Lo hai letto?»

«Ieri. Tutto d'un fiato. E dovresti leggerlo anche tu.»

Lola scosse la testa in silenzio.

«Non ti pare», insistette Matías, «che questo tuo rifiuto di leggere qualunque cosa parli della guerra sia un po' infantile? Questo libro non è stato pubblicato in Spagna, ti posso garantire che non è stato sottoposto alla benché minima censura.»

«Fa lo stesso. Non lo voglio leggere.»

Allora Matías riprese il libro e alzò le spalle. Poi lo sistemò con cura sul leggio, al centro della vetrina.

«Cosa fai?» disse lei impensierita, abbassando istintivamente la voce. «Non vorrai venderlo, vero?»

«No», rispose lui con la sua solita calma, «lo regalo.»

Lola si era seduta sul piccolo sgabello che c'era sotto il bancone.

«Non ti capisco, Matías, giuro che non ti capisco.»

Stava cominciando ad arrabbiarsi.

«Aspetta, benedetta ragazza, aspetta... Capirai subito.»

Scrisse qualcosa su un cartoncino bianco. Ripassò più volte le lettere in modo che si vedessero bene. Poi mise il cartello sul leggio, sotto il libro.

«Mi faresti un favore?»

Adesso fu Lola ad alzare le spalle. «Va' fuori e guarda se si vede dal marciapiede, se si legge bene.»

Sollevò il piano del banco per farla uscire. E quando la vide dall'altra parte della vetrina, attenta e diligente, con il suo impeccabile abito grigio e i capelli scuri ben scostati dal viso, si commosse. «Ho nostalgia della vita quando era nostra», aveva detto qualche ora prima. Non era giusto. Non era giusto che quella donna così intelligente, affascinante e colta conducesse un'esistenza tanto miserabile.

Lola cercava di capire che cosa volesse fare Matías con quel libro. Rilesse diverse volte il cartello, scritto con calligrafia grande e ben chiara. «Questo libro andrà in regalo alla persona che per prima lo leggerà tutto», diceva a caratteri cubitali. E sotto, a lettere più piccole: «Ogni giorno, in questa vetrina, ne troverete esposte due pagine. Chi di voi leggerà tutta la storia avrà il libro in regalo».

Quando rientrò, era seria e sembrava preoccupata.

«Ma perché?» domandò, senza ancora capire le motivazioni di Matías.

Lui passò la lingua sulla cartina e sigillò la sigaretta che aveva appena finito di preparare. Una ciocca di capelli scuri e lucenti gli ricadeva sulla fronte.

«Per provare la sensazione di poter ancora fare quello che voglio», rispose tranquillo.

Tirò fuori l'acciarino dalla tasca dei pantaloni e diede un paio di colpi sulla rotella fino a quando le scintille infiammarono lo stoppino giallo. A quel punto soffiò e avvicinò la sigaretta premendola sulla brace.

«E anche per il piacere di fare qualcosa di diverso», aggiunse guardando intensamente Lola, «per fare qualcosa di nuovo. Sai cosa mi piace? Il pensiero che ci sia qualcuno che oggi non lo vuole e non lo cerca, ma che domani scoprirà questo libro.»

Lola stava in piedi accanto allo sgabello. Lui si appoggiò alla parete, come faceva sempre quando fumava.

«Sarebbe stato molto facile per me venderlo al signor Fernando, a Luis o a qualcun altro dei miei clienti affezionati. So che lo avrebbero comprato volentieri. Ma questa storia non è per chi è abituato a leggere; lo sarebbe, in realtà, ma tutt'a un tratto questa mattina ho pensato a cosa potrebbe provare una di quelle ragazzine che vengono a comprare i romanzi rosa, se si ritrovasse questo libro tra le mani. Ho immaginato quali emozioni potrebbe dare a qualcuno che non lo comprerebbe mai di sua spontanea volontà. Capisci?»

Sì, Lola capiva. In quel bugigattolo polveroso le cose potevano anche essere dure, ma con Matías c'era sempre una finestra invisibile che si spalancava su un nuovo paesaggio. Qualcosa che non esisteva da un'altra parte, che nessun altro le avrebbe dato. Sorrise. Lui ricambiò il sorriso attraverso il fumo che aleggiava tra loro.

Ormai era trascorsa tutta la mattinata e nessuno si era ancora fermato davanti alla vetrina. Perciò, quando all'ora di pranzo abbassò la serranda, Matías pensò che forse la trovata del libro non era buona come aveva creduto in principio. Chi avrebbe mai letto un romanzo due pagine per volta? Non aveva nemmeno calcolato quanto tempo era necessario per leggerlo tutto. Era un volume piuttosto alto, così tutt'a un tratto gli parve che come richiamo non fosse molto azzeccato.

A un certo punto, quel giorno, Matías rifletté anche su come fosse strano che Garrido gli avesse portato quel libro. Di solito gli vendeva i romanzi che gli mandavano le case editrici o gli stessi autori perché li recensisse o ne scrivesse sui giornali; ma questo, in particolare, era stato pubblicato in Messico e per di più era abbastanza recente. Immaginò che forse si trattasse di un regalo e che il critico non l'avesse nemmeno aperto, perché se lo avesse fatto – Matías ne era certo – lo avrebbe tenuto.

Nel pomeriggio, subito dopo l'apertura, una donna giovane con un bimbo in braccio entrò per comprare un temperamatite e due quaderni a quadretti. Matías la vide fermarsi davanti alla vetrina senza dimostrare molto interesse. Poi andò via subito. Sicuramente non aveva fatto in tempo a leggere nemmeno il primo paragrafo. Più tardi un ragazzino sui dieci anni, che era andato al negozio per cambiare un romanzetto illustrato, lesse il cartello e gli domandò: «Ha le figure?». «No», rispose Matías, «solo parole.» Il bambino allora andò via deluso. Alla fine della giornata, però, quando ormai era sul punto di chiudere, un'altra donna, che era già entrata alcune volte in negozio, si fermò un attimo davanti alla vetrina. Matías la riconobbe perché si ricordava che era straniera. Dall'espressione del suo viso intuì che stava leggendo, ma non poteva giurarlo. La signora sembrava confusa, scossa. Si era fermata lì e guardava fisso il libro. Poi alzò lo sguardo e cercò Matías nel negozio. Indossava un cappotto di lana con una sciarpa fatta a mano e aveva i capelli bianchissimi, ordinatamente raccolti dietro la nuca. Lo guardava con insistenza. A volte, anche Lola lo guardava in quel modo.

Martedì, il libro era ancora alla prima pagina perché nessuno si era fermato a leggere. Lui e Lola aprirono insieme il negozio. Matías si mise a catalogare alcuni volumi antichi mentre lei riordinava gli scaffali più vicini al banco.

«Lascia stare, dai.»

«Ma hai visto che confusione? Non si trova niente...»

«Macché confusione. Ho tutto perfettamente sotto controllo.»

Lola aveva preso alcuni libri ammucchiati su una sedia, accanto alla vetrina.

«Eh... quelli non toccarli, che devo ancora catalogarli.»

«Sono i volumi che ti ha portato Garrido?»

«Sì, però devo dare ancora un'altra occhiata.»

«E questo nuovo autore? Questo Sánchez Ferlosio? Che razza di titolo... *Imprese e vagabondaggi di Alfanhuí*... Sembra un titolo di Baroja. Com'è?»

«Originale, un po' fantasioso. Voglio portarlo a Luis, credo che gli piacerà.»

«Scrive bene?»

«È bravo, sì. Ma soprattutto è diverso dagli altri.»

Lola aveva poggiato la pila di libri su un angolo del bancone che un tempo era stato il tavolo da lavoro dell'orologiaio. Indossava un semplice e ampio vestito nero a fiorellini bianchi, stretto in vita da una cintura. Portava un paio di calzini bianchi con le scarpe allacciate alla caviglia come quelle delle ballerine. Una moda che ormai non era più di moda, però era comoda.

«Devi dire a Garrido di portarti il romanzo di quella ragazza che ha vinto il Premio Nadal qualche anno fa, Carmen Laforet. Mi piacerebbe leggerlo. *Nulla*, mi pare che s'intitoli. Non trovi che sia un titolo più seducente di *Imprese e vagabondaggi di Alfanhuí*?»

«Forse...»

Matías stava per aggiungere qualcosa, quando la vide. Ancora quella donna con i capelli bianchi ferma davanti alla vetrina. Non guardava il libro, ma piuttosto curiosava dentro la libreria. Lola notò l'espressione sorpresa di Matías e si girò. La donna le sorrise dalla strada.

«Chi è?» domandò a Matías.

«Non so, ogni tanto viene in negozio. È stata qui anche ieri, però non è entrata.»

«Verrà per il libro.»

«Non mi sembra che le interessi. Non credo.»
Matías aveva infilato una mezza dozzina di romanzi in una borsa di tela.
«Faccio tardi.»
«Torni qui o ti aspetto a casa?»
«Torno a prenderti e a chiudere.»
«Se fai tardi non preoccuparti, chiudo io.»
Il martedì e il giovedì mattina, Lola stava in libreria. Lui invece andava a fare visite a domicilio. «Come un medico», diceva sempre. Aveva quattro o cinque clienti fissi cui recapitava a casa le novità o i libri che gli ordinavano. Persone solitarie, come Luis, che non aveva le gambe e si spostava sulla sedia a rotelle, o anziani lettori, come il signor Anselmo, al quale piaceva riceverlo con un bicchiere di vino e farsi una lunga e tranquilla chiacchierata con lui senza la seccatura della gente che entrava e usciva dalla porta. Questo tipo di clienti non gli dava da vivere, ma preferiva recarsi da loro anziché passare sei giorni la settimana a vendere quaderni e gomme per cancellare. Con loro stava bene: discorrevano di gusti letterari, d'attualità e a volte, molto raramente, parlavano prudentemente di politica. Quelle erano le sue due mezze giornate libere. Lola si occupava del negozio senza lamentarsi, anche se lui sapeva perfettamente che non le piaceva affatto. Lei vendeva articoli di cancelleria, s'incaricava dello scambio dei romanzetti e, se per caso arrivava qualcuno che voleva davvero comprare un libro, gli diceva di tornare quando ci fosse stato suo marito.

A metà mattina, quando ormai aveva messo un po' di ordine in quel caos, Lola cercò di sistemare i libri che lei e Matías erano riusciti a salvare tra quelli della vecchia casa editrice grazie al cui fondo avevano aperto il negozio. Matías prendeva i libri dagli scaffali e non li rimetteva mai al loro posto, mentre in uno spazio angusto come quello l'ordine era assolutamente indispensabile. Accarezzò i dorsi dei volumi ben allineati. Alcuni di quei vecchi libri li aveva tradotti lei stessa quando era ancora giovane, irrequieta e felice. Adesso sentiva di non essere più in grado di fare nulla. Aveva solo trentott'anni, non aveva figli e Matías era tutto il suo mondo. Matías e solo Matías. Ogni tanto aveva paura che in lei una molla scattasse, facendole venir voglia di lasciare tutto. Cioè Matías.

Non sapeva bene perché, né in quale preciso momento, le venne in mente di uscire per osservare da vicino il nuovo sistema di promozione della lettura che aveva inventato suo marito e che non stava dando – e sicuramente non avrebbe mai dato – il benché minimo risultato. Provava sentimenti contraddittori nei confronti di quel libro esposto in vetrina come il maialino con la mela in bocca del ristorante *Casa Botín*: da un canto le sembrava ridicolo e inutile, ma dall'altro lo trovava divertente. Era così tipico di Matías che non poteva far altro che accogliere quella trovata con una certa complicità. Perciò si mise un cardigan di lana sulle spalle, sollevò il piano del bancone e si piazzò sul marciapiede a osservare il leggio e quella pagina di elegante calligrafia inglese. E, senza rendersene conto, cominciò a leggere.

«Che strano, un libro aperto...»

Lola sussultò. La donna era arrivata senza che lei se ne accorgesse.

«Come dice?»

«Volevo dire che così non si vede la copertina.»

«Ah...» era sbalordita, ci mise un attimo per reagire. «Il titolo, intende.»

«Sì, esatto. Sa qual è?»

Era la stessa donna che il giorno prima lei e Matías avevano visto davanti alla vetrina. Le aveva detto che non era la prima volta che si fermava.

«*La ragazza dai capelli di lino.*»

In testa, la donna portava un foulard di seta, forse francese. Mentre lei annuiva, Lola si soffermò su questo particolare.

«Bel titolo.»

Lola ci rifletté un paio di secondi.

«Ha ragione. È suggestivo.»

«Sa che è lo stesso titolo di un preludio di Debussy? Io non leggo molto, però mi piace la musica. Di cosa parla?»

«Sono le memorie di una donna che sostiene di essere la figlia di un duca inglese. Può leggere la prima pagina. Il libro è esposto per questo.»

«Oh, no, non potrei...»

Esitò un istante, come se cercasse una spiegazione per il suo rifiuto.

«Non ho gli occhiali», chiarì finalmente con un gesto di scusa.

«Vuole che legga io?»

«Non sarà troppo disturbo?»

«Assolutamente no. Stavo cominciando a leggere proprio adesso.»

Lola abbassò un po' la voce e sorrise.

«Perché non l'ho ancora letto nemmeno io», confessò, mentre i suoi occhi scuri si illuminavano in un cenno di complice malizia.

La donna contraccambiò il sorriso. Per la prima volta, Lola osservò il suo viso. Aveva la pelle delicata e molto chiara, come i capelli. Quando sorrideva, alcune rughe sottili segnavano gli zigomi e disegnavano sotto gli occhi un reticolo di linee che le ricordava un foglio di carta millimetrata. Aveva i denti piccoli e dritti, bianchi, e gli occhi di un azzurro simile all'indaco, luminosissimi, cosa che quando sorrideva la faceva sembrare molto più giovane, come se tutto il suo viso s'illuminasse.

Però, ciò che più la sorprese fu che quella donna non guardasse la vetrina, ma lei. Pensò che forse volesse dirle qualcosa e non trovasse il coraggio. Cominciò a leggere, perché ormai glielo aveva promesso, anche se in verità se ne stava già pentendo. Faceva freddo e quell'assurda trovata di Matías le sembrò, ora più che mai, priva di senso.

3

SONO cresciuta in un piccolo villaggio in Normandia e nessuno mi ha mai detto che sono la figlia del duca di Ashford.

Devo essere arrivata nella casa degli Hervieu quando avevo poco più di tre anni. Ho sempre saputo che loro non erano i miei veri genitori, e infatti non li ho mai chiamati mamma e papà. Per me sono sempre stati madame e monsieur Hervieu. Avevano i loro figli e perciò, per quanto fossero brave persone e mi trattassero piuttosto bene, era inevitabile che io sentissi chiaramente di non essere della famiglia. C'è qualcuno tra voi che sa che cosa significhi crescere senza affetto, quando l'affetto vero, istintivo, quasi animale, abita nella tua stessa casa e tutti gli altri lo condividono? I bambini che vivono in orfanotrofio crescono senza l'amore dei loro genitori, ma è così per tutti, sono tutti nella stessa condizione. Il mio abbandono era peggiore. Aveva uno strano sapore. Era come sentirsi dire continuamente: tu non fai parte di questa famiglia, di questo mondo, non sarai mai dei nostri, e al tempo stesso sentirmi preclusa la possibilità di trovare un buco, su questa Terra, del quale invece io facessi parte. Comunque non chiesi mai a madame Hervieu chi fossero i miei veri genitori. Mai. Non ho nessun ricordo di loro. Nemmeno uno. Non un volto, non un profumo né una voce.

È curioso. Sembra che la mia vita sia cominciata in Normandia, come se tutto ciò che è avvenuto prima non sia mai esistito. Eppure so che quella vita che mi è ignota è custodita da qualche parte. Immagino di conservarla in qualche posto, però nella mia memoria c'è una gran confusione e, per quanto cerchi di mettervi ordine, non ci riesco.

Di questo passato confuso, della mia vita trascorsa prima degli Hervieu, c'è solo una nave. È una nave enorme. Salgo su una passerella di legno. Mi precede una donna con un cappellino bordato di pelle e una gonna con la *tournure* e un drappeggio che sembra un nodo malfatto. Ha i piedi piccoli, che inciampano in continuazione nelle traversine di legno messe per evitare che la gente scivoli scendendo dalla rampa. Sono una bambina, ma queste cose le so già. So anche che questa donna ha ingaggiato il facchino che ci segue con i bagagli e che in quelle valigie di pelle di vitello ci sono i miei vestiti di pizzo e le mie bambole di porcellana.

Poi tutto sfuma. Tutto, salvo lo sguardo severo di quella donna che dorme con me in una cabina di prima classe. Eppure non riesco a ricordare il momento in cui arrivai a casa degli Hervieu. Era una fattoria sulla costa occidentale della Normandia, vicino a Coutances. Sicuramente non lo ricordo perché per molti anni quello fu l'unico scenario che videro i miei occhi e poi, quando ebbi l'età per farmi domande, quella era l'unica infanzia che potessi ricordare. Era paradossale, tutto era e non era, mi apparteneva e non mi era mai appartenuto... Ed era anche ingiusto. Comunque, mi difesi come potevo rimuovendo i ricordi che ormai non avevano sicuramente più posto nella vita in cui ero stata relegata. Ho cancellato il mio arrivo nella casa degli Hervieu e ho conservato soltanto il ricordo di quell'enorme nave con cui arrivai in Normandia.

La fattoria era abbastanza accogliente. Gli Hervieu avevano una bella casa, soleggiata – in quei pochi giorni in cui c'era il sole – e abbastanza protetta dai venti del Nord perché era stata costruita in un punto riparato da un lieve declivio del terreno ed era protetta da siepi alte quasi due metri. Aveva un solo piano, con il tetto a due spioventi, e le stalle erano sull'altro lato del cortile circondato da alberi di melo, lontano dall'edificio principale, una posizione molto igienica perché ci teneva al riparo da cattivi odori, tafani e mosche. Nel suo interno, la casa gravitava attorno alla grande cucina in cui si svolgeva la nostra vita. Non c'erano corridoi, ma stanze senza finestre che si affacciavano direttamente sulla cucina, con una tenda che fungeva da porta. Lì dormivamo noi bambini. Il focolare, sempre acceso, ci teneva al caldo la notte.

Vicino all'entrata, invece, molto più grande, quasi come tutte le altre stanze messe insieme, e contigua all'androne, c'era la camera degli Hervieu. La cosa più bella di quella stanza era il letto d'ottone: agli angoli della testata aveva delle sfere di ceramica con le scene dell'infanzia della Vergine Maria e al centro un grosso medaglione con la Madonna circondata da arcangeli e cherubini. Sulla pediera, due ananas d'ottone. Tuttora, ripensandoci, lo trovo un letto bellissimo. Molto spesso mi domando dove sarà finito.

4

«Cosa ne pensa? Le piace?»

La prima pagina finiva così. Stavano là, insieme, davanti alla vetrina, a leggere attraverso la nebbia e un vetro non molto pulito. Per fortuna il libro era collocato più o meno all'altezza degli occhi e la lampada d'alluminio che Matías aveva piazzato come punto luce per richiamare l'attenzione – dettaglio eccessivamente teatrale ma efficace – agevolava considerevolmente la lettura.

«Non saprei dire», rispose Lola, «credo di sì. Lo stile mi piace, è molto scorrevole.»

Stavano sempre sul marciapiede. Ed era già da un po' che Lola sentiva freddo.

«E a lei?» domandò a sua volta. «Le piace?»

«Sì, certo, naturalmente», dichiarò la donna con il foulard. «Narra vicende che di sicuro sono più vicine a me che a lei. E non solo per la differenza d'età.»

«Lei non è spagnola, vero?»

Per la prima volta Lola si domandò chi fosse quella donna e che cosa ci facesse nel quartiere. Improvvisamente si rese conto che questo la incuriosiva.

«No, sono inglese», rispose la donna con un sorriso schietto. Il suo accento, forse inconsciamente, si fece più marcato. «Però abito a Madrid da tredici anni.»

Lola era intirizzita dal freddo, ma si sentiva in imbarazzo a entrare in negozio lasciando la donna per strada.

«E come mai è venuta nel nostro Paese?»

La donna guardò Lola, che si avvolgeva nel suo cardigan di lana.

«Lei sta gelando», esclamò invece di rispondere.

Anche Lola sorrise.

«Sì, è vero.»

La nebbia era sempre incollata alla strada, come se fosse arrivata per fermarsi.

«Andiamo dentro, le va?» disse avviandosi decisa verso la porta. «Posso leggere ancora un po', se entriamo.»

«Oh... La ringrazio, ma non vorrei farle perdere tempo.»

Lola stava già sollevando il piano del bancone.

«Perdere tempo? Assolutamente no. Non si preoccupi: se entra qualcuno, smetto di leggere e punto.»

L'una dietro l'altra entrarono nell'angusta libreria. Lola tolse alcuni quaderni dall'unica sedia che c'era e disse alla donna di accomodarsi, mentre per sé prese lo sgabello da sotto il banco. Poi pigliò il libro dalla vetrina. La lampada scaldava parecchio, anche se aveva una lampadina da 12 watt.

«Sa cosa mi è piaciuto di più?»

La donna si era tolta il foulard. I suoi capelli erano completamente bianchi, ma non era anziana. Lola pensò che dovesse avere più o meno l'età di sua madre.

«Che quella bambina racconta la sua storia senza risentimento. Fa pensare che crescerà senza amarezza, non crede?»

Lola rifletté.

«Può darsi», fece infine. «Comunque, almeno per quello che abbiamo letto, non c'è nessun intento di drammatizzare, cosa francamente apprezzabile. La realtà è già abbastanza dura.»

Ora le due donne sorrisero insieme. E poco dopo, quando la storia ricominciò, la voce di Lola echeggiò come se vi confluissero tutti i libri del negozio.

5

NON ricordo che mi dispiacesse stare in campagna. Anzi, credo che mi piacesse la libertà della vita all'aria aperta, con le sue varie fasi di cambiamento e tante cose da fare secondo la stagione: raccogliere noci in autunno, fragole selvatiche in primavera, mele ai primi di settembre, pomodori, piselli e fave nelle tiepide giornate estive... In dicembre si ammazzava il maiale, a Pasqua si arrostiva un agnello, alla fine d'agosto si sgranavano le pannocchie e in luglio ci portavano sempre a vedere il mare con il vecchio carro del sidro. Era divertente. Ricordo quel periodo della mia vita come un'epoca in cui c'era sempre qualcosa di nuovo da scoprire. E anche come un'epoca in cui nessuno mi scocciava.

Perché tutti i ricordi importanti dell'infanzia sono legati alla scoperta di un mistero? Inizialmente immaginavo che capitasse solo a me, a causa della mia particolare situazione; ma più avanti, quando cominciò la mia passione per i libri, mi accorsi che la parola «iniziatico» era associata a un gran numero di narrazioni. E che ciò che cerchiamo di scoprire altro non è se non il mistero della nostra vita.

Non ricordo bene quando iniziai ad alzare le antenne e a prestare attenzione a tutto ciò che dicevano gli Hervieu. So soltanto che non andavo ancora a scuola a Coutances, quindi doveva essere molto presto. Avevo quasi dimenticato il viaggio in nave e quella signora davanti a me, con la *tournure* sotto la gonna, quando udii una conversazione che solleticò il mio desiderio di saperne di più.

Fu quando avevamo già cominciato a tagliare l'erba per metterla a seccare. Monsieur Hervieu aspettava una giornata di sole e invece c'era una nebbia così fitta che non si vedeva a due metri di distanza. A volte, all'inizio dell'estate, arrivava la nebbia. Veniva da ovest, dal mare. Per giorni interi, i suoi lembi restavano aggrappati al terreno come brandelli di nuvole e, quando si alzava, alcuni fiocchi simili a ragnatele e grandi come il pugno di un bambino rimanevano attaccati all'erba. Madame e monsieur Hervieu erano arrabbiati. Sentii monsieur Hervieu che diceva: «Questa maledetta nebbia arriva dal Paese di quella là».

Indicava me, che gli giravo le spalle e stavo accovacciata a qualche metro di distanza. Non so che cosa stessi facendo in quella posizione; so soltanto che lui pensava che non lo sentissi, mentre io l'avevo sentito. O forse in quel momento non gli importava.

«Certo che adesso», continuò monsieur Hervieu con rabbia, «quelli saranno nei loro stabilimenti balneari a fare la bella vita e a prendere il sole. I ricchi cadono sempre in piedi.»

Perciò il mio Paese era dall'altra parte del mare? Allora i miei erano ricchi? Dov'ero nata io c'era il sole?

Tornai a quella lontana scena della nave, al viso severo della donna con la *tournure*, come se fossero il filo di un gomitolo che dovevo dipanare per poi tessere la verità. A volte, la sera, quando ci mandavano a letto e madame e monsieur Hervieu si trattenevano a chiacchierare davanti al focolare, ascoltando le loro voci sommesse e pacate provavo a fantasticare che la donna della nave fosse la mia vera mamma. Eppure era così inverosimile che nemmeno io potevo crederci.

Fatto sta che, nonostante questi enigmi, diventai grande.

E posso dire che sono stata abbastanza felice. Un bel giorno, come se fosse capitato all'improvviso, avevo dieci anni e lasciavo la fattoria degli Hervieu per andare a frequentare la scuola a Coutances. In realtà non fu una sorpresa come invece mi sforzo di credere, questo lo so, perché gli antecedenti erano chiari. Per esempio, un bel giorno non mi lasciarono più montare in cima al carro del fieno per andare nei campi dall'altra parte di Périers, poi mi vietarono di mungere e una volta madame Hervieu mi disse che presto avrei dovuto lasciare la scuola rurale per andare a studiare a Coutances, perché io da grande non avrei fatto la contadina.

Ebbene sì, una domenica di settembre, monsieur Hervieu mi portò in città con il carro. Sua moglie mi salutò con una certa tristezza, mi diede una serie di consigli su come si comporta una signorina – parola che per la prima volta sentivo riferita a me – e mi promise che tutti i sabati monsieur Hervieu sarebbe venuto a prendermi perché trascorressimo la domenica insieme. E quando fossero arrivate le vacanze, tutto sarebbe tornato come prima.

Non fu così. A Coutances abitavo in casa di una vedova che risparmiava sul cibo e sulla pulizia e che, la sera dopo cena, ingurgitava sidro con un impegno che avrebbe fatto meglio a dedicare ad altre occupazioni. L'inverno è duro, in Normandia. Piove in continuazione e la biancheria ha sempre quel puzzo che esce dalle cantine umide. A casa della vedova Tréport le finestre si aprivano poco, per evitare che uscisse il caldo, diceva lei. E quando le aprivo di nascosto era anche peggio, perché invece di vedere la campagna e gli alberi vedevo e annusavo edifici di pietra grigia, una strada di mattonelle grigie e un'atmosfera così sonnolenta e sbiadita che mi pareva grigia pure quella. Era un clima infernale, adesso che ci penso, anche se allora mi sembrava solo scomodo. La cosa peggiore era la nebbia. Cancellava la realtà e ti chiudeva in una sacca umida da cui uscivi barcollando. E il vento dell'Ovest, impetuoso, devastante, alzava polveroni, mareggiate, metteva tutto a soqquadro, compresi i pensieri. In Normandia, tutto ciò che di spiacevole ha il clima viene dal mare.

Io avevo i capelli fini e biondissimi. Madame Hervieu si lagnava perché erano sempre pieni di nodi e ricordo che tutti i giorni dovevo trattenere il pianto, quando lei mi preparava per andare a scuola. Adesso che madame Hervieu non c'era più e dovevo pettinarmi da sola, non ero certo disposta a soffrire. Perciò mi tagliai i capelli: appena sotto le orecchie e con la riga in mezzo, *à la garçonne*, così da non dovermi più sottoporre alla tortura mattutina di sbrogliare i sogni che vi restavano impigliati. La vedova Tréport si arrabbiò e minacciò di chiamare gli Hervieu, ma quando la mia mamma adottiva mi vide mi trovò bellissima, si espresse così, e credo che fosse sincera. Madame Hervieu non diceva mai le cose tanto per dirle. Non aveva tempo per le smancerie.

Tutto qui. Non ho altri ricordi concreti, sembra impossibile che degli anni interi possano scomparire dalla memoria... Eppure, se penso alla mia vita durante gli inverni a Coutances, ho solo quei pochi ricordi frammentari: come tutto sembrava sporco, stantio e poco arieggiato, la grettezza della vedova Tréport, il portico della cattedrale, grande orgoglio della città, con le carrozze da cui scendevano le dame, il fruscio dei loro abiti di taffetà quando camminavano nella chiesa, le cantine che odoravano di sidro al calar della sera e poco altro. Per esempio, non ricordo niente, assolutamente niente, della scuola dove studiavo. Mi sforzo, ma non riesco a ricordare l'aula, né il viso di qualche vecchia compagna, l'ingresso... niente. Niente di niente. Non è incredibile?

Per quattro anni, dai dieci ai quattordici, ho fatto solo due cose veramente importanti: leggere tutte le notti senza sosta, chiusa in camera mia, e tornare contenta alla fattoria quando arrivava l'estate.

La casa in cui stavo aveva una cosa bella: la biblioteca. Il defunto monsieur Tréport insegnava letteratura al liceo e durante il corso della sua vita aveva accumulato una certa quantità di libri, non tantissimi ma comunque sufficienti per la formazione da autodidatta di una ragazzina come me. Lessi l'*Iliade*, alcune opere teatrali di Molière e le poesie di Baudelaire, che mi parevano complicate e un po' artificiose. Amavo la narrativa, Flaubert, Tolstoj, Dostoevskij, ma soprattutto la poesia. Come mi piacevano i poeti romantici... Non so se adesso sopporterei ancora di leggere Byron o Shelley, e per non correre rischi non mi azzardo a provarci, ma allora che godimenti intimi mi diedero, che forti emozioni, e quali promesse di dolci torture d'amore m'inflissero...

Tutto finisce. Il mondo gira e le cose cadono come se giungessero alla fine dell'orizzonte. Ecco come mi sentii quando, all'inizio delle vacanze del 1914, scesi con la mia valigia dal carro di monsieur Hervieu convinta di trascorrere l'estate alla fattoria e invece vidi il viso severo di quella donna. La riconobbi subito. Mi parve quasi di risentire il dondolio della nave e il mal di mare.

Credo di provare ancora affetto per gli Hervieu. È trascorsa una vita intera e questo sentimento non è mai cambiato. Non so bene perché. Forse perché penso che avrebbero potuto trattarmi male e invece non lo fecero, o perché da loro ho imparato cose che in seguito nessuno mi ha più insegnato: l'importanza del lavoro, la dignità che deriva dal guadagnarsi il pane con le proprie mani, l'orgoglio di meritarsi ciò che si possiede e soprattutto l'idea chiara di ciò che è bene e ciò che è male. Erano brave persone, gli Hervieu.

Poi nulla fu più così. La donna con cui avevo fatto quel

viaggio in nave, quando avevo solo tre anni, si chiamava Mary Abbott. Era inglese. Stando a quanto disse, era al servizio del duca di Ashford ed era venuta a prendermi per portarmi a Deauville, dove avremmo trascorso l'estate a Villa Smeralda, la residenza estiva di lord Ferguson.

6

QUANDO Mary Abbott e io arrivammo a Deauville, nessuno immaginava che sarebbe scoppiata una guerra. Trascorse solo un mese, tra il mio arrivo e l'inizio di quello spaventoso conflitto. Quel mese. Un'isola nel tempo. La piega dove si accumularono lo stupore, il desiderio, le sorprese e il germe del futuro. Quel mese contiene tutta la mia vita.

Domande che feci a Mary Abbott durante il viaggio:

«Perché andiamo a casa di un lord inglese?»

«Perché sono stata invitata?»

«Chi è il duca di Ashford?»

«Lei conosce i miei veri genitori?»

Soltanto qualche riposta stentata. Abbondavano invece i silenzi, i sorrisi, l'ambiguità. Solo una cosa riuscii a sapere con chiarezza: il duca di Ashford era il mio protettore.

Giungemmo a Villa Smeralda un giovedì. La carrozza ci lasciò davanti a una grande casa in stile normanno, con molteplici tetti a due spioventi e muri rivestiti di legno. Le travi della facciata erano dipinte con lo stesso colore del cielo, un azzurro spento, quasi grigio, mentre le imposte di legno erano di un intenso color indaco. Ovunque svettavano torri aguzze e camini, archi ogivali e fioriere.

Non le assomigliava per nulla, eppure – non so perché –

mi ricordava la casa degli Hervieu. Sicuramente, tutto ciò che nella fattoria degli Hervieu era garbatamente rustico qui era esageratamente lussuoso: era come vedere dieci fattorie degli Hervieu messe l'una in cima all'altra a formare questa specie di castello.

Una cameriera con la cuffietta e la sottana lunga fino ai piedi ci fece accomodare nell'atrio. Lì ci accolse un uomo con la finanziera, che pensai potesse essere lord Ferguson ma in seguito seppi che era il maggiordomo. E senza che incontrassimo nessun altro fummo condotte nelle nostre stanze.

Ricordo la camera che mi fu assegnata perché prima d'allora non avevo mai avuto uno spazio tanto grande solo per me. Il letto era alto, con due materassi e la testiera di legno intagliato. Accanto alla finestra di vetri con modanature bianche, c'erano una poltrona da lettura, un tavolino e una lampada da terra. Sull'altro lato della stanza, invece, vicino all'armadio a due ante, stava un'ottomana foderata con un tessuto dai bizzarri motivi vegetali. Era una camera adatta a trascorrerci del tempo.

Miss Abbott venne a prendermi poco prima dell'ora di cena.

«Oh, Signore Benedetto!» esclamò vedendo il mio vestito blu con il colletto alla marinara, il più bello che avevo. «Non puoi certo presentarti in sala da pranzo con quell'abito pietoso.»

Mi sentii umiliata.

«E adesso cosa facciamo? Come faccio a portarti giù così?»

Cominciavo a detestare quella donna. Ero un'adolescente un po' insicura e fragile rispetto alla propria identità, ma ero convinta che il mio aspetto non presentasse nessun problema.

«Ora che ci penso... chissà... forse potremmo chiedere a lady Sarah di prestarti uno dei suoi vestiti... in fondo ha la tua età.»

E mentre lei partiva veloce come un fulmine, io pensai due cose: primo, che in quella casa c'era una mia coetanea di nome Sarah e che non sapevo quanto mi sarebbe piaciuta, e secondo, che sarei andata a cena con il mio vestito blu e punto.

«Non mi metterò l'abito di un'altra.»

Mary Abbott rimase rigida, con il vestito di crêpe accuratamente piegato sul braccio sinistro. «*Ça t'apprendra*», dissi tra me e me mentre osservavo quella donna, che era davvero sorpresa. O, per meglio dire, stupefatta.

«Non lo metterò», ripetei. «Il mio vestito va benissimo. È nuovo.»

Detto questo, aprii con gesto deciso la porta e mi avviai per il corridoio in direzione delle scale, ma prima ancora di posare il piede sul primo gradino udii i passi nervosi di miss Abbott che cercava di raggiungermi. E mi raggiunse, eccome se mi raggiunse. Quando entrammo nel salone, lei era profondamente turbata e io assolutamente tranquilla.

Era una stanza grande come non ne avevo mai viste. Davanti al camino c'era una zona con poltrone e divani, tutti foderati con lo stesso broccato a colori vivaci, e tra di essi stavano tre tavolinetti con posacenere di cristallo lavorato e lampade di varie dimensioni. Sulla mensola del caminetto, due zanne d'elefante sul loro piedistallo di mogano e una collezione di cornici d'argento con ritratti di famiglia e fotografie di scene di caccia. Una donna che sembrava un'istitutrice stava in piedi, tutta rigida, vicino a una ragazzina della mia età che si era tolta le scarpe e stava seduta sui talloni in una postura che a me in casa degli Hervieu non sarebbe stata permessa. In fondo alla stanza, accanto alla vetrata che dava sul giardino, c'era un uomo molto anziano che dormicchiava con un giornale piegato in mano.

La ragazzina si mise in piedi prima che miss Abbott avesse avuto il tempo di presentarci.

«*Bonjour, je m'appelle Sarah*», esordì porgendomi la mano. Si era alzata e si era infilata le scarpe dalle grosse fibbie con una velocità incredibile.

Le dissi il mio nome, con la tipica diffidenza degli adolescenti, e le strinsi la mano, che era morbida, un po' floscia, come esanime. Lei aggiunse: «*J'aime bien ta robe. On dirait que tu es allée à la plage*».

Mi piace il tuo vestito, sembra che tu sia stata in spiaggia... Che razza di benvenuto era? Che cosa intendeva esattamente?

Comunque capii che nel suo atteggiamento non c'era traccia d'ironia né di superbia: Sarah era semplicemente divertita dal mio abbigliamento, come se fosse un segno di sfacciataggine o di sfida. Si avvicinò ancora un poco e, abbassando la voce, questa volta nella sua lingua, continuò: «È molto più bello di quello che hanno preso per te dal mio armadio. Queste due non capiscono niente di niente».

Mi prese per il braccio.

«Vieni, ti presento il nonno.»

Andammo alla vetrata. Sarah baciò il vecchio sulla tempia e poi gli sussurrò all'orecchio: «Svegliati, nonno, che abbiamo un'ospite».

L'anziano signore sollevò la testa e sorrise. Non pareva disturbato dall'essere stato svegliato in quel modo.

«Si chiama Rose e abita in una fattoria in Normandia.»

«Ah... la Normandia... E dove si trova?»

«Nonno, qui siamo in Normandia. Deauville è in Normandia.»

Il vecchio assentì varie volte con il capo, concentrato, come se stesse cercando la Normandia sull'*Enciclopedia Britannica*.

«Noi inglesi siamo imparentati con i normanni. Si può dire che un tempo fossimo un'unica famiglia, sai?»

Io annuii. Sì, lo sapevo. Quello che ignoravo era a quale famiglia appartenessi io.

Proprio in quel momento, entrarono due giovanotti in smoking. Uno di loro fumava un sigaro senza farsi il minimo riguardo. Miss Abbott mi presentò come la protetta del duca di Ashford. Uno dei due mi guardò incuriosito, mentre l'altro fece un lieve cenno con il capo ma non si avvicinò a stringermi la mano. Proprio in quell'istante, entrò lady Ferguson. Era molto bella. La donna più bella che avessi mai visto. Portava i capelli raccolti dietro la nuca con fermagli e pettinini a forma di libellula o di sole dai raggi di diamanti. Il vestito, lungo, ma che pure non copriva la caviglia, era d'organza morbida e stretto in vita da una cintura. Il corsetto rendeva ancora più perfetta la sua splendida silhouette, e lei camminava dritta, il mento alto e il portamento aristocratico. La seguiva lord Ferguson, in smoking come gli altri. In quel momento capii quale fosse il problema del mio vestito blu. Miss Abbott fece nuovamente le presentazioni, senza mostrarsi minimamente imbarazzata dal mio abbigliamento, e per questo la ringraziai in silenzio.

Mentre gli uomini bevevano un bicchiere di porto prima di cena, lady Ferguson mi fece accomodare accanto a lei e si comportò con me in modo squisitamente gentile, direi perfino affettuoso.

Mi fece molte domande sui miei studi d'inglese a Coutances e parve compiaciuta delle mie risposte, soprattutto del fatto che io avessi frequentato anche delle lezioni private durante i quattro anni di scuola. Sarah, nel frattempo, si era ritirata nella poltrona più distante e sembrava imbronciata.

Lady Ferguson allora mi chiese se desiderassi perfezionare il mio inglese durante l'estate e al mio risoluto «sì, certamente» chiamò sua figlia.

«Sarah, tesoro, la nostra ospite vorrebbe migliorare la sua conoscenza della nostra lingua, perciò ti pregherei di parlare solo in inglese con lei. Da questo momento il francese è proibito. Intesi?»

Sarah fece una smorfia.

«Niente francese», ribadì con un sorriso affettuoso lady Ferguson.

«D'accordo», annuì Sarah di malavoglia, non so perché; forse perché a quell'età ciò che davvero importa non è quello che si fa o non si fa, bensì il cercare di fare esattamente il contrario di ciò che viene ordinato.

«Però possiamo andare a cavallo tutte le mattine? Per favore... non dirò nemmeno *bonjour*...»

Lady Ferguson si girò verso di me.

«Sai montare, cara?»

Per poco non mi scappò una risata. Ero cresciuta in una fattoria. Sicuramente montavo a cavallo meglio di tutti loro messi insieme.

«E anche giocare a tennis?» domandò ansiosamente Sarah appena ebbi annuito con la testa. Non mi lasciò nemmeno il tempo di articolare un suono. «Sai giocare a tennis? E nuotare?»

«Sarah, per favore, un po' di contegno. Smettila di fare il terzo grado a Rose. Avrete tutto il tempo.»

Lady Ferguson alzò il capo in direzione del maggiordomo, gli fece segno di sì e annunciò: «Signori, passiamo in sala da pranzo, per favore. La cena è servita».

Poi andò da suo padre, che nel frattempo, isolato da tutto e da tutti, si era rimesso a sonnecchiare.

«Papà, andiamo a cena. Vieni, che ti aiuto.»

Lui afferrò il braccio di lady Ferguson e insieme guidarono la comitiva che si avviava chiacchierando informalmente verso la sala da pranzo. Capii subito che le donne di quella famiglia mi sarebbero piaciute.

7

SONO felice. Oggi è giovedì. Mi sono svegliata di ottimo umore, attendendo con ansia le dieci per piazzarmi davanti alla vetrina. Non ho nemmeno avuto bisogno di uscire sul balcone per capire che sarebbe stata una mattina molto fredda. Se almeno avessimo abbastanza carbone...

Cerco di coprirmi bene. E mentre mi vesto penso con invidia agli uomini, che non devono mettersi gonne, calze e reggicalze, reggiseno e camicette con migliaia di bottoni. Macché, loro indossano un abito e a posto così, al massimo una cravatta e sono pronti per qualunque occasione. Ogni mattina mi pesa molto decidere che cosa mettermi. È così da sempre. Devo pensare ai vari indumenti, ai colori, a come abbinarli con le scarpe, al freddo che c'è fuori e al caldo delle stufe. Mettere la sciarpa o il foulard? Mi serve la cintura? E che borsa prendere per metterci il portafoglio e le chiavi? In tempo di guerra, quando portavamo tutti la divisa dei miliziani, era molto più semplice. Per di più, quando comincia a far freddo il mio corpo non si è ancora abituato a sopportare le rigide temperature di Madrid, e così, nonostante le calze di cotone pesante e le scarpe invernali, ho sempre le gambe gelate. Chi avrà inventato questo tipo di abbigliamento? Naturalmente prima era anche peggio. Quarant'anni fa, con quei vestiti che si lavavano poco e s'impregnavano di sudore, nessuno sopportava l'inverno né l'estate. Mi ricordo benissimo come puzzava la gente.

Si chiama Lola. Me l'ha detto lei. Mi ha anche promesso che oggi esporrà in vetrina altre due pagine del romanzo.

Mi piace quella donna. È... non so... bella ed elegante, ma non fisicamente – o non solo fisicamente – bensì dentro. Credo che sia una di quelle persone di cui ti puoi fidare. Mi è sempre piaciuta la gente sincera e diretta, perché mi dà tranquillità.

Il freddo di questa mattina di fine ottobre non è solo una promessa ma una realtà, accidenti... Tira vento, viene da nord, dalla Sierra di Guadarrama, e tutt'a un tratto mi fa pensare a un lago ghiacciato che abbiamo visto alla fine della guerra, mentre cercavamo di attraversare tutte quelle montagne. In primavera, con il disgelo, era tutto allagato: piccole pozzanghere tra il muschio, rigagnoli che solcavano l'erba e rivoli che scorrevano sulle pareti di roccia. I fiori gialli e malva sbocciano nei miei ricordi insieme con le aringhe secche e il pane casereccio... E con i sentieri che percorriamo per andare al villaggio, dove ci raccoglieranno le camionette. Henry cammina in fretta, è sempre in testa al gruppo. Qualcuno canta una canzone in inglese, un motivetto che non conosco.

Insomma, così è la vita: presente e passato. Quel che conosciamo. Per fortuna, per il futuro si usa sempre il condizionale.

Mi piacerebbe sapere che cosa accadrà nel tempo che ancora mi resta, che cosa farò, oltre a rimanere arenata in questa città così lontano dalla... stavo per dire così lontano dalla mia patria, come i soldati americani, ma io a cinquantun anni non sono ancora riuscita a capire quale sia la mia vera patria. E nemmeno m'importa. La mia patria era Henry, l'incavo di una spalla dove poggiavo la testa. Non mi occorreva altro. Solo quello. Solo lui.

Eccomi già qui. C'è anche lei. Che cosa le dico? Non mi ha ancora visto. Non posso raccontarle che anche oggi ho dimenticato gli occhiali...

8

DEAUVILLE era diversa da Coutances... Nei miei ricordi, il sole di Deauville sarà sempre come quello di un'isola greca.

Mi era bastata una settimana per abituarmi a tutto. Miss Abbott mi aveva comprato un guardaroba adatto, immagino con il denaro del duca di Ashford, il quale aveva pagato anche quel famoso viaggio in nave in prima classe: divisa da equitazione, abiti da giorno, da spiaggia, da sera, giacche e costumi da bagno, tenuta da tennis... Al ritorno avrei dovuto noleggiare un baule per metterci dentro tutto.

E a proposito di bauli: la prima cosa che vidi di quella donna fu proprio il suo baule di pelle di vitello, enorme, elegante, raffinato, pieno di adesivi di ogni dimensione con il nome delle navi, delle frontiere e degli hotel.

«Frances!»

Sarah corse verso la macchina e, prima ancora che quelle gambe perfette e ben tornite che erano spuntate con disinvoltura dalla portiera posassero il piede per terra, si gettò tra le sue braccia. Lei era bruna, sembrava spagnola o greca, ed era tutta vestita di bianco: un abito longuette di tessuto leggero, calze e scarpe bianche e un turbante di broccato che incorniciava il viso dai tratti irregolari. Non era assolutamente bella: naso aquilino, forse troppo grosso, labbra carnose e capelli neri come la pece. Tutto, nel suo viso, pareva un po'... come dire... eccessivo.

Camminarono abbracciate fino all'ingresso.

«Frances, questa è Rose.»

Frances mi sorrise. Non so spiegare come fosse il suo sorriso, posso solo dire che quando lei ti guardava ti sentivi unica.

«Frances vive a Parigi», soggiunse Sarah con orgoglio, «è mia cugina.»

Fino a quel momento non avevamo notato l'uomo sceso dall'auto dopo di lei in mezzo a una valanga di bagagli. Indossava una paglietta e un ridicolo abito a righe molto attillato, stile dandy.

«Lui è Sacha, *mon cher ami.*»

In casa ci fu un po' di agitazione a causa dei nuovi arrivati: i domestici correvano da una parte all'altra con i bagagli, la governante non riusciva a controllare completamente la situazione e perfino lady Ferguson, normalmente calma e controllata, sembrava turbata dall'ingestibile spiegamento di forze generato dall'arrivo di Frances.

«Hai visto il suo vestito?» mi domandò Sarah piena di ammirazione. «Non è impressionante?»

Adesso che Frances si trovava accanto a lady Ferguson, era il contrasto tra le due donne a essere impressionante: una bellezza classica, piena di eleganza e di armonia con la sua figura sottile stretta nel corsetto, di fronte a un'esplosione di originalità e stravaganza, a un corpo che si muoveva liberamente nell'abito leggero che ne segnava con precisione le forme a ogni movimento.

«A me sembra una camicia da notte», ribattei, un po' per punzecchiarla. «Attraverso il tessuto si vedono le gambe.»

A quel commento, Sarah replicò infuriata: «Cosa dici? Ma se è all'ultima moda di Parigi!»

E corse via, per andare a stringersi di nuovo alla vita della cugina.

Non dicevo sul serio. Non so se quel vestito mi piacesse, ma

Frances mi conquistò fin dal primo istante. Ancora adesso, a volte, quando sento parlare di sensualità o di fascino, penso a lei. Se lady Ferguson era la bellezza nella sua accezione più perfetta, Frances rappresentava la sensualità e la trasgressione. Suppongo che gli uomini la immaginassero come una promessa di gioie e piaceri sconosciuti, visto che perfino io, che ero poco più di una bambina, ero turbata dalla sua sensualità.

Ci sono donne che quando entrano in una stanza ti abbagliano e altre, come Frances, che ti illuminano. Frances era pura luce. Sembrava che avesse inghiottito il sole. Sarah e io le svolazzavamo attorno come due piccole libellule frastornate. L'accompagnammo in camera sua.

«Guarda cosa ti ho portato», disse a Sarah aprendo il suo baule enorme.

Poi mi guardò come impensierita.

«Be', potete usarlo tutte e due.»

E così dicendo tirò fuori una scatola sottile, alta due dita, e me la consegnò. Poi cominciò frettolosamente a cercare tra i bagagli che i domestici avevano sparso per la stanza e finalmente trovò un'altra grossa scatola quadrata, avvolta in carta da pacchi. Da un cordoncino sottile pendeva un cartellino con il logo ovale della *Maison Pathé*. La scartò.

Dalla scatola spuntò dapprima una specie di grossa tromba e poi un marchingegno di legno con una manovella. Con sorprendente abilità, Frances mise insieme i pezzi finché il grammofono fu perfettamente montato. Sarah faceva salti di gioia.

Frances mi disse di aprire la scatola dei dischi, quella che aveva appena tolto dal baule.

«È la musica che va di moda a Parigi», annunciò con voce allegra.

Posò un disco di vinile su quel marchingegno. Si udì la voce di un uomo che cantava.

«È una canzone di Sacha», disse orgogliosa Frances. «A Parigi vanno tutti pazzi per lui.»

«È un cantante di *vaudeville*?» domandai stupita.
Lei mi sorrise dolcemente.
«No, tesoro, è pianista e compositore. Suona alle *Folies du music-hall*, il locale che quest'anno va più di moda. L'hanno inaugurato in maggio e ormai non si parla d'altro.»
Io non mi mostrai particolarmente entusiasmata.
«Non ti piace?»
Non sapevo che cosa rispondere. Era una canzone allegra e leggera, un po' frivola, a giudicare dal testo ambiguo.
«Vieni», disse tutt'a un tratto Frances protendendo le braccia verso di me. «Balliamo. Questa musica è da ballare, non da ascoltare stando seduti.»
Rimasi paralizzata.
«Non sa ballare», precisò subito Sarah con il tono seccato di quando non era lei al centro dell'attenzione. «È una palla al piede, non sa fare quasi niente.»
«Certo che so fare delle cose», feci io cadendo in pieno nella sua trappola. «Per esempio vado a cavallo meglio di te.»
«Ma non sai nuotare né giocare a tennis.»
Frances ci interruppe con cenno della mano. Aveva un anello con una grossa pietra blu che lanciava bagliori stupefacenti. Poi abbassò la mano morbidamente, lasciandola inerte davanti ai nostri occhi, come un direttore d'orchestra che trattiene il suono tenendolo stretto tra le dita per poi liberarlo in un gran crescendo.
«Su, su...» disse con quella sua voce calda, piena di sfumature. «Vediamo, quindi tu non sai ballare?»
Feci cenno di no e abbassai vergognosa lo sguardo.
«*Comment cela se fait?*» disse in un perfetto francese, venendo da me e sollevandomi il mento con le dita.
Adesso sì che mi sentivo fragile e provinciale.
«Ti piacerebbe imparare?» domandò senza lasciare che abbassassi di nuovo gli occhi.
«Certo.»

«E allora ti insegno io. Una bellezza come te che non sa ballare... *Il ne manquerait plus que cela!*»

Mi piaceva ascoltarla parlare in francese. Mi faceva sentire come se fossi a casa.

«Ti aspetto in camera mia tutti i giorni, un'ora prima di scendere a cena. Ti insegnerò i passi di base. Niente roba vecchia: solo i balli di moda a Parigi.»

«Ma non hai detto che il grammofono era per me?» protestò Sarah. «Voglio tenerlo in camera mia.»

Frances la guardò inclinando il viso, un gesto che avrei considerato tipico di quella donna così singolare; ma questo fu dopo, quando ormai la nostra cara Frances non poteva più riempire di luce una stanza... Insomma, allora eravamo là: noi tre.

«Saresti così gentile da prestarmelo per qualche giorno?» la pregò. «Penso che potremmo sistemarlo qui, così è più comodo, e tu potresti venire con Rose. Ci divertiremo, noi tre. Be', magari potremmo invitare anche Sacha, così saremo due coppie. Cosa ne pensate?»

«I miei lo permetteranno?» tutt'a un tratto Sarah si mostrava per quel che era e cioè una brava bambina ubbidiente, nonostante i capricci e le bizze che faceva. O forse proprio per quello.

«Be'... Non vedo perché dovrebbero saperlo, no?»

Frances guardava me. Io annuii sorridendo.

«Allora siamo d'accordo: da domani, lezione di ballo un'ora prima di cena. E adesso lasciatemi riposare, è stato un viaggio molto lungo.»

Osservare gli adulti. Ascoltare le conversazioni da cui – anche se tu sei lì – rimani esclusa. Succedeva spesso. Sarah e io ci sedevamo a tavola e all'improvviso diventavamo due creaturine invisibili, mentre le parole viaggiavano sulle nostre teste come se noi non ci fossimo. A casa degli Hervieu questo non capitava mai.

«Abbiamo assistito all'ultimo lavoro di Stravinskij.»

«Stravinskij? Ma non è il musicista russo che ha causato quel pandemonio lo scorso anno?»

«Proprio lui. È successo un putiferio. La sera della prima, sostenitori e detrattori hanno fatto a pugni.»

«Com'era il titolo? *La sagra della primavera?*»

«Sì, ma questo è un altro lavoro che è stato rappresentato per la prima volta quest'anno. S'intitola *L'usignolo*. Il personaggio dell'usignolo è interpretato da una donna.»

«E quale nuova eccentrica bravata ha fatto questa volta il russo?»

«Nulla di particolare: i cantanti nella fossa dell'orchestra e in scena altri interpreti che mimavano e danzavano.»

«E ti è piaciuto, cara?»

«Oh, sì, certamente. È stato divertente. Anche se questa primavera a Parigi l'evento più interessante è stato l'inaugurazione di uno di quei locali che Walter definisce 'frivoli', *Les Folies du music-hall.*»

«Per piacere, Frances», protestò lord Ferguson, «vuoi dire che non lo sono?»

«Sei troppo rigido, caro cugino. La gente vuole divertirsi, ridere e bere champagne... E alle *Folies du music-hall* lo puoi fare senza cadere nella banalità di quei vecchi *cafés chantants.*»

«Cara, devo ricordarti che il *music-hall* l'hanno portato – non so se sia un bene o un male – i britannici? O adesso vorresti farmi credere che anch'esso è stato inventato nella tua cara Parigi?»

«Su, Walter», la voce calda e armoniosa di lady Ferguson imprimeva sempre un accento pacato a quelle discussioni mondane, «non per dare ragione a Frances, ma ricordati che un paio d'anni fa quella cantante di *music-hall*, Mary Lloyd, mi pare si chiamasse, si è esibita davanti a re Giorgio V in persona. Immagino che ciò abbia dato una certa dignità a questo tipo di spettacoli.»

«Sì, ma il re poi non l'ha ricevuta, l'hanno scritto tutti i giornali.»

«Però è andato al *Palace Theatre* per sentirla cantare.»

«Non dico di no», lord Ferguson sembrava essere messo alle strette dalle due donne. «Spero solo che tu non mi chieda di andare a vedere uno di quegli spettacoli.»

Sua moglie sorrise e abbassò lo sguardo. Chissà se perché era d'accordo o perché pensava che tanto non sarebbe dipeso da lui.

Quelle conversazioni.

Cominciavano sempre in un modo che mi affascinava, come per caso. Per esempio: «La squadra di James ha vinto la partita di polo».

«Davvero? E che cavallo monti, James?»

«Una cavalla spagnola di cinque anni.»

«È tua?»

«Naturalmente. Non monterei mai un cavallo altrui.»

Un silenzio. Un sorriso ironico sulle labbra di Frances.

«Mai?»

«Mai», risponde molto serio James, il fratello maggiore di Sarah.

Qualcosa nell'aria. Qualcosa che mi sfugge ma che i grandi colgono al volo. Qualcosa che lady Ferguson non apprezza e che invece fa sorridere Elliott con malizia.

Frances si gira verso lady Ferguson.

«Cara cugina, ti invidio. I tuoi figli sono davvero adorabili.»

E allora, in modo inatteso ma apparentemente spontaneo, lady Ferguson esclama: «Oggi al *Normandy* ho incontrato Edith Grenfell. Sapevate che ha divorziato dal marito?»

«È sulla bocca di tutti. Si dice che abbia ridotto quasi sul lastrico il povero Grenfell.»

«Grenfell? Non è quello delle miniere in Sudafrica?»

«Proprio lui. Credo che l'umiliazione sia stata tale da fargli lasciare l'Inghilterra.»

«Per l'infedeltà di sua moglie? Ma non dovrebbe essere lei, casomai, a lasciare il Paese?»

«Alcune donne non si fanno molti scrupoli, caro il mio James. Non dimenticarlo.»

«Non lo amava più», interviene prontamente Frances, «i sentimenti non si possono comandare.»

Lady Ferguson la guarda con una certa condiscendenza.

«Lo pensi davvero?»

Frances sostiene il suo sguardo.

«Io non potrei vivere con un uomo che non amo.»

«Lo sappiamo, cara, lo sappiamo.»

Sarah mi tira un calcio sotto il tavolo.

«Anche Frances è divorziata», mi dice sottovoce.

Poi, mentre i grandi continuano a conversare, domando a Sarah se sua cugina e il musicista stanno insieme.

«No! Che tonta sei! Ma non lo vedi che è omosessuale?»

La guardo senza capire bene che cosa intenda.

«Gli piacciono gli uomini, non le donne.»

Non rispondo. Devo prima rifletterci con calma.

In seguito, da adulta, capii che il copione che stabilisce di che cosa si debba o non si debba parlare a una cena di società è abbozzato in anticipo. Nessuno l'ha scritto e nessuno l'ha anticipato ai commensali, ma in vita mia ho sempre indovinato quali sarebbero stati gli argomenti di conversazione durante una cena o un week-end in campagna. Alcune cose, tra cui la vita di società, sono perfettamente strutturate. Anche se a volte ci sono delle eccezioni. Per esempio, nessuno di noi avrebbe immaginato che la notte del 29 di giugno tutti avrebbero parlato unicamente di un assassinio: quello dell'arciduca ed erede al trono dell'impero austro-ungarico Francesco Ferdinando e della sua consorte Sofia, a Sarajevo. La notizia del delitto, perpetrato il giorno precedente, aveva attraversato l'Europa ed era volata come polvere, con il tacito impegno di distruggere una generazione e di cambiare l'opinione che l'Europa aveva di se stessa.

Non ho ancora raccontato quasi nulla dei fratelli di Sarah. Erano due e anche loro trascorrevano quell'estate a Deauville.

James, il maggiore, era un capitano della flotta di sua maestà Giorgio V. Era alto e attraente come sua madre. Elliott, minore di due anni, aveva i capelli rossi e le lentiggini come lord Ferguson, e aveva scelto un lavoro da civile. Quell'inverno sarebbe andato a lavorare nella City, in una delle banche più importanti del Regno Unito.

I due fratelli di solito conducevano una vita parallela rispetto al resto della famiglia: andavano alle corse, all'ippodromo della Touques, frequentavano i saloni dell'*Hotel Normandy*, praticavano il polo e la barca a vela e la sera, dopo la cena in famiglia, andavano al casinò a giocare a *chemin de fer*. Andavano sempre insieme dappertutto. A volte, nel corso delle conversazioni in famiglia, era sorprendente constatare come, pur essendo tanto diversi, condividessero le stesse opinioni.

Nessuno dei due mi prestava particolare attenzione, però, un pomeriggio in cui ero sola in biblioteca per scegliere un libro, James si trattenne a parlare con me. Ho ripensato spesso alle sue parole.

Mi raggiunse nella zona più buia, dove mi ero rifugiata non appena avevo visto aprirsi la porta ed entrare qualcuno. Credo che mi avesse visto subito.

«Cerchi qualcosa da leggere?»

Annuii.

«Qualcosa di preciso?»

Dissi di no.

«Vuoi che ti aiuti?»

Alzai le spalle. Non per indifferenza, ma per timidezza.

«Conosco questa biblioteca come le mie tasche», proseguì come parlando tra sé o come accorgendosi che i libri erano sempre lì. «La maggior parte di questi volumi li ho letti quando avevo la tua età.»

Io pensavo di essere una bestia rara, a causa della mia passione per la lettura, e comunque non avevo ancora conosciuto nessuno cui piacesse leggere. L'unico libro che c'era in casa degli Hervieu era una *Bibbia*, mentre a Coutances, dalla vedova Tréport, c'erano libri ma non li leggeva nessuno tranne me. A Villa Smeralda i Ferguson avevano una piccola biblioteca con circa trecento volumi. Non erano molti, ma in quella stanza c'era sempre qualcuno che leggeva. Soprattutto lord Ferguson, che trascorreva lì buona parte della mattinata con i suoi giornali, e a volte sua moglie nei pomeriggi di pioggia, quando non giocava a bridge. Ma soprattutto il padre di lady Ferguson, sir William, l'anziano signore che la sera in cui ero arrivata si era dimenticato di essere in Normandia. Mentre James ed Elliott non li avevo mai visti in quella stanza.

Fino a quel pomeriggio. Il carattere mondano del fratello maggiore di Sarah non dava a intendere che fosse uno di quei placidi borghesi che trascorrono i pomeriggi d'inverno a leggere sprofondati in una poltrona. E infatti dovevo fare uno sforzo per immaginarlo mentre leggeva tutti quei libri, ma il suo tono, riflessivo e sincero, non dava adito a dubbi. Nemmeno ciò che mi disse in seguito.

«Sai, in alto mare un libro ti fa compagnia.»

Cercò nella libreria.

«Prendi questo, credo che ti piacerà.»

Mi porse *Cime tempestose*.

«Mi hanno detto che andrai in una specie di collegio.»

Collegio? Questa era nuova.

«Quando ti sentirai sola, leggi un libro. Ti aiuterà a star meglio.»

Era già sulla porta, in procinto di andarsene, lasciandomi in preda a una straordinaria inquietudine che mi turbava profondamente, quando improvvisamente si girò.

«Anche Emily Brontë è stata in uno di quei collegi femminili. Spero che il tuo sia migliore. Ma tu leggi, leggi ogni volta che puoi.»

E prima che si chiudesse la porta alle spalle lo sentii sussurrare: «Ti salverà».

* * *

Giunse l'ora di scendere a cena. Volevo domandare a miss Abbott che cosa diavolo fosse quella storia del collegio. Ero furiosa e non riuscivo a pensare ad altro, ma quando entrai nel salone capii che stava succedendo qualcosa di grave.

Gli uomini, in piedi davanti alla vetrata che dava sul giardino, discutevano animatamente. Le donne, compresa miss Abbott, sembravano abbattute. Sacha suonava al pianoforte una triste melodia spagnola, mentre Frances sorrideva senza il minimo entusiasmo.

«Hanno assassinato l'arciduca d'Austria.»

Non capivo bene il motivo di tutta quell'agitazione. Perché tanta partecipazione? In fondo l'Austria era molto lontana da Deauville.

Frances si avvicinò.

«È successo in Bosnia-Erzegovina, a Sarajevo.»

Ne capivo ancor meno. La Bosnia mi sembrava ancora più lontana.

«Domani andiamo a Le Havre. Sacha deve incontrare una persona prima di tornare a Parigi», annunciò Frances a lady Ferguson.

«Ti pare una buona idea, cara?»

Ascoltare, collegare una cosa con l'altra. A cena scoprii che i Balcani erano stati recentemente coinvolti in una guerra e che, sebbene nel 1913 fosse stato firmato un trattato di pace, si temeva che la Serbia e la Russia attaccassero gli Asburgo. L'assassinio dell'erede al trono austro-ungarico era stato un atto di provocazione che, se avesse avuto risposta da parte dell'Austria e della Germania, avrebbe potuto facilmente condurre a un nuovo conflitto.

Si trattava solo di una semplice congettura, ma bastava a scaldare gli animi. Per esempio, ricordo che lady Ferguson era molto preoccupata per la sorte di James e che Sacha, serbo-bosniaco come Princip, l'assassino dell'arciduca, voleva a tutti costi tornare a Parigi ma aveva qualche problema con i documenti. E che Frances sorrideva tristemente e parlava appena, mentre tutti gli uomini di casa, alterati, discutevano e formulavano ogni sorta di ipotesi e supposizioni. Sapevamo davvero, in quel momento, chi era l'uomo che aveva sparato all'arciduca? Sapevamo che si chiamava Gavrilo Princip e che era membro dell'organizzazione nazionalista serba La mano nera? Non credo. Sono sicura che tutto ciò che si disse quella sera in casa dei Ferguson si basava su semplici timori e congetture. Indeterminazione. Insicurezza. Paura. A questo portano gli episodi capaci di sconvolgere la nostra vita. Il futuro è un luogo meno sicuro di quanto possiamo immaginare. Ricordo spesso, con grande tristezza, che Elliott, il figlio minore dei Ferguson, annunciò che se fosse scoppiata la guerra si sarebbe arruolato. E che tutto quel trambusto provocava in Sarah una strana euforia.

Nel periodo trascorso tra quella sera del 29 giugno e il 4 agosto – che è il giorno del mio compleanno e anche il giorno in cui l'Inghilterra dichiarò guerra alla Germania – si susseguirono tanti episodi e la vita corse a una tale velocità che non riesco a dare un ordine ai ricordi.

Ecco che Sacha, Frances e io, strizzati nella Morris Bullnose, corriamo verso Honfleur con il vento in faccia. Ed ecco la casa di quel matto di musicista amico di Sacha che si chiamava Erik Satie. Aveva costruito una giostra musicale che teneva in una stanza buia. Montammo in sella ai cavalli e cominciammo a pedalare, fino a quando nel centro si aprì un ombrello. La musica di Satie suonava grazie a un marchingegno che premeva dei tasti nascosti in quella strana giostra. Sacha e Frances ridevano.

E prima: miss Abbott mi confessava che era vero, che il duca di Ashford aveva deciso di mandarmi in un collegio a Brighton. Io non ero sicura, non sapevo se esserne felice o sentirmi abbattuta. Pensavo alla casa della vedova Tréport e mi pareva impossibile, adesso, tornare a vivere in quella miseria. E poi ripensavo alle parole di James, a quel suo riservato avvertimento sulla vita in collegio e sulla solitudine. Nel frattempo, *Cime tempestose* mi riempiva il cuore di emozioni sconosciute.

Un altro giorno. Il treno per Parigi, il marciapiede, Sacha che ci saluta con la mano inguantata da un vagone di seconda classe. Dietro di lui, una donna vestita di nero e un prete con il cappello.

Poi: le serate senza musica. Le partite di cricket, i bagni in mare, i concorsi ippici e la sera le conversazioni a Villa Smeralda: intense, timorose, dense di cattivi presagi. E le mattinate sul lungomare, dove Frances incontrò un giocatore di polo, Arthur «Boy» Capel, e la sua giovane amica, una stilista di nome Coco Chanel, che aveva aperto un negozio di cappellini a Deauville. Ricordo quella donna, ossuta, secca, tutt'altro che simpatica. E mi domando: è così che la vedevo? Ciò che posso assicurare è che lei e Frances non andavano d'accordo. Forse perché Frances e «Boy» Capel avevano avuto una storia in passato.

E James che improvvisamente partì per Portsmouth, quando, dopo una serie di tira e molla, l'Austria dichiarò guerra alla Bosnia. E le lacrime di lady Ferguson. Temevano che anche l'Inghilterra sarebbe entrata nel conflitto? Sicuramente sì. Quella sera fu la prima volta che vidi lord e lady Ferguson abbracciarsi.

Il 4 agosto era il mio compleanno. Qualche giorno dopo la partenza di James. Avevano apparecchiato in giardino perché era una mattinata bellissima. Nessuno però era ancora sceso a fare colazione. Sotto un tiglio, su una panchina di legno blu, sir William leggeva il giornale. Lo raggiunsi. Mi piaceva, quell'uomo anziano e smemorato.

«La Germania ha dichiarato guerra alla Francia», annunciò indicando il giornale.

Pensai che scherzasse. O che fosse una delle sue sparate.

«Meno male che noi siamo in Inghilterra», aggiunse.

«Siamo a Deauville, sir William. Deauville è in Francia.»

Mi guardò come se stessi cercando di confonderlo.

«Davvero?»

Annuii.

«Allora noi siamo francesi? Ci attaccheranno?»

Non ebbi il tempo di spiegarglielo. Miss Abbott veniva da noi.

«Prepara i bagagli, cara. Dobbiamo tornare a casa con i Ferguson. La nave salpa da Le Havre nel primo pomeriggio.»

Allora era vero? La Francia era in guerra?

Quel giorno stesso, mentre ci preparavamo a lasciare Deauville, la Germania invase il Belgio. Poi la Gran Bretagna dichiarò guerra alla Germania. L'Europa intera era pronta a dissanguarsi per qualcosa che era difficile capire.

Non ebbi il tempo di dire a miss Abbott che l'Inghilterra non era la mia casa.

9

«SEMBRI molto contenta, come mai?»

Lola stava servendo uno stufato di patate e costine di maiale e una fetta di salsiccia, che finì nel piatto di Matías. Si accorse di sorridere.

«Non so», mentì. «Forse perché questo pomeriggio non devo uscire. Penso che leggerò, ascolterò la radio e se mi va forse farò anche un sonnellino.»

Matías la guardò un po' incredulo.

«Tutto il pomeriggio in casa?» ripeté come parlando tra sé. «Non ti annoierai?»

Lola gli diede una leggera gomitata.

«Se qualcuno ti sentisse...»

«Naturalmente... forse hai bisogno di un po' compagnia... durante il sonnellino, intendo.»

Lola si sedette di fronte a lui e a sua volta gli rivolse un'occhiata piena di malizia. Era un gioco. Quello sguardo conteneva una promessa e anche la sua negazione. Matías pensava che fino a quando il loro rapporto fosse rimasto così ci sarebbe stato sempre qualcosa tra loro, una scintilla, un'energia, che li avrebbe mantenuti fortemente uniti. A volte si vergognava pensando che Lola dipendesse da lui, dal suo amore. Era come esercitare un potere su un altro essere umano. Poi gli passava, perché si rendeva conto che anche lui dipendeva in tutto da Lola, perfino per le faccende pratiche, in cui lei era molto più brava. Dopo la guerra, la sua vita non sarebbe stata la stessa se lei non si fosse occupata di pianificare tutto. Lui ci metteva la creatività, lei la capacità di organizzazione e il buon senso. Non era strano, quindi, che a volte Lola si sentisse depressa. Le era toccata la parte meno piacevole, perché non c'è niente di più snervante del doversi sempre frenare.

«Neanche per sogno», protestò lei. «Tu vai al lavoro alla solita ora. È il mio pomeriggio e non voglio dividerlo con nessuno. Però, questo sì, non tornare a casa dopo le nove. La cena sarà pronta.»

Non glielo disse, ma c'era anche un'altra ragione se voleva restare sola. Perché si ostinava a nasconderlo a Matías? Quella povera donna le aveva fatto pena, ma la cosa peggiore è che non se ne pentiva.

«Ho tolto il libro dalla vetrina.»

Matías la guardò perplesso.

«Perché?»

Lola alzò le spalle. Le vennero in mente varie risposte. Scelse la più semplice.

«Sta esposto da quasi una settimana e non lo legge nessuno. Devi ammettere che è un'assurdità.»

«È vero», disse lui. La delusione gli aveva affilato i tratti del volto.

«Sei arrabbiato?»

«No», rispose, «non sono arrabbiato, ma non capisco. Perché non me ne hai parlato?»

Lola si agitò e posò le posate sul piatto.

«Be', per la stessa ragione per cui tu lo hai messo in vetrina: per sentirmi ancora libera di fare ciò che voglio.»

Matías si accarezzò il mento, un gesto tipico di quando rifletteva.

«È successo qualcosa? Sei molto strana.»

Lola cominciò a sentire che la situazione le sfuggiva di mano. Prese nuovamente coltello e forchetta.

«Ho cominciato a leggerlo io.»

Gli disse una mezza verità, perché così poteva nascondergli l'altra metà. Non sapeva bene per quale ragione. Forse perché così si sentiva libera.

«Tu?» le domandò Matías.

Lola annuì con un semplice gesto. Un pezzo di costina era rimasto sul piatto. Lei staccò la carne dall'osso, spolpandolo con cura.

«Mi piace», ammise senza sollevare lo sguardo dal piatto.

Matías sorrise.

«Te l'avevo detto.»

La mattina di quello stesso giorno, Matías aveva adempiuto il solito rituale del martedì e del giovedì. Per quante consegne dovesse fare, era sempre lui che alzava la serranda, attaccava la corrente e a mezzogiorno chiudeva il negozio. In realtà non sarebbe stato necessario, ma Lola sapeva che a lui piaceva proteggerla, a volte anche troppo. Era il suo modo di prendersi cura di lei. Inutilmente e assurdamente, in effetti, perché alzare la serranda, attaccare la corrente e chiudere il negozio erano tutte cose che lei avrebbe potuto fare a occhi chiusi. Quella mattina, però, oltre ad aprire il negozio, Matías aveva fatto altro: era andato alla vetrina e, senza togliere il libro dal leggio, aveva girato una pagina. Lola stava per dirgli che non serviva a nulla esporre le pagine cinque e sei, perché lei e la donna inglese – che fino a quel momento erano le due uniche lettrici – avevano stabilito un loro ritmo di lettura. Invece non proferì una parola. Rimase in silenzio, pur sapendo che lui sarebbe stato contento di sapere che qualcuno s'interessava a quel libro. Rimase in silenzio perché a volte si sentiva soffocare, intossicare, e le piaceva l'idea di avere una vita segreta alla quale lui non prendesse parte. Anche se era una cosa banale come servire di nascosto una cliente.

Qualche minuto dopo, lei arrivò. Quando la vide, Lola stava vendendo una boccetta di inchiostro di china Pelikan. Per un attimo ebbe l'impressione che la donna rimanesse ferma sull'angolo ad aspettare che Matías se ne andasse. Le fece cenno di entrare, ma lei non si decise fino a quando il cliente uscì con la sua boccetta avvolta in un cartoccio.

Salutò con un timido buongiorno in un tono di voce eccessivamente basso. Quella mattina portava intorno al collo una grossa sciarpa d'angora. Non se la tolse.

«Come va?» le domandò gentilmente Lola. «È una mattinata freddissima, vero?»

«Sì, ma qui dentro si sta bene.»

«Ha visto la vetrina? Mio marito ha esposto altre due pagine del libro, ma quelle noi le abbiamo già lette, no?»

La donna fece una vaga smorfia, con quel sorriso dolce che la faceva sembrare più giovane.

«È un po' più lento di noi», si giustificò Lola. «Ma per me non è un problema girare le pagine. Ha portato gli occhiali?»

Notò che la donna era inquieta. Pensò che fosse poco cortese da parte sua farla uscire a leggere in una giornata tanto fredda.

«Vuole che le prenda il libro così legge qui in negozio? Lo possiamo fare, il capo non c'è», aggiunse con una nota di complicità per farla sentire più a suo agio.

«Sa...»

Si allentò la sciarpa. Era arrossita come un'adolescente.

«È che...»

Lola immaginò che ci fosse un altro impedimento, oltre al freddo o allo stare scomoda.

«Faccio molta fatica a leggere nella sua lingua.»

Sembrava che se ne vergognasse un po'.

«Parlo abbastanza bene lo spagnolo, me lo dicono tutti,

ma quando leggo faccio una tale fatica che smetto dopo dieci minuti. Se lei potesse...»

Queste ultime parole le pronunciò a voce talmente bassa che Lola provò pena per lei.

«Venga», disse sollevando il piano del banco con un gesto deciso. «Si accomodi sulla sedia che leggiamo insieme, come ieri. Mi pare che siamo rimaste allo scoppio della Prima guerra mondiale.»

La donna ritrovò il sorriso. E ancora una volta, vedendo la rete di rughe che si stendeva su quel volto fragile, Lola pensò all'ordito di un telaio o alla linotopia di una stampa. Qualcosa, in quel viso dall'aria così semplice e genuina, era organizzato secondo uno schema molto preciso.

Ecco come andrà. Una bugia innocente seminerà qualcosa di sconosciuto tra Matías e Lola. E poi il sospetto: una macchia scura che si stenderà su di loro come una coperta. Il sole è sparito dietro il tetto della casa di fronte. Guarda l'orologio. Sono solo le sei. Matías non tornerà prima delle otto e mezzo. Lola si trattiene ancora qualche minuto in poltrona: le sue dita lunghe accarezzano indolenti uno dei fiori blu stampati sul bracciolo, mentre lei ripensa a un giorno come questo di sedici anni fa.

Si sono visti per la prima volta in un caffè. È un rigido pomeriggio invernale. Matías sta facendo il suo intervento alla riunione letteraria cui lei è stata invitata da uno scrittore di Valladolid, che nutre ancora certe speranze e il cui viso Lola dimentica cinque minuti dopo essere entrata. Esattamente il contrario di ciò che succede con Matías, perché di lui si accorge subito, invece, di quel ragazzo alto e attraente, dal naso aquilino e dalla pelle ambrata. Qualcuno le ha detto che è un editore e questo gli conferisce una specie di aura da intellettuale che lei trova molto interessante. E poi le piacciono i suoi occhi, che brillano e si accendono quando parla di politica.

Lei. Una ragazza di ventidue anni appena rientrata da Parigi, dove ha trascorso un anno e ha frequentato un corso di traduzione alla Sorbona. Porta i capelli corti, pettinati all'indietro, orecchini d'oro, piccoli e discreti, e un fazzoletto elegantemente annodato attorno al collo. Anche allora era ottobre. La luce del giorno cominciava a calare, proprio come adesso. Seduti nel caffè ci sono cinque uomini vestiti in modo informale e una ragazza con gli occhiali che la guarda con un certo disprezzo, come se lei non meritasse di stare lì. Lola saluta tutti uno per uno, stringe la mano agli uomini, sfiora la guancia della ragazza e poi si accomoda incrociando le gambe e posando discretamente il cappotto piegato sulle ginocchia. Fa caldo, ma non vuole togliersi la giacca perché la sua camicetta è trasparente e si è accorta subito di come tutti la guardano. Tutti, meno quel tizio che si chiama Matías.

Quel primo incontro. Ricorda la sua voce, le sue espressioni, le occhiate furtive, forse non volute. Quando lei arrivò, lui stava parlando della necessità di arrestare l'avanzata di Gil Robles e della Confederazione spagnola delle destre autonome, mentre adesso discutono di un progetto del Partito comunista che prevede una coalizzazione di tutti i gruppi della sinistra alle prossime elezioni.

Lei non ne sa nulla, non può esprimere opinioni, e quindi ascolta in silenzio la ragazza con gli occhiali e un altro dei convenuti che si oppongono alla proposta con una violenza e una rabbia a stento contenuta. Dato che sono della stessa fede politica, Lola è molto sorpresa. Difendono alcune posizioni radicali che Matías cerca di smontare un passo dopo l'altro, con molta calma e fermezza.

Come fa? Non con le esplosioni di violenza degli oppositori, bensì con tono pacato e voce tranquilla. Trasmette buon senso. Bello e intelligente: una combinazione che all'improvviso Lola trova pericolosa.

Si lascia prendere dalle sue parole, mentre lui ammette che

gli anarchici sono, come già spesso è capitato, divisi. La voce di lui si insinua negli anfratti della sua mente, lenta, cadenzata, sostenuta come una nota musicale. Lola cerca di non fare la figura della stupida ignorante e di capire di che cosa parlino, soprattutto quel che dice lui. Si chiama Matías, ha sentito diverse volte il suo nome nel corso dell'animata conversazione. Parla di votare per una futura coalizione di sinistra che si sta cercando di creare. Lola lo ascolta con attenzione, mentre gli altri stanno in silenzio. Ha l'impressione che si rivolga a lei, quando prega i convenuti di mostrare un atteggiamento più aperto e quando sostiene la necessità di far uscire di prigione i quasi trentamila detenuti politici finiti in carcere per gli scioperi e le azioni della rivoluzione del 1934.

«È vero, molti compagni che marciscono in carcere sono dell'Unione generale dei lavoratori», riconosce davanti ai suoi oppositori, «ma adesso non è il momento di metterci a litigare tra noi. Dobbiamo essere uniti e numerosi: più siamo, meglio è, perché quei prigionieri sono braccia che ci servono in strada, uomini e donne che hanno lottato per difendere i nostri diritti. La lotta operaia non può permettersi di perderli, non importa se siano comunisti, socialisti o anarcosindacalisti.»

Mentre Lola si sforza di capire quale sia il clima politico che si respira in Spagna alla fine del 1935, si accorge che lui la guarda continuamente, soprattutto quando sono gli altri che parlano. La guarda attraverso il fumo della sigaretta che regge tra le dita delle sue mani larghe e quadrate, mani che lei improvvisamente ha voglia di accarezzare.

Quando la riunione termina, lui si dilunga per restare con lei. Parlano. Lola gli racconta che ha trascorso un periodo all'estero, che non è aggiornata sulla politica spagnola. Si accorge che lui assume un tono leggermente paternalistico mentre cerca di riassumerle la questione che è stata dibattuta, ma solo per qualche breve minuto. Non la stordisce, non esagera. È intelligente, ci sa fare. Poi non parlano più di politica. Escono dal caffè insieme e lui le domanda di Parigi e dei suoi studi di traduzione. Fuori piove a dirotto e le raffiche di vento bagnano le gambe di Lola mentre corre con Matías verso l'ingresso della metropolitana. Ricorderà sempre quella scena: la corsa sotto la pioggia, lui che la prende per mano, una mano forte, che le trasmette subito una sensazione di sicurezza che fino ad allora non conosceva. Il cuore sul punto di scoppiare per l'affanno della corsa o per l'emozione... E poi, sul marciapiede della metropolitana, loro due, l'uno davanti all'altra, che si guardano in quel modo.

Lola ripensa a una frase che ha letto nel libro in vetrina proprio quella mattina: «Il primo bacio non si dà con le labbra, ma con gli occhi». Andò così, sedici anni prima. In fondo alla scala, attorniati da una folla di gente con ombrelli e impermeabili inzuppati, lei e Matías si baciarono senza sfiorarsi, senza che le loro labbra si toccassero. Si baciarono perché era inevitabile e perché nessuno dei due si tirò indietro. Si baciarono prima che Matías avesse il tempo di dirle che era sposato e prima ancora di poter gettare le basi di quella relazione in cui tutto si andava mescolando e ingarbugliando.

Poi.

Lola gli chiese della casa editrice.

Matías la invitò a visitarla.

Lola indossò la sua gonna più attillata e la sua camicetta più elegante.

Matías le propose di tradurre dal francese i *Calligrammi* di Apollinaire.

Lola accettò e cominciò ad andare tutti i giorni nel suo ufficio.

Matías la invitò all'*Ateneo* a vedere *Il fiammifero svedese* di Čechov.

Lei cominciò a partecipare alle riunioni politiche e alle assemblee della CNT, la Confederazione nazionale del lavoro, che riuniva sindacati anarchici opposti all'UGT, l'Unione generale dei lavoratori. La ragazza con gli occhiali ormai la odiava a morte. Lola sospettò che fosse perdutamente innamorata di Matías, sebbene lui fosse sposato.

Un giorno, o meglio una sera, quando lui l'accompagnò a casa, in calle Montesquinza dove Lola abitava con i suoi genitori, proprio al momento di congedarsi lei si alzò in punta di piedi e lo baciò sulle labbra. Quella volta fu un bacio vero, anche se a volte lei pensa che forse il bacio più vero della sua vita fu quello che si scambiarono sul marciapiede della metropolitana.

Comunque si potrebbe dire che quello fu il primo contatto fisico. E che fu lei a prendere l'iniziativa. Si potrebbe anche dire che Lola non si fermò lì, nonostante la resistenza di Matías, e che con la sua insistenza lo sollevò da una parte di responsabilità e quindi lo liberò da ogni senso di colpa. Capì subito che doveva fare così. Matías non avrebbe mai fatto il primo passo. Non per il fatto di avere una moglie, o almeno non solo per questo, ma anche per lei, per Lola, per evitare di nuocerle, di mortificarla ed esporla a umiliazioni da cui sicuramente non avrebbe potuto difenderla.

In febbraio ci furono le elezioni. Vinse il Fronte popolare, e intanto loro due si vedevano di nascosto in una pensione di calle San Bernardo e gli operai si radunavano davanti alle fabbriche e alle officine reclamando l'amnistia per i perseguitati del 1934, o davanti alle carceri per chiedere la liberazione dei prigionieri. Tutto era possibile. Nuovo. Entusiasmante. Lola seguiva Matías e il suo unico pensiero era l'appassionato desiderio di amarlo e di cambiare il mondo.

In maggio andarono insieme al IV congresso nazionale della CNT a Saragozza, dove si parlò approfonditamente del comunismo libertario. Un'altra città. Altri che la pensavano come loro. Un senso di libertà che prolungava la vita all'infinito. Di notte dormivano nello stesso letto e al mattino uscivano con il sorriso sulle labbra e la testa molto alta.

Matías si era separato dalla moglie. Finalmente lui e Lola

potevano vivere insieme. Affittarono un appartamento in un vicolo appartato e silenzioso con due soli portoni, uno per lato. Nel loro edificio c'era la piccola bottega di un orologiaio. La mattina Lola e Matías andavano insieme alla casa editrice e la sera tornavano camminando mano nella mano per calle Argensola, fino all'incrocio con calle Fernando VI, e poi, evitando il trambusto dei negozi di calle Barquillo, entravano nel loro mondo privato, una stradetta senza uscita e chiusa al traffico dove raramente capitava d'incontrare qualcuno che non fosse del quartiere. Per Lola quel vicolo era speciale, lo sarebbe sempre stato. Matías si fermava a chiacchierare con l'orologiaio, un vecchio militante socialista che si trovava a Melilla all'epoca del Disastro di Annual, la grave sconfitta del 1921 in Marocco. Era interessato a quei lunghi racconti sull'incompetenza dei militari, che rivelavano la corruzione dell'esercito spagnolo. Secondo l'orologiaio, il rapporto del generale Juan Picasso era stato insabbiato perché perfino il re era coinvolto in quegli eventi.

Lola cominciò a muoversi per conto suo.

S'iscrisse all'associazione Donne libere e tradusse Paul Morand, Valéry Larbaud e Blaise Cendrars, un uomo curioso che viaggiava per poter racchiudere il mondo in un verso.

Andava a teatro.

E al Retiro, a passeggiare tra gli alberi spogli quando il sole era tiepido.

Al locale di Noviziato, dove era stato istituito un gruppo di alfabetizzazione, istruzione di base e insegnamento sindacale per le donne.

Tenne una conferenza su Flora Tristán. Scrisse un articolo su Mary Wollstonecraft.

Se la godeva. Era felice. Era piena di energie e di progetti, di sogni.

A Matías piaceva il suo modo di guardare il mondo, la

sua speciale maniera di costruire la realtà al di sopra perfino della realtà stessa.

Matías amava il suo pube, il suo seno, la sua vita, i suoi fianchi.

Matías la amava.

E lei si nutriva di belle e solitarie parole in francese, dibattiti libertari, carezze e gemiti imprevisti a metà pomeriggio. Era un mondo senza peso, una vita fatta d'aria.

Gli uccelli di Braque e i corpi alati di Brancusi fluttuavano nelle lunghe notti di veglia.

In questo clima li sorprese lo scoppio della guerra, e la felicità svanì di punto in bianco, senza nessun avviso.

10

Mi fece piacere che lei mi invitasse a entrare. Non cominciammo a leggere subito.

Avevo atteso nell'androne dell'edificio di fronte che suo marito se ne andasse. Sapevo che il martedì e il giovedì consegnava libri a domicilio e non tornava prima della chiusura. Uscii dal mio nascondiglio solo quando lo vidi girare l'angolo. Sembro una bambina a fare queste cose, ma mi diverto, è come... non so... una piccola marachella che non si addice alla mia età. Come seguire un libraio per le strade di Madrid. Insomma, io sono fatta così.

Aspettai tranquilla davanti alla vetrina, mentre lei serviva un signore che era entrato a comprare una boccetta d'inchiostro. Poi entrai. Lei mi domandò se avessi gli occhiali e io le confessai che non mi sentivo a mio agio e mi costava molta fatica leggere in una lingua straniera. Sicuramente approfittai della sua disponibilità quando la pregai di farlo per me.

A quanto pare, la mia impertinenza non la infastidì, perché mi fece entrare nel negozio e mi disse: «Ha fretta?»

Io la guardai facendo un sorriso «all'inglese», vale a dire sornione, come la mia vicina definisce il mio senso dell'umorismo.

«Mi guardi», risposi. «Sono anziana. Che impegni vuole che abbia?»

Lei rise di gusto. E allora si presentò.

«Mi chiamo Lola. E lei?»

«Alice», risposi all'istante, forse perché da molto tempo tutti noi vivevamo in un Paese di patetiche meraviglie. «Ma se preferisce può chiamarmi Alicia.»

«No, no... Alice va benissimo. I nomi sono molto importanti, sono la nostra identità, e l'identità non si può tradurre.»

Era una donna che di punto in bianco diceva cose sorprendenti. E immagino fosse quel tipo di persona che in certe situazioni è anche capace di farle.

«Le chiedevo se ha fretta perché devo riordinare della cancelleria che hanno consegnato. È un lavoro meccanico, intanto possiamo chiacchierare, ma devo farlo per forza.»

Per me andava bene. Come poteva essere altrimenti?

Perciò ci mettemmo comode. Io tolsi il cappotto e lei si accomodò su uno sgabello, vicino al banco, e cominciò a sistemare in piccoli gruppi le matite, le gomme bicolore, i pennini e i quaderni con la spirale.

«Ne approfitterò per raccontarle una cosa», a dire il vero stavo solo aspettando il momento buono. «Ieri mi ha chiesto se sono inglese. Io non sono inglese, anche se ho il passaporto britannico. So che lei non voleva sembrare curiosa e che per questo ha fatto finta di niente quando non le ho risposto, ma vorrei davvero spiegarle, se me lo permette.»

Lola lasciò stare la merce. Accennò di sì. Incrociò le braccia e si dispose ad ascoltare. Io modulai la voce. Credo che, in effetti, usai lo stesso tono che si usa quando si racconta una storia.

«Sono cresciuta in Africa, nello Zimbabwe. Mio padre aveva una tenuta di tremila acri. Abitavamo in una cascina con i muri di fango e il tetto di paglia, che i miei genitori avevano costruito in via provvisoria, quando all'improvviso mia madre morì. Perciò la casa rimase sempre com'era. Nell'abbandono più assoluto. Come me.»

Osservai l'effetto che le mie parole provocavano in lei. E quindi continuai.

«A quel punto, mio padre cominciò a coltivare la passione per la caccia, per la bottiglia e per le cameriere di colore. Io invece andavo in giro da sola per foreste e savane, con un cane e un fucile. Nessuno si preoccupò della mia educazione, ma non pensi che questo fosse un dramma come adesso potrebbe sembrare. Laggiù non importava. Era più importante saper sparare o imparare a orientarsi guardando il sole o le stelle, capire quando stava per arrivare la stagione delle piogge e come curare le capre perché non mancasse mai il latte. E io tutto questo lo sapevo fare benissimo.»

Da un bel pezzo, Lola aveva smesso fare il suo piccolo inventario. Ascoltava le mie parole con tanta attenzione che m'intenerì.

«Sembra un'infanzia affascinante, la sua, davvero», fece con aria sognante. «Molto libera, no?»

«Completamente libera. Eppure non so se sia del tutto positivo, sa? A volte penso che il confine, la frontiera tra libertà e caos siano molto indefiniti: non sai mai quando stai superando questa linea così sottile... E se non hai una madre che badi a te, nessuno si preoccupa di spiegarti dove sia l'orlo del precipizio.»

Lola rimase pensierosa per pochi istanti. Avevo l'impressione che stesse associando il mio ragionamento a qualche episodio della sua vita.

«Sicuro», reagì a un tratto. «Naturalmente. Le frontiere e le regole non ci piacciono mai. Siamo sempre tentati di oltrepassarle o trasgredirle, ma perfino per saltare servono degli steccati.»

Riunì distrattamente le matite e le gomme.

«E tutti noi, di quando in quando, abbiamo bisogno di quella sicurezza, non le pare?» aggiunse mentre riponeva il suo prezioso bottino di grafite e caucciù nella cassettiera accanto al bancone.

Poi andò alla vetrina e prese il libro.

Ma non cominciò subito a leggere. Si sedette di spalle al bancone, con il libro sulle ginocchia, e mi fece una domanda che non mi aspettavo: «E poi? Come è arrivata in Spagna?»

Cercai una rapida scappatoia e a dire il vero non ci misi molto. Mi bastò prendere in prestito la vita della mia amica Doris.

«Quando avevo quattordici anni ho sposato un funzionario di Salisbury e mi sono trasferita nella capitale della Rhodesia. Era un uomo mediocre e antipatico. Non ha mai voluto che io mi considerassi al suo livello.»

La sua espressione s'indurì. Ebbi l'impressione che anche lei cominciasse a odiarlo.

«Abitavamo in una città dove la cultura non era importante, però a me piaceva leggere. Sempre. Tutti i libri che mi capitavano a tiro. Per il solo piacere di apprendere, ho accumulato nozioni di legge, di fisica, d'arte. Leggevo e ascoltavo musica con un vecchio fonografo di mio marito. Poi sono rimasta incinta ed è nato mio figlio. Quando avevo diciott'anni, mio padre è morto e mi ha lasciato in eredità la fattoria. E allora sa cos'ho fatto? Ho preso il bambino e sono tornata là dove ero stata felice. Ho divorziato da quell'uomo. A volte non ricordo nemmeno più il suo nome.»

Notai che Lola assentiva con un leggero sorriso sulle labbra.

«Ho vissuto in Africa per altri vent'anni, però ho mandato mio figlio a studiare in Inghilterra perché non volevo che facesse la mia fine.»

All'improvviso mi accorsi che Lola mi guardava in modo diverso, come se solo in quel momento completasse la mia conoscenza. E credo che in un certo senso fosse così.

«È stata una vita appassionante la sua, non c'è che dire.»

Decisi di concludere. Non eravamo là per ascoltare questa storia, ma un'altra.

«E adesso sono nel suo Paese. La Spagna mi piace. Sono venuta qui perché mio figlio fa l'ingegnere e lavora nelle miniere di Río Tinto, che come sa sono a Huelva. Lui non vuole che io stia là. Pensa che per ora è meglio che rimanga a Madrid e io lo ascolto sempre. Si occupa di tutte le mie faccende. Io ho la mia rendita mensile e non devo preoccuparmi di nulla.»

«Adesso capisco. Non so come sia in Inghilterra, ma qui noi donne abbiamo perduto anche quel minimo di libertà che avevamo conquistato prima della guerra. Non è facile incontrare una donna come lei.»

«Se vuole che le dica la verità, nemmeno io so molto bene come stanno le cose in Inghilterra. Non ci ho mai vissuto. Anche se ho un passaporto britannico e la pelle chiara, devo confessarle che sono africana.»

Cercai di non aggiungere altro. Era meglio.

«Insomma, questa a grandi linee è la mia storia.»

Nell'intimità del negozio, l'atteggiamento di quella giovane donna era caldo e affettuoso, sebbene ci conoscessimo appena. Ci guardavamo negli occhi con sorprendente confidenza, come si guardano gli amici di una vita o genitori e figli. Anche lei se ne rese conto, perché all'improvviso abbassò lo sguardo e disse: «Allora, cominciamo?»

Prese il libro che aveva in grembo, lo strinse a sé come se fosse un oggetto a lei molto caro e cominciò a leggere.

11

In collegio, la guerra può sembrare un po' irreale, come se avvenisse in un'altra dimensione. Fino a quando non ne tocchi con mano le conseguenze.

L'inverno inglese non era molto diverso da quello della Normandia. Il collegio era a Norwalk, a metà strada tra Brighton e Londra, in una zona dell'entroterra dove pioveva quasi con la stessa tenacia che a Coutances e il sole brillava per la sua assenza come negli inverni della mia infanzia. Avevo una grande nostalgia dei giorni trascorsi a Deauville, soprattutto perché improvvisamente la mia vita era limitata allo studio, alla disciplina e alle affettate maniere inglesi. Ma qualcosa mi salvava: la lettura.

Pensai molte volte a James, soprattutto all'inizio. Poi cominciai a farmi delle amiche e quasi mi dimenticai di lui. Le suore, dal canto loro, per evitarci dispiaceri smisero di riportarci qualunque notizia venisse dal continente. Per dirla in modo più chiaro: censurarono tutte le notizie che avessero a che fare con la guerra.

E qui mi sorge un dubbio. Devo riflettere su cosa voglio fare esattamente di questa specie di... memorie. Perché mi domando: devo raccontare tutto? Devo analizzare, frugare nei ricordi? Devo riportare tutti gli eventi in modo lineare per quanto insignificanti siano? Secondo me non è un buon sistema. Come cercavo di spiegare prima a proposito di Coutances, ci sono periodi della mia vita di cui non ricordo molto. Di altri invece rammento particolari che adesso mi sembrano completamente trascurabili, perché credo che siano stati privi di emozioni. O se ne hanno avute – immagino di sì – con il tempo hanno perso tutto il loro significato.

Mi piacerebbe raccontare i fatti come realmente vivono nella mia memoria.

Per esempio: a Norwalk c'era un parco con grandi ficus e un liquidambar dalle foglie rosse. Io mi sedevo su una panchina a leggere fino a quando ero intirizzita dal freddo.

Per esempio: c'era una ragazzina dai capelli rossi, ma non ricordo chi fosse. Non riesco nemmeno a ricordare se fossimo amiche.

E invece: ricordo di aver ricordato... James, Frances, il padre di lady Ferguson. So che morì quell'autunno. Mentre non credo di essermi mai ricordata, durante tutto il corso dell'inverno, di Sarah.

Non riesco nemmeno a capire che cosa diavolo ci facesse miss Abbott nella mia vita. A un certo punto sparì e non seppi mai più nulla di lei.

Si avvicinavano le vacanze di Natale e, mentre tutte le mie compagne si preparavano per tornare a casa, io mi domandavo perché miss Abbott non si facesse viva. Per me era impensabile tornare dagli Hervieu, ma in Inghilterra non avevo nessun parente, o almeno nessun parente che conoscessi. Perciò non potevo immaginare che cosa sarebbe stato di me quando fosse finita la scuola.

Il 21 dicembre, due giorni prima che arrivassero i genitori delle mie compagne, la Morris Bullnose di Frances si fermò davanti all'entrata principale. Io non la vidi arrivare, ma qualcuno mi raccontò che una pazza aveva sradicato un cespuglio d'ortensie e per poco non aveva investito un giardiniere. Quando fui convocata nell'ufficio della direttrice, non mi sarei minimamente aspettata di vederla là.

Come al solito, vestiva in modo stravagante, con un cappotto bianco e un enorme collo di pelliccia che pareva di orso polare. Sedeva in una poltrona stretta, con le gambe accavallate e il cappotto mezzo sfilato e posato sullo schienale. Come se non bastasse, con un lungo bocchino fumava una delle sue famose sigarette egiziane e aveva riempito di fumo l'ufficio della direttrice.

Miss Flannagan, che era irlandese e per l'esattezza anche cattolica, sembrava davvero sconvolta.

«Rose, cara», disse Frances con entusiasmo appena mi vide, pur senza alzarsi né cambiare posizione. «So che avrei dovuto avvisare, lo stavo giusto dicendo a miss... Flannagan, vero? Ma sai come sono fatta. Ero a Parigi, le cose si sono ingarbugliate, ho perso la nave e ho dovuto muovere mari e monti per arrivare in Inghilterra. Comunque, adesso sono qui.»

Era il suo modo di esprimersi, irruente e un po' frivolo, con una punta di noncuranza, come se per lei non ci fosse nulla di davvero importante nella vita.

«Trascorreremo il Natale insieme», annunciò quando uscimmo insieme dall'ufficio di miss Flannagan. «Non è meraviglioso?»

Mi accompagnò in camera mia. Non era mai venuta nel mio collegio, ma mentre camminavamo insieme pareva che fosse lei a guidarmi su per le scale e lungo i corridoi. Aveva questo dono: quando Frances si muoveva, noialtri le correvamo dietro pur non sapendo bene dove andasse.

Preparai la valigia mentre lei mi raccontava un'infinità di cose: eravamo nuovamente invitate a casa dei Ferguson, il padre di lady Ferguson era morto in ottobre e James si era imbarcato sulla *Good Hope*, una corazzata che era stata affondata dai tedeschi davanti alle coste del Cile... Per fortuna James se l'era cavata, ma gli inglesi avevano perso

1.500 uomini, tra cui l'ammiraglio Cradock. James era stato ricoverato nell'ospedale di una città chiamata Coronel e ora speravano che potesse tornare a casa per le feste. Mi raccontò anche di Elliott, che a quanto pare si era arruolato appena era scoppiata la guerra e ora combatteva dalle parti di Dieppe.

«Mia cugina trascorre le giornate a piangere per i suoi figli.»

Provai pena per lady Ferguson. Doveva essere terribile, ma in fondo, quando hai quindici anni, le situazioni pericolose finiscono sempre per affascinarti. E così in quel momento pensavo a quante cose avrebbe avuto da raccontare James, quando fosse tornato a casa.

Eccomi nuovamente a bordo della fiammante automobile bicolore di Frances, anche se questa volta avevamo la capote abbassata. La mia valigia di pelle di vitello era dietro, con il suo nécessaire e un'enorme cappelliera. Era una giornata molto nuvolosa. Una pioggerella sottile copriva il parabrezza. In macchina faceva freddo.

«Come è triste l'Inghilterra», mormorò Frances mentre attraversavamo la campagna bagnata di pioggia. Con il freddo, l'erba assumeva uno smunto color cenere. Eppure, accanto a lei, niente poteva rimanere triste a lungo. Ci fermammo a mangiare in una locanda dove ci guardavano tutti, e questo benché gli inglesi non si scompongano nemmeno a vedere un elefante che vola. Detto tra noi, Frances era troppo sofisticata ed eccentrica perfino per i suoi compatrioti.

Quando tornammo alla macchina, sembrava più allegra, più vivace di prima. Forse c'entrava qualcosa il vino che aveva bevuto a pranzo.

«Come va la scuola? Bene?»

Mentre guidava, guardava davanti a sé e in quei momenti il suo viso assumeva un'espressione che non le avevo mai visto prima. Concentrata e un po' seria.

«E la lingua? Hai avuto difficoltà con l'inglese?»

«All'inizio un po'», risposi con sincerità, «ma adesso non più. È facile.»

Sorrise. E mi sembrò soddisfatta della mia risposta.

«Hai letto molto?» mi domandò ancora.

Proprio in quell'istante mi ricordai del giorno in cui avevo incrociato James in biblioteca e di quel che mi aveva detto su Emily Brontë e sui collegi femminili. A ben vedere, non era stata poi così dura.

«Sì, ho letto *Jane Eyre* di Charlotte Brontë e un romanzo di Henry James che si intitola *Ritratto di signora.* La signorina Collins, la bibliotecaria, sosteneva che non erano adatti alla mia età, ma io le ho detto che a Deauville avevo già letto *Cime tempestose*, dell'altra Brontë, e *La coppa d'oro*. Secondo lei, James non è un autore per ragazzine, però sa che i romanzetti rosa che leggono certe mie compagne mi annoiano molto, e quindi chiude un occhio.»

«Bene», disse Frances, anche lei sorridendo, «vedo che la bibliotecaria è una donna intelligente.»

Io annuii, e continuammo a percorrere la strada deserta in silenzio.

Ed eccoci arrivate a casa dei Ferguson.

Elsinor Park era una residenza di campagna in stile edoardiano che occupava una vasta estensione di terreno alle pendici delle colline del Surrey. Avevo sentito Sarah parlarne, ma non l'immaginavo così.

Il fiume è la prima cosa che ricordo.

Per attraversarlo, si passava su un ponte di pietra. Era un fiume dalle acque calme e scure, piuttosto verdastre. Vedendolo, pensai a una parola che avevo sentito ma che non avevo potuto applicare a qualcosa di reale: insondabile. Anche se, a dire il vero, quel termine era più adatto a rappresentare il mio stato d'animo piuttosto che l'acqua del fiume. Dal ponte si vedevano un molo, una casetta con il tetto d'ardesia e una barca a remi attraccata alla riva. C'erano tre o quattro alberi con i rami spogli e piegati sull'acqua, come una cascata dalle lunghe dita. Erano sicuramente salici, ma dato che avevano perduto le foglie non lo si poteva dire con certezza.

Superato il ponte, Elsinor Park si dispiegò davanti ai miei occhi come una scenografia. Non c'era una cancellata, ma solo un sentiero d'accesso costeggiato dal verde e ondeggiante declivio di un prato, il *lawn*, come dicono gli inglesi. Dalla macchina contemplavo i giardini di cui lady Ferguson aveva parlato con tanto orgoglio a Deauville, il laghetto e il bosco di querce ed erica, dove, stando a quanto mi avevano detto, c'era molta selvaggina.

Frances guidò lungo il sentiero di ghiaia che costeggiava tutto il laghetto e posteggiò l'auto accanto all'entrata principale, suonando insistentemente il clacson come faceva sempre quando arrivava. Sì, ricordo perfettamente come rimasi imbambolata a guardare quella maestosa costruzione di mattoni rossi, con le sue torri poligonali e le cupole d'ardesia. Pensai che la casa dovesse essere molto luminosa, nonostante le sue dimensioni enormi e il brutto tempo di quella giornata. Per me, all'epoca, la luce era molto importante. Arrivò addirittura a ossessionarmi. Trascorrevo le giornate a fare osservazioni del tipo: questo ha una luce meravigliosa... quest'altro è male illuminato... quella luce azzurra... Luce tra le nubi... La luce di certi ricordi... Sciocchezze romantiche.

Comunque, quella prima impressione corrispondeva perfettamente alla realtà: come entravi in casa restavi sorpreso dai lucernari, dalle ampie vetrate che illuminavano le scale, dai soffitti decorati... E poi lo sguardo cadeva inevitabilmente sui mobili in stile regency, i grandi quadri e i tappeti persiani. Come scoprii in seguito, in quella casa c'erano più di cinquanta stanze. Quasi come in collegio.

Ma torniamo ai fatti.

I fatti, certo. Quella stessa mattina, con un'ambulanza dell'esercito, era arrivato anche James. Tutta la famiglia era emozionata e felice per il suo ritorno. Eppure, si notavano le assenze. Non c'erano l'anziano padre di lady Ferguson, che era mancato i primi d'autunno, né Elliott, che era nel nord della Francia, a combattere in una delle trincee che resero quella guerra un'esperienza atroce per molti soldati. Nonostante l'arrivo del figlio maggiore, lady Ferguson sembrava terribilmente triste. Sarah era cresciuta molto. Era più serena e molto più ragionevole. Credo che avesse deciso di scendere a patti con la vita.

Una di quelle prime mattine, uscimmo insieme a cavallo. Per un paio d'ore attraversammo prati verdi e aride distese coperte d'erica. Alla fine, stanche e affamate, ci fermammo in una locanda sulla strada per Guildford. Quel giorno parlammo seriamente per la prima volta. Di James e di Elliott, e di come si sentiva lei sapendo che rischiavano di morire. Parlammo anche di me.

Fu Sarah a dirmelo.

Lo avevo sospettato?

Sempre. Tuttavia, i pensieri non sono credibili fino a quando non li condividi con qualcuno. E Sarah esibì davanti ai miei occhi un certificato invisibile che trasformò in verità ciò che fino a quel momento era solo una congettura: ero la figlia illegittima del duca di Ashford.

«Ho sentito i miei che ne parlavano, credo che uno di questi giorni verrà qui per conoscerti. Da solo, senza la moglie. Perché tu sei figlia di un'altra e a quanto pare lei non vuole in nessun modo avere a che fare con te.»

Lo sapevo. L'avevo sempre saputo, anche se nessuno me lo aveva mai detto. All'improvviso la mia vita con gli Hervieu assunse un oscuro significato. E anche le conversazioni che avevo ascoltato in passato, pur non prestandovi troppa attenzione. Ero la figlia del duca di Ashford. Ero illegittima. Non ero nessuno, non avevo un posto mio, ero una ragazzina che passava da una famiglia all'altra senza appartenere a nessuna e che aveva un padre con il quale non poteva stare.

E mia madre? Dov'era? Chi era? Sarah non lo sapeva.

Il ritorno a Elsinor Park fu uno dei momenti più tristi della mia ancor breve vita.

C'erano anche altre cose. A quindici anni ce ne sono sempre.

A volte penso che esista solo quello, ciò che mi accadde allora. I pomeriggi che trascorrevo nelle stanze di James. Lui riposava sul divano e io leggevo per lui.

Come successe? Non lo so. Mi vedo là, da sola. Non ci sono né Frances né Sarah e io aiuto James ad alzarsi.

Poi mi inginocchio e gli infilo le pantofole. Lo accompagno nel salottino. È una stanza piena di libri, con una scrivania e diverse poltrone. Senza porta. Comunica con la camera attraverso un arco e un breve corridoio. Lui si sdraia su un divano con un tavolinetto incorporato. Lì tiene una bottiglia di brandy e due bicchieri. La fotografia di un cavallo in una cornice d'argento. Una scatola portasigarette di lapislazzuli.

Per ora, nulla di tutto questo gli serve.

Mi chiede di leggergli un libro di poesie. Mi fa cercare una poesia in particolare. S'intitola *La belle dame sans merci*. Il titolo è in francese, anche se la poesia è di John Keats, un poeta inglese che io in quei giorni non conosco ancora. La poesia, naturalmente, è in inglese, cosa che non ha molto senso, a mio avviso: non capisco perché scrivere il titolo in una lingua e la poesia in un'altra. Non lo chiedo a James perché ho paura di fare la figura dell'ignorante.

Lui invece mi fa una domanda.

«Chi credi che sia questa donna?» mi chiede quando termino di leggere quei versi pieni di pessimismo.

Rifletto prima di rispondere.

«Credo sia una donna che l'ha stregato e poi muore. O lo lascia, non saprei dire.»

James scuote la testa, come a dissentire.

«Secondo me 'la bella dama senza pietà' è la morte.»

Lui e io chiacchieriamo spesso. È questo che in realtà mi piace, ancor più che leggere. James mi tratta come una sua pari e con lui non mi sento una bambina. Mi par di capire, forse perché lo desidero con tutta me stessa, che anche a lui piaccia stare con me.

Vado da lui appena posso.

Un altro giorno.

E poi un altro ancora.

Ormai si alza da solo. Indossa una vestaglia a disegni cachemire, una sciarpa di seta bianca che nasconde il colletto del pigiama e un paio di pantofole di capretto. Non si sdraia più sul divano, ma si siede in poltrona e io gli avvicino subito il poggiapiedi. L'hanno appena rasato e profuma di vetiver. A volte, molto raramente, mi sorride come se si scusasse o mi ringraziasse per qualcosa. A me pare l'uomo più elegante del mondo.

E poi la voce con cui si rivolge a me, il tono tranquillo con cui mi fa delle domande. James ti induce a leggerti dentro. Certe persone hanno questa capacità. Come fa? Non lo so, ma ci riesce tremendamente bene. Mi pone una domanda in quel modo tutto suo, così sottile, ed ecco che gli rivelo qualcosa di me che nemmeno sapevo di conoscere. Come fai a non lasciarti affascinare da un uomo così, quando non hai ancora quindici anni?

Leggiamo. Sempre. Tutte le mattine di quell'inverno, mentre i merli si posano sui rami spogli degli alberi e ci osservano con lo stesso disinteresse con cui noi due li guardiamo saltellare da un ramo all'altro. Che cosa vedranno? Un caminetto acceso e una ragazzina con una lunga treccia che ricade sul vestito blu di flanella, e un uomo, non tanto giovane come lei ma con lo stesso sguardo assorto, che l'ascolta con attenzione mentre lei legge un poema di Shelley con dolce accento francese. «Temo i tuoi baci», dice lei mentre un merlo si posa sfacciatamente sul davanzale. «Temo il tuo viso e la tua voce e i tuoi gesti», declama la ragazzina con voce emozionata e un po' tremante, «ma tu non hai motivo di temere i miei»; il merlo s'alza in un breve volo, sparendo per un attimo, e lei continua a leggere senza nemmeno accorgersi che improvvisamente è volato via. «La devozione del cuore con cui adoro il tuo cuore, sii certa, è innocente»... Il merlo ricompare e si posa su un ramo, che trema sotto il suo peso.

Ricordo questo: le poesie e una finestra affacciata sull'inverno.

E gli oggetti di quella stanza.

I libri dai dorsi verdi, neri, rossi... dorati e scoloriti.

Le lenzuola spiegazzate.

La mensola sopra il caminetto, con un veliero nella bottiglia.

Un grande specchio, accanto al quale c'erano un servomuto e un comò cinese con disegni campestri.

Una sfera armillare.

Il segno della sua testa sul cuscino.

Il suo segno.

Che cosa succedeva nel frattempo? Tra un libro e l'altro, nel periodo intercorso da quando James giaceva bloccato sul divano al giorno in cui scendemmo insieme lungo il pendio verde che conduceva al fiume? Immagino che festeggiammo il Natale. Ricordo che Sarah e io decorammo l'albero con palline dipinte a mano e nastri di raso rosso. Le domestiche distribuirono per tutta la casa centrotavola con pigne dorate e corone d'agrifoglio con piume di fagiano. E ricordo una cena, molto animata, con il servizio di gala e i fiori della serra in mezzo al tavolo. E le conversazioni, un ronzio privo di qualunque significato. E quella famiglia che per me aveva preso il posto degli Hervieu.

La faccenda di mia madre mi ossessionava, ma era un

vecchio mistero che ormai avevo imparato a tenere ben nascosto dentro di me, al sicuro da tutto e da tutti. E comunque, quell'amore che sbocciava lo fece passare in secondo piano. Pareva incredibile, eppure era così. Ero presa da un sentimento nuovo, pieno di emozioni ancora sconosciute e quotidianamente alimentato dalla presenza dell'oggetto amato, dalla sua personalità, dalle sue fragilità, dalla sua posizione sociale. Un grande scompiglio emotivo che mi teneva costantemente in subbuglio. Il cuore o la testa. Non saprei dire con precisione. Non ho mai capito dove abbiano luogo certi cataclismi.

In ogni caso, tentai di fare le mie indagini. Sapevo che, a parte Sarah, c'era solo un'altra persona cui potevo domandare chi fosse mia madre, e perciò quel giorno, quando lei mi fece quella rivelazione, cercai Frances. Lei, però, due giorni dopo il nostro arrivo era sparita. Era andata a Londra a trovare un suo amico scrittore.

C'è un posto speciale nell'immensità di Elsinor Park. La casetta sul fiume. Non appena James è in grado di camminare, ci andiamo insieme. Lui si regge al mio braccio e ci avviamo giù per il sentiero, approfittando delle ore più tiepide e di un pallido sole invernale. Ma fa comunque freddo. James è avvolto in un pesante scialle di lana scozzese. Dev'essere di sua madre. O forse no. Un tempo anche gli uomini usavano certi capi per star comodi in casa. Camminiamo piano, l'uno accanto all'altra. Non ricordo di che cosa parlammo, ma sono sicura che lo facemmo, perché attraverso il tempo sento ancora la sua voce leggermente affannata.

Un domestico ci attendeva sulla porta della casetta. Aveva acceso la stufa perché potessimo sederci davanti alla vetrata sul fiume. L'uomo mi aiutò a far accomodare James e poi se ne andò. Lo vedo: una sagoma scura che s'allontana in direzione della casa. Ce l'ho ancora qui, in testa, conficcato come una vecchia spilla da cappello.

Io avevo un libro di racconti di Čechov. Era un volume con la copertina di stoffa rossa, il dorso di pelle screziata e il resto rilegato in tela. Mi piaceva, al tatto: era liscio e ruvido insieme. Che emozione... lo vedo come se in questo istante lo avessi ancora davanti agli occhi. E invece sono trascorsi più di trent'anni.

Cominciai a leggere un nuovo racconto. S'intitolava *La dama con il cagnolino*. Era ambientato in una località balneare, a Jalta, sul Mar Nero. L'ambiente mi ricordava Deauville, che era ma non era la Deauville che avevo vissuto io. All'improvviso, finzione e realtà si confusero. Ero orgogliosa: mi riconoscevo nelle pagine di quel libro.

«È la dote dei bravi scrittori», disse James quando cercai di spiegarglielo. «Čechov ti svela qualcosa di te che non sapevi.»

Eravamo seduti, ciascuno nella sua poltrona di cuoio verde, con un tavolino in mezzo. Io avevo sempre il libro in mano.

«Hai capito la storia?» mi domandò.

Riflettei prima di rispondere.

«Il finale no», confessai non troppo convinta. Immagino che segretamente desiderassi continuare a parlare con lui di quell'appassionante storia d'amore.

«Non c'è un finale», disse sicuro. «Ci sono solo dei puntini di sospensione.»

Poi anche lui rifletté per qualche secondo.

«Non può esserci un finale, sai? È un amore proibito, la gente non lo approverebbe mai.»

«Perché? A chi possono far danno due persone che si amano?»

James usò un tono sarcastico che non gli apparteneva.

«A chi? A tutti. Il vero amore suscita invidia, gelosia, rabbia in chi non l'ha mai conosciuto e risentimento in chi l'ha perduto, e ancora assurde rivalità, pregiudizi, scontri. L'amore è quasi sempre un problema.»

E, all'improvviso, Frances tornò da Londra con il suo amico.

* * *

Sentii il clacson della Morris Bullnose dalla mia camera. Era metà pomeriggio. Pioveva. Le luci all'entrata erano accese perché era già buio. Mi precipitai giù per le scale e raggiunsi l'atrio proprio mentre loro due stavano entrando. Frances portava una stola di volpe, con il muso e le zampe, attorno al collo. E l'uomo che era con lei indossava un lungo impermeabile verde scuro che grondava acqua. Vedendoli, rimasi impietrita. Non so perché, ma all'improvviso pensai – povera stupida – che quell'uomo potesse essere il duca di Ashford.

«Vieni, cara», disse Frances vedendo che mi ero fermata a metà strada. «Vieni.»

La sua solita allegria. Contagiosa e vitale. Desideravo abbracciarla, volevo che mi dicesse chi era quell'uomo, ma lady Ferguson arrivò prima che io potessi attraversare l'ingresso e andare da lei.

«Oh, finalmente siete arrivati. Eravamo preoccupati, con questo tempo e le strade che d'inverno sono così disagevoli...»

«Siamo partiti più tardi del previsto, cara, è stata colpa mia.»

Eccomi là, ignorata da tutti, mentre l'amico di Frances si toglieva l'impermeabile e un paio di cameriere si affrettavano premurose a prendere i cappelli e i cappotti. Ero là, ma nessuno mi vedeva.

Andarono in salone; nessuno mi vedeva. James, seduto in una poltrona, si alzò in piedi quando vide Frances e il suo ospite, e nemmeno lui mi vide. Io non esistevo.

Per fortuna c'era anche Sarah, e tutti la ignoravano, proprio come me. Fu lei a dirmi chi era l'amico di Frances. Ovviamente, non era mio padre. A quanto pare era uno scrittore del Surrey, e Frances lo aveva invitato a nome dei Ferguson perché pensava fosse la persona giusta per tirare su il morale a James. Owen Lawson non era ancora famoso, ma negli anni

Venti raggiunse una discreta popolarità. Dirò solo che nel 1939, quando morì, era diventato uno dei miei migliori amici.

Ormai eravamo entrati nel 1915. La fine delle vacanze era imminente. Presto sarei dovuta tornare in collegio.

Stare fuori del tempo, imbrigliata in un istante che galoppa tra ieri e domani. Senza fermarsi mai.

Per molti anni fu così. Il ricordo di quelle vacanze di Natale in cui m'innamorai per la prima volta era di un'intensità sorprendente, durò più di quanto avrei desiderato e mi fece soffrire profondamente. Io stessa non riuscivo a spiegarmelo. Poi, con gli anni, imparai a dominare quel sentimento, a placarlo. Fu grazie a Henry che ci riuscii.

L'arrivo di Frances, ma soprattutto di Lawson, mi allontanò da James. Mi mise da parte. A James non servivo più. E quindi l'amore che provavo per lui crebbe d'intensità, malinconia e desiderio.

Li vedevo uscire a passeggio tutti e tre insieme. James adesso si reggeva al braccio di Frances e, all'improvviso, aveva ritrovato il suo buon umore e migliorava in salute a vista d'occhio. Mi sentivo esclusa. Provavo invidia. Gelosia. Una grande e ingovernabile gelosia. Poi un giorno Frances mi chiese se volessi andare a passeggiare con loro e tutti questi sentimenti, per me nuovi, svanirono all'improvviso, sbriciolandosi come un pezzo di pane secco.

Desidero chiarire una cosa: io non ero una ragazzina con la fantasia troppo fervida. Forse prima lo ero stata, lo ammetto, ma non lo ero più; con gli anni uno arriva a capire che cosa significa, lo capisce perfettamente. Io non mi lasciavo trascinare facilmente. Eppure, da quel sentimento mi lasciai sopraffare. Non so perché. Qualche volta ci penso ancora. Erano state tutte quelle letture? Erano stati James e il suo mondo, quella sua vita così simile a quella che anch'io avrei dovuto condurre essendo la figlia di chi ero? O forse fu perché, appena ero arrivata a Elsinor Park, Sarah mi aveva annunciato che avrei conosciuto mio padre? Fatto sta che tutto ciò che immagazzinai in quei primi giorni del 1915 mi accompagnò sempre come un fardello che non sapevo bene dove depositare.

Owen Lawson. Che tipo. All'inizio, chissà perché, non lo trovai simpatico. Era nipote, da parte di madre, di un famoso pittore preraffaellita, quegli uomini che «sapevano perfettamente come dipingere un quadro, scrivere poesie, fare tavoli e decorare pianoforti». Suo padre invece veniva da una famiglia di banchieri. Owen Lawson quindi era cresciuto in un ambiente colto e raffinato, nel Surrey, cioè nello stesso mondo in cui anche i Ferguson vivevano da generazioni. A quell'epoca, lui non si chiamava ancora Lawson, bensì Kieffer. Cambiò il suo cognome qualche anno dopo, quando scoppiò un grosso scandalo a seguito della battaglia legale che intrapresero le sue due mogli, ma di questo parlerò in seguito.

Non potrebbe esserci affinità minore di quanta ce ne sia tra le famiglie aristocratiche della provincia inglese e le famiglie che tra le loro file annoverino pittori, giornalisti, musicisti o poeti. Non so chi disprezzi di più l'altro. Anche se, dopotutto, provengono tutti dalla stessa stirpe.

Insomma, Owen Kieffer – chiamiamolo con il suo vero nome solo per questa volta – fu accolto a Elsinor Park come se fosse il primo ministro. A dire il vero, non so perché. Lui non aveva niente in comune con i Ferguson e loro di solito non si mostravano indulgenti con i «curiosi» amici con cui spesso arrivava Frances. Li accoglievano con un gentile sorriso, certo, ma, come avevo potuto constatare con Sacha quell'estate a Deauville, riservavano loro un atteggiamento, per così dire, un po' condiscendente. Insomma, nel caso di Lawson fu completamente diverso. Forse perché tutti pensarono – come effettivamente fu – che la sua presenza avrebbe risollevato il morale a James e lo avrebbe quindi aiutato a ristabilirsi più rapidamente.

Uscii a passeggio con loro. James e Owen camminavano in testa e parlavano, credo, di un romanzo di Lawson che sarebbe stato pubblicato quell'anno. James sembrava molto interessato.

Frances e io li seguivamo a qualche metro di distanza. Come fece a capirlo? Non lo so. Mi osservava da un pezzo, di questo me ne accorsi. E all'improvviso mi mise affettuosamente un braccio attorno alle spalle e sospirò.

«Ah, mia piccola Rose... Già stretta dagli artigli di quella belva feroce che è l'amore.»

Ribattei subito stizzita.

«Perché dici così?»

Frances si girò verso di me e mi guardò negli occhi. Ci eravamo fermate.

«Perché si vede, cara. Non sono cieca, sai?»

«Non so di cosa parli», feci io rimettendomi in marcia.

Frances mi seguì con calma.

«Sai cosa dice un mio amico? Che il primo bacio non si dà con le labbra ma con gli occhi.»

«Continuo a non capire di cosa parli», insistetti.

Lei cambiò argomento, ma durante tutta la passeggiata mi sentii inquieta. Avevo la sensazione che la mia intimità fosse stata violata, come se qualcuno si fosse intrufolato in camera mia nel cuore della notte. Io adoravo Frances, ma quella mattina la odiai con tutte le mie forze.

Non sapevo ancora che cosa significasse odiare davvero.

Di quella mattina ricordo anche un altro dettaglio: i nomi di scrittori che non avevo mai sentito, perché non c'erano nella biblioteca del collegio né in quella dei Ferguson. D.H. Lawrence, James Joyce, Windham Lewis, Ezra Pound. Neanche James li conosceva, e perciò ascoltava eccitato i racconti di Lawson.

Ci fermammo dove terminava la siepe che separava il prato dal bosco, in prossimità di un recinto. C'era una panchina di pietra e James e Frances si sedettero. Lawson e io invece rimanemmo in piedi.

«C'è un nuovo magnifico poeta», disse Lawson con entusiasmo.

Mi accorsi che Frances non gli prestava molta attenzione, ma lei poteva permettersi di farlo. Tutti perdonavano Frances.

«È davvero bravo», continuò Lawson, senza curarsi del fatto che le sue parole parevano annoiare Frances, «è irlandese, come Joyce. Si chiama William Butler Yeats. Ha scritto anche delle opere teatrali. È un po' visionario, ma...»

Neanch'io gli prestavo molta attenzione, devo ammetterlo. Eccoli lì, loro due. Davanti a me. Frances e James. Intrattenuti dal monologo di Lawson. Le due persone che dominavano la mia volontà. Potevo osservarli a mio piacimento senza sembrare indiscreta. Eccoli lì. Frances con un cappello di lana che sembrava il basco di un pittore, uno scialle di cachemire sopra il cardigan e quelle scarpe marroni con tre fibbie che mi piacevano tanto. Non era bella, ma terribilmente affascinante, anche se in quel momento, con quel cappello così stravagante e quel sorriso fisso sulle labbra, mi sembrava orribile. James era infervorato. Aveva le guance arrossate e un nuovo scintillio negli occhi. Indossava un giaccone e un cappello da caccia. Di Lawson non ricordo molto. Forse era pettinato con la riga in mezzo e aveva dei lineamenti che io consideravo tipicamente inglesi. Aveva le unghie lunghe, una cosa che non ho mai apprezzato negli uomini, neanche quando sono perfettamente pulite e curate com'erano quelle di Lawson. Insomma, eccoci là, noi quattro, un gruppetto singolare, senza dubbio.

Ricordo a malapena di che cosa parlammo. Forse non prestavo attenzione a ciò che succedeva, ma piuttosto a ciò che immaginavo.

Questa conversazione, per esempio. Le loro voci che ritornano.

«Devo mandarti qualche copia della mia rivista.»

«E soprattutto qualcosa di Conrad, per favore.»

«Certamente, non mancherò.»

Non so se il rapporto tra Lawson e Conrad a quel tempo cominciasse già a incrinarsi, ma so per certo che quei due ebbero un'intensa amicizia che poi s'interruppe bruscamente. Vi dirò solo che, a proposito di Conrad, in quei giorni Lawson si divertiva a ripetere una frase che li descriveva entrambi: «Nel corso delle innumerevoli conversazioni che ci hanno impegnato in tutti questi anni, ci sono stati solo due argomenti su cui ci siamo trovati a discutere: quale sia il vero sapore dello zafferano e se sia possibile distinguere una pecora dall'altra».

Non è facile tornare a casa in una tenuta di quasi cento acri. Eravamo scesi fino all'ansa del fiume e io ormai ne avevo abbastanza di loro, di tutti. Quindi dissi a Frances che sarei rientrata tagliando per il bosco, invece che dal fiume come loro.

«Non perdere di vista lo steccato», mi disse, con un tono materno che mi diede sui nervi.

Lawson e James non si accorsero neppure che me n'ero andata.

Il giorno dopo, Frances portò me e Sarah a Guildford, in macchina, e noi tre insieme ci divertimmo moltissimo durante quel breve viaggio. Le città mi sono sempre piaciute. Molto più della campagna, se devo essere onesta, anche se la campagna è il luogo dove sono stata più felice. Le città offrono molto. Soprattutto quando non hai ancora compiuto quindici anni e sei cresciuta in una fattoria, non vi pare?

Nel giro di un paio di giorni sarei dovuta tornare in collegio. Volevo rimanere sola con James, ma non ne avevo l'occasione. Ogni volta che ci provavo, sbucava sempre fuori qualcuno, un domestico, Lawson, Frances, Sarah... Ormai non avevo più motivo di andare nella sua stanza e perciò, quando il giorno prima di partire lo vidi che scendeva da solo verso il fiume, mi precipitai giù per le scale, così che nessun altro mi potesse precedere.

Quando aprii la porta d'ingresso, vidi il domestico che usciva dalla casetta. Una sagoma scura in lontananza, un maledetto spillone da cappelli conficcato nel cervello... Immaginai che fosse andato laggiù ad accendere la stufa.

Allora qualcuno mi chiamò. La voce dolce ma ferma di lady Ferguson fu la causa di tutto.

Proveniva dal corridoio del piano di sotto, quello che immetteva nelle stanze del personale di servizio. Fui costretta a fermarmi immediatamente e a tornare sui miei passi. La madre di Sarah, così dolce e gentile, era tuttavia tanto severa quanto intransigente. Quando mi disse che desiderava esaminare con me alcune questioni sull'organizzazione dei miei bagagli, capii che non mi sarei liberata tanto presto di lei.

Credo che nel frattempo il domestico fosse entrato dal retro, dall'altra parte del vano della scala, perché all'improvviso mi arrivò il profumo delle erbe aromatiche appese accanto alla porta delle cucine.

Io pensavo solo a James, lo immaginavo mentre leggeva davanti alla finestra sul fiume, magari uno dei nostri libri, uno di quelli che nei giorni precedenti avevo letto per lui, mentre lady Ferguson parlava senza sosta con quella sua voce che sembrava una pioggia invernale, continua, incessante, penetrante.

Poi scesi per il pendio quasi di corsa. Il cuore mi scoppiava nel petto. Quando arrivai alla casetta dovetti fare un profondo respiro perché non volevo che James si accorgesse che stavo ansimando. Aspettai che si attenuasse il calore delle guance, lisciai la giacca di lana... Entrai.

Non era in poltrona. Non stava leggendo davanti alla finestra.

Che cosa succedeva? Che cosa vidi? Una porta socchiusa dalla quale provenivano dei sospiri. Come una corrente d'aria, come sbuffi emessi da una creatura infernale e sconosciuta... Sospiri e qualche strano gemito. Stupida che sono, per un momento pensai che James stesse male.

Andai verso quella porta. Me la vedo ancora davanti, una porta di legno chiaro naturale, coperta da vari strati di cera perché sicuramente quel domestico l'aveva appena lucidata, lo stesso domestico che poco prima aveva lasciato una bottiglia di cristallo intarsiato e due bicchieri da brandy sul tavolino. E quei sospiri, che percorrevano l'aria come lingue spugnose che si attorcigliavano su se stesse, i gemiti, che avanzavano barcollando come eserciti sconfitti...

E all'improvviso, lì.

Nel vano della porta.

Abbandonate sul pavimento.

Le scarpe di Frances. Quelle scarpe marroni con tre fibbie che mi piacevano tanto.

12

Ci serve una pausa. Credo che ci aiuterà a digerire quel che abbiamo appena letto.

Lola ha sospirato e giuro che sono stata sul punto di sospirare anch'io.

«Poverina», mormora tristemente.

Forse mi sbaglio, però mi pare che abbia gli occhi umidi. Per un attimo, provo per lei la stessa gran tenerezza che sento per la piccola Rose.

Poi sorride e si ricompone. Torna alla realtà. È di nuovo la solita donna piena di entusiasmo e saggezza. La moglie del libraio, come segretamente la chiamo io. Non perché la voglia porre in una posizione subordinata, ma perché ho conosciuto suo marito per primo. Tutto qui. Comunque non glielo dirò mai, perché credo che non le piacerebbe per niente.

«Che cattiva quella Frances», esclama con quella che la mia vicina chiama «scioltezza», «che strega a mettersi con James.»

Mi fa sorridere quel commento. E per un attimo mi sento così sollevata...

«Sarà stanca di leggere», dico cambiando discorso.

«No», risponde lei allegramente. Poi ci ripensa. «Insomma, un pochino.»

«Sa cosa faccio?»

Guardo attraverso la piccola vetrina. Non piove.

«Faccio una corsa al bar di calle Barquillo e prendo due cioccolate calde con dei *churros*, quelle deliziose frittelle coperte di zucchero.»

«No, davvero», protesta lei. «Non deve.»

«Non le piace la cioccolata?»

Mi guarda in modo molto eloquente.

«L'adoro», ammette.

«Allora è fatta.»

Prendo il cappotto e alzo da sola il piano del bancone. E proprio quando esco dall'androne incrocio una ragazzina – non maggiore della nostra Rose – con occhiali e frangetta. Regge in mano uno di quei romanzetti rosa. Poverina...

Non so per quale motivo nei bar di Madrid debba essere così complicato farsi dare una cioccolata calda da portare via. Il cameriere non è molto contento di farmi uscire con le due tazze sul vassoio. Non si fida. E quindi devo dargli venti pesetas di cauzione. Insomma, alla fine abbiamo le nostre due tazze calde e dei *churros* coperti con un tovagliolo bianco.

Sono quasi le undici e mezzo. Suo marito tornerà verso l'una o l'una e mezzo. Non mi alletta l'idea che mi trovi in negozio.

La ragazzina con gli occhiali e la frangetta sta ancora scegliendo la sua nuova storia d'amore. Lola ha messo sul banco una scatola di cartone con tutti i romanzi. La ragazzina li estrae una volta e un'altra ancora per vedere la copertina.

«Li ho già letti quasi tutti», si scusa.

Lola mi guarda con aria spazientita. Io reggo il vassoio con entrambe le mani. E allora lei, senza dire una parola, afferra bruscamente la scatola con i romanzi, strappandola di mano alla ragazza, e mi fa spazio.

Questa volta a sospirare sono io...

13

Le vacanze erano finite e mio padre non era venuto a conoscermi.

Quella volta non fu Frances a riaccompagnarmi in collegio. Lady Ferguson decise che mi ci avrebbe portato l'autista e io me ne rallegrai, perché Frances non volevo più vederla nemmeno dipinta.

Durante quelle appassionanti vacanze di Natale avevo scalato una splendida collina, un giorno dopo l'altro, un'ora dopo l'altra, e adesso, all'improvviso, mi ritrovavo penosamente seduta sul suolo della mia stessa realtà.

Quell'inverno fu atroce. Mai mi ero sentita tanto sola. Per fortuna avevo libri, libri, libri... Storie in cui rifugiarmi, storie attraverso le quali fuggire. Libri.

Le pagine lisce al tatto, il calore asciutto della carta, libri dal dorso tondeggiante, con la copertina in pelle, in brossura, di tessuto, con il rilievo sul dorso, con l'etichetta, senza etichetta, libri scritti cent'anni or sono, sui quali il calore di mani altrui ha lasciato una storia fatta di tempo. Come faccio a sapere così tanto dei libri? Be'... anche questo è grazie a Henry.

Quello era il mio mondo, mi nutrivo di quello, vivevo di quello. Ma, inevitabilmente, un bel giorno arrivarono le vacanze di primavera e l'autista dei Ferguson si presentò alla porta del collegio. Tornai a Elsinor Park con un nodo allo stomaco. In certi momenti, nemmeno i libri erano di grande aiuto.

Come arrivai, però, sentii che quello era un luogo familiare e conosciuto. Dopo che ci hai vissuto, quella casa non ti sembra più tanto fuori del comune. Questa volta, mi pareva tutto più piccolo di quanto ricordassi. Per esempio, l'ingresso, i giardini e i verdi pendii che in primavera erano molto più accessibili. E l'interno di Elsinor Park, che ora trovavo quasi accogliente e raccolto. I quadri e i mobili, i tappeti, le scale di marmo e gli interminabili corridoi erano diventati tanto piccoli, all'improvviso, quanto noti e privi di maestosità. La consuetudine è il peggior nemico dell'immaginazione.

La casetta sul fiume era ancora là, ma non ci andai nemmeno una volta. Perché avrei dovuto? James non era a Elsinor Park. Era rientrato nell'armata e, stando a quanto mi aveva detto Sarah, era assegnato a qualche avamposto nel Mediterraneo. In un certo senso ne fui felice, eppure avrei dato metà della mia vita perché non fosse così, per vederlo, per tornare alle nostre letture e alle nostre conversazioni. Non c'era nemmeno Frances. Non domandai perché.

Mi trattenni solo pochi giorni, che però furono molto salutari. Sarah e io montavamo a cavallo, giocavamo a tennis, facevamo lunghe passeggiate fino al villaggio e lì prendevamo un tè o andavamo a curiosare nei negozi di cappelli. Chiacchierai molto con Sarah, quella primavera. Questa volta, però, non ci furono rivelazioni degne di nota, né una parola su mio padre, solo chiacchiere tra ragazze, ricette di dolci, commenti sui vestiti alla moda... Quando tornai in collegio, mi sentivo molto bene. Ricordo che pensai che la vita doveva essere così, facile e frivola, non la sofferenza lancinante e solitaria che avevo conosciuto quell'inverno. Ero cresciuta in una fattoria, in una famiglia per bene che mi aveva insegnato a tenere i piedi per terra e questo era radicato nel mio carattere. Gli altri sentimenti, l'afflizione, la pena, la tristezza, non erano sani e perciò, appellandomi esclusivamente al buonsenso, decisi di cambiare il mio stato d'animo. Cercai di avvicinarmi di più alle mie compagne e di leggere meno, e inoltre selezionai con cura le mie letture: basta poeti romantici e scrittori russi, mi concentrai su altri temi. A pensarci bene, non ero tanto stupida.

La primavera inglese è lunga e molto indulgente con le ferite del cuore, che si rimarginano lentamente ma in modo regolare. E inoltre incalzavano gli avvenimenti: in aprile i sottomarini tedeschi affondarono il transatlantico *Lusitania* e in maggio anche l'Italia e la Bulgaria entrarono in guerra, schierandosi in fazioni opposte. Il mondo era pronto al massacro. Gli uomini erano decisi ad ammazzarsi tra loro, e si parlava solo di battaglie. Anni dopo, molti anni dopo, sentii Leonard Woolf, l'editore della Hogarth Press, affermare che la guerra del 1914 aveva distrutto la speranza che l'umanità raggiungesse la civilizzazione, e che l'aveva distrutta a tal punto che certamente l'Europa non si sarebbe mai ripresa da un'esperienza simile.

In realtà, all'epoca quelle parole non avrebbero significato gran cosa per la maggior parte delle ragazze del collegio, ma per me in seguito furono importanti. Io credevo di aver visto le conseguenze di quella guerra e invece non avevo la minima idea di che cosa significasse davvero quel conflitto. Non avevo ancora visto nulla, a parte un ricco e viziato ufficiale della marina in convalescenza che indugiava tra morbide lenzuola mentre i suoi compagni venivano sterminati. Ma i giovani sono arroganti, e quindi a quell'epoca pensavo di sapere già tutto della vita.

Finalmente arrivò l'estate. E, con l'estate, ciò che più temevo: altre vacanze.

Frances venne a prendermi un giorno prima del previsto. Non fu mai capace di arrivare a un appuntamento il giorno stabilito. O arrivava in ritardo, oppure in anticipo, senza motivo e ovviamente senza avvisare.

Devo ammettere che era appariscente, elegante e affascinante come sempre, ma questo, invece di suscitare in me l'ammirazione di un tempo, accentuava il mio rancore nei suoi confronti. Si era tagliata i capelli e ora li portava sciolti all'altezza della nuca. Aveva anche accorciato la gonna, che era sempre diritta ma non arrivava più fino alle caviglie, bensì sotto i polpacci. Indossava una blusa alla marinara molto semplice, con un bordino blu che faceva pendant con il profilo della giacchina di lana fine. Dico davvero, sembrava che arrivasse da una regata. In seguito scoprii che quella era l'ultima moda francese per una triste estate di guerra e che quello stile, lanciato da mademoiselle Chanel, trovava sempre maggior seguito tra le signore dell'alta società francese.

Io invece mi presentai in uniforme, con la solita treccia e un bel broncio. Immagino che Frances se ne fosse accorta, ma fece finta di niente, cosa che peraltro le riusciva alla perfezione.

«Non vai a cambiarti, cara?»

Per tutta risposta, mi sedetti bruscamente sul sedile della Morris Bullnose. Allora lei alzò le spalle e infilò dietro il mio sedile la valigia che avevo lasciato ai piedi della scala.

Guidò silenziosa per un paio di chilometri. Era ovvio che ero riuscita a farla innervosire, perché quasi subito mi domandò: «Rose, cara, è successo qualcosa?»

Avrei potuto dirle che ero furiosa perché andava a letto con l'uomo di cui ero innamorata, un uomo che per la cronaca era molto più giovane di lei e che per di più era figlio di sua cugina, però ero la prima a riconoscere che avrei fatto una figura ridicola. Eppure, in qualche modo dovevo fargliela pagare per la mia sofferenza. A questo proposito non trovai di meglio che tirar fuori la questione di mio padre. Sapevo che era un argomento proibito e quindi mi ci buttai a capofitto, decisa ad affondare i denti e a non mollare la presa fino a quando Frances non avesse urlato di dolore.

«Dove mi porti questa volta? Presso quale famiglia depositerai la spazzatura del duca di Ashford? Ancora dai Ferguson?»

Diventò pallida. Aveva capito perfettamente.

Calò un silenzio. Lungo. Pesante. Io ero piena di adrenalina, dalla testa ai piedi. Il cuoio capelluto mi bruciava.

«Da quando lo sai?»

Avevo affondato i denti. Ora non dovevo mollare.

«Cosa credevate? Che non lo avrei mai scoperto?»

Frances riprese il controllo. Appena ebbi pronunciato quelle frasi si calmò. Perlomeno sapeva a che cosa andava incontro.

«Non è così grave, sai? Adesso ti sembra, ma ben presto lo troverai quasi normale.»

«Normale? Credi che succeda a molti altri?»

«Più di quanti immagini.»

«Ah sì? Tu li hai padre e madre? Ti hanno cresciuto loro?»

«Non siamo tutti uguali», ribatté.

Questo mi fece infuriare ancora di più.

«Certo, ci sono i signori, come mio padre, i Ferguson o te, e ci sono i servi, come me.»

«Non drammatizzare, cara. Lo sai che non è vero.»

Ero cosciente di esagerare, però tornai alla carica. In cuor mio sapevo di avere un'altra carta da giocare.

«E mia madre?»

Frances fermò la macchina. Capii che la situazione stava diventando seria, sicuramente più di quanto avessi previsto.

Spense il motore. Si girò. Non pareva arrabbiata, ma triste.

«Tua madre», disse.

«Sì, mia madre», ripetei io. Ma la mia voce non era più sicura come prima. Volevo davvero sapere?

«Cosa ti hanno detto esattamente?»

Non era la Frances che conoscevo. Non era più la persona leggera e frivola, volubile e superficiale. Era seria e i suoi occhi sembravano più grandi e lucidi, come se cercasse di trattenere le lacrime.

Abbassai lo sguardo.

«Nessuno mi ha informato di niente. È questo il brutto, che nessuno si sia mai preso il disturbo di dirmi niente.»

Allungò la mano, infilata in uno dei suoi lunghi guanti senza dita. Sfiorò delicatamente la mia, con dolcezza.

«Sai chi era?»

«No», risposi improvvisamente imbarazzata. Forse cominciavo a sospettare di comportarmi in modo scorretto.

Aveva detto «era»? Era?

«Tua madre era mia sorella. Si chiamava Margaret. Tutti la chiamavamo Maggie.

Era? La chiamavamo?

«È morta quando sei nata. Tre giorni dopo averti messo al mondo.»

Mi accarezzò i capelli con la sua mano mezza inguantata. Quella discussione mi aveva talmente sconvolto che pensai che solo avvicinando la mano, ancor prima di sfiorarmi, Frances avrebbe sentito il calore bruciante che emanavo.

«Aveva i capelli come i tuoi. Lunghi e folti. Biondi come il grano.»

Non avevo mai sentito Frances parlare in quel tono serio e malinconico.

«Era molto allegra», disse. «Rideva e scherzava sempre. Le piaceva cantare. Era molto brava.»

Finalmente, dopo tante fantasie... I miei sogni infantili, le congetture notturne, i misteri dei pomeriggi solitari d'inverno, i sospetti e le ricerche, tutto si risolse in quell'istante. Finalmente sapevo.

Che cosa provai? Un senso di benessere. Come quando hai la febbre e ti mettono un panno freddo sulla fronte. E anche una sensazione dolce nelle viscere, come se i miei organi si distendessero e si rilassassero, espandendosi in un corpo che era il mio ma sembrava molto più grande. Sentivo di essere arrivata alla fine di un lungo cammino.

«Sei mia zia», dissi a Frances.

Per la prima volta, lei sorrise.

«Sì, cara», disse abbracciandomi forte. «Sono tutta la tua famiglia.»

In quell'abbraccio sentii qualcosa di sconosciuto. Dicevo addio a un periodo della mia vita. All'improvviso, dimenticai ciò che avevo visto nella casetta sul fiume. O meglio, non lo dimenticai, ma lo misi al posto che gli spettava. Frances non era più Frances. Adesso era tutta la mia famiglia. Finalmente.

14

Lola chiuse lentamente il libro, senza fare il minimo rumore.

«Cosa gliene pare?» mi chiese.

Per un attimo pensai che le avevo posto la stessa domanda il primo giorno, quando eravamo sul marciapiede in quell'imprevisto freddo di ottobre.

«Non so», risposi. «È più intimo di quanto mi aspettassi.»

Lei annuì con un semplice cenno.

Il romanzo di Rose Tomlin ci portava così lontano che poi era difficile tornare alla realtà. E quando ci tornavamo avevamo bisogno di sapere che anche l'altra era lì. Cercavamo di condividere qualcosa di più, forse la certezza che la storia della *Ragazza dai capelli di lino* coinvolgeva entrambe allo stesso modo.

Il titolo era azzeccato, devo ammetterlo. Perché la protagonista te la potevi immaginare perfettamente... Una ragazzina con un forte accento francese e una lunga treccia bionda formata da tanti capelli d'oro di diverse tonalità, come le fibre del lino. Non so se Lola se la immaginasse così. Posso solo dire che ogni volta che terminavamo di leggere ci guardavamo come se i miei occhi e i suoi fossero in contatto fisico. Poche volte ho provato un simile senso di complicità. Forse con Henry, ma era diverso, avveniva in un altro modo.

Questa volta eravamo due donne, una giovane e l'altra più anziana, unite da un romanzo.

Mi domando se per lei fosse diverso. Forse la sua era solo curiosità, ma credo di no, penso ci fosse qualcosa di più. Entrambe temevamo che l'altra non fosse coinvolta nella stessa misura e che da un momento all'altro quella lettura ci potesse deludere. Allora sarebbe finito tutto.

Credo che si trattasse di questo, ecco. La nostra amicizia era ancora molto fragile.

«Conosce gli scrittori di cui parla l'autrice? Owen Lawson? E quel Conrad?» domandai per cercare di scrollarmi di dosso quella sensazione.

«Mio marito è un appassionato lettore di Joseph Conrad», rispose. «Scrive dei romanzi così... non so, maschili, non trova? Avventure in alto mare, faccende d'onore, agenti segreti, battaglie...»

Fece una pausa. Aveva parlato tutto d'un fiato, con spontanea naturalezza. Eppure devo riconoscere che le sue osservazioni erano fortemente eloquenti.

«A me personalmente, se devo essere sincera, Conrad non piace molto», continuò con tono più pacato. «Di Owen Lawson invece non ho mai letto niente. Non credo che in Spagna sia tradotto. Però adesso sono incuriosita da come ne parla la protagonista del libro. Appena avrò un attimo libero andrò in biblioteca a dare un'occhiata all'*Enciclopedia Espasa.*»

Aprì un cassetto. Tirò fuori un paio di caramelle avvolte in una carta bianca con delle scritte nere.

«Sono alla malva, ne vuole una?»

La presi. Era troppo grande perché potessi parlare tenendola in bocca, così mi dilungai a scartarla perché le volevo chiedere una cosa.

«Voi non condividete molto l'attuale situazione politica spagnola, vero? Mi scusi se glielo domando così a bruciapelo, ma ho l'impressione che lei e suo marito abbiate patito molto durante la guerra.»

Mi guardò sorpresa. Rapidamente, come in un lampo, i suoi occhi e i tratti del viso furono attraversati dalla diffidenza, dalla consapevolezza e infine dall'amarezza. Immagino che in quel momento si domandasse chi fossi e se potesse confidarsi con me.

«Questa guerra ha causato tanta sofferenza che non ci siamo ancora ripresi», disse infine. «Noi e moltissimi altri.»

Mi accorsi che faticava a sostenere il mio sguardo. Aveva di nuovo gli occhi velati. Li abbassò tristemente.

«Io volevo che ce ne andassimo», aggiunse dopo qualche secondo. «Volevo che andassimo in esilio come molti nostri amici. Quasi tutti quelli che conosciamo hanno lasciato la Spagna, in un modo o nell'altro; chi è andato in Francia, chi in Messico. E tutti adesso hanno una vita prospera e felice. In Paesi liberi.»

Per un attimo notai la sua rabbia, la sua disapprovazione per qualcosa di non ben definito; ma sembrava una protesta intima, uno di quei rimproveri che rivolgiamo a noi stessi e che sono i più difficili da digerire.

«Ovviamente alcuni sono morti», riconobbe un attimo dopo. «E questo è ancora più terribile.»

È curioso il modo in cui noi esseri umani cerchiamo conforto nella sofferenza altrui. Curioso, ecco, e forse anche un po' inconfessabile al principio, eppure poi funziona benissimo.

«Noi non siamo fuggiti perché mio marito era condannato a morte. Poi gli hanno commutato la pena ed è stato diversi anni in un campo di concentramento.»

Parlava liberamente. Doveva essere giunta alla conclusione che forse una donna straniera fosse la persona giusta con cui sfogarsi. E lo fece. Poco per volta. Con sconcertante sincerità.

«Questa guerra è stata devastante, e non solo per i morti o per la perdita dei nostri diritti. La cosa più brutta, almeno per me, è stato perdere le mie illusioni. Contro questo non sono riuscita a lottare. Perché all'inizio dell'insurrezione militare sembrava tutto una specie di avventura donchisciottesca: difendere la libertà, i diritti della classe lavoratrice, l'indipendenza delle donne...»

Mi guardò per qualche secondo, sorrise tristemente e poi abbassò di nuovo lo sguardo come se si vergognasse o, meglio, come se i suoi ricordi fossero molto pesanti, tanto che non riusciva a farsene carico.

«Poi lo spirito iniziale si è trasformato in qualcosa di vile, meschino, miserabile», confessò con voce un po' tremante. «La sofferenza e la paura hanno distrutto tutto. A molti dei nostri amici importava solo salvare la pelle e gli intrepidi lottatori di un tempo erano pronti a denunciarti, a tradirti, ad abbandonarti in un fosso. In fondo lo capisco, non creda. Mi spiace soltanto che Matías non abbia mai voluto fare lo stesso. La nostra vita sarebbe molto diversa se ci fossimo trasferiti in Francia, per esempio.»

Aveva nuovamente gli occhi lucidi, quando alzò lo sguardo e disse: «Per questo capisco molto bene cosa intenda Rose Tomlin quando dice che la guerra sembra un po' irreale fino a quando non ne tocchi con mano le conseguenze».

Mi dispiacque molto aver affrontato quell'argomento, e quindi cercai di distrarla da quei tristi pensieri.

«Guardi, anch'io ci penso spesso, perché quando nel 1914 scoppiò la guerra ero solo una ragazzina», dissi. «Però eravamo informati, le brutte notizie arrivavano perfino in Rhodesia. Eppure, sebbene sapessimo quanto fosse grave quel conflitto, in cuor nostro pensavamo che si trattasse di qualcosa che succedeva solo ad altri. E poi, quando non è stato più possibile girare gli occhi dall'altra parte, abbiamo pensato che noi non avremmo mai vissuto niente di simile. E, come ben sa, in seguito è scoppiata la seconda guerra mondiale, che è stata ancor più terribile della prima. E che ha colpito tutto il mondo, ci sono stati morti in Europa, in Africa, nel Pacifico, in cielo, in mare. La gente non impara mai.»

Lola doveva essere d'accordo con me, perché mormorò pensierosa: «Sì, non capisco per quale ragione non si impari mai dagli errori del passato».

Cercai di trovare una spiegazione. Non era affatto originale, ovviamente, ma poteva essere adatta a un momento come quello.

«È tipico degli esseri umani: appena possibile ci dimentichiamo del dolore. Gli animali, invece, dopo aver subito qualche danno il pericolo lo riconoscono subito. Non conosce quel proverbio: 'Il gatto scottato teme anche l'acqua fredda?'»

Alla fine Lola sorrise. Quando era allegra, la sua naturale bellezza si accentuava. Devo ammettere che era un vero piacere guardarla.

Dopo qualche minuto, si alzò e rimise il libro nella vetrina.

Mi piaceva osservarla mentre si muoveva. Aveva una splendida figura e una certa eleganza innata. Sapeva vestirsi e abbinare con gusto gli accessori, era come un dipinto con una magnifica cornice che lo fa risaltare. Ultimamente mi capita. Mi lascio catturare dai corpi altrui, soprattutto da quelli delle donne giovani. Forse si tratta di una certa nostalgia del mio corpo di quando ero ragazza, quasi che volessi recuperare il ricordo di com'ero. Insomma, quando contemplo Lola, a volte mi sento come se stessi guardando le mie vecchie fotografie.

Stava di nuovo dietro il bancone, e sistemava distrattamente la carta da pacchi, quando improvvisamente girò su se stessa, tornò alla vetrina, prese il libro, lo mise da parte e ritirò velocemente il leggio e il cartello.

Fece tutto in silenzio.

«Tanto lo leggiamo solo noi due», disse girandosi verso di me per darmi una spiegazione che non le avevo chiesto.

Infine sistemò un paio di libri di poesia e tre o quattro nuovi romanzi spagnoli nello spazio che era rimasto vuoto.

«Molto meglio così», commentò quando ebbe finito.

Non andai a guardare, ma quando uscii diedi un'occhiata e mi trovai d'accordo con lei: ora la piccola vetrina aveva un'aria molto più proporzionata.

«Tornerà ancora? Vuole continuare a leggere?»

«Martedì prossimo, se per lei va bene.»

Non avrei dovuto proporle quel giorno. Non avrei dovuto sapere che lei restava in negozio solo alcuni giorni precisi della settimana. Avrei potuto darle l'impressione di averla spiata, come in effetti avevo fatto, ma lei non ci fece caso.

Qualcuno passò nell'androne. Mi resi conto che durante tutto il tempo che avevamo trascorso a leggere non era arrivato nemmeno un cliente.

«Posso farle una domanda?»

«Naturalmente.»

«Come vanno gli affari?»

Accennò un sorriso un po' triste. Notai che quel giorno portava i capelli tirati da un lato e fermati con un pettinino di tartaruga. Non aveva messo il rossetto.

«Come vuole che vadano? Male. A volte anche peggio.»

«Suo marito sembra un uomo molto colto.»

«Lo conosce?»

Me ne resi conto subito. Avevo appena commesso un altro errore. Se avessi potuto rimangiarmi tutto, l'avrei fatto senza pensarci due volte.

«L'ho visto qualche volta... Passando per strada. È sempre intento a leggere o a scrivere.»

«Già... È molto colto, ma non è un uomo d'affari. Perlomeno, non sa gestire questo tipo di affari. Prima della guerra aveva una casa editrice e io lavoravo con lui. Poi la guerra ha spazzato via tutto, come dice Rose.»

«Dalla storia di Rose par di capire che la guerra abbia però portato altre cose.»

«Senza dubbio», ribatté lei senza rifletterci troppo. «Anche a noi, se devo essere sincera. Ci ha lasciato nella miseria ma ci ha unito di più.»

Si mise in piedi. Mi alzai anch'io.

«Lo sa?» disse subito. «Nel '36, prima del sollevamento militare, per qualche tempo abbiamo vissuto proprio in questo edificio. È stata la nostra prima casa.»

Sorrideva. All'improvviso, recuperando quei ricordi, sembrava felice.

«Tutte le mattine uscivamo insieme per andare in casa editrice. Perché Matías, mio marito, faceva l'editore, sa? Io lavoravo con lui, traducevo dal francese.»

Credo che non si rendesse conto di avermelo appena raccontato. O forse aveva bisogno di aggrapparsi con più forza a quel ricordo. So benissimo come funziona: a volte devi ripeterti che è vero, che hai vissuto quel che hai vissuto e che hai provato ciò che hai provato, per non correre il rischio di credere che sia stato solo un sogno. La realtà è fragile, molto fragile, quando ti volti dall'altra parte.

«Adesso, come vede, siamo tornati qui. Può bene immaginare che la nostra situazione non sia nemmeno lontanamente quella di un tempo, però mi piace questo edificio. È per questo che abbiamo preso in affitto il negozio, perché ci ricordava dei bei momenti. E perché conoscevamo il vecchio titolare.»

Fece un gesto brusco con la mano, quasi volesse allontanare i ricordi.

«Le ho portato una cosa.»

Si sorprese. Presi due biglietti dalla borsa.

«È stata così gentile a dedicarmi tutto questo tempo, a leggere per me. Le ho comprato due biglietti per il cinema, così ci può andare con suo marito. Sono per un film con Rita Hayworth. Lei me la ricorda molto.»

Rimase immobile e, anche se dirlo non è molto bello, con la bocca aperta come una stupida. Poi reagì.

«Ma... non se ne parla neppure. Non posso accettare...»

«Non le piace il cinema?»

«Non è questo... È che lei non mi deve niente. L'ho fatto volentieri.»

Le allungai i biglietti con gesto deciso.

«Li prenda», ripetei. «Sono per questa sera. Per lo spettacolo delle dieci.»

Lei allora afferrò i biglietti con una strana solennità, come se si trattasse di un rituale o una cerimonia.

«Sa da quanto tempo non vado al cinema? Almeno cinque anni. E mi ero rassegnata all'idea che avrei dovuto aspettarne altri cinque.»

Sorrisi.

«Vede? Ci sono sempre delle sorprese.»

Sollevò il piano del banco per farmi uscire.

Ero sul punto di andarmene, quando mi voltai. Lei teneva in mano i biglietti.

«Non deve rassegnarsi: lei è giovane, sembra coraggiosa. Prima o poi tutto questo finirà. Una situazione politica come quella che si vive in Spagna non può durare a lungo.»

15

MATÍAS è al cinema, seduto in poltrona. Il film scorre davanti ai suoi occhi ma lui non lo vede nemmeno. Sta pensando ad Adela. Questo pomeriggio è andato a trovarla. È molto ammalata, sicuramente non ce la farà, e le serve tutto... Le servono attenzioni, affetto, aiuto economico. Deve spiegarlo a Lola, ma non sa ancora come fare.

Gli sembra di avere la testa in un frullatore. Le immagini lo raggiungono, si agitano e scompaiono. Poi tornano indietro con qualche scusa, tutte mescolate, senza ordine né organizzazione. Un breve viaggio a Vienna con Lola. Quando lui era ancora sposato con Adela e abitavano in un appartamento in calle Prim, vicinissimo alla casa editrice. Non avevano figli.

E all'improvviso lui scappa da tutto. Solo per qualche giorno, con lei. Un hotel in centro, vicino a una fermata della metropolitana. Le strade pulite, ordinate, silenziose, di una città dove nessuno li conosce. Un altro mondo, il mondo in cui, per un istante, Matías pensa che gli piacerebbe vivere. Vanno ad ascoltare musica al *Konzerthaus*. I biglietti li ha pagati un occhio della testa, ma va bene così, sarà per una volta nella vita e vuole che per lei questo viaggio sia indimenticabile. Sono in un caffè dove sul piattino, accanto alla zolletta di zucchero, viene messo un cioccolatino. È un locale pieno di lampadari enormi, mensole di listelli di bronzo incrociati dove si appendono cappotti e cappelli, morbide sedute di velluto rosso. Sono in questo caffè vicino al *Konzerthaus* in attesa di vedere Bruno Walter che dirige un programma interamente dedicato a Mozart. Lola aveva questo desiderio. Non era mai stata a Vienna, ma ne aveva sentito tanto parlare dai suoi genitori, perché era là che avevano trascorso la loro luna di miele ed era là che, a quanto parte, lei era stata concepita. Suo padre glielo aveva raccontato un'infinità di volte, e la stessa infinità di volte sua madre era arrossita come un'adolescente. Per questo Matías aveva scelto Vienna, aveva voluto farle una sorpresa, è il loro primo viaggio insieme. Aveva organizzato tutto fin nei minimi dettagli e – dopo averci riflettuto molto e aver scartato Parigi e Roma, che sembravano la meta perfetta di un viaggio romantico – aveva scelto questa città dell'Europa centrale, dove fa un freddo del diavolo e negli alberghi, piegato in fondo al letto, c'è solo un copriletto con una federa bianca, senza lenzuola né coperte. È un piumino, gli ha spiegato Lola, dentro ci sono piume d'oca o d'anatra. T'infili sotto e lui si adatta al tuo corpo, non servono le coperte perché trattiene bene il caldo. Questa città dove tutto è carissimo e ogni cosa profuma di burro e di cioccolato, Vienna, sì, Vienna, non Parigi né Roma, ma Vienna, la città dove la vita è cominciata ed è stata concepita la donna di cui lui è perdutamente innamorato.

Nel caffè. Lei porta i capelli raccolti in un doppio chignon: una parte più in alto e l'altra quasi all'altezza della nuca. Se li è sistemati da sola in albergo e, stando a quanto gli ha spiegato, l'acconciatura è la stessa che aveva Grace Kelly in una foto su una rivista. Indossa anche una specie di cappellino grigio perla a forma di mezzaluna, molto semplice e molto elegante. È primavera, ma fa freddo. Tutti e due hanno il cappotto e sono alti, snelli, attraenti. A tutti e due scintillano gli occhi.

In attesa del loro incontro ravvicinato con Mozart, Lola

mescola il caffè, mentre lontano, in un'altra città, una donna di nome Adela è all'oscuro di tutto.

Fino a che punto si sente in colpa, adesso, per averla abbandonata? Matías l'ha ripetuto a se stesso un milione di volte e altrettante l'ha ripetuto a Lola: ne hanno il diritto, tutti hanno il diritto di innamorarsi di nuovo, di cambiare vita, di tornare sui propri passi. Eppure, queste parole e questo convincimento non sono mai bastati a cancellare del tutto il suo senso di colpa.

E ora ci mancava solo questa maledetta malattia che ha ridotto la sua ex moglie come un cadavere, inchiodata in un letto che un tempo era suo e che ora puzza di morte. Una vicina va da lei tutti i giorni a darle una mano, ma a parte lei Adela è completamente sola. Non ha nessuno. Per una piccola somma, Matías ha incaricato quella donna di prepararle da mangiare e di fare le pulizie. Lui non può farlo. E nemmeno deve. Ormai ha preso la sua strada. E anche se in cuor suo a volte se ne pente, non può traballare né cambiare direzione.

Vede la morte, e contemporaneamente una Lola molto più giovane seduta accanto a lui nella platea del Konzerthaus di Vienna. Il volume dell'abito di seta grigio azzurro ricade sulle gambe accavallate e i guanti e la piccola borsetta argentata riposano sull'ampiezza della gonna, mentre Mozart trasforma tutto in una festa. Vede anche le loro mani – le mani di Lola, lisce e affusolate, e le sue, forti, quadrate, da agricoltore – con le dita intrecciate, mentre camminano insieme per le strade buie, di ritorno in albergo. Lei, eccitata come una bambina, non smette di parlare. Lui, invece, prova sentimenti contrastanti: a tratti un lieve senso di colpa, ma soprattutto l'orgoglio, la soddisfazione del seduttore che ha messo a frutto le sue arti migliori, dell'uomo di mondo che sa come far colpo su una donna, e senza quasi nemmeno confessarlo a se stesso.

Sullo schermo c'è una donna che balla. Assomiglia un po' a Lola ma ha le gambe troppo magre per i suoi gusti.

Adesso.

Quindici anni dopo.

E niente è cambiato. Prova ancora un senso di colpa per aver abbandonato Adela e il forte impulso di lottare pur di non perdere Lola. Due sentimenti diversi, strade che conducono in direzioni opposte.

Che cos'è successo? Quando è finito il film? Dalla Gran Vía tornano a casa a piedi, tenendosi a braccetto, ogni tanto per mano come allora, come a Vienna. Anche questa notte fa freddo.

«Adela sta morendo.»

Ecco. Gliel'ha detto.

Lola si ferma di colpo. Si sente confusa come Matías durante la proiezione del film. Adesso è lei a sentirsi sopraffatta da misteriosi suoni che procedono barcollando come eserciti sconfitti... Dove ha sentito quella frase? Rose Tomlin. Quella bambina cresciuta in una fattoria, in Normandia, senza sapere di essere figlia del duca di Ashford. Sono solo tre parole, ma pesano come macigni: Adela sta morendo.

«Come fai a saperlo?»

«Sono andato a trovarla.»

Un silenzio grande, prolungato, come il freddo di quella notte di fine ottobre.

«Ormai non si alza più dal letto. Sembra un cadavere.»

Risuonano i passi di lui, smorzati come la sua voce. Quelli di lei, scarpe col tacco che ticchettano sulle mattonelle.

«Do dei soldi alla sua vicina perché si prenda cura di lei. So bene che siamo al verde, ma devo farlo.»

Aspetta la reazione di lei.

«Certo», dice Lola con voce chiara, senza tentennamenti. «Fai quel che ti sembra più giusto.»

Più giusto...

Se Adela muore, pensa Lola quasi senza volerlo, smetterò di essere ciò che sono adesso: l'altra, la concubina, l'amante. Potremo legalizzare la nostra relazione... Non pensa proprio così, non con parole così chiare e banali. In un altro modo. Non concreto. I pensieri fluiscono spontaneamente e quindi non sono soggetti a censura. Potremmo vendere l'appartamento di via Prim, o affittarlo, e tirare un attimo il fiato...

Riflette tra sé, ma riflette... Matías non vorrà che ci sposiamo di nuovo, farà appello ai suoi principi e dichiarerà che non abbiamo bisogno che il regime franchista ci benedica con le sue false leggi e le sue pantomime. Dirà che noi due eravamo marito e moglie prima che dichiarassero illegale tutto quello che è stato istituito dai legittimi rappresentanti del popolo, ecco che cosa dirà... Ma se non fosse così, allora potrei andare dai miei genitori e dar loro questa gioia. Mia madre non dovrebbe più guardare le vicine con apprensione e vergogna... Eppure, pensa all'improvviso, che cosa le importa, se in fondo lei è d'accordo con Matías... Ma in verità, se esiste una qualche verità, Lola è stanca di lottare contro i mulini a vento, di aspettare ancora, quando ormai tutti gli altri si sono stancati di aspettare. Questa è l'unica cosa certa.

Le parole strisciano sul pavimento.

Lei e Matías salgono in ascensore stando in silenzio. Matías apre la porta e accende la luce dell'ingresso, un tulipano di vetro opaco con una lampadina da 15 watt. Camminano lungo il corridoio mentre le parole accompagnano i loro passi, lente, grevi, come pezzi di piombo gettati in mare. Lola va in camera e appende il cappotto, poi si toglie le scarpe e infila un paio di ciabattine di pelle blu che le ha regalato sua madre, carine come tutto quello che compra lei, con un tacchetto che la fa stare più comoda e la rende più elegante delle sue vecchie e rozze pantofole di stoffa, che ovviamente ha subito relegato in fondo all'armadio. Infine va in cucina, dove Matías sta fumando in silenzio. Parlano del più e del meno e le parole continuano a cadere fino a quando vanno a dormire, abbracciati, la testa di lei posata nell'incavo della spalla di Matías, il braccio di lui attorno alle spalle di Lola. Finalmente il silenzio, o qualcosa che gli assomiglia.

«È finito il caffè.»

La mattina dopo. Lola non deve andare in negozio, ma si è alzata insieme con Matías. È stanca, ha dormito male.

«Non importa, bevo il latte.»

«È di ieri.»

«Ma è ancora buono, no? Non era in frigo?»

«Sì, certo. Per sicurezza lo faccio bollire.»

Accende la radio. C'è musica, una melodia ballabile di una di quelle orchestre americane. È una musica allegra per un giorno qualunque.

Matías ha acceso una sigaretta.

«Ti preparo un po' di zuppa? È rimasto del pane.»

«Va bene.»

Una boccata di fumo le passa sul viso. Lola va alla finestra e la socchiude, in modo che l'aria fredda non arrivi direttamente verso di loro. Poi taglia il pane a fettine molto sottili, il più sottili possibile, per quanto la durezza della mollica permette, reggendo il filone avvolto in un tovagliolo premuto contro il solco del seno. Infine, mette il pane nel latte bollente e va in bagno. Quando torna, fresca e vestita per stare in casa, Matías è già andato via. Il pavimento del corridoio le sembra coperto di parole cadute.

16

Mi è venuto in mente all'ultimo momento. Erano quasi le dodici e mezzo. Mi ero un po' stancata delle chiacchiere della mia vicina. Si chiama Amparo ed è originaria di un paesino della Rioja. È una brava donna, non dico di no, ma è pesante come il piombo. Mi tiene molta compagnia – anche quando non ne ho bisogno – ed è sempre pronta a darmi una mano, però è molto invadente. Certe volte bussa alla porta e non le apro, perché altrimenti mi si piazza in casa per tutto il pomeriggio. Questa volta invece ho commesso l'errore di farlo. È venuta a chiedermi se mi serve qualcosa in drogheria e, anche se le ho detto di no, non ha fatto una piega: ha piazzato il suo sederone su uno sgabello della cucina e ha continuato a parlare a mitraglia per un bel pezzo. Alla fine ho dovuto ricordarle che ora fosse e subito lei ha sussultato come fa sempre: improvvisamente aveva una fretta del diavolo e mi ha fatto quasi capire che per colpa mia era rimasta senza patate. Appena se n'è andata, ho deciso di fare una passeggiata e magari di arrivare fino alla libreria.

Madrid mi piace. Non è troppo grande né troppo piccola. Nelle mattine d'autunno, quando i bambini ormai vanno già a scuola e le donne si mettono a preparare il pranzo, la città resta nelle mani degli sfaccendati o di quelli che lavorano in proprio: anziani come me, fattorini che se la prendono con calma e intanto fumano una sigaretta, signore a passeggio che guardano le vetrine nei quartieri eleganti del centro, suore e preti che chissà dove vanno, né m'importa saperlo, dovreste vedere quante suore e quanti preti ci sono in Spagna... Incrocio un tizio che spinge una carriola e un altro con una borsa d'attrezzi a tracolla... All'angolo di calle Gravina, vicino al mercato, vado quasi a sbattere contro un pescatore con canna e cestino di vimini, che sicuramente viene dal Manzanarre... Succedono fatti insignificanti, ma divertenti. Per esempio, sull'angolo il pescatore incrocia una donna dall'aria un po'... diciamo «allegra», che certamente si è appena alzata dopo una notte movimentata, e si trovano insieme nello stesso bar: lui beve un bicchiere di vino e lei un caffè... Li immagino seduti al bancone, l'uno accanto all'altra, con le loro vite così diverse, e penso che magari parleranno del più e del meno, del freddo che è già arrivato, del gatto che sta annusando il cestino o del barista, se metta o no l'acqua nel vino. Insomma, questa è la città dove ho deciso di vivere.

Oggi, prima che arrivasse la vicina, ha telefonato Constance. Chiamava da Londra. Continua con le sue polemiche e i suoi avvocati. Vuole che le dia una risposta o che ci si veda a Londra, ma io le ho detto che adesso non posso perché ho molto da fare a Madrid. Non è vero, ma lei questo non può saperlo.

Poi ho pensato alla famiglia, quella cerchia ristretta dove amore e intransigenza vanno a braccetto. Le parole di Constance echeggiano insieme con il rumore dei miei passi sulle mattonelle sconnesse del marciapiede. «Sposare un buon partito», proprio ciò che io non ho fatto. Ovviamente io non sono Constance, non abbiamo niente in comune. Né in bene né in male. Per esempio, io non sarò mai brava come lei a organizzare quei tè e quelle cene che preparava per tutti, compreso Henry, quando nessuno di noi conosceva ancora la Spagna né avrebbe immaginato che un giorno saremmo approdati qui. Ricordo perfettamente: un grande tavolo di marmo in mezzo a due divani coperti di ciniglia azzurra, un vassoio d'argento intarsiato a tre piani – *scones* ripieni sul primo, tramezzini misti sul secondo e sul terzo biscotti fatti con le sue stesse mani – e poi le ciotoline con burro e marmellata di mirtilli, sempre preparata, naturalmente, da Constance. Ma soprattutto le impeccabili tovaglie di lino ricamate e le tazze di porcellana, le posate d'argento sempre luccicanti e quello squisito buon gusto che si eredita assieme ai terreni, alla rendita annuale e al colore dei capelli. A questo bisogna sommare le discussioni, i litigi e i rancori segreti. Così sono le famiglie. Henry ci rideva sempre sopra. E alla fine lo facevo anch'io.

Quando giro l'angolo, vedo il libraio che abbassa la serranda. Guardo l'orologio e noto che non è ancora l'ora della chiusura. Non è nemmeno martedì o giovedì e quindi mi domando che cosa sia successo. Continuo a pensare a Constance e alle sue cene con venti invitati, mentre mi piazzo sul marciapiede come un cane da caccia pronto a seguire la sua preda. Posso farlo quasi in automatico e intanto con la mente torno alla tavola da pranzo con la tovaglia ricamata, alla porcellana inglese e ai bicchieri di cristallo di Boemia e vedo Constance che impartisce ordini ai camerieri, con quel tono amichevole ma risoluto che un tempo mi sorprendeva tanto in altre donne. Comincio a seguire il libraio, quando si avvia per il marciapiede e gira l'angolo, e lo seguo con la mente assorta nelle immagini di Constance che accoglie gli ospiti nell'ingresso, impeccabile, tranquilla, padrona della situazione. Sì, lo seguo quasi meccanicamente. E poi, Constance s'allontana e io d'improvviso atterro nella realtà. Anche adesso la città è un luogo insolito. Niente donne indaffarate o bambini che escono da scuola. Non c'è nemmeno tanto traffico. Dev'essere quasi ora di pranzo, perché alcuni negozi, come per esempio la farmacia di calle Barquillo, stanno abbassando le serrande. La farmacia chiude prima degli altri negozi, non so perché. Non facciamo la solita strada, quella per andare dai suoi clienti, ma imbocchiamo calle Barquillo tenendoci sul marciapiede di sinistra, fino all'incrocio con calle del Almirante. Quindi il libraio infila calle Conde de Xiquena e arriva in calle Prim.

Dopo il teatro *Marquina*, lui entra in un portone e allora io aspetto che salga le scale per avvicinarmi all'ingresso. Si ode una porta che si chiude. Ormai non potrò più sentire niente di quel che dice.

Vedo che c'è la portineria e così mi avvicino, cercando di mostrare una naturalezza che mi faccia sembrare assolutamente innocente. Una donna apre la finestrella della guardiola.

«Scusi», dico alla portinaia dopo averla salutata con il più cordiale dei sorrisi, «mi pare di aver visto mio nipote che entrava in questo portone. Proprio adesso. L'ho chiamato ma credo che non mi abbia sentito.»

«Adesso?» domanda lei.

«Un secondo fa», assicuro io. «Sarà ancora per le scale.»

Esce dalla guardiola. È una donna grassa e accaldata, con un grembiule a righe nere la cui pettorina è attaccata con due spille da balia al maglione di lana.

«Signor Matías», grida affacciandosi al vano della scala.

So che il signor Matías non può sentirla.

Si gira verso di me e mi guarda incuriosita.

«Ha detto che è suo nipote?»

«Be', nipote da parte di mio marito», mento io con decisione.

«Ah, certo...» riflette la donna, che ormai si è accorta che non sono spagnola. «Non sapevo che il signor Matías avesse dei parenti all'estero.»

«No, no, ormai viviamo a Madrid da molto tempo, ma io, non so perché, non ho mai perso il mio accento. Io sono inglese, ma mio marito è di Cuenca.»

«Insomma, vada su, no?»

Tentenno.
«Be'... non voglio disturbare.»
La donna riflette.
«Certo, capisco. Quella povera donna è in punto di morte.»
Quale donna? A chi si riferisce? Credo che la mia espressione riveli chiaramente che non so di cosa stia parlando.
«La signora Adela», mi spiega molto tranquillamente. «Ha una brutta malattia, incurabile.»
In silenzio, aspetto che continui. Lei mi guarda e scuote la testa, come se sapessimo entrambe di che cosa si tratta.
«La gente dice che si è ammalata perché lui, suo nipote, l'ha lasciata per un'altra. Sa, si sono separati molti anni fa, prima della guerra. Ma che stupida sono, ovvio che è informata, e meglio di me.»
Non faccio commenti, soprattutto perché ne voglio sapere di più.
«Ha detto che è in punto di morte?»
«Così ho sentito, nessuno me l'ha detto esplicitamente, e d'altra parte perché dovrebbero farlo? Io sono solo la portinaia. Però c'è una vicina che le dà una mano e lei mi ha riferito che secondo il dottore la signora non ne ha ancora per molto. A quanto pare soffre parecchio, si lamenta tutto il giorno. Quella malattia deve essere orribile.»
Scuote nuovamente il viso tondo e accaldato in segno di rincrescimento.
«Adesso lui viene tutti i giorni, da quando ha saputo, perché prima non lo vedevo mai. È naturale, se ormai non vivevano più insieme e tra loro non c'era più niente... Comunque, se vuole che le dica la verità, suo nipote non si è comportato molto bene. Quando ci si sposa è per sempre, qui non siamo all'estero, dove la gente divorzia come se niente fosse e si risposa tutte le volte che vuole. Guardi le attrici del cinema, quelle hanno tutte un marito oggi e uno diverso domani...»
Comincia a parlare come se le avessero dato la carica, mentre

nella mia testa appaiono il viso, gli occhi e il sorriso triste di Lola, bella come se fosse anche lei una di quelle attrici inquadrate dalla cinepresa, e risento le sue parole che sovrastano il fastidioso monologo della portinaia: «Nel '36, prima del sollevamento militare, per qualche tempo abbiamo vissuto proprio in questo edificio. È stata la nostra prima casa. Tutte le mattine uscivamo insieme per andare in casa editrice. Perché Matías, mio marito, faceva l'editore...» E adesso, finalmente, capisco a che cosa ripensava con tanta nostalgia.

«...perché insomma, dico io, le cose vanno come vanno e qui ci sono tanti svergognati, non dico suo nipote, Dio me ne guardi, perché con noi è sempre stato un angelo quando viveva qui con la signora Adela, un uomo tutto d'un pezzo, sembrava, e molto colto, questo sì, e un po'... ha già capito, un po' di sinistra, di quelli per la repubblica. Io sto zitta, perché di queste cose adesso non si può parlare, ma detto in confidenza, e che rimanga tra noi, suo nipote è stato in prigione, e questo lo sanno tutti, e adesso guardi che disgrazia la signora Adela, dopo tutto quello che ha già passato questa povera donna...»

Mi libero di lei come posso, frettolosamente, prima che Matías esca e mi trovi qui a spettegolare. Credo che la portinaia abbia mangiato la foglia, ma per fortuna ho già girato l'angolo.

Non mi piace fare il pisolino pomeridiano. Mi sveglio di malumore, intontita, disorientata. Il corpo mi pesa come se contenesse tre persone.

Ho fatto un sogno. E questo invece mi piace. Ho sognato un paesaggio. Mentre mi sveglio, mi resta davanti agli occhi ancora per qualche minuto; poi, a contatto con la realtà, svanisce. Nei pascoli di montagna c'è un'erba alta, come i fili di saggina di una scopa. È schiacciata dal vento e bruciata dal gelo. So che siamo lì, ma non riesco a vederci, vedo solo questi fili d'erba color cenere, ancora appiattiti al suolo dalla fine dell'inverno, e sento la brutta sensazione che si prova a calpestarli.

Vado alla finestra. Vorrei un tè, ma per il momento non me lo preparo perché so che non appena mi metterò a fare qualcosa il mio sogno svanirà. Vado alla finestra e osservo distrattamente il tramonto autunnale, con gli alberi marroni e le foglie cadute. È nuvoloso e non c'è più molta luce. Tra un attimo sarà notte. Un paio di piacevoli sensazioni stanno ancora fluttuando confusamente nella mia coscienza: la luce del sole primaverile, l'erba gelata e il rumore dell'acqua che comincia a scendere dalle vette. Sopravvivere, è questo il vero significato del mio sogno. Permettersi il lusso di sopravvivere.

Oggi ho scoperto dove abitano i miei amici della libreria. Quando finalmente è uscito dalla casa di calle Prim, ho seguito Matías. Sono cocciuta, ve l'ho detto, e in questa specifica occasione dovevo vedere che espressione avesse uscendo dalla casa di quell'altra donna. A essere onesta, sembrava molto abbattuto. Mi ha quasi urtato, quando è arrivato vicino a me, però non mi ha riconosciuto, non si è accorto di me, credo che mi abbia schivato senza nemmeno vedermi. Sulla bocca aveva una smorfia molto triste. Mi ha fatto pena.

Poi ho camminato dietro di lui – ormai per me è diventata quasi una consuetudine – e l'ho visto entrare in un portone di un edificio modesto, nella strada dietro la sede della compagnia telefonica. Ho immaginato che lui e Lola abitassero lì perché ha tirato fuori un mazzo di chiavi dalla tasca e ha imboccato la prima rampa di scale con le spalle curve, quasi schiacciato dal peso del suo corpo, proprio come me in questo istante. Poveri ragazzi.

Le ombre del mio sogno sono svanite. Perciò scaldo l'acqua nella teiera e mi accomodo nella mia poltrona preferita con il libro di Katherine Mansfield che ho comprato la settimana scorsa. Il racconto da cui prende il titolo mi piace: *The Garden Party*, a tradurlo verrebbe «Festa in giardino» e quindi rimarrebbe perfetto per lo spirito del romanzo. A volte, prima di cominciare a leggere un libro, soprattutto se è nuovo, mi piace tenerlo un po' tra le mani. Henry diceva che scaldo i libri come gli inglesi fanno con le teiere prima di cominciare a preparare il tè. Be', sì, è una cosa che mi piace fare. È un piccolo rituale che fa parte della mia personale maniera di avvicinarmi alla lettura: devo toccare il libro, riconoscerlo al tatto. Lo accarezzo con le dita, piano, molto piano, fino a quando le asperità della carta, della pelle o del tessuto mi diventano familiari. Lo tocco per fare conoscenza.

Leggendo il primo racconto, mi par di sentire Constance che dice: «Rimandare la festa? Mia cara Laura, non essere sciocca! Non possiamo. Nessuno si aspetta una cosa simile. Non dire stupidaggini». Potrebbero essere proprio le sue parole. Perfettamente. E il morto potrebbe essere uno qualunque di noi. Lei non farebbe una piega.

Questa storia mi ha rattristato. Ha questo potere, infatti. Per qualche strana coincidenza, la protagonista del racconto della Mansfield, Laura, mi ricorda un po' Rose Tomlin, *La ragazza dai capelli di lino*. Credo che abbia gli stessi modi spontanei e quella curiosità per la vita che in futuro faranno di lei una donna perspicace.

O magari no, può darsi che mi sbagli. La prossima volta che andrò da Lola le chiederò di leggere un paio di capitoli di seguito. Devo andare avanti.

Sì. Leggeremo più in fretta. È necessario.

17

QUANDO Matías tornò a casa, Lola aveva già mangiato. Erano quasi le quattro del pomeriggio.

«Ero preoccupata», gli disse quando si avvicinò per baciarla.

«Sono stato da Adela.»

«Lo immaginavo. Come sta?»

Matías scosse tristemente la testa. A Lola non serviva che aggiungesse altro.

«Vuoi che vada io in negozio? Così puoi passare il pomeriggio con lei. Per me va bene.»

«No, non ce n'è bisogno. Domani è sabato, andrò da lei dopo pranzo.»

«Bene, allora io ne approfitto e faccio un salto dai miei.»

Qualcosa si era messo tra loro, qualcosa di cupo, spiacevole, desolante. Lola lo sentiva benissimo. Era successo all'improvviso, ma era sciocco pensare che fosse tutta colpa della malattia di Adela. Sentiva che per loro terminava un'epoca e ne cominciava un'altra. E questo le provocava una tristezza infinita.

Matías mangiava in silenzio. Accese una sigaretta ancor prima di aver terminato la cena e un pezzettino di carta bruciata cadde sul suo piatto di ceci, fluttuando nell'aria con la sua fugace brace incandescente. Questo confermò a Lola che era davvero preoccupato. Allora andò da lui e gli accarezzò i capelli. Lui sollevò lo sguardo e la fissò con quei suoi occhi scuri che, improvvisamente, parevano svuotati di ogni sentimento.

Si stavano evitando? Forse. Sicuramente non si cercavano. Improvvisamente, la loro casa si era riempita di parole vuote e senza senso, parole sparpagliate sul pavimento, che Lola e Matías calpestavano mentre andavano da una stanza all'altra. E di notte, quando erano nello stesso letto, le parole vane formavano una sacca opaca che li separava.

Il sabato mattina, i programmi della radio erano molto vivaci. Lola aveva pulito i vetri e gli infissi delle finestre al ritmo dei successi del momento: Luis Mariano, Juanito Valderrama, Jorge Sepúlveda – che cantava con grande trasporto *Monasterio de Santa Clara* – e i migliori di tutti, Pérez Prado e la sua orchestra, in *Qué rico el mambo*, una canzone allegra che a Lola ricordò Rita Hayworth e il film che avevano appena visto al cinema.

Mentre bagnava con ammoniaca la carta di giornale per pulire i vetri, aveva ballato un po'. Era divertente dedicarsi così alle faccende di casa, con questa musica che le faceva sognare di essere in un'elegante sala da ballo. Quello che più le era mancato, durante la guerra, era proprio la musica da ballo, che alla radio non si sentiva più. Avrebbe voluto metterla a tutto volume, quando gli Junker tedeschi cercavano di avvicinarsi a Madrid e i piccoli aerei russi uscivano pronti allo scontro. Si sentiva il sibilo, prima lontano, poi più vicino, e lei aveva sempre paura che al rombo dei motori seguisse l'esplosione di una bomba. Di bombe che cadevano ne aveva viste diverse. Chi prima chi dopo, tutti quelli che erano rimasti a Madrid ne avevano viste, ed era sempre la stessa scena: prima il fumo, le grida soffocate, poi il terribile silenzio, come se la bomba avesse distrutto il mondo intero e non restasse più traccia di vita, la polvere degli edifici che crollavano, un polverone che arrivava fin sopra i tetti e si vedeva a chilometri di distanza, e alla fine il pellegrinaggio verso le rovine, in cerca dei corpi sepolti. Macerie. Odiava le macerie.

Una volta. Durante la guerra.

La città rimbomba oltre una finestra grigia. Lola è nell'ambulatorio di suo padre. Non sa esattamente perché è andata là, non vuole ricordarselo. A supplicare qualcuno, forse.

Non ci sono pazienti, oggi non è giorno di visite. Suo padre le ha chiesto di andare da lui per vedere una persona.

«È molto influente», le ha spiegato. «Se non può lui, non può nessuno.»

Adesso è davanti a quell'uomo. Non è un militare, e nemmeno un poliziotto, eppure sembra che sia l'uno e l'altro.

«E quindi si tratta di suo marito?»

Ha la voce calma e sicura, lo sguardo torbido e l'atteggiamento di chi è abituato a fare del male. Madrid non è ancora caduta in mano ai nazionalisti, ma ormai tutti sanno che la sconfitta è inevitabile.

«Sì», risponde lei sfoggiando tutto il suo autocontrollo.

L'uomo si gira verso suo padre.

«Be', io avevo capito che questo Matías Reguero era sposato con una certa Adela Ramírez. Non sarà bigamo, vero?»

Lola abbassa lo sguardo. Cerca di essere gentile, ma è seccata e glielo si legge in faccia, e suo padre, che assiste a tutta la conversazione, la guarda con severità.

«Ci siamo sposati in municipio, dopo che lui ha divorziato.»

L'uomo ridacchia.

«Però in Spagna siamo cattolici. Qui il divorzio non è ammesso.»

Suo padre diventa visibilmente pallido.

In quel preciso momento, Lola capisce che quell'uomo non muoverà un dito per loro. Allora, quando si rende conto che è impossibile salvare Matías, alza il viso e lo guarda negli occhi.

Gli aguzzini hanno quell'espressione quando guardano la loro vittima. Lola lo capisce. Sta giocando con lei.

«Lui è divorziato», risponde con violenza. «E lo è tuttora. Non avete ancora vinto la guerra.»

Ed ecco che cade una bomba. Poi si saprà che è caduta in calle Alcalá, vicino alla Giunta di difesa nazionale. Ma in quel momento, quando il frastuono attraversò la finestra entrando nell'ambulatorio, quando saltò la luce e quell'uomo approfittò del buio per toccarla, allungando le mani con quell'esasperante tranquillità da signore e padrone, a Lola parve che la bomba fosse caduta proprio lì. E allora gridò, pensando che suo padre l'avrebbe difesa...

Macerie. In strada. Un uomo con un bracciale e un cappotto lungo. Silenzio. Polvere. A breve le truppe nazionaliste invaderanno Madrid. Matías è prigioniero e ormai non c'è più nulla da fare. Il mondo finirà nelle mani di questa gente.

A Matías non l'ha mai detto, ma quel pomeriggio, mentre attraversava plaza de Cibeles, confusa e abbattuta, senza forze, pensò che se l'avessero fucilato non sarebbe nemmeno stata la vedova di Matías Reguero. E siccome non le veniva in mente nessun altro da odiare, Lola odiò Adela per questo.

E adesso Adela sta per morire.

È curioso. Lola si è sempre sentita colpevole e, anche se Adela con loro si è comportata molto male, spesso lei l'ha giustificata. Forse perché la capiva. Matías le aveva lasciato tutto: la casa, i mobili, quei pochi soldi che avevano in banca, ma non aveva potuto lasciarle ciò che lei non aveva mai posseduto completamente, cioè il suo amore. E questo lo sapevano tutti e tre. Perciò, se questo segreto di pulcinella proclamava Lola vincitrice di una guerra nascosta, lei, Adela, abbandonata nell'umiliazione e nel risentimento, si aggiudicava pienamente il titolo di vittima.

Alla radio, Tomás de Antequera canta il *Romance de la Reina Mercedes*. Com'è diventato tutto stupido, in questi anni, ridicolo, volgare e falso. Matías ha ragione. La radio dice solo bugie, anche quando trasmette musica.

Ancora Adela. E il senso di colpa è lì, intatto, irrimediabile. A volte Lola se la prende con se stessa. Colpa di che cosa? Lei non ha forse diritto di amare come Adela? Non crede più che ciascuno, prima di tutto, è libero di scegliere e decidere? O per caso adesso è d'accordo con suo padre che dice che il suo matrimonio con Matías non è moralmente lecito? Si ferma davanti al vetro lucente della finestra. Vede la sua immagine riflessa su un piano scuro che funge da sfondo e si accorge che è la parete opposta di casa sua. Eccola là. I capelli raccolti sotto un foulard annodato in cima alla testa, la fronte aggrottata, più vecchia di quanto immaginasse di essere. E, quasi fosse riflesso nel vetro, vede anche quel perenne dilemma di che cosa sia giusto e che cosa sbagliato. Sa che c'è qualcosa, in lei, di borghese e convenzionale: l'educazione antiquata che le hanno impartito è talmente radicata che si sorprende, a volte, pensando che il suo destino sia stato quello di essere l'altra, l'amante, la concubina, l'adultera.

Ma adesso Adela sta morendo. E le cose possono cambiare.

È rimasta in piedi sullo sgabello, davanti alla finestra pulita. Vede la strada, il marciapiede con gli alberi dalle foglie morte: una vista sorprendente, come se all'improvviso stesse volando. Tutto il corpo nell'aria, sospeso nello spazio vuoto e angusto tra le facciate scure e i davanzali senza fiori. Appoggiato alla ringhiera del balcone della casa di fronte c'è un materasso. E Lola ricorda l'unica volta che ha visto Adela.

Lei e Matías non abitavano ancora insieme. Fu due giorni dopo che lui lo aveva detto a sua moglie. Che aveva un'altra donna e che sarebbe andato a vivere con lei. Che voleva il divorzio. Che non l'amava più. Che aveva bisogno della sua libertà per ricominciare da capo. Sicuramente non glielo aveva detto così, con queste parole. Ma forse fu così che Adela lo intese.

E un pomeriggio, quando tornò a casa, dopo che lei e Matías si erano baciati fino allo sfinimento su una panchina del parco, Lola trovò una donna seduta nel salotto dei suoi genitori. Non era brutta. Neanche bella. Indossava un semplice vestito blu con dei fiorellini bianchi e portava i capelli raccolti in uno chignon molto stretto e un paio di scarpe accollate con la punta nera. Stava nella poltrona, rigida, tutta tesa, con i piedi piantati sul bordo del tappeto, e stringeva la borsetta di vernice così forte come se temesse che qualcuno volesse rubargliela.

Suo padre stava in piedi, con la giacca, una mano infilata nella tasca del gilè.

Si respirava un'aria tesissima. Lola lo capì subito, ancor prima di scoprire che quella donna così insignificante era la moglie di Matías.

Che cosa voleva?

Che cosa faceva in casa sua?

La odiò subito. Senza mezzi termini. La odiò per aver coinvolto i suoi genitori in quella faccenda, per averlo fatto prima che lei potesse raccontare loro di quella storia, per essersi intromessa nella sua vita. La odiò.

Il primo a dire qualcosa fu suo padre. Aveva già tutto scritto in faccia.

«Questa signora ha qualcosa da dirti, Lola.»

La donna non parlò subito. La scrutava dalla testa ai piedi, valutandola. Poi scoppiò a piangere senza coprirsi il viso, senza nascondere le lacrime né il suo sfogo imbarazzante, sfoggiando il dolore come uno stendardo da brandire con forza davanti alla sua rivale, perché le dava il diritto di odiarla e di mostrare il suo odio senza un minimo di pudore.

Lola si lasciò cadere nel divano, nell'angolo più lontano dalla poltrona dove sedeva quella donna. Non voleva vederla, riusciva a malapena a guardarla. Ma ancor peggio era sostenere lo sguardo di suo padre.

«Lei è molto giovane», sentì che diceva quell'estranea che si era intrufolata in casa sua. «Può trovarsi un altro uomo. Mi guardi, io ho solo lui, non abbiamo nemmeno dei figli.»

Lola rimase in silenzio. Che cosa poteva dire?

«Non ha il diritto», continuò la donna. «È indecente, immorale.»

Cercò di mantenere la calma, perché tutti si aspettavano che dicesse qualcosa.

«Io...» balbettò.

«Lei non ha vergogna», disse ancora la donna con voce isterica. «Sta distruggendo un matrimonio. Lei è peggio di una...»

Lola cominciò a provare un sentimento che superava l'odio o la pena. Cominciò a provare rabbia.

Si alzò prima che quella donna potesse concludere la frase, prima di sentire una parola che non era disposta a sentire.

«Esca da questa casa», disse senza una punta di rimorso. Suo padre si schiarì la voce per dire qualcosa, ma Lola non lo lasciò parlare.

«Ne parli con suo marito», aggiunse implacabile. «È con lui che deve chiarire la situazione. Qui non ha proprio niente da cercare, ha capito?»

Andò verso la porta.

«E non si presenti mai più in questa casa.»

Poi uscì dal salotto sbattendo la porta, corse in camera sua e pianse per ore.

Ha finito di pulire i vetri e ora li contempla soddisfatta. Sa che da un momento all'altro pioverà e che la fuliggine della stufa li sporcherà subito, ma non le importa, perché lei oggi vuole mettersi il suo vestito nero scollato, il cappotto color ciliegia e un nastro rosso tra i capelli, e poi, senza nessun motivo oltre alla gioia di essere viva, vuole andare da Matías in libreria, prenderlo sottobraccio e tornare con lui in questa casa, dove sul pavimento non ci sono più parole, perché lei ha avuto il coraggio e la voglia di spazzarle via.

Fino a quando avranno slanci come questo, loro due saranno al sicuro. Matías è felice di vederla entrare, qualche minuto prima della chiusura. Bella come non mai, con il cappotto aperto e un vestito nero con una profonda scollatura all'americana. Saranno al sicuro perché lei è capace di presentarsi di sorpresa, sbucando all'improvviso come se fosse la prima volta che capita nella sua vita. Perché lui la ama così tanto? Perché la desidera ancora? Ormai stanno insieme da più di quindici anni. Ne hanno passate tante insieme. E alcune di queste tante cose avrebbero potuto distruggere il loro amore, eppure lui è ancora innamorato pazzo di lei. È così. Proprio al contrario di come normalmente succede.

Sorride.

«Dio mio», le dice sottovoce. «A volte mi dimentico quanto sei bella.»

Lei protesta.

«Ah sì? E quando te ne dimentichi?»

Lui ha la risposta pronta.

«Quando mi comporto come uno stupido che perde tempo con certe sciocchezze. Sai cosa facciamo?»

Ha abbassato la serranda. Sta chiudendo il lucchetto.

«Cosa?» domanda lei impaziente.

«Ti offro un aperitivo.»

Questa volta lei non protesta affatto.

«Una donna così devo mostrarla in giro, sarebbe un vero peccato godermela da solo.»

Lei ride.

«Sei sicuro?» lo provoca.

«Eh, sì, guardare e non toccare... Che muoiano pure d'invidia, quei bavosi. Lo sai che a volte posso essere molto crudele con i tuoi ammiratori.»

Sono usciti. In lontananza, sopra i tetti, nuvole e tratti d'azzurro, il cielo autunnale di Madrid. S'incamminano l'uno accanto all'altra, sul marciapiede.

«Come sei stupido», esclama Lola prendendolo a braccetto.

E lui sa che è vero.

18

Supino, mezzo seduto, la maglietta attillata sul torace e un lenzuolo bianco con il risvolto spiegazzato. Fuma, mentre Lola dormicchia con la coperta tirata fino al collo. Matías deve andare da Adela, ma cerca di rimandare il più possibile perché gli pesa moltissimo.

Quella mattina, il medico doveva andare da lei. Che cosa le avrà detto? Quanto le resta ancora da soffrire? Matías deve pensare ad altro, a qualcosa che lo allontani da quell'inferno sporco e doloroso. Ieri ha dovuto dare una mano alla sua vicina a cambiarle le lenzuola: feci, urina e sangue, tutto mescolato in quella stanza che un tempo era la sua... In quel letto... A malapena è riuscito a non vomitare. Sta malissimo. Come se qualcuno lo afferrasse per i piedi e cercasse di trascinarlo in un posto dove lui non vuole andare. Deve pensare ad altro... Ad altro... Ad altro...

La donna con i capelli bianchi.

È la cosa più bella che gli sia capitata in quegli ultimi giorni. Quella generosa cliente che ha salvato la loro cassa settimanale comprando cinque libri che Matías credeva non avrebbe mai venduto. Chi mai comprerebbe dei romanzi in inglese in questo quartiere? È tornata anche sabato scorso. Comincia a fargli piacere, quando si presenta in negozio con le sue comode scarpe basse e il suo metro e settantacinque d'altezza (è alta come lui), sempre scattante e allegra. Sicuramente, sembra molto colta. Oggi hanno parlato di Conrad.

Lei gli ha chiesto se riusciva a trovarle dei racconti. *L'anarchico, La spia, La bestiaccia* o *Il Conde*, ha elencato. In inglese, naturalmente. Matías non ha voluto prometterle niente. Farà il possibile, le ha assicurato, e se non li trovasse in inglese le ha gentilmente offerto di prestarle la raccolta completa dei racconti che ha a casa, in spagnolo, però.

«Non sapevo che Conrad fosse tradotto in Spagna», ha ribattuto lei, evitando così di accettare o rifiutare la sua proposta.

Matías ricorda di aver comprato quel libro – come tutti gli altri di Conrad – a Parigi, durante il suo viaggio di nozze. Aveva portato Adela nella città più bella del mondo e lei aveva trascorso la vacanza in preda al panico e alla paura come una provinciale. Non era nemmeno riuscito a convincerla a comprarsi un vestito o un bel cappello, perché a lei sembrava tutto caro, troppo audace o stravagante.

Non riesce a smettere. Continua a pensare e ripensare ad Adela. Perché l'aveva sposata? Per pigrizia, forse, perché non era mai stato davvero innamorato di lei. Ci aveva provato, ma Adela aveva un carattere così mediocre e nevrotico che riusciva a guastare qualsiasi slancio di romanticismo... Lo faceva sembrare sempre rozzo e fastidioso. E, com'era logico, lei aveva subito odiato tutto ciò che riguardava la sua attività politica, cosa che aveva finito per mandare in pezzi anche quel poco che restava di un matrimonio che faceva acqua da tutte le parti.

«Ah...»

Lola si stira.

«... mi ero addormentata.»

Matías la guarda dalla mezza altezza in cui si trova. Non c'è donna più bella al mondo. Anche così, mezza addormentata, è bellissima, con i capelli arruffati e le guance arrossate, come sempre dopo che hanno fatto l'amore... Lei dice che è perché Matías le punge il viso con la barba, ma non è vero, perché lui ha provato a non sfiorarla ma il rosso rimane. Lola non lo vuole ammettere, ma quella pelle così rovente... Insomma, lui sa perché.

«Dormi, è ancora presto.»

Lei si gira dall'altra parte ed emette un sospiro di piacere.

Lui si diverte a fare i cerchi con il fumo della sigaretta, mentre vola da un pensiero all'altro senza controllo.

Venticinque pesetas. È quanto ha pagato la donna inglese per i libri. E lui le ha promesso che le presterà *Lord Jim*. E un'edizione messicana del 1925 di *L'animo del guerriero e altri racconti*.

«Gli editori messicani hanno il coraggio di pubblicare autori che in Spagna sono proibiti», osserva lei.

Matías annuisce. E allora la donna inglese dice una cosa che lo sorprende.

«Quel libro, l'ho visto l'altro giorno, quello dal titolo così curioso: *La ragazza dai capelli di lino...*»

Matías non capisce dove voglia arrivare.

«Anche quello è stato pubblicato in Messico, credo.»

È vero. Glielo presterebbe volentieri, perché è sicuro che le piacerebbe, ma adesso non può darglielo perché Lola gli ha detto che lo sta leggendo.

Quando la donna lo saluta, Matías pensa subito a che cosa avrebbe fatto con quelle venticinque pesetas. Avrebbe portato sua moglie a prendere un caffè, come l'altro giorno, o un aperitivo al *Metropol*. E poi, per un attimo, si domanda come faccia quella donna a sapere che quel libro è stato pubblicato in Messico.

19

NON so molto bene quel che sto facendo. Diventare anziana ha certi vantaggi, perché ti resta poco tempo e così diventi invidiabilmente sfacciata e imprudente. Te ne infischi di tutto. La vecchiaia è liberatoria come la ricchezza.

«Una gabbia andò in cerca di un uccello», dice un autore che ho letto da poco. È ceco, si chiama Franz Kafka.

Forse è così.

Forse sto cercando di afferrare una vita che non è la mia. Non lo so.

La domenica, se il tempo è bello, di solito vado a fare due passi al Retiro. Da casa mia sono solo dieci o quindici minuti.

Al mio passo, naturalmente.

Scendo per Las Salesas, passo davanti a quell'edificio con il bel glicine avviluppato alla cancellata ed entro nel Retiro dall'ingresso di calle de Alcalá. Incrocio le famigliole che vanno a trascorrere la domenica in riva al laghetto e i bambini che corrono frettolosamente verso lo zoo, la *Casa de Fieras*. Di tanto in tanto mi taglia la strada una di quelle biciclette a noleggio o un pallone calciato da qualche giovanotto...

Spesso cerco di fissarmi nella mente la gente che incrocio o gli episodi che mi colpiscono. Fingo di avere una macchina fotografica invisibile con cui catturo ogni tipo di avvenimento.

Guardando questa donna di una certa età, dall'aspetto piuttosto insolito – alta, pelle e capelli bianchi, con un paio di comodi mocassini e una pesante giacca di lana irlandese – nessuno, dico nessuno, immaginerebbe che stia osservando tutto ciò che vede con il proposito di custodirlo con cura per il futuro.

Ebbene sì. È questo che faccio.

E adesso sono seduta su una panchina, come una mite nonnina, al sole tiepido di novembre, perché è già novembre, domenica 4 novembre, per essere precisi. Sono già trascorsi la festa di Ognissanti e il giorno dei morti, è finito l'annuale lutto degli spagnoli per i propri defunti. Io non sono andata al cimitero. Stavo seguendo un uomo di portone in portone, per le strade di Madrid, un uomo che non è mio parente, non è il mio compagno né il mio amante o mio marito, bensì un affascinante libraio che ho deciso di pedinare di nascosto. Se mi vedesse Constance… Non capirebbe. Ovviamente no.

Fa lo stesso. Io ho il mio personale giorno dei morti, e non cade per forza in autunno.

Se chiudo gli occhi, lo posso vedere. Benissimo. Il dolce tepore della primavera. I lecci, le righe verdi e ocra dei campi di grano, i dirupi aridi e i pioppi che rivelano i corsi d'acqua. La boscaglia dove vivono lepri e conigli, le rocce che fanno capolino.

Henry e io.

Abbiamo attraversato insieme quel paesaggio, che adesso è per sempre il paesaggio della morte. Dietro le palpebre chiuse, vedo che lui si gira e mi sorride. Non voglio.

Per favore, Henry.

Non girarti, non sorridere…

Con gran fatica apro gli occhi e torno a questo piacevole parco del Retiro, dove la gente sembra felice e spensierata. Guy de Maupassant affermava che la nostra memoria riporta in vita i defunti. Ed è vero. Perciò la gente va nei cimiteri. Per sentire che i morti non se ne sono andati del tutto. Che cosa proverà Matías ora che la sua prima moglie sta morendo? Mi piacerebbe avere con lui la stessa confidenza che in poco tempo ho raggiunto con Lola, mi piacerebbe che lui fosse aperto come lei e mi raccontasse come si sente ad affrontare questo evento sicuramente tragico ma che in un certo senso, immagino, semplificherà la sua vita. Non deve essere facile avere due mogli in questa Spagna intransigente e cattolica. E Lola? Che cosa penserà dell'altra? Di quella donna di nome Adela che vive in calle Prim? La conoscerà? Avrà parlato con lei qualche volta? Sono propensa a credere di sì.

Anche Henry era sposato quando ci siamo conosciuti. Constance me lo disse, ma ormai era troppo tardi. E comunque era assolutamente irrilevante, almeno per me, quindi anche se me lo avesse detto prima non mi sarebbe importato. La vita cambia e noi cambiamo con lei. Eppure, se uno si innamora di una persona e quindici anni dopo non la ama più, questo ci scandalizza. Dove è scritto che l'amore dura per sempre? Per piacere... Ma se lo sappiamo tutti che l'amore nasce e svanisce, che è questa la sua natura... Salvo che, ovviamente, i due partner non siano abbastanza intelligenti da trasformarlo insieme. Talvolta succede. Raramente, ma succede. A volte invece una separazione dolorosa trasforma l'amore in un sentimento eterno. O questo almeno è ciò che narrano alcuni romanzi.

Vedo una bimba con un berrettino di lana bianco. Ha un triciclo con la vernice scrostata sotto il sellino e pedala faticosamente. I suoi genitori sono seduti a uno dei tavolini accanto alla recinzione del laghetto e hanno ordinato un paio di gazzose. Di tanto in tanto, la piccola si avvicina alla mia panchina, mi guarda serissima e poi riparte spingendosi con i piedi come una tartaruga.

Mi sono portata un panino. Qui si sta così bene che non mi va di tornare a casa a mangiare. Poi cenerò con qualcosa di leggero, a metà pomeriggio. Alla maniera inglese. Bene, le signore spagnole della mia età per merenda prendono la cioccolata con i *churros*. Non è male nemmeno quello.

Ho portato il mio libro, quello di Katherine Mansfield. Voglio rileggere quel racconto, *La festa in giardino*, qui all'aperto, tra gli schiamazzi e le risate dei bambini, per vedere se mi fa lo stesso effetto che nella solitudine di casa mia.

Comincia in modo poco convenzionale: «E, dopotutto, il tempo era perfetto».

Può esserci un modo più acuto e straordinario di iniziare una storia?

Quella prima frase... *E, dopotutto, il tempo era perfetto...*

Come se fosse la continuazione di qualcosa, come se già avessimo discusso dell'argomento. O ci avessimo pensato.

Se non fossi così scettica, direi che sono ossessionata da questo breve racconto. Non so bene perché. Credo di star cercando semplicemente di scoprire perché mi interessi tanto.

Non è una questione banale, questo posso garantirlo. Questo racconto parla di gente che conosco. E di cose che ho visto con i miei occhi. Quei vicoli angusti, un po' ripidi, con le case di un triste colore scuro, tutte uguali, una appiccicata all'altra. Aiuole non curate e comignoli da cui esce un fumo che puzza di grasso di agnello. Ho intuito anche tutta la vasta gamma di grigi e neri sbiaditi e l'odore di sudore degli abiti dei poveri, gli abiti consumati, perché i veri disgraziati della società inglese sono gli operai delle fabbriche, non i contadini come qui in Spagna. Be', Katherine Mansfield non dice tutto questo. Però lo dice tra le righe.

Per esempio.

Dille di mettersi quell'incantevole cappellino che indossava domenica.

Quell'incantevole cappellino.

In quante occasioni avrò pronunciato io queste stesse parole, o altre simili?

Chiudo il libro e lo poso sulla panchina. Il cielo si è coperto. Improvvisamente, l'acqua del laghetto assomiglia a quella del mare: ha un bagliore metallico, come di mercurio. Per un attimo direi che è uno specchio. Anzi, tanti specchi.

Perché tutt'a un tratto si è alzato un vento freddo che muove la superficie dell'acqua, annunciando pioggia, e ciascuna di quelle piccole onde brilla in modo straordinario e riflette la luce. Il fondo del laghetto, con i suoi enormi pesci rossi e il fango viscido, è sparito. Sta per piovere. La gente lo sa. Certi remano con forza per raggiungere la riva, altri abbandonano sedie e tavolini. Io invece non mi muovo. Non ancora. Ho un buon paio di scarpe, un impermeabile e un cappello da pioggia. In inverno li porto sempre, sono la mia salvezza.

In vita mia ho avuto la tosse una volta sola, ed era così forte che è diventata polmonite. A parte quello, ho sempre avuto una salute di ferro. Henry invece soffriva di bronchite e spesso di attacchi d'asma. Faceva esercizio fisico, ma non praticava mai sport pesanti come il tennis o il calcio. Gli piaceva camminare per ore, o montare a cavallo quando eravamo a Croft House. A parte questo, non credo di averlo nemmeno mai visto nuotare. Secondo Constance, le persone che appartengono a certi ceti – e con «certi ceti» intendeva quelli che devono guadagnarsi da vivere – non praticano nessun tipo di sport acquatico come la vela o il nuoto.

«Credo che non amino molto l'acqua, cara.»

E lo diceva con quella sua voce fastidiosa, annoiata, tremendamente snob.

In verità, Constance non è mai riuscita a farmi uscire dai gangheri. In questo sì che sono davvero inglese. Certe sue stupidaggini mi scivolano addosso come acqua fresca. E anche per Henry era così. Ricordo il giorno in cui gliel'ho presentato. Be', prima di quel giorno si erano già incontrati, ma nessuno dei due si ricordava dell'altro. Era stato a quel matrimonio... Comunque, dubito che si siano scambiati anche solo un saluto. Eravamo tornati da Parigi per la questione dell'eredità e volevamo stare a Croft House, dato che la casa era mia, e invece, non so come, eravamo finiti a Lambeth Hall, il luogo dove Constance si era preparata alla difesa.

Credo che sia stato per pura cattiveria, perché ci sentissimo suoi ospiti o perché io mi abituassi all'idea che in realtà lei era l'unica ereditiera.

Comunque io non avevo nessuna voglia di tornare in Inghilterra, questo è certo. Stavo divinamente bene nella nostra graziosa e soleggiata casa di rue Censier. Com'era bello quel palazzo così tipicamente parigino, con gli abbaini allineati sul tetto d'ardesia e la vista sul Jardin des Plantes. Un po' bohémien, questo sì, ma quel quartiere era talmente vivace e pittoresco che tutte le volte che mettevi piede fuori sapevi fin dall'inizio che avresti assistito a qualche episodio straordinario, divertente, o semplicemente francese, perché la Francia, e in particolare Parigi, è sempre stata uno scenario dove tutto può diventare rappresentazione.

Laggiù eravamo molto felici, non so perché accettammo di tornare. Henry non voleva. Per nessuna ragione. La nostra era una vita un po' disordinata, come quella di tanti altri stranieri, soprattutto americani e inglesi, che erano approdati a Parigi negli anni Venti e voltavano le spalle al conformismo e talvolta anche al proprio Paese d'origine. A Parigi le nazionalità si stemperavano, non potevi sentirti altro che francese.

Quella vita invulnerabile... Eravamo al sicuro da tutto e da tutti...

Sì, era un bel sogno.

Non è difficile tornarci. Devo solo chiudere gli occhi un istante, rievocare le immagini, ed eccoci nuovamente qui, giovani come un tempo, ribelli, un'esplosione di vitalità e di entusiasmo... Henry lavorava tutta la mattina e a metà pomeriggio uscivamo insieme senza una meta precisa, alla ventura: un salotto letterario in un caffè, la mostra di un pittore famoso, una serata in casa di amici... Era semplice. Era meraviglioso. La vita era sorprendente e imprevedibile.

Non ricordo nessun problema di tipo economico, nessun momento di difficoltà, anzi, al contrario, credo che vivessimo in modo allegro e assolutamente spensierato e non ci facessimo mancare nulla. Avreste dovuto vedere l'espressione di Constance quando le ho detto che Henry era un poeta e faceva il traduttore per guadagnarsi da vivere...

«Cara... ma è terribile... Davvero deve lavorare?»

Ah, mia povera Constance... Quanti momenti divertenti ci hai regalato a tua insaputa. Henry ti imitava talmente bene che io morivo dal ridere, a volte mi faceva male la pancia dal tanto sghignazzare. Eri divertente, cara Constance, stupida ma divertente.

In principio la faccenda dell'eredità ci avvicinò, ma poi ci allontanò. Come era logico, se ci rifletto un attimo. Era prevedibile, tenendo conto che si trattava di Constance. Ciò che non si poteva prevedere è che questa storia si trascini ancora adesso, a distanza di tanti anni. Quando nostro padre morì, entrambe sapevamo benissimo che cosa aveva in mente di lasciare a ciascuna di noi due. Era tutto predisposto. Io avrei ricevuto una rendita annuale, sufficiente per consentirmi di fare ciò che mi aggradava per il resto dei miei giorni, e come unica proprietà Croft House, la casetta di Kenton, con i suoi pascoli sterili e gli alberi percossi dal vento, su una minuscola penisola di circa quindici acri a ridosso del mare. A Constance, invece, andavano Lambeth Hall e le terre che appartenevano alla famiglia da più di cinquecento anni. Pascoli, boschi, bestie e servitù... A ciascuna ciò che le spettava, questo devo riconoscerlo.

Quando Constance vide Henry per la prima volta, rimase certamente impressionata. Lui era alto, attraente e aveva certi modi e una classe che quello scemo di suo marito neanche si sognava. Le avevo già parlato di lui, naturalmente, e quindi sapeva che Henry non aveva nessun titolo, né proprietà, né tantomeno la possibilità di ereditare niente oltre alla modesta casetta di Chester dove vivevano i suoi genitori. Tuttavia, a colpire Constance non furono la sua statura né le sue buone maniere, perché ciò che di Henry ti stregava davvero era il modo di condurre una conversazione, quella sua maniera così incredibilmente intelligente di superare le barriere e i muri delle convenzioni sociali senza mai apparire imbarazzante o fuori luogo. Chiunque fosse il suo interlocutore, nel giro di un paio d'ore Henry riusciva a intavolare quella comunicazione intensa e profonda che certe persone impiegano anni per raggiungere.

Ovviamente, questo vale per i comuni mortali, perché Constance è farina di un altro sacco, direbbe la mia vicina Amparo. E così, quando siamo rimaste sole e io ormai pensavo che anche lei fosse caduta nella sua rete, con quel suo tono falsamente frivolo mi domandò: «Cara... ma è terribile... Davvero deve lavorare?»

In realtà voleva dire: «Cosa fai con questo povero diavolo che sicuramente è un cacciatore di dote?»

Sì, Constance era insopportabile, ma la sua stupidità ci regalava così tanti bei momenti, così tanti episodi divertenti, che Henry ed io le perdonavamo tutto. Perfino la maniera con cui mi disse che Henry era sposato. Questa fu davvero memorabile. Non l'ho mai dimenticato...

«Non vorrei», ancora quella voce acuta e falsa, «per nessuna ragione immischiarmi in questioni che non mi riguardano, ma c'è qualcosa che devo dirti, non posso tacere, te lo assicuro. Non potrei mai perdonarmelo...»

Ricordo che cosa le dissi. Eravamo noi due sole e stavamo facendo colazione a uno dei tavolini in giardino.

«Vieni al sodo, Constance.»

Mi guardò allarmata, come se improvvisamente mi fossi trasformata in una pericolosa delinquente, con linguaggio e maniere da delinquente. In realtà, io mi divertivo a scandalizzarla.

«Insomma, vedi», esitò, «gli Yelverton, tu non li conosci, non credo che tu li abbia mai frequentati perché trascorrono lunghi periodi ad Andover, insomma, hanno un amico che conosce il tuo Henry. E vedi, cara», e così dicendo mise una mano sulle mie, con gesto materno, «so che questo ti farà soffrire moltissimo ma voglio che tu lo sappia adesso, è necessario. Però sappi che potrai contare su di me per qualunque cosa, te lo dico con il cuore, qualunque cosa sia.»

«Vieni al sodo, Constance.»

Sì, certo, ero sgarbata, ma credo che perfino lei si rendesse conto di meritarselo. Sobbalzò, come se improvvisamente si sentisse offesa, ma il desiderio di raccontarmi quello che aveva scoperto era più forte della sua dignità.

«È sposato.»

Lo disse così, a bruciapelo, guardandomi con quei suoi occhi azzurri che lanciavano lampi di lieve e sorprendente malizia. Naturalmente, in quanto a malizia, io ero mille volte meglio di lei.

«E allora?» le domandai con il mio più smagliante sorriso.

«Non vorrai dirmi che lo sapevi?»

Portò una mano al petto, come se le mancasse il fiato, ma io sapevo che era solo uno stupido gesto senza senso.

«Ovvio, cara, certo che lo so. Per chi mi prendi?»

«Ma allora...»

Affondai lentamente i denti nella mia fetta di pane tostato, passando intenzionalmente la lingua sul bordo, dove era rimasta un po' di marmellata.

«Mi piace che sia sposato», aggiunsi alzando le spalle, mentre mi servivo ancora un po' di quella deliziosa marmellata che Constance diceva di preparare con le sue mani.

«Vuoi dire che non t'importa per niente?» insistette.

«No», risposi imitando quel suo tipico tono affettato. «Non m'importa per niente. È una situazione favolosa, cara. Lui è assolutamente libero di fare quello che vuole e io ancora più di lui.»

Fu proprio quel giorno, immagino, che Constance si rese definitivamente conto che non ero la stupida ingenua che credeva. E immagino fu quello il momento in cui decise di mettere in salvo la sua eredità.

* * *

Ormai non pioverà. Il vento ha portato via le nuvole e il sole è tornato a splendere sul parco del Retiro. La bambina con il berrettino di lana e i suoi genitori sono spariti. Mi domando dove siano scappati tutti. All'improvviso mi impensierisco per i bambini con i loro tricicli scrostati, i vecchietti dall'andatura traballante, le patatine fritte e le bottiglie di gazzosa. Una festa domenicale sfumata sotto le nubi scure.

Henry è morto nella primavera del 1939. Sono trascorsi dodici anni, ma io sono ancora qui. E non me ne andrò fino a quando sarò certa che lui stia riposando in pace.

20

«ODIO questo regime. Con tutta me stessa. Odio i militari, i falangisti, i preti e la gente che gira gli occhi dall'altra parte... Ma devo imparare a rassegnarmi, perché non posso vivere costantemente con questa rabbia.»

Stavano parlando della situazione della Spagna dopo la guerra civile. Il discorso lo aveva cominciato lei, la donna con i capelli bianchi, ma era Lola che aveva appena pronunciato queste amare parole. Disse tutto senza un minimo di prudenza, chiunque fosse passato nell'androne avrebbe potuto sentirla.

Erano soltanto le dieci e mezzo del mattino. Fortunatamente erano loro due sole, in quel piccolo mondo pieno di libri. Fuori pioveva a dirotto.

«Capisco. So cosa significhi.»

«Lo sa?»

Lola guardò la donna con curiosità.

«Quella rabbia che ti fa vergognare di te stessa?» domandò ancora, come se non potesse credere che quella donna inoffensiva, dall'aria tanto mite, potesse covare tanta rabbia contro tutto e tutti.

Alice annuì.

«È come un impulso violento, vero? Un'aggressività che ti trasforma in un'altra persona, in qualcuno capace di fare del male.»

Lola non aveva il minimo dubbio di conoscere lo stato d'animo di cui stava parlando.

«Sì!» esclamò. Non era mai stata capace di spiegarlo bene, ma era così, proprio così.

«Lei non ha figli?»

Lola rimase un po' sorpresa. Quella domanda a bruciapelo non si addiceva ad Alice, sempre così discreta e attenta a quello che diceva. Così inglese, insomma.

«No», rispose esitante.

«Nemmeno noi ne abbiamo avuti.»

Si accorsero insieme dell'incongruenza. Alice reagì prontamente, quando Lola stava ancora cercando di fare mente locale su un figlio ingegnere che lavorava nelle miniere di Río Tinto.

«Intendo Henry e io. Lui è stato il mio secondo marito, sa?»

Fu allora che Lola provò nuovamente quel lieve senso di diffidenza che aveva già sperimentato, sentì che qualcosa non quadrava. Tuttavia, puntualmente, ogni volta che notava un'incongruenza, Alice aggiustava tutto prima ancora che lei glielo facesse notare. Per questo scacciava i suoi sospetti. E anche perché, in fondo, erano solo dettagli completamente privi d'importanza.

«Ci siamo sposati a Parigi, quando ho lasciato la Rhodesia», continuò Alice con estrema naturalezza. «Gliel'ho già raccontato, ricorda? Ho venduto la fattoria e mi sono trasferita in Europa con mio figlio, che studiava in un collegio inglese... Ho conosciuto Henry in Francia, così mi sono risposata e questa volta ero davvero innamorata e convinta. Sono stata felice, molto felice, con lui...»

Fece una breve pausa e poi aggiunse: «Poi sono rimasta vedova».

Scosse la testa, ricacciando indietro qualcosa. Lola non sapeva esattamente che cosa.

«Insomma... Le domandavo se ha figli perché i figli rendono comprensibile il sentimento di cui parlavamo prima in modo più logico, non so, molto più naturale.»

Lola continuava a non capire bene.

«Voglio dire... Una madre è capace di uccidere per i propri figli, no?»

«Sì, immagino di sì», rispose Lola titubante. «Se capita loro qualcosa... Se sono in pericolo...»

«E questo nessuno lo trova disumano, le pare?»

Attese la sua reazione.

«Sì, può darsi», rispose un po' forzatamente Lola.

«Insomma, quando qualcosa o qualcuno ci minaccia, quando ci sentiamo in pericolo, dentro di noi scatta la stessa molla. È una questione di istinto. Diamo la vita per difendere le nostre creature e allo stesso modo difendiamo noi stessi, è nel nostro DNA. È quello che si definisce istinto di sopravvivenza della specie. Sa cosa sono i geni?»

«Scusi un attimo.»

Lola si alzò per servire un uomo che era appena entrato con un bambino. Il piccolo arrivava a malapena al bancone. Comprarono un quaderno a righe, una matita e una gomma. Poi l'uomo, che doveva essere il nonno, domandò al nipotino: «Vuoi anche la lavagnetta?»

Il bimbo era talmente felice che balbettava per l'emozione. Quando prese la piccola lavagna con la cornice di legno, la teneva così stretta che sembrava volessero portargliela via.

«Ci dia anche una di quelle scatole di gessetti colorati», chiese ancora il nonno.

Sorrise soddisfatto. Lola ricambiò il sorriso.

«Vuoi che te la incarti?» domandò al bambino.

Il piccolo disse risolutamente di no. Si allontanò con il suo rettangolo grigio verdastro stretto contro l'impermeabile. A guardarlo da lontano, sembrava volesse proteggere qualche tesoro: un pulcino, una rana, una meringa... Qualche sogno acchiappato prima di svegliarsi.

Quando Lola tornò a sedersi sullo sgabello, Alice le domandò: «Di cosa stavamo parlando?»

«Dei geni.»

«Ah sì. Ha sentito parlare di quegli studi sul patrimonio genetico?»

«Più o meno. Ne so ben poco, a dire il vero. Anche se di recente ho letto un articolo su una rivista.»

«Be', io non ho nessun tipo di formazione scientifica, naturalmente, però mi interessano molto gli studi sull'evoluzione della specie. Magari non sono capace di spiegarlo bene, ma molte volte mi domando come sia possibile che un uomo che vive nel ventesimo secolo ricordi istintivamente ciò che i suoi antenati hanno imparato nell'età della pietra.»

Anche Lola aveva trovato molto interessante quell'articolo, sebbene Matías le avesse spiegato che le ricerche genetiche erano solo agli albori.

«Anni fa avevo un cane», continuò Alice. «Un labrador nero, generoso, buono, bello. Un giorno, quando era ancora un cucciolo, lo abbiamo portato a fare una passeggiata in campagna. Era una zona tranquilla, non c'era nessun pericolo. Insomma, all'improvviso il cane comincia a correre come un matto. Io pensavo che avesse visto un coniglio o una lepre, invece, quando l'ho raggiunto, ho visto che si stava strofinando con entusiasmo quasi osceno sulla carogna di una pecora. Si girava e si rigirava, strusciandosi sul corpo di quella povera bestia, sul dorso, sul collo... Mi ha provocato, come può immaginare, un orribile senso di disgusto. Invece, quando sono tornata a casa e l'ho raccontato a Henry, lui ha riso. Sa cosa mi ha detto?»

«Cosa?»

«Che è genetico. Che è un comportamento istintivo. L'istinto del cacciatore. Il cane si copre con un odore che non è il suo per nascondersi, per andare a caccia senza essere scoperto. E allora lei mi domanderà: ma era un cane da caccia? Assolutamente no. Ed era un cucciolo di appena quattro mesi. Non aveva mai visto una pecora prima d'allora. Ma il suo istinto l'ha indotto a comportarsi così. Di ritorno a casa ero schifata, furiosa, mentre lui si pavoneggiava, tutto contento, come un giovanotto che va al ballo con un vestito nuovo. Se ci penso mi viene ancora da ridere.»

Ancora una pausa.

«Perciò non si angosci se a volte le viene voglia di ammazzare qualcuno. Pensi solo che lei è un essere umano. E che la violenza dipende dall'istinto, non dalla sua volontà.»

Lola alla fine capì. Tutta quella storia aveva il solo scopo di assolverla. Ancora una volta provò un senso di complicità con la donna inglese. Guardò con un sentimento simile all'affetto quella signora attempata, seduta sull'unica sedia del negozio con un tailleur austero di un grigio brunastro, adatto forse a un'istitutrice. Sul risvolto della giacca luccicava una spilla dalla forma semplice, un cerchio d'oro attraversato da un tratto orizzontale che nascondeva lo spillone.

«Grazie», esclamò Lola con un sorriso.

«Non c'è di che.»

Lola decise di domandarle ancora una cosa.

«Suo marito le manca, vero?»

«Molto.»

La sua compagna di lettura tacque per qualche secondo. Sembrava assorta nei suoi pensieri. Poi scosse la testa e chiese: «Sa perché?»

«Perché lo amava, suppongo.»

«Proprio così. Sì, so che è un... non so come dite voi... un luogo...»

«Comune.»

«Esatto, un luogo comune. Però, se ci fa caso, l'uomo giusto non è quello che ci ama di più, ma chi riesce a fare in modo che il nostro amore ci faccia muovere, ci faccia scoprire qualcosa di noi che prima non sapevamo.»

«Intende dire che è più importante amare che essere amati?»

«Prima di lui mi ero innamorata già altre volte», continuò

Alice, come non avesse sentito, «e pensavo anche di essere stata molto innamorata, ma Henry è riuscito a farmi provare delle emozioni che prima di allora non avrei nemmeno immaginato di poter provare. E quelle sensazioni non avevano nulla a che vedere con lui o con le sue innegabili qualità, bensì con me stessa. Lui era estraneo a tutto questo.»

La donna inglese aveva posato una mano sul petto e ora stava accarezzando distrattamente la spilla appuntata sul rivolto della giacca.

«Non credo che potrei sopravvivere se succedesse qualcosa a Matías.»

Si misero entrambe a riflettere, probabilmente ripercorrendo, ciascuna per suo conto, la propria personale vita sentimentale.

«È stato condannato a morte», esclamò Lola con tristezza.

«Lo so, me l'ha raccontato l'altro giorno. È terribile. Disumano.»

«Lo abbiamo salvato grazie a delle conoscenze e a forza di bussare a tutte le porte. E sa cosa le dico?»

Alice annuì con un lieve cenno del capo.

«Sarei stata capace di qualunque cosa. Di qualunque cosa...»

E all'improvviso, in un luogo che la donna inglese non poteva vedere, ecco nuovamente quell'immagine: un uomo che le toccava il seno nel buio... E in quello stesso luogo oscuro e segreto, che Lola collocava tra le orbite e l'interno delle orecchie, esplose ancora quella maledetta bomba.

Lentamente, Lola tornò alla realtà, lasciandosi alle spalle una scia di brutti pensieri.

Eccole là.

Lei e quella donna che aveva una vita così diversa dalla sua.

Loro due. A parlare dei fatti loro.

Ebbe l'impulso di raccontarglielo. Quella scena che la tormentava giorno e notte, quella macchia nera che imbrattava l'elegante e ordinata calligrafia della figlia di un medico, della signorina che parlava il francese.

Non lo aveva mai raccontato a nessuno.

E non lo fece nemmeno allora. Si alzò e accese la luce: una plafoniera di vetro opaco che da anni stava appesa al soffitto. C'era già quando quel negozio era ancora un'orologeria e adesso, tutte le volte che l'accendeva, vedeva l'ombra scura degli insetti che vi erano morti dentro. Un giorno Matías l'aveva staccata, per cambiare la lampadina, e dentro aveva trovato un mucchio di tarme e moscerini che si erano polverizzati al solo sfiorarli con il piumino. Ogni volta che accendeva la luce, Lola si domandava come facessero gli insetti a finire là, da dove s'infilassero.

Vide qualcuno entrare nell'androne e chiudere l'ombrello. Fuori, la pioggia aveva trasformato quella mattinata in una specie di notte prematura.

«Mi piacerebbe avere la luce nella vetrina. Starebbe bene, vero?»

Alice rispose con un sorriso. Poi guardò l'orologio.

«Ha voglia di un caffè?»

Lola declinò la sua proposta, come sempre.

«No, no, nemmeno per sogno. Con questa pioggia...»

Alice aveva già preso il suo mantello verde oliva.

«Accetti, la prego. È solo un caffè.»

Aveva già sollevato il piano del bancone ed era passata dall'altra parte.

«Torno subito.»

Uscì dal portone sotto la pioggia di novembre.

Quando Lola rimase sola, pensò che forse si stava affezionando troppo a quella sconosciuta. Chi era? Che cosa ci faceva là? In quel quartiere di Madrid e in quella Spagna assurda?

In strada si sentiva una sirena. Dovevano essere i pompieri. Quando pioveva così forte, c'era sempre una cantina che si allagava o una parete che crollava. Nessuno risistemava niente. Nessuno poteva risistemare niente.

Lola era sorpresa da come fossero diverse adesso le sue mattinate in libreria. Fino a un paio di settimane prima, lei aveva detestato sostituire Matías. Il martedì e il giovedì le crollava il mondo addosso. Non glielo diceva – perché mai farlo? – e in fin dei conti era giusto così. Anche lui aveva bisogno dei suoi piccoli momenti d'aria. Adesso, invece, attendeva con segreto entusiasmo che arrivassero queste due mattine in cui poteva parlare liberamente. Troppo liberamente, forse.

Non lo sentì entrare. Fino a quando l'uomo si schiarì la voce.

21

Ho impiegato meno del previsto perché ho chiesto al barista di portarci lui i caffè e i *churros*. Ho pagato in anticipo e gli ho lasciato una bella mancia perché spero di poterne approfittare anche in qualche altra occasione.

Piove a dirotto. Per fortuna il mio mantello è di buona lana scozzese e non s'inzuppa facilmente. Naturalmente, poi, ci mette tanto anche ad asciugarsi. Pazienza. Lo appenderò agli scaffali che ci sono nella parte più stretta del negozio e lì, con i tubi dell'acqua calda che passano nella parete, si asciugherà sicuramente. Se non fossi qui trascorrerei la mattina in casa da sola e questo, in certi giorni grigi e tristi che mi ricordano tanto l'Inghilterra, sarebbe terribilmente noioso. Non perché non mi piaccia stare sola – perché a me piace – ma perché per la prima volta, da quando sono arrivata a Madrid, sento di avere qualcosa di vivo tra le mani.

In questi giorni in cui piove ininterrottamente, ho tanta nostalgia di Henry e della nostra casa nel Sussex. Mi piaceva chiacchierare con lui, ciascuno nella sua poltrona. Io con il mio vecchio volume di poesie di Emily Dickinson, lui con qualche manoscritto della casa editrice. All'improvviso uno dei due smette di leggere e lancia uno spunto di conversazione.

Parliamo per un paio di minuti e poi torniamo alla nostra lettura, sapendo che l'altro è vicino, molto vicino...

La musica di Debussy suona e la voce di Henry si mescola con le note del pianoforte. Entrambe sono dolci, piacevoli, sensibili e brillanti.

Henry...

La sua voce.

Ormai la ricordo appena, ne ho dimenticato il tono, il timbro, la modulazione. E non voglio. Non voglio dimenticare nulla.

A volte in sogno lo sento parlare e allora mi sveglio di soprassalto, con il cuore in gola per l'emozione, perché non solo ritrovo la sua voce ma anche l'immenso piacere di sentirla ancora. A volte non ha nemmeno un viso, ma sento che mi chiama. E per qualche breve istante è accanto a me.

È anche vero che talvolta ho nostalgia di cose assurde, cose banali che facevano parte della nostra vita di tutti i giorni. Allora non avevano nessun valore e adesso invece mi sembrano così importanti... Per esempio, mi manca l'incavo nello schienale della sua poltrona di pelle. All'inizio io lo sprimacciavo e l'imbottitura riprendeva la sua forma originale, ma a un certo punto non c'è stato più niente da fare. Avrei voluto farla sistemare tante volte, ma, ogni volta che ero sul punto di chiamare il tappezziere, Henry si opponeva. Diceva che era abituato così, che aveva paura a metterla a posto. Poi siamo venuti in Spagna e la vecchia poltrona di pelle è rimasta là. Forse Constance l'ha buttata via.

Quando entro nell'androne, vedo un uomo davanti al banco della libreria. Indossa uno di quegli orrendi abiti a righe e non si è tolto il cappello.

Capisco subito che sta succedendo qualcosa. Lola è rossa come un pomodoro e sembra nervosa, ma ancor più lo diventa quando mi vede apparire sul portone. Sento che parla, ma non riesco a sentire che cosa dice, odo solo la sua voce forte e nervosa, come se stesse supplicando qualcuno. Di primo acchito, devo ammetterlo, penso che si tratti di una rapina o qualcosa di simile, ma poi scarto subito l'idea. E quando quel tizio si gira verso di me, sul suo viso mi pare di intuire un sorriso strano, malvagio direi, il tipo di sorriso della gente cattiva che è sicura di tenere in pugno qualcuno. Non è una persona per bene, no di certo. Anzi, tutto il contrario: è anziano, basso, gracilino, e ha un paio di quei baffetti sottili che mi danno tanto sui nervi. Quindi non può trattarsi di una faccenda di cuore. Perché anche questo mi è passato un secondo per la testa: un cliente che le fa un complimento, lei lo ringrazia e lui cerca di farle altre *avances*. Qui però non sta succedendo niente del genere, è chiaro.

Lui la sta minacciando.

Lo capisco chiaramente.

E allora, come per magia, prorompono in me quella sfacciataggine e quell'insolenza che a questo punto della mia vita posso permettermi senza correre troppi rischi. Sono quasi vecchia, ho i capelli bianchi, sono straniera. Di sicuro quel tizio non può spaventarmi. Entrambi sappiamo fin dal principio che io sono al sicuro.

Lo scruto dalla testa ai piedi, inclinando il capo come fanno questi personaggi quando vogliono spaventare una donna.

Il risultato è immediato: s'innervosisce.

Me ne accorgo.

Entrambi ce ne accorgiamo.

«Scusi», dico, sollevando il piano del bancone e costringendolo così a farsi da parte.

Il mio inatteso intervento obbliga l'uomo a retrocedere. Sicuramente non poteva immaginare che sarei entrata nella libreria, e so che in questo preciso momento sta cercando di capire chi io sia.

Cala un silenzio terribilmente spiacevole.

Non mi preoccupo. Mi tolgo il mantello, lo lascio sulla

sedia e, senza dire né «a» né «ba», come direbbe la mia vicina Amparo, piazzo i gomiti sul banco, proprio accanto a loro.

«Arrivano subito i caffè e i *churros*», dico a Lola, come se quel tizio non esistesse nemmeno.

Lo guardo di sottecchi e mi accorgo che è color cenere. Sento il suo respiro ansioso.

«Ci vediamo», dice infine, facendo un gesto brusco con il mento. Lola china la testa.

«Le auguro una buona giornata, signore», faccio io con il tono più sarcastico che posso.

Si gira. E allora noto le spalle del suo vestito a righe, troppo larghe per quel corpicino gracile. Sembra un gangster da quattro soldi.

So che lei è imbarazzata. Non voglio che mi spieghi nulla, non è necessario. Tutti hanno diritto ad avere i loro segreti.

Accidenti se lo so. Meglio di chiunque altro.

Le sorrido e metto una mano sulle sue, proprio quando il barista entra con il vassoio e un sorriso che va da un orecchio all'altro.

«I caffè e i *churros* per le signore», dice a voce alta. «Belli caldi, naturalmente.»

22

La guerra è finita.

Da un anno ho terminato il collegio e da allora io e Frances viviamo a Londra. Sono successe molte cose – a volte penso che ne siano successe anche troppe – ma sono giovane, posso afferrare il mondo intero con le mani.

James è morto il 17 luglio di quello stesso anno, proprio qualche mese prima del trattato di pace. Era a bordo dell'HMS *Helvetia* quando fu affondato da un siluro a ovest dell'Irlanda. Frances e io ci abbracciammo forte quando giunse la notizia. Credo che, qualunque cosa capiti, ormai nulla ci possa più separare. Mai. Nemmeno il ricordo di James.

I bolscevichi hanno preso il potere in Russia e lo zar Nicola II è stato assassinato con la sua famiglia. Dicono tutti che sta per cominciare un nuovo ordine a livello mondiale e deve essere vero, perché il kaiser ha abdicato e in Germania è stata instaurata una repubblica. L'imperatore d'Austria è fuggito prima dell'armistizio e l'Ungheria si è separata dall'Austria: addio impero austro-ungarico. Da luglio fino all'11 novembre, data in cui finalmente è finita la guerra, si succedono rinunce al trono, creazioni di nuovi Stati, trattati di pace tra le varie potenze e negoziazioni. È un'ebbrezza di avvenimenti. Ne ricordo alcuni, in seguito dimenticati dalla

Storia. Per esempio, nella mia memoria volteggia ancora la data in cui in Irlanda fu approvato il suffragio femminile, e lo ricordo perché allora in Inghilterra le donne potevano votare solo dopo aver compiuto i trent'anni. Frances poteva votare. Io no.

Anche attorno a noi sono accadute molte cose. La più rilevante è stata sicuramente la morte di James. Elliott è tornato vivo dal Belgio, ma ha perso il braccio sinistro. E, inoltre, a casa ha trovato un clima molto triste a causa della morte di suo fratello: lady Ferguson non vuole più uscire da Elsinor Park e, stando a quanto mi racconta Sarah, trascorre quasi tutta la giornata a letto, sebbene l'altro figlio sia tornato da Mézières vivo e con una medaglia.

Anche il figlio maggiore degli Hervieu è morto in una di quelle odiose trincee della Somme. Madame Hervieu mi scrive spesso e, a modo suo, piange la perdita del suo ragazzo, senza troppi piagnistei e tenendo sempre i piedi ben saldi per terra.

Anche Sarah viveva a Londra, con una zia. Da quell'estate a Deauville, era cambiata molto: era diventata un ragazza affettuosa e con la testa sulle spalle, e si era da poco fidanzata con uno dei Glenmire. Eravamo buone amiche. Andavamo insieme a fare compere, a quelle poche feste da ballo che si organizzavano e a volte montavamo a cavallo. Questo ci ricordava il tempo in cui eravamo due ragazzine e il mondo era ancora un posto sicuro.

Un pomeriggio, a metà dicembre, decisi di andare a farle visita. Era uno di quei pomeriggi cupi e piovosi. Non c'era nebbia, ma non c'era bisogno, perché tanto non avrebbe trovato spazio nell'aria densa che avvolgeva le strade di Londra. Ti affacciavi alla finestra e, vedendo la gente che camminava frettolosamente sotto la pioggia battente, l'ombrello rovesciato e l'impermeabile inzuppato, eri preso da una specie di desolazione... Era così triste che decisi di andare a trovare Sarah per preparare qualcosa di carino per Natale. Era ancora presto, naturalmente, ma ne avevo bisogno. E Sarah aveva sempre delle belle idee.

A dire il vero, ero titubante, perché ero stata a casa della zia di Sarah solo due giorni prima, per una di quelle visite di routine imposte dalla nostra vita sociale, e non volevo sembrare invadente. Alla fine, però, sulla discrezione era prevalsa la prospettiva di restarmene chiusa tutto il pomeriggio in casa. La zia di Sarah era molto tradizionalista e da lei vigevano regole di bon ton vecchie di cent'anni: le visite si ricevono da metà pomeriggio e non si debbono protrarre oltre le sei e mezzo né per più di due ore, non si devono ripetere più di una volta la settimana e non si deve attendere più di due settimane per ricambiare una visita.

Ripensandoci ora, dopo tanti anni, devo riconoscere che quello schema era molto complicato e il rischio di sbagliare considerevole. Io ho commesso qualche errore, all'inizio, poi mi sono abituata, e tuttavia ciò che più mi stupiva di quella ragnatela di norme sociali – tanto prima quanto dopo, quando ormai mi ci trovavo intrappolata – era che nessuno prendesse appunti in quella complicata navigazione.

Quando arrivai in Sackville Street, notai un leggero sconcerto. Non c'era nessuno che gridava, ci mancherebbe, né che correva giù per le scale o nei corridoi, ma stava certamente succedendo qualcosa. Sarah mi venne subito incontro.

«C'è una sorpresa, vedrai...»

Appoggiò il mio cappotto su una panca, senza aspettare che lo prendesse la cameriera, e mi accompagnò nel salotto al piano di sopra. Saliva le scale tutta contenta.

«Guarda chi c'è.»

La signora Eshton, la zia di Sarah, ricamava seduta sul suo grande divano. Mi guardò con un sorriso che andava da un orecchio all'altro. E poi volse lo sguardo verso il camino. Accanto al fuoco c'era un uomo che fumava. Al principio non lo riconobbi. Portava una giacca scura, senza falde, con uno sgargiante gilè di broccato. Aveva i capelli molto corti, senza barba né baffi.

Sorrise anche lui. Allora mi accorsi che una manica della giacca era vuota e infilata con cura in una tasca.

E lo riconobbi.

«Elliott!» dissi sottovoce, come annunciandolo a me stessa.

Lui mi venne incontro senza smettere di sorridere. Mi prese la spalla con la sua unica mano.

«Guardate la piccola Rose...» esclamò con un tono che la mia vanità interpretò come ammirazione. «Guardate com'è diventata.»

«È bella, vero?» domandò allegramente Sarah.

«E la tua treccia? Dove l'hai messa?»

Alzai le spalle, come per dire che aveva fatto la fine che meritava.

Immagino che non fossi io, né lui. Immagino fosse la guerra. O la voglia di dimenticarla. Fatto sta che quella sera mi parve che Elliott mi dedicasse più attenzioni del dovuto. E, sinceramente, credo non mi facesse assolutamente piacere.

Prendemmo un tè e questa volta, dato che l'occasione lo richiedeva, mandai a Frances un domestico con un messaggio, e rimasi a cena da loro. Trascorsi una bella serata, a sentire le storie di Elliott e a dare una mano a Sarah per aggiornarlo sui pettegolezzi della società londinese. Povero Elliott. Aveva tanta voglia di tornare alla sua vita...

Quando per me fu ora di rientrare, lui si offrì di accompagnarmi. Non ricordo se prendemmo una carrozza a pagamento o quella di famiglia, ma ricordo che era tardi, che la città era deserta come se fosse stata evacuata, e che Elliott non mi toglieva gli occhi di dosso. Vedevo il suo viso che compariva e scompariva sotto la luce di ogni lampione. Non mi piaceva come mi guardava. Quando ci salutammo, mi chiese di andare con lui il giorno dopo a fare un giro dei caffè alla moda e dei negozi dove rinnovare il suo guardaroba. Sarah doveva incontrare il suo fidanzato e perciò, se mi faceva piacere, poi potevamo pranzare tutti e quattro insieme. Accettai. Che altro potevo fare?

Uscimmo insieme diverse volte. Elliott era simpatico. Non aveva lo spessore di James, era meno profondo, ma possedeva le qualità di un uomo di mondo. Mai lo avrei immaginato a leggere un racconto di Čechov, per esempio, però mi faceva ridere molto.

Arrivò il Natale. Sarah ed Elliott andarono a Elsinor Park per trascorrere le festività con i loro genitori. Frances e io, invece, restammo a Londra, perché eravamo state invitate a Kensington da alcuni amici.

Gli amici di Frances erano per lo più persone poco convenzionali. Alle feste, che avevano luogo quasi quotidianamente in casa dell'uno o dell'altro, potevi incontrare un pittore, un drammaturgo, una cantante d'opera o un giocatore di polo. Questo sì, affermavano tutti di essere sempre stati contro la guerra.

Non ricordo chi fossero quella volta gli anfitrioni, ma ricordo che ci fermammo un paio di notti e che qualcuno suonava delle bellissime canzoni natalizie francesi al pianoforte. Mi sentii triste, perché ripensai ai Natali in Normandia, quando io e i figli degli Hervieu andavamo a vedere il presepe di Périers e il coro della chiesa cantava tutto il repertorio tipico di quelle feste.

E all'improvviso. Senza soluzione di continuità.

Che cosa stupida mi capitò mentre tutti ridevano e brindavano: cominciai a provare nostalgia di Elliott. Insomma, non solo di lui. Cominciai a sentire nostalgia di tutti. Sarah e il suo fidanzato, il gruppo che avevamo formato e con cui mi sentivo a mio agio. Era come se sopraggiungessero tutti insieme, uniti in una stessa confezione.

Non che non avessi piacere di stare con Frances e i suoi amici, anzi, di solito mi divertivo. Normalmente erano serate mondane e un po' frivole, ma certe volte gli invitati erano personaggi di tutto rispetto, intellettuali o artisti, e allora la conversazione sconfinava in argomentazioni molto profonde e di una qualità tale che, in quegli anni in cui tutto era alterato dalla guerra, mi formarono come la migliore delle università.

Sarah ed Elliott tornarono a Londra per festeggiare insieme il Capodanno. La notte del 31 dicembre andammo in uno di quei club che cominciavano a essere alla moda. Dovevamo salutare un anno che se ne andava portando via la guerra con sé. Questa volta, Frances venne con noi, e con lei un seguito di uomini e donne che conosceva appena ma che si unirono all'iniziativa smaniosi di festa, di champagne, e di un'allegria che tutti noi dovevamo ritrovare. Non era la pace che festeggiavamo, ma l'assenza della guerra.

Era una notte speciale. Frances indossò uno dei suoi raffinati abiti da sera, che negli ultimi tempi erano rimasti chiusi nell'armadio. Ormai non era più una ragazzina, da un pezzo aveva compiuto trent'anni, ma aveva sempre un fisico invidiabile: spalle larghe e dritte, figura snella, cosce tanto sode da far meraviglia. A me piaceva quel vestito di raso dorato. Era fermato sulle spalle da due clip e il tessuto cadeva in pieghe morbide. Aveva qualcosa di... non saprei, scomposto, che annunciava una certa rilassatezza di chi lo indossava. Insomma, era l'abito giusto per Frances. Credo che gli uomini fossero tutti in attesa che da una di quelle pieghe sbucasse, per sbaglio, uno dei suoi seni piccoli e sodi. Portava nuovamente i capelli lunghi: li divideva formando due torciglioni, che poi avvolgeva elegantemente sulla nuca. Erano scuri, ma avevano una lucentezza e dei riflessi molto accesi. Quella sera si pettinò con cura e si mise un cordoncino intrecciato di seta dorata attorno alla fronte, alle tempie e allo chignon, come una coroncina. Era davvero attraente e lo era per natura, come se non esistesse altra possibilità in vita sua.

Eppure, ciò che più ammiravo di Frances era la sua spigliatezza. Lei entrava in un salotto pieno di gente sconosciuta e si trovava a suo agio fin dal primo istante, come fosse stata a casa sua o i convitati fossero tutti suoi ex compagni di scuola.

Io non ero affascinante come lei, devo ammetterlo. La mia unica attrattiva era la giovinezza. Diciott'anni. L'età più bella. A quell'epoca non immagini che un giorno il tuo collo d'airone si curverà e che le tue belle ginocchia si deformeranno in modo assurdo... Eppure, insomma, stando a quanto diceva chi l'aveva conosciuta, io avevo ereditato la serena bellezza di mia madre. E questo mi bastava.

Mi pare che quella sera io indossassi – sì, ne sono sicura – un vestito di pizzo olandese con una fodera di seta color ghiaccio. Non era lungo come quello di Frances, anzi, forse era troppo corto. Non avevo una gran scollatura, almeno non sul seno, ma le gambe e la schiena erano nude.

«Tieni, metti questo», mi disse Frances quando andai a chiamarla in camera sua e vide il mio vestito. «Sei un po' troppo... spoglia.»

Era un diadema che lei non usava mai. Semplice, lineare, molto adatto a me.

«Era di tua madre.»

Trasalii. All'improvviso mi sembrava di partecipare a una cerimonia per cui non mi ero preparata.

«Hai diciott'anni», aggiunse lei con tranquillità. «È ora che tu te lo metta. Starà benissimo con quel vestito.»

Lo sistemai all'estremità della fronte, fissandolo con una specie di pettinino che lo teneva attaccato ai capelli senza disfare i riccioli. Era incantevole e mi stava proprio bene.

«Grazie», dissi emozionata, senza distogliere lo sguardo dallo specchio.

Sentivo che ero sul punto di scoppiare a piangere.

«Su, smetti di guardarti», disse Frances prendendo la borsetta. «Che se andiamo avanti di questo passo ceneranno senza di noi.»

Comunque, con la coda dell'occhio, notai che anche lei mi guardava e sorrideva.

L'anno nuovo. Arrivava carico di tanta speranza, di tanta allegria... Si vedeva negli occhi di tutti. Ballavamo. Bevevamo. Cantavamo ancora quegli inni patriottici che tuttavia, appena usciti dalle nostre labbra, se ne restavano indietro ... così indietro che cominciavano a perdere tutto il loro significato.

Charles Glenmire, il fidanzato di Sarah, ci veniva incontro con due coppe di champagne attraversando la sala da ballo e schivando le coppie che volteggiavano sulla pista. Noi due ci eravamo sedute un attimo perché eravamo sfinite. Io avevo già bevuto a sufficienza. E Sarah anche. Fu allora che si udì quel... Non erano grida, almeno non sembrava. Era uno strano schiamazzo dove si mischiavano l'incredulità e lo scandalo.

«Cosa sta succedendo?» domandò Sarah preoccupata.

«Non so», rispose Charles. «Vado a vedere.»

Consegnò una coppa di champagne a ciascuna di noi e si diresse verso il fondo della sala. La gente si accalcò nella stessa direzione. Allora si sentirono delle grida. E poi il silenzio. Il muro di corpi si aprì, e cavalcando quella barriera umana, che l'alcol rendeva molto più insormontabile di quanto in realtà probabilmente fosse, apparvero Charles Glenmire ed Elliott. Charles reggeva il fratello di Sarah per la vita, mentre l'unico braccio di Elliott giaceva inerme sulla spalla dell'amico. Per un attimo ebbi l'impressione che entrambe le maniche del suo smoking fossero vuote. Sanguinava dal naso e dalla bocca.

Ci alzammo preoccupate. L'effetto dello champagne svanì completamente. Mi pare che anche uno degli amici di Frances ci venisse incontro. Poi però mi concentrai solo su quel sangue che macchiava la nostra allegria e la camicia bianca di Elliott.

«Cos'è successo?» domandava Sarah. «Cosa ti è capitato?»

Charles era molto serio.
«Niente di grave», disse. «Portiamolo fuori.»
Era chiaro che Elliott aveva bevuto troppo.
Lo accompagnammo verso una delle uscite secondarie. Fuori faceva freddo. La nebbia inumidiva la pelle.
«Vado a prendere i cappotti», disse Charles. «Restate qualche minuto con lui, così prende aria.»
Sarah domandava al fratello che cosa fosse successo, ma lui aveva lo sguardo inespressivo e annebbiato come il cervello. Per fortuna, Charles tornò subito con i nostri cappotti, perché ci stavamo congelando. Sarah cominciò a tremare, non so se per il freddo o per i nervi.
«Portala dentro», dissi a Charles. «Resto io con lui.»
Spostai Elliott dalla porta e mi guardai attorno in cerca di un posto dove sederci. Era una strada senza uscita, o meglio una specie di vicolo cieco, ma c'erano due portoni con le scale, probabilmente delle abitazioni. Lo portai davanti a una di quelle entrate e lo feci sedere su un gradino. Poi presi il fazzoletto che aveva in un taschino e cercai di pulirgli il sangue dal viso.
Farfugliava. Come stesse sognando. Non capivo quello che diceva.
E all'improvviso.
Mi piantò gli occhi addosso.
«La piccola Rose», esclamò come se fosse la prima volta che mi vedeva.
Sembrava che stesse un po' meglio. Mi sedetti accanto a lui. Non ho mai saputo che cosa fosse successo là dentro, ma in quell'istante ebbi quasi la certezza che qualunque cosa fosse accaduta era stata colpa di Elliott.
«La piccola Rose», ripeté con voce roca, canzonatoria, mentre mi accarezzava i capelli.
Mi conficcò il diadema di mia madre dietro le orecchie. Non mi piacque quella carezza. E avevo ragione, perché poco

dopo Elliott mi saltò addosso e mi spinse contro lo spigolo di uno scalino, che mi si piantò nella schiena. La sua mano rovistava insistentemente nel mio cappotto.

Cercai di allontanarlo. Aveva un cattivo odore.

Quella mano...

Ed ecco che sulla porta apparvero Sarah e Charles. Per un attimo udii la musica della sala da ballo e sentii, vicino e lontano insieme, l'allegria della gente.

Charles me lo tolse di dosso. Sarah cercò di consolarmi, ma io in quel momento odiavo tutti. Corsi verso il viale dove c'erano le carrozze. Mi infilai in una carrozza e facendo molta attenzione mi tolsi il diadema di mia madre.

Dormii male. Ebbi degli incubi. Quando mi alzai era molto tardi e Frances aveva già fatto colazione. Immagino che non si fosse accorta di niente, perché mi chiese della festa e, proprio quando ero in procinto di raccontarle tutto, m'interruppe: un comportamento tipico suo, al quale ormai ero abituata. Quella volta, però, certo non me la presi, perché ciò che aveva da dirmi era molto più bello di quello che le avrei raccontato io.

«Cosa ne pensi di andare a vivere in Francia?» mi disse rimettendo nervosamente una porcellana sul caminetto.

Rimasi di sasso.

«A Deauville?» domandai con un tono che non celava la mia sorpresa.

«No, cara», rispose. «A Parigi.»

Che cosa pensai in quel momento? Una cosa sola: che ormai eravamo nel 1919 ed era tempo di cominciare una nuova vita. Quattro anni di guerra erano stati più che sufficienti. Quattro anni in Inghilterra, anche.

23

È SABATO. Oggi vado a caccia di libri. A modo mio, naturalmente.

Devo ammettere che ultimamente la mia vita è diventata molto più emozionante. E il motivo non sono esattamente i libri. Mi fa bene avere altri interessi, oltre alla lettura e ai miei ricordi.

Anche se questo novembre è più caldo di ottobre, oggi prendo l'impermeabile, perché il cielo è coperto ed è possibile che piova.

Prima di far colazione sono stata un po' sul balcone a sistemare le piante. Quando sono arrivata in Spagna ero stupita da quanti vasi di gerani ci fossero sui davanzali, anche nelle case più umili e nei villaggi. La gente tagliava i bidoni a metà e li usava come fioriere da mettere davanti a casa, come piccoli giardini senza terra. In quei contenitori improvvisati si affollavano le margherite, le malve e le umili belle di notte, mentre i gerani rampicanti scendevano copiosi dai vasi di terracotta appesi ai davanzali. È un'immagine che conservo come se fosse un tesoro, perché ne nasconde un'altra... Eccoci là, in mezzo ai fiori, a marciare con il nostro entusiasmo e le nostre canzoni, ed ecco Henry, il mio caro Henry, nei villaggi spagnoli... e, oltre questa immagine, il dolore... non girarti, Henry... non girarti, ti prego.

Dal balcone ho visto cadere le ultime foglie di un alberello che un vicino ha piantato lo scorso inverno sul marciapiede. Il magnifico olmo che c'era prima, la cui chioma arrivava fino al secondo piano, è morto. E, dato che il comune non rimpiazza gli alberi, a volte sono gli abitanti del quartiere a prendere una nuova pianta, che solitamente portano dalla campagna e piantano davanti a casa, sul marciapiede, come se fosse nel loro orto o nel loro cortile. A due isolati da qui, qualcuno ha piantato un fico. Sta crescendo tantissimo, tanto che per passare devi scendere dal marciapiede perché ormai non c'è quasi più spazio. L'alberello spoglio che vedo dal mio balcone ha le foglie triangolari come i pioppi, ma non è un pioppo, naturalmente, perché ha la chioma più grossa. Qualcuno mi ha detto, credo Amparo, che potrebbe essere un gelso. E forse è così, perché Amparo s'intende di campagna.

È divertente guardare dalla finestra. Il mio balcone è piccolissimo, non ci sta quasi nemmeno una sedia, soprattutto se per terra ci sono dei vasi. Quindi li ho attaccati alla ringhiera. Un fabbro di Las Delicias mi ha preparato gli anelli per appenderli, così guadagno spazio. Nei pomeriggi d'estate, quando il sole gira dietro l'edificio, mi siedo qui e qui rimango, fino al calar della sera, a leggere e sognare. Perché ormai sono quasi vecchia, è vero, ma ho ancora i miei sogni.

Amparo mi ha detto che oggi sarebbe venuto l'aggiustatutto. Se non passa prima che io esca, lascerò da lei questo vaso di ceramica da riparare. L'altro giorno è caduto e per fortuna non si è rotto, ma si è formata una crepa da cui esce l'acqua. E già che ci sono le lascerò anche l'ombrello nero. Credo che vada cambiato il tessuto, perché quando piove forte passa l'acqua. Per fortuna ne ho due. Oggi prenderò quello con il manico di ferro, che è più sottile e occupa meno spazio.

Amparo è noiosa, ma in queste occasioni è insostituibile, perché se può è sempre pronta a farti un favore.

Mi apre. Ha il grembiule e un fazzoletto in testa. Sta facendo le pulizie settimanali.

«Che sorpresa! Dove va così presto? E questo vaso? Si è rotto?»

Attendo pazientemente che finisca di farmi tutte le sue domande.

«Avanti, benedetta donna, avanti, non resti lì sulla porta.»

«No, Amparo, non ho tempo. Vado di fretta. Devo chiederle un favore.»

«Ci mancherebbe. Mi dica, cara vicina.»

«Guardi, questo vaso mi è caduto e si è scheggiato.»

Amparo mi prende il vaso dalle mani.

«Di solito ci metto i fiori», continuo prima che lei apra bocca, «e non mi va di buttarlo. Così ho pensato di darlo all'artigiano perché ci metta una di quelle graffe di ferro, dato che adesso perde.»

Amparo esamina attentamente la crepa, come fosse una specialista di vasi rotti.

«Non sembra profonda», diagnostica. «Me lo lasci che ci penso io con piacere.»

La ringrazio. E lei mi fa notare che ho due ombrelli.

«Sì», faccio io, «immagino che l'aggiustatutto ripari anche gli ombrelli.»

«Certo», risponde prontamente. «Me lo dia.»

Cerca di afferrare l'ombrello buono.

«No, non questo», esclamo io per difendermi dai suoi slanci di generosità. «È quello nero. Bisogna cambiare il tessuto.»

«Non si preoccupi», finalmente mi lascia andare, soddisfatta, con i suoi due trofei in mano. «Penso io a tutto, ci mancherebbe. Lei vada a fare le sue commissioni e lasci fare a me.»

La vedo esitare. Ho una grande paura che voglia sapere dove vado così presto. Dato che non sembra abbia il coraggio di chiedermelo direttamente, cerca di attaccare bottone, sicuramente sperando che sia io a dirglielo.

«L'aggiustatutto è del paese di mio marito, di Pastrana, sa? È un nostro parente, diciamo. Perché nei paesi, si sa, chi non è tuo cugino di primo grado lo è di secondo, e alla fine sono tutti della stessa famiglia... Be', lei ormai vive in Spagna da tanto e sa come sono i paesi da queste parti, che poi anche da lei sarà lo stesso, no? Adesso le cose stanno cambiando, con le strade e i treni, ma prima la gente non usciva mai dal suo territorio e quindi gli abitanti si sposavano tra di loro.»

Devo fermarla. Sembra una mitragliatrice.

«Sono un po' di corsa, Amparo.»

Ma lei non si arrende facilmente. Riesce ancora ad aggiungere: «E comunque è bello che siamo parenti, perché quando conosci qualcuno è logico che ti tratti bene, non dico che ti debba riservare un trattamento di favore, perché poi ciascuno bada ai suoi interessi, ma sicuramente ti dedica più attenzione e fa un lavoro più curato, non so se mi spiego...»

«Sì, Amparo, si è spiegata benissimo. La ringrazio molto.»

Cerco di darle i soldi, ma non li vuole.

«Mi darà i soldi quando sapremo quanto costa, benedetta donna.»

Che cosa comprerò oggi? Come mi piace... Mi emoziono fin da quando giro l'angolo.

Eccolo là. Il mio libraio. Che mi rifornisce di sogni e mi «alleggerisce la realtà». Mi volta le spalle. Sta sistemando i libri che ci sono sul banco negli spazi liberi sugli scaffali. Non mi ha visto entrare. Non importa, attenderò, non ho fretta.

E all'improvviso.

Ho visto di sfuggita qualcuno che si fermava davanti alla vetrina. Ho girato gli occhi istintivamente e mi è parso di vedere l'uomo con i baffetti che l'altro giorno ha sconvolto Lola. Solo un attimo. Poi Matías si è accorto di me.

«Buongiorno, scusi, non l'ho sentita entrare. Non è molto che aspetta, vero?»

Lo tranquillizzo. I miei occhi si distolgono dall'uomo davanti alla vetrina, però la mia testa no.

«Vuole entrare? Non sono ancora riuscito a procurarmi i libri di Conrad che ha ordinato, ma se vuole dare un'occhiata...»

Accetto con piacere. Davanti alla vetrina non c'è più nessuno.

«Scusi il disordine», dice spostando la sedia dove solitamente mi siedo io e guidandomi verso gli scaffali dei libri in inglese. «È mia moglie che ci pensa, si vede che questa settimana è stata molto impegnata.»

Mi sento in colpa, perché so benissimo a che cosa si dedica sua moglie quando lui non è in negozio.

«Può lasciare l'ombrello nel cestino. Mi dispiace, ci hanno rubato il portaombrelli che tenevamo davanti alla porta.»

Non tolgo l'impermeabile perché non vorrei dare l'impressione d'installarmi qui, però lo sbottono e allento la sciarpa. Mi sento così a mio agio in questo negozio che sono sul punto di comportarmi come faccio di solito, quando c'è Lola.

Oggi comincio la stagione degli autori nordamericani. Non solo perché mi interessano, ma anche perché mi diverto molto a leggere quei vocaboli, quei modi di dire che noi inglesi non usiamo. Naturalmente mi piacciono anche i paesaggi in cui sono ambientati certi romanzi. Sono scenari un po' selvaggi, così diversi dalle verdi pianure inglesi, come i costumi, le abitudini della gente, le caffetterie, i motel, e infine l'energia che trasmette tutto ciò che è americano. A prescindere dai politici e dai governi, devo ammettere che per quel popolo nutro un'ammirazione segreta. Insomma, eccomi qui, con un romanzo di Faulkner in una mano e la sciarpa – che alla fine ho deciso di togliere – nell'altra, quando lo rivedo, e questa volta non posso sbagliare. Ha un impermeabile simile al mio, anche se meno bello e più stropicciato. Gli sta largo e lungo. È davanti alla vetrina e ci sta osservando con insistenza.

«Quell'uomo davanti alla vetrina è un suo cliente?» domando quasi senza riflettere.

Matías si gira.

«Chi?»

Il baffetto non il ha tempo di svignarsela, riesce solo ad abbassare lo sguardo fingendo di guardare i pastelli colorati o i quaderni di scuola.

«Quello con l'impermeabile? No, non mi pare. Perché me lo chiede?»

«Ah, non saprei», mento, mentre me la godo a vedere quel tizio che se ne va alla chetichella, come direbbe la mia vicina. «Ho avuto l'impressione che la conoscesse. Pensavo che lo avesse già visto in negozio.»

«No», dice Matías con un sorriso, «purtroppo qui non viene così tanta gente da far sì che io possa dimenticare un cliente. Per lo più sono del quartiere, sa, alla fine ci si conosce tutti.»

Poi ricomincia a mettere in ordine dei libri.

Allora, approfittando del fatto che lui non mi vede, apro la borsa della spesa e tiro fuori i romanzi che ho portato oggi: *Isole nella corrente* e *Il grande Gatsby*. Li nascondo velocemente in fondo alla libreria. Tra poco dovrò cominciare a comprare anche libri in francese.

«Prendo questo», esclamo consegnandogli una copia di *Santuario*, sulla cui copertina sono raffigurati un uomo e una donna in una specie di vicolo. Lei indossa un abito verde troppo scollato. Sta fumando, con una mano posata sul fianco.

«Ah...» dice il libraio. «Faulkner... ottima scelta.»

Poi, mentre gli porgo una banconota da venticinque pesetas, aggiunge: «Non ricordavo che avessimo questo libro. Dov'era?»

Rispondo con prontezza, mentre mi rimetto la sciarpa.

«Nell'angolo», mento con una disinvoltura che ormai comincia a diventare abituale nel corso delle mie visite in negozio. «Era dietro quell'altro libro.»

Non dico quale. Indico l'angolo sperando che non mi chieda di essere più precisa.

A quanto pare la mia risposta gli basta, perché, completamente ignaro dei miei stratagemmi, mi domanda subito: «Ha già letto qualcosa di Faulkner?»

Rifletto un attimo sulla risposta più conveniente.

«No, non ancora.»

«Ah», esclama, soddisfatto di potermi consigliare un altro libro, «allora deve leggere anche *Mentre morivo*. È un romanzo bellissimo, ambientato nel sud degli Stati Uniti, da qualche parte in Mississippi. A me è piaciuto molto. Mi spiace non poterglielo prestare. Con la guerra ho perso quasi tutti i miei libri.»

Fa una pausa, sempre con la banconota da venticinque pesetas in mano.

«Adesso ho deciso di portare qui quelli che sono riuscito a salvare», spiega senza troppo entusiasmo. «Insomma, tanto la maggior parte del mio tempo la trascorro in questo negozio.»

«Aspetti a darmi il resto», dico tutt'a un tratto, mentre mi viene un'idea.

Sulla porta è appena apparso quel tizio che solitamente arriva con una valigetta piena di libri.

«Ciao, Garrido», lo accoglie il libraio. «Appena finisco con la signora sono subito da te.»

Si gira di nuovo verso di me.

«Cosa stava dicendo?»

«No, niente», rettifico rapidamente. «Tornerò la settimana prossima con calma.»

Mi dà il resto e solleva il piano del banco per farmi uscire.

Garrido si fa da parte. Noto che oggi non ha la valigia, ma solo una borsa della spesa molto simile alla mia.

«Non mi sono dimenticato Conrad», mi dice Matías allungandosi sul bancone quando ormai sono quasi fuori della porta.

«Non si preoccupi, non c'è nessuna fretta», rispondo anch'io ad alta voce.

E poi, in modo così spontaneo che pare perfino inadeguato per una donna della mia età, lo saluto agitando allegramente la mano.

24

«COSA facciamo oggi?» gli domanda Lola.

La cucina, in ghisa con finiture di ottone, serve per scaldare la casa durante l'inverno. Ha un deposito d'acqua che alimenta i radiatori, per questo Lola l'ha accesa a metà mattina. È domenica, sta piovendo e lei forse dovrà trascorrere tutta la giornata in casa, quindi almeno vuole stare al caldo. Tutti gli anni, quando arriva l'inverno, ripensa a quando vivevano nell'altro appartamento, quello dove c'è il negozio. Avevano il riscaldamento centralizzato, acceso tutti i giorni, e in alcuni appartamenti, soprattutto quelli dei piani più bassi, faceva talmente caldo che dovevano spalancare le finestre.

«Vai a trovare Adela?»

Matías fa un profondo respiro. Sembra quasi un sospiro, un lamento.

«Penso di sì», risponde penosamente.

Lola va da lui e gli passa una mano tra i capelli. Ha qualche filo bianco, ma sono ancora scuri, e ha sempre i suoi riccioli ribelli che appiattisce con il pettine bagnato tutte le mattine. Quando non si pettina, come adesso, un ricciolo gli cade sulla fronte.

«Non dovresti portarla in un ospedale?»

Matías volge gli occhi verso di lei. Lola nota l'impotenza che esprimono.

«Ormai no», risponde con voce distaccata, una voce fredda e indifferente che non sembra nemmeno la sua. «Sai benissimo che l'hanno rimandata a morire a casa.»

«E per quanto ne avrà ancora?»

Matías si alza bruscamente.

«Non lo so! Cosa vuoi che ti dica? Non lo so!»

All'improvviso è come se il soffitto della cucina crollasse su di loro. Restano in silenzio. Lei capisce che la sua domanda è stata davvero poco felice. Lui, dal canto suo, si rende conto di aver perso completamente il controllo. Però nessuno dei due chiede perdono, perché non sanno come farlo.

Matías esce senza salutare. Lola resta seduta in cucina, a masticare angoscia. Non piangerà, non vuole piangere. Rose non piangerebbe... Nemmeno Alice, ne è sicura. Però lei non è né l'una né l'altra, è solo una donna di trentott'anni che ormai da troppo tempo cerca di costruire la sua esistenza su una realtà che sta in piedi con delle stampelle. Magari facesse la vita delle sue ex compagne di scuola: preparare la colazione, portare i bambini a scuola, andare dal parrucchiere... Difendere con le unghie e con i denti la confortevole casa che ciascuna di loro possiede, quel mondo sicuro in cui nessuno ti strappa le cose dalle mani e ti fa rappresaglie. Non piangerà. Assolutamente no. E anche se piangesse? Che cosa cambierebbe? Non sarebbero lacrime di debolezza ma di rabbia, d'indignazione, le stesse che uscirono dai suoi occhi quando un aereo italiano sganciò quella bomba.

Sono le dodici e mezzo. Se si sbriga, forse riuscirà a raggiungere sua madre che esce dalla messa. Non sa dove sia potuto andare Matías, né quando pensi di tornare a casa. Ma non le importa. Lei va a mangiare a casa dei suoi e se lui tornerà affari suoi, che si scaldi la minestra che c'è sul fornello.

Prende la metropolitana fino ad Argüelles. Ricorda quando abitava in questo quartiere. Era la figlia di un medico. Studiava a Parigi. Poteva vivere spensierata, senza pensare a quanto costassero il caffè o la carne. Sta diventando una miserabile? Perché ultimamente pensa solo ai soldi? Questa faccenda comincia a preoccuparla. Al principio le sembrava normale, concedeva a se stessa il diritto di lamentarsi perché nessuno è contento di perdere la sua agiatezza economica o di cadere in disgrazia, ma poi guardava davanti a sé e vedeva Matías, che aveva perso molto più di lei: una casa editrice rinomata, una posizione nella vita culturale della Madrid degli anni Trenta, una comoda casa in un bel quartiere... All'improvviso tutto era precipitato. Crollato. Matías era stato sul punto di perdere la vita e forse proprio per questo adesso non gli importa di aver perso tutto il resto. Si accontenta di essere ancora vivo.

È arrivata in tempo. La messa di mezzogiorno non è ancora finita. Non ricorda di che ordine siano i preti di questa parrocchia... Agostiniani? Forse. Però ricorda che qui ha fatto la prima comunione. Fu un giorno orribile. Suo padre e sua madre stavano litigando già di prima mattina e, quando lei si svegliò, dalla cucina provenivano rimproveri borbottati con tono pungente. Suo padre alzò perfino la voce un paio di volte. Arrivarono tutti in chiesa in preda a una tensione spaventosa. Sua madre le sistemò il velo in qualche maniera, senza pensare a quello che faceva, e lei – la bimbetta sotto una coroncina di boccioli d'organza che nascondeva la paura – cercò di fare tutto per bene perché i suoi non si arrabbiassero ancora di più. Aveva una gran voglia di piangere. Se tratteneva le lacrime era perché quello doveva essere il giorno più bello della sua vita... Riusciva solo a sentire un timore indefinito, così vicino che pareva provenisse da dentro di lei, non da fuori, che scaturisse dal suo stesso corpo, come la saliva o il sangue. Le torna in mente proprio adesso. Adesso che anche lei e Matías hanno litigato come quel giorno i suoi genitori. Ora lo capisce molto meglio. Era paura di se stessa, paura di farsi strappare improvvisamente la felicità, di non essere abbastanza forte, o abile, da difenderla dai colpi di una vita che a partire da quel giorno non le sarebbe sembrata più così prevedibile e sicura. In quei momenti odiò i suoi genitori.

«Cara, cosa ci fai qui? Che sorpresa!»

Sua madre indossa la mantiglia. E tiene in mano il vecchio messale. La dà un paio di baci e saluta le sue amiche.

«Andate voi, io resto con mia figlia.»

Lola si accorge che lo dice con orgoglio, come se volesse dimostrare che i suoi rapporti familiari sono solidi e affettuosi. Invece non lo sono. Non lo sono mai stati.

«Vuoi che prendiamo un aperitivo? Noi beviamo sempre qualcosa, quando usciamo dalla messa.»

Le dà un attimo la borsa, mentre infila la mano nuda in un guanto.

«Alcune delle mie amiche vengono i mariti a prenderle, ma tuo padre... Lo sai com'è fatto.»

Sì, Lola lo sa. Autoritario ed egoista. Abituato a comandare dei poveri malati che non sono completamente in possesso delle loro facoltà.

«Andiamo al *Niza*, ti va? Sono secoli che non ci vado. Quello è il cappotto che ti ho sistemato?»

«Sì, è venuto molto bene, mamma. Mi stava largo in vita.»

«Non so come tu faccia a essere sempre più magra, dico sul serio. Io invece, ormai da un pezzo, metto su mezzo chilo al mese. Devo continuare ad allargare le gonne.»

«È l'età, mamma. Dicono che il metabolismo rallenti.»

«Cos'è?»

«Non so con precisione, dipende da come si assimilano gli alimenti e da come questi si trasformano, credo. Se il tuo metabolismo è normale, allora bruci calorie. Se invece è rallentato, accumuli grasso.»

«Ah...» esclama sua madre senza entusiasmo. «Ma tu mangi bene?»

«Certo.»

«Mangi la carne?»

«Certo, mamma, che mangiamo la carne.»

«Prendi il fegato, adesso che non c'è più il razionamento. Il fegato è molto nutriente.»

Le porge il braccio per attraversare la strada.

«Come hai detto che si chiama quella cosa che mi fa ingrassare? Il meta...»

«Il metabolismo, mamma.»

«Già. Alle donne della mia età diventa lento tutto», osserva senza amarezza. «L'altro giorno ero dal parrucchiere...»

All'improvviso, sua madre la spinge bruscamente.

«Attenta, cara.»

Una macchina non rispetta il semaforo.

«Vanno come dei matti. Lo dico sempre a tuo padre: non andare così veloce a Madrid, altrimenti prima o poi prenderai sotto qualcuno... Ma lui non mi ascolta. Come sempre, naturalmente. Tuo padre non vuole che gli si dica cosa deve fare.»

Sono arrivate al *Niza*.

«Dicevi qualcosa del parrucchiere.»

«Ah sì... Appena ci sediamo ti racconto.»

Cercano un tavolo. Il locale è strapieno. Ci sono uomini soli, gruppi di signore che sorseggiano bevande e famiglie con i bambini.

«Andiamo di sopra? Almeno lassù non ci sono i passeggini. Occupano tanto di quello spazio...»

Lo dice ad alta voce, mentre, facendo attenzione a non smagliarsi le calze, gira attorno a una carrozzina con delle grandi ruote dalla quale spuntano volant e nastri rosa. Una donna con un bambino in braccio la guarda in cagnesco, ma non dice nulla. Nessuno, o quasi nessuno, osa ribattere alle impertinenze di sua madre.

«Tu prendi un Cinzano o vuoi qualcos'altro?»

«No, un vermut va bene, lo bevo volentieri. Ma facciamoci portare le olive o le patatine perché altrimenti mi gira la testa.»

Sua madre scuote il capo e la guarda con aria ironica.

«Certo, cara, ma come siete debolucce voi donne d'oggi, basta un niente a farvi girare la testa.»

«Mamma, io non sono abituata a bere tutti i giorni.»

«Cosa vuoi dire? Che io sono abituata?»

«Insomma, bevi vino a tavola, no?»

«Quello non c'entra. Te lo direbbe chiunque...»

Lola vorrebbe ricordare a sua madre che quasi tutti i giorni beve anche un bicchierino di moscato con il dolce, e un Marie Brizard quando gioca a carte con le sue amiche...

«Insomma, ti stavo dicendo del parrucchiere. Stavo facendo la tinta, perché ormai se voglio essere presentabile devo farla tutti i mesi altrimenti si vede la radice e sembro trasandata... Be', mentre leggevo una rivista, intanto che aspettavo che agisse il colore, sai com'è, che ti lasciano lì per un'ora e quindi leggi oppure ascolti le conversazioni delle parrucchiere...»

Arriva il cameriere con gli aperitivi. E le olive.

«Ci porta anche delle mandorle salate? O delle arachidi?»

L'uomo la guarda. Non dice né sì né no.

«Per mia figlia», aggiunge lei. «Altrimenti le gira la testa.»

«Mamma!» esclama Lola appena il cameriere si gira.

«Cosa c'è?»

«Non è necessario che spieghi tutto al cameriere.»

«Ma se non gli ho detto niente... Comunque, diventi sempre più difficile, María Dolores.»

Quando si arrabbia, sua madre la chiama sempre María

Dolores. E questo nome ha un effetto immediato su Lola: si sente come quando era bambina e non può far altro che ubbidire.

«Insomma, dal parrucchiere cos'è successo?»

La madre riattacca subito.

«Ah sì... c'era una signora... Credo fosse più anziana di me. Sì, doveva essere più anziana.»

Beve un sorso di Cinzano rosso.

«Era una di quelle... sai cosa intendo, una di quelle donne sfacciate che nonostante gli anni sono ancora dei peperini, quelle che alzano la voce quando parlano...»

Lola pensò di sì, sapeva perfettamente che cosa intendesse.

«Insomma, quella va dalla parrucchiera e le dice», e a questo punto, inspiegabilmente, sua madre abbassa molto la voce: «'Vedi, cara, quando arrivi a una certa età ti cadono i peli dove dovresti averli e ti spuntano dove non dovrebbero'. E si mette a sghignazzare. Io allora mi giro e vedo che le stanno togliendo i peli dal mento. Senti, bambina mia», domanda improvvisamente preoccupata, «non mi starà spuntando la barba, vero?»

Si allunga sul tavolo, ma prima guarda a destra e a sinistra per assicurarsi che nessuno la veda.

«Controllami bene, perché io ormai non ci vedo più come prima... E su tuo padre per certe cose non si può certo far conto.»

«No, mamma», dice Lola. «Non hai la barba, puoi stare tranquilla.»

Non è vero. Da qualche tempo a sua madre è spuntata una specie di peluria bianca sul mento. Non è barba, ma si nota, soprattutto quando mette la cipria.

«Insomma...» conclude togliendo il pettine della mantiglia, «uff, che caldo...»

Poi sistema la mantiglia nera con molta cura, piega su piega, e la posa sul messale. E infine si passa le mani nei capelli.

«Sai cosa abbiamo per pranzo?»
Lola non lo sa, ovviamente.
«Paella. Sono contenta che tu venga da noi, perché ho preparato troppo soffritto per noi due soli.»
Alza la mano e chiede il conto. Improvvisamente, Lola prova una vampata di tenerezza.

Hanno mangiato la paella, effettivamente. Con seppie e granchi. Poi lombata e formaggio. E infine, per dessert, *churros*. Sono secoli che a casa sua Lola non si può permettere un pranzo del genere.
All'improvviso, pensa a Matías. Che cosa starà facendo? Sarà tornato? Adesso le dispiace non avergli lasciato un biglietto.
Suo padre esce subito dopo pranzo. Va a giocare a carte e a prendere il caffè al bar, annuncia mentre prende il cappello e il cappotto. Lola e sua madre rimangono in salotto, ciascuna nella sua poltrona.
«Mamma.»
Non sta dormendo, perché lavora a maglia, ma sobbalza come se fosse addormentata.
«Mamma», ripete Lola.
Il suo tono è un po' incalzante.
«Cosa c'è?»
Esita. Poi si fa coraggio.
«Cos'è successo il giorno della mia comunione?»
Sua madre resta tranquilla, con i ferri in mano, come se cercasse di ricordare.
«Non capisco...»
«Perché tu e papà litigavate?»
«Non so di cosa parli.»
«Quella notte papà non ha dormito a casa, vero?»

La madre poggia il lavoro. Rimane molto calma, con lo sguardo fisso. Poi reagisce con una certa violenza.

«Che sciocchezze sono queste? Non sai di cosa parli.»

«Mamma, papà non ha dormito a casa per una settimana. Glielo hai rimproverato quella mattina, prima di andare in chiesa. Vi ho sentito.»

All'improvviso, quella donna mite diventa un'altra persona. I suo viso s'irrigidisce a tal punto che Lola stenta a riconoscere sua madre. Riprende i ferri, dà uno strattone al gomitolo e con questo considera chiusa la questione. Nell'unico modo possibile, a quel punto.

«Tuo padre non ha dormito fuori di questa casa nemmeno una notte in tutta la sua vita.»

Non guarda Lola. Incrocia i ferri e tende il filo di lana a una velocità frenetica.

«Mamma, papà non va al bar a giocare la partita. Lo sai benissimo. Va a casa di quell'altra. Tornerà anche a casa a dormire tutte le notti, come dici tu, ma praticamente vive da lei.»

Il gomitolo cade sul pavimento. Rotola per un paio di metri e si ferma quando finisce contro la gamba della credenza.

«Perché mi fai questo?»

È diventata rossa e scoppia a piangere, ma non per il dolore, bensì per una strana rabbia che sembra rivolgere contro Lola.

«Che gusto ci trovi a farmi soffrire così?» si lamenta. Parla con voce più alta del normale, grida quasi. «Non ti capisco, ti giuro che, per quanto tu sia mia figlia, io non ti capisco.»

Anche Lola sente qualcosa di simile. Un enorme disaccordo. Neanche lei capisce sua madre, né il modo in cui ha deciso di vivere la sua vita. Non le fa pena. Assolutamente. Piuttosto il contrario. Dal suo punto di vista, negare l'evidenza con tale folle cocciutaggine non è il modo migliore per affrontare una situazione che si protrae ormai da troppo tempo. Da sempre, per quanto lei ricordi. Vuole bene a sua madre, ma non riesce a compatirla, anzi, spesso si sente così tanto irritata da lei che prova degli impulsi violenti: certe volte vorrebbe scrollarla perché smetta di inventarsi tutte quelle bugie cui non crede nessuno.

«Perché non lo lasci, mamma?»

Sente se stessa. E ha paura di quello che potrebbe dire.

«È un egoista che ha sempre pensato solo a se stesso. Che vada pure da quella donna, che se ne faccia carico lei quando sarà vecchio, tu cosa te ne fai?»

Sua madre la guarda scandalizzata.

«Io lasciare tuo padre? Ma sei matta?»

«Mamma, non è così grave. La gente si separa. È sempre successo e succederà sempre.»

«Ma credi che noi siamo come quel... non so nemmeno come chiamarlo... come quel tuo Matías?»

Furiosa. Cerca di cavare forze da convincimenti pieni di debolezza.

«Ah no, nemmeno per idea. Noi crediamo nel matrimonio, che è un sacramento, e non si cancella con una di quelle gomme che vendi nel tuo negozietto da quattro soldi.»

Certo. All'attacco, impugnando il vessillo della religione come un crociato medievale. All'attacco, come fanno i ricchi con i poveri: con disprezzo. Però è sua madre... Che cosa ha detto l'altro giorno la donna inglese? Che si può uccidere per un figlio? Uccidere per difenderlo da un pericolo. Sua madre non lo farebbe mai... Non arriverebbe mai a tanto per lei. E suo padre meno che meno. Ha avuto l'occasione di farlo, un giorno, ma si è voltato dall'altra parte. Nella sua famiglia questo è un principio fondamentale: guardare sempre dalla parte opposta rispetto a dove capitano i fatti. Specialmente quelli brutti.

«Lo sai, mamma», dice Lola alzandosi lentamente, «papà ti tradisce. È così, anche se ti ostini a negarlo. Lo sanno tutti. E anche tu.»

Prende il cappotto ed esce senza disturbarsi a sbattere la porta. Ha voglia di tornare a casa, spera che Matías sia tornato. Ha voglia di abbracciarlo e di sentire il suo odore nel buio del letto. Ha voglia di rendersi conto che non ha sbagliato.

25

QUANDO glielo dico? Non ho ancora deciso. Non credo che sia importante, almeno per ora. Lei è preoccupata per altre faccende. Non credo le importi molto sapere chi sono.

Constance continua a chiamarmi. Che brutto avere una sorellastra tanto noiosa. Ammetto di essere cocciuta, ma sicuramente lei lo è più di me. Come fa a non capire che non ho intenzione di muovermi da Madrid?

Vado alle prove tutti i mercoledì. Fino a poco tempo fa era il giorno più bello di tutta la settimana, adesso non saprei. Prima mi trovo nel bar accanto al teatro con la ragazza del negozio di ottica. Lei prende un permesso e poi qualche pomeriggio si ferma un po' di più. Glielo concedono perché non è una commessa qualunque, ma la figlia del proprietario, e inoltre lei non serve i clienti ma si occupa delle fatture, degli inventari, delle bolle. Non capisco che cosa siano queste bolle, ma per Sagrario sono molto importanti. Abbiamo fatto amicizia a teatro, durante le prove. Ci sono così tante pause che è inevitabile chiacchierare con il tuo vicino di poltrona.

Non è ancora arrivata, quindi mi siederò a quel tavolino libero accanto alla finestra. È ancora presto.

Sono le undici del mattino e il bar è quasi pieno. In meno di un anno questa città è cambiata moltissimo, e credo che finalmente stiamo smettendo di vivere in un Paese di dopoguerra. Ieri, senza andare troppo lontano, in calle Arenal ho visto una biblioteca ambulante. Era una specie di filobus privo degli agganci, con un'insegna dipinta tutt'intorno sulle fiancate. La cosa più bella erano i finestrini: vetrine piene di libri, con tre ripiani ciascuna. Sono andata a vedere. Anche altre persone si erano avvicinate: una donna anziana vestita a lutto, un uomo con il basco e una vecchia giacca con le tasche sformate, un ragazzo che fumava una sigaretta... Sono entrata. Per curiosità. Nessuno degli altri mi ha seguito, ma non m'importava, perché quell'idea mi sembrava talmente stimolante che sono rimasta là dentro tutto il resto del pomeriggio, a curiosare e a chiacchierare con la libraia. Non c'era niente d'interessante, a dire il vero: tanti libri di storia, qualche romanzo dell'800, volumi di poesia dalle pagine ingiallite e qualche opera teatrale classica. Sinceramente, quel posto non aveva niente a che vedere con il negozio di Matías e Lola. Salivi sul filobus e ti pareva di entrare nella macchina del tempo, però mi piaceva l'idea che le biblioteche uscissero per strada. Era qualcosa mai visto prima.

E la cosa più bella era che l'insegna diceva BIBLIOTECA PUBBLICA AMBULANTE N. 2. Questo significava che non era l'unica a girare per le strade di Madrid.

Le undici e un quarto. Sono sicura che in questo momento Constance mi starà chiamando di nuovo. Uno di questi giorni credo che toglierò il telefono. Insomma, a parte lei praticamente non mi chiama nessuno... E, dico io, che cosa le importa se Croft House rimane abbandonata oppure no? A me piace lasciarla così com'è. È lì da più di cent'anni. E oltretutto Henry e io non torneremo a vivere là.

Henry e io non torneremo a vivere... Come mi fanno soffrire queste parole.

* * *

La mia amica è in ritardo. Non siamo lontane, naturalmente, ma dobbiamo ancora comprare i biglietti e prendere i posti. Il teatro è in calle Maestro Victoria, vicino alla Caja de Ahorros e a un monastero chiamato Las Descalzas Reales. Per aumentare le risorse e sfruttare al massimo le strutture, il mercoledì lo affittano ai musicisti e alle orchestre per le prove, che sono aperte al pubblico, così il teatro ricava una piccola somma che immagino serva a coprire le spese. Non mi sembra una cattiva idea, se devo essere sincera, e per quanto mi riguarda è una buona occasione per godermi un po' di musica da camera a un prezzo ragionevole.

Ecco Sagrario. Oggi però non c'è tempo di prendere un caffè.

«Mi dispiace, mi creda», dice senza neanche togliersi il cappotto. È trafelata.

«Cosa le è successo?»

«Ah... credevo di non farcela. È stato là, proprio davanti alla Caja de Ahorros...»

«Ma cos'è successo?» insisto.

«Una rapina. Orribile. Proprio adesso.»

Il cameriere si è avvicinato e anche le persone ai tavoli vicini cominciano a prestare attenzione.

«Sì, un paio di tizi con la pistola. Correvano sul marciapiede. Un poliziotto ha intimato loro di fermarsi, ma quelli hanno continuato a correre e allora lui ha sparato due colpi.»

«Ma cosa dice, signorina?» domanda un distinto signore scattando in piedi come una molla.

«È andata esattamente così», risponde Sagrario lasciandosi cadere sulla seggiola dove prima era seduto lui. «Il morto è proprio là, steso sul marciapiede.»

«È uno dei rapinatori?» domanda una signora afferrando istintivamente la borsetta.

«Macché», risponde Sagrario. «È un pover'uomo che passava per strada e non c'entrava nulla. Sua moglie ha avuto una crisi di nervi.»

Alcuni clienti escono a vedere che cos'è capitato. Penso che anch'io sono passata su quel marciapiede meno di mezz'ora fa.

Improvvisamente, Sagrario scoppia in lacrime. Ha il cappotto, ma trema come se stesse congelando per il freddo. Si copre il viso con le mani e un cameriere le porta un bicchiere d'acqua.

«Mi scusi, ma oggi non ce la faccio a venire alle prove», mi dice singhiozzando. «Vada lei. In questo momento ho un peso tale che mi sembra di avere il cuore pieno di piombo.»

«Non si preoccupi, resto qui a farle compagnia. Beva l'acqua.»

Poi l'accompagno al negozio e la affido a suo padre. La sento raccontare nuovamente la sua storia, ogni volta aggiungendo dettagli. Le commesse, e una signora che stava provando un paio d'occhiali, fanno capannello attorno a lei, visibilmente scosse dalla sua imprevista avventura. Suo padre, naturalmente, sentendo quella storia è diventato pallido, e adesso l'abbraccia molto teneramente e tutto preoccupato. Sono sul punto di piangere anch'io.

«Grazie di tutto, signora Rosa», dice Sagrario quando ci salutiamo. «Se per lei va bene, ci vediamo mercoledì prossimo .»

Domani è giovedì...

26

È POSSIBILE che una persona come me possa stare più di tre anni senza leggere un libro?

Tanto era il tempo che avevamo già trascorso a Parigi. Avevo ventidue anni. La maggior parte delle ragazze della mia età erano sposate e avevano dei bambini, ma a me non importava. Probabilmente nessuna di loro si era mai nemmeno sognata di fare la vita che facevo io: i libri, i figli e i mariti potevano aspettare.

Vivere con Frances era molto divertente. Non ci si annoiava mai. Certo che a volte non mi restava nemmeno il tempo per pensare.

Abitavamo in rue de Surène, vicinissimo al boulevard Malesherbes e alla Madeleine, quella strana chiesa che Napoleone aveva fatto costruire nel 1806 in forma di tempio greco. Frances aveva questo appartamento prima della guerra e lo aveva tenuto perché era vicino a tutto quello che di Parigi le piaceva: gli Champs-Élysées, le gioiellerie di rue Pasquier, *Maxim's*, il *Crillon* e i cabaret di rue Boissy d'Anglas. Lei non aveva mai pensato di restare definitivamente in Inghilterra, perché quel Paese l'annoiava moltissimo. Ciò che davvero piaceva a Frances era stare a Parigi. Anche se a un certo punto, soprattutto durante gli anni del conflitto, aveva pensato che avremmo potuto trascorrere l'inverno a Londra e abitare a Deauville o a Dinan, ma poi era giunta alla conclusione che così non si sarebbe liberata di quello che lei definiva il «tedio britannico», perché, stando a quanto diceva con quella sua aria un po' annoiata, a Deauville e a Dinan c'erano troppi inglesi.

L'appartamento era grande, con una facciata piena di finestre e quindi molto luminoso. Era arredato in modo decisamente poco convenzionale: paraventi orientali, lampadari veneziani, mobili inglesi e coloratissimi quadri moderni dipinti da certi suoi amici parigini. Luce e colori. È così che ricordo quella casa.

Frances era sempre Frances, però stava invecchiando. E a trentott'anni è molto difficile conservare un personaggio come il suo. Era sempre la stessa donna speciale, avvenente, originale, un po' stravagante, ma a volte, dopo una notte trascorsa a fumare e a bere champagne in uno di quei cabaret che chiudevano all'alba, appariva davvero sfinita e sul suo viso affioravano i tratti della donna che sarebbe diventata in futuro. Allora, quando la vedevo così, la portavo a casa.

È questo che accadde una notte. Ma non fu come al solito. Capitarono più cose, a lei e a me. Cose inaspettate che ci colsero di sorpresa. Prima andammo a un incontro di pugilato. Era un combattimento tra Jean Gachet, che aveva vinto una medaglia alle olimpiadi di Anversa, e un inglese di cui non ricordo il nome. Ci aveva invitato il nuovo amico di Frances, un americano di nome Freddie. Be', in realtà si chiamava Frederick Verminck ed era di origine olandese. Suo padre aveva fatto fortuna con le raffinerie di zucchero.

A me e a Frances non interessava particolarmente la boxe. Era la prima volta che assistevamo a uno di quegli incontri e a dire la verità credo che a nessuna delle due sia piaciuto vedere quell'assurda pioggia di cazzotti. A Freddie invece piaceva. E in quei giorni Frances faceva tutto quello che voleva Freddie.

Ed eccoci là, noi tre, con il nostro bel soprabito e il cappello, su un seggiolino duro, con un freddo del diavolo e circondati da centinaia di individui urlanti. Freddie rideva di noi, che facevamo smorfie o ci lasciavamo sfuggire qualche grido.

«Questo è un incontro per pesi piuma. Dovreste vedere i pesi massimi... Quelli sì che sono veri combattimenti.»

A me, Freddie sembrava terribilmente volgare. Non ho mai capito come facesse Frances a essere innamorata di lui.

Quella sera, trovandomi là, nello stadio degli Champs-Élysées, con Freddie e con tutta quella gente che gridava, mi sentii malissimo, come se avessi perduto me stessa. Pensavo che a parte Frances non avevo nessun altro cui potessi rivolgermi per un problema serio, nessuno da chiamare per fargli delle confidenze o dargli una buona notizia. Com'eravamo giunte a questo punto? Io non ero più io. Ero un'altra persona. Credo che se madame Hervieu mi avesse visto non mi avrebbe nemmeno riconosciuto.

Dopo il pugilato facemmo il giro dei locali che frequentavamo abitualmente. Se non ricordo male, quella notte andammo prima all'*Oiseau sauvage*, il cabaret alla moda bazzicato da tutti gli intellettuali e artisti dell'epoca. Era il locale preferito di Frances. E anche il mio, naturalmente. Innanzitutto, per la gente che vi s'incontrava: all'inaugurazione c'erano Stravinskij, Djagilev, Picasso, Cocteau e quel bizzarro musicista di nome Erik Satie che avevamo conosciuto a Honfleur prima della guerra. E poi perché *L'Oiseau sauvage* era un posto davvero speciale, di una bellezza nuova, assolutamente moderna e all'avanguardia, frequentato da gente che era piena di talento e pronta a dissiparlo una notte dopo l'altra. Ma siccome Freddie non era né l'uno né l'altro – intendo dire, né artista né tantomeno intellettuale – quel posto gli andava stretto, diceva che i clienti erano troppo snob e immancabilmente chiudevamo la serata al *Blue Storm*, un locale jazz che certo mi piaceva molto, ma dove non c'era nemmeno minimamente un ambiente così fascinosamente parigino come all'*Oiseau*.

Quella, comunque, era una brutta serata. Al *Blue Storm*

c'era un gran fracasso, l'orchestra suonava un jazz che elettrizzava l'aria come fossimo al centro di un uragano. Te ne accorgevi appena entravi. Ricordo che Freddie disse qualcosa tipo: «Vedete che movimento? Cosa vi avevo detto? Questa sì che è musica». E andò a ballare. Frances aveva alzato un po' troppo il gomito, ma lo seguì al centro della pista. Io rimasi a un tavolo. Quel pungolo di malumore che mi aveva trafitto durante l'incontro di pugilato restava lì: pertinace e ostinato come un mal di denti.

La musica era buona, i ballerini erano francamente bravi e lo champagne era di ottima qualità. Ma io avrei voluto tornare a casa. Ero stanca, non avevo voglia di ballare, né di parlare, né di salutare nessuno. Ma ovviamente a Parigi, dopo le due di notte, era impossibile: a quell'ora si è tutti amici.

«Che disastro! I piedi mi fanno malissimo.»

Una ragazza della mia età crollò sulla sedia accanto a me. Non feci nemmeno in tempo a togliere la borsetta di Frances.

«Posso?» domandò abbastanza inutilmente, dato che ormai avevo già estratto la borsa da sotto il suo fondoschiena e l'avevo posata sul tavolo.

«Scusami, ma non ce la faccio più.»

Si stava sfilando una delle scarpe foderate di seta blu. Parlava correttamente francese, ma aveva un accento particolare. Di sicuro però non era inglese.

«Che caldo, vero?» esclamò passandosi una mano sul collo. Notai l'anello che portava al dito medio: un enorme topazio ovale. «Cosa bevi?»

Senza disturbarmi a parlare, indicai la mia coppa.

«Champagne?» domandò come fosse una scelta stravagante. «Io preferisco i cocktail.»

Indossava una gonna di satin e una camicetta con dei fili dorati che lasciava scoperta una spalla. Era abbastanza carina. Aveva occhi azzurri molto chiari e la pelle bianca senza una macchia.

L'orchestra finì di suonare un ragtime. I musicisti facevano una pausa. La gente tornava ai tavoli e i camerieri si affannavano per distribuire drink alla folla assetata.

«Prendi qualcosa?» domandò la mia commensale.

Ero un po' indecisa, perché stavo osservando Frances e Freddie che si erano fermati a chiacchierare in un angolo della pista. Mi domandavo perché non tornassero al tavolo.

«Scusa?» le chiesi senza quasi guardarla.

«Qualcosa da bere», specificò lei.

Frances era seria. Freddie parlava e agitava le mani come se stesse chiedendo l'elemosina.

«Prova un cocktail», insistette la ragazza. «Vedrai che poi non vorrai bere altro.»

Non so se risposi. Guardavo Frances, che prima fece cenno di no alcune volte con strano vigore e infine sorrise, abbassando misteriosamente lo sguardo.

Erano ancora là, a chiacchierare vicino a una colonna, tutti presi l'uno dall'altra, quando mi ritrovai un bicchiere in mano e, prima ancora che potessi rendermene conto, stavo bevendo qualcosa di secco e amaro, con un sapore diverso da tutto ciò che avevo provato fino ad allora. Quello strano miscuglio mi bruciava la gola.

I musicisti tornarono sul palco.

«Uh», esclamò la ragazza rimettendosi rapidamente le scarpe. «Devo andare.»

Si aggiustò la camicetta.

«Sta' attenta al mio bicchiere, ok?»

Pensai che doveva essere americana.

L'orchestra ha cominciato a suonare le prime note di un blues. Freddie afferra Frances per la vita e la riporta sulla pista.

E allora.

La ragazza sale sul palco. Con la sua bella camicetta dai

fili dorati e le scarpe con la fodera di seta blu. Canta con voce grave, completamente diversa da quella che aveva qui al tavolo. Canta un blues e la sua voce non sembra più quella di una bianca.

Quella voce. Triste come un'alba in cui ti senti perduta.

Freddie e Frances ballano molto stretti.

La voce di quella ragazza proviene da molto lontano, da qualche luogo buio e profondo, e narra una storia che deve ancora accadere.

E loro due si abbracciano come non volessero separarsi mai più.

La ragazza con gli occhi azzurri e la gonna di satin snocciola le sue note tristi leggendole nei miei pensieri... Prima, molto prima che io le pensi...

Questa volta è Frances che deve riportarmi a casa.

Avevo alzato troppo il gomito. Era chiaro.

Eppure.

Frances non riuscì ad attendere fino al mattino dopo. Entrammo in casa, accesi le luci e lanciai il mantello sul divano. Lei fece lo stesso con il suo cappotto e la borsa.

«Aspetta», disse sedendosi all'altra estremità del divano. «Aspetta un attimo, non andare. Devo dirti una cosa.»

«Frances», protestai. «Sono sfinita...»

«Tra due settimane Freddie parte per gli Stati Uniti.»

Perché me lo diceva alle tre del mattino? Che cosa m'importava di Freddie?

«Mi ha chiesto di andare con lui.»

Allora era questo.

«Gli ho detto di sì.»

Ho tutte le domande in bocca. Confuse. Che cosa intendeva? Che sarebbe andata via per sempre? Che mi lasciava sola a Parigi? Che non l'avrei mai più rivista?

Frances era seria. Anch'io, adesso. È incredibile come gli effetti dell'alcol svaniscano immediatamente quando si avvicina una catastrofe. Perché è questo che accadeva in quel soggiorno. Non si trattava di una brutta notizia, ma di una vera e propria catastrofe.

«Vuole presentarmi i suoi genitori.»

La mia cara Frances... Così indipendente, divertente e spregiudicata. Sembrava una sartina cui un giovanotto abbia chiesto la mano.

«Non dici niente?» pareva che il mio silenzio la preoccupasse.

«Vi sposerete?» domandai, come volessi partire all'attacco.

Lei abbassò per un secondo lo sguardo.

«Non lo so», disse. «Forse.»

Aveva sicuramente notato la diffidenza nei miei occhi.

«Non me lo ha chiesto, ma se vuoi che sia sincera, spero che lo faccia.»

Non so che cosa avesse visto nel mio sguardo. Forse una ragazza che non aveva bevuto abbastanza da ignorare il peso delle sue parole. Una ragazza che, senza dubbio, si sentiva profondamente tradita. Povera Frances... Quanto sono stata ingiusta...

Com'era logico dormii male, ma quando mi svegliai, molto prima del solito, capii che la faccenda non era poi così grave. Avevo la mia rendita, non avevo bisogno di nessuno. Quel malessere, però, non era svanito, si era solo spostato: adesso non soffrivo per quel possibile abbandono ma per quella mia reazione così poco generosa nei confronti della felicità di Frances. Infilai la vestaglia e feci colazione mentre aspettavo che lei si svegliasse. Passò un bel pezzo. Allora andai alla nostra piccola libreria e presi un libro. Le poesie di Emily Dickinson. Se lei aveva vissuto come un'eremita, al sicuro nel suo mondo segreto, avrei potuto farlo anch'io. Ancor prima di vestirmi, lessi parte di quel libro, fermamente decisa a esiliarmi dalla vita che conducevo allora.

Quando finalmente Frances apparve, con i capelli sciolti e le labbra pallide, sentivo di provare per lei un profondo affetto, che immagino trapelasse dal mio sorriso e fosse prodotto dall'appassionante lettura di quei versi. Dentro di me una voce ripeteva: «L'acqua è insegnata dalla sete. La terra dagli oceani traversati...»

«Vedo che ti sei alzata presto.»

E intanto quella voce continuava a declamare... «La pace, dai racconti di battaglia... »

«Sì», risposi.

Frances sedette al tavolo dove era stata servita la colazione. Suonò il campanello per farsi portare il caffè.

«Hai dormito bene?»

Ecco fino a che punto lei era generosa. Si preoccupava di chiedermi se avessi dormito bene, quando ero io che avrei dovuto domandarglielo.

«E quel libro?»

«Mi piaceva», dissi, posando il libro sul tavolino e avvicinandomi al tavolo dove lei faceva colazione.

Mi sedetti accanto a lei... *L'amore, da un'impronta di memoria. Gli uccelli, dalla neve.*

«Sai», dissi con sincerità, «all'inizio non ero affatto contenta della notizia di Freddie, ma adesso sono felicissima per te. Davvero.»

Senza fare nessun commento, Frances ruppe l'uovo alla coque e lo condì con un po' di sale e pepe. Poi tornò a posare il piccolo coperchio d'argento sul recipiente di porcellana.

«A te Freddie non piace, vero?»

Abbassai lo sguardo. Lei scoprì nuovamente l'uovo e cominciò a mangiare.

«*Je sais, ma chérie...*» disse con un sorriso un po' triste.

Freddie può essere un po'... immaturo, lo so, ma è una brava persona.»

«È premuroso con te», riconobbi. «Ti vuole bene.»

«E allora, cosa c'è?» domandò. E, dato che non la guardavo, mi prese il mento e mi costrinse ad alzare gli occhi.

Non volevo mentirle.

«Tu vali cento volte più di lui», sparai senza un minimo di compassione nei confronti del povero Freddie. «Meriti di meglio.»

Lei fece segno di no scuotendo la testa. I capelli sciolti ondeggiarono sopra le spalle.

«Non ne sono tanto sicura, tesoro. Freddie non è un cattivo partito, per me, credimi. Ho quasi trentanove anni, e tra poco sarò solo una vecchia zitella che ha sprecato la sua vita in una serie di notti identiche, tutte ugualmente assurde e vuote. Ho bisogno di cambiare.»

Capii perfettamente che cosa intendeva. Era una sensazione molto simile a quella che avevo provato durante l'incontro di pugilato.

«Freddie è la mia ultima possibilità», disse versandosi il caffè. Le tremava un po' la mano. «Lo so.»

Mi sentii profondamente commossa. Frances era la persona cui volevo più bene al mondo. A adesso, all'improvviso, sembrava così fragile...

27

A Parigi le mattine di primavera sono bellissime. Ai parigini piace molto di più sedersi nei *dehors* dei caffè o nelle eleganti sale da tè e pasticcerie, piuttosto che andare al parco come gli inglesi. Quando c'è il sole, tutti i bar si riempiono di gente apparentemente disoccupata, e quindi, mentre aspettavo che Frances uscisse dal parrucchiere, non mi sorprese vedere due uomini e una donna sedersi accanto a me nella sala della pasticceria *Ladurée*, in rue Royale. Non eravamo all'aperto, ma i tavolini stavano schierati davanti alle grandi vetrate e questo rendeva più piacevole la mia attesa.

Io non bevo tè, non mi piace il tè. In questo sono assolutamente francese. Davanti a me avevo un favoloso *café au lait,* con quel retrogusto leggermente salato della panna. Caldo. Fumante. Profumato. Con un piattino dei migliori *macarons* di Parigi, dal raffinato sapore di chiara d'uovo e mandorla tritata... Non so perché, ma dopo che solo un paio di notti prima mi ero sentita persa e sfortunata, improvvisamente ero felice, come se quella Parigi del 1922 fosse il mio posto nel mondo. Ho provato la stessa sensazione altre volte, devo riconoscerlo, in luoghi molto diversi, ma quella fu la prima volta che una vocina dentro di me sussurrava: Rose, questo è il tuo posto, tu resterai qui e sarai felice. Ripensandoci adesso, dopo tanti anni, credo che invece mi stessi semplicemente proteggendo da un'eventualità, cioè che Frances mi chiedesse di andare con lei negli Stati Uniti. Non mi sono mai piaciuti i cambiamenti, questo è evidente, e l'idea di lasciare Parigi mi preoccupava molto.

Insomma, eccomi là, con il mio futuro sottobraccio come se fosse una borsetta e il mio bel caffè con i deliziosi *macarons* di *Ladurée*.

A dire il vero, li notai prima ancora che entrassero, quando si fermarono sul marciapiede. Soprattutto la ragazza. Immagino perché mi piaceva il suo cappotto: incrociato, con un solo bottone – grande e bianco – all'altezza della cintura. E il suo cappellino, con un nastro di raso anch'esso bianco e alcune paillettes dorate che lo rendevano molto sofisticato e moderno, di quello stile che adesso chiamano art déco. Sta di fatto che entrarono e si accomodarono al tavolino accanto al mio. C'era una grande vetrata e i tavolini erano sistemati proprio vicino al cristallo, due per ogni finestra. Lo scopo di quella distribuzione era che ciascun cliente rivolgesse lo sguardo verso l'esterno e non verso i tavoli vicini. Salvo, naturalmente, che quel cliente non avesse nulla di meglio da fare, come me in quel momento, o che i suoi vicini facessero il baccano che stavano facendo i miei. Cominciai a prestare attenzione alle risate e al forte accento americano della donna e di uno dei due uomini. In una sala da tè come *Ladurée*, dove le donne quasi bisbigliano e a volte si sente il tintinnio della tazza di porcellana che si posa sul piattino, qualunque cosa si dica ad alta voce è una stonatura.

Ordinarono qualcosa da bere.

La cameriera propose varie selezioni di tè, caffè o *chocolat*.

«Non avete qualcosa di alcolico?» domandò ad alta voce la ragazza con il cappellino di paillettes.

Erano le undici del mattino ed eravamo in una sala da tè. Nessuno con le rotelle a posto avrebbe chiesto una bevanda alcolica da *Ladurée*.

Così come a nessuno sfuggirà che in quel momento io fossi particolarmente sensibile a tutto ciò che proveniva dall'altra parte dell'oceano. Diciamo che gli americani non occupavano un posto molto alto nella mia scala di valori. Credo di aver perfino ricordato fugacemente che monsieur Hervieu ripeteva sempre che tutto il brutto arriva dal mare, sospinto dal vento dell'Ovest. In quel momento, quelle persone mi sembravano maleducate, rumorose, ed ero tentata di far loro notare che forse si sarebbero trovati meglio in una brasserie di Montparnasse. Ma non fu necessario, perché il personale di *Ladurée* era molto preparato. Sentii la cameriera rispondere con voce ferma: «Qui no, mademoiselle. Se vuole prendere un aperitivo, un po' più avanti c'è l'*Hotel Regina*. Forse là, quando aprirà il bar, le serviranno degli alcolici».

Mi divertì il modo squisito con cui la cameriera aveva fatto notare che perfino in un posto come il *Regina* fosse presto per bere alcol. Non so se loro si accorsero dello sdegno con cui la ragazza aveva suggerito loro di andarsene.

«No, no, va bene lo stesso», rettificò l'americana accendendosi una sigaretta con il suo bocchino d'ambra. «Prendiamo un tè e quei dolcetti colorati.»

Indicò il mio tavolino.

La cameriera mi guardò e chinò il capo, come scusandosi per la mancanza di discrezione di quella gente.

Credo che fu allora che arrivò Frances. Aveva il cappello in mano e i capelli perfettamente ondulati e lucenti. Non portava il cappotto, solo una mantellina di lana in tinta con l'abito. Veniva verso il mio tavolo. La ragazza americana era seduta di fronte a me, la vedevo fumare con aria indifferente, come assente, ma i due uomini erano di spalle. All'improvviso, uno di loro si alzò e andò incontro a Frances. Rimasi di sasso. Anche lei si mostrò sorpresa, ma poi si salutarono affettuosamente.

«Mio caro», sentii che diceva Frances a bassa voce. «Quanto tempo...»

Si strinsero entrambe le mani e rimasero così per qualche istante, senza che nessuno di noi potesse sentire molto altro. Evidentemente io ero in attesa di qualche sviluppo, e devo aggiungere che non lo immaginavo necessariamente positivo. Come era possibile che Frances avesse qualcosa a che spartire con quella gente così maleducata? Pensai subito che fossero conoscenti di Freddie. Non c'erano altre spiegazioni. Perché perfino i suoi amici bohémien erano meno rozzi. E comunque a nessuno di loro sarebbe saltato in mente di entrare da *Ladurée* e chiedere un drink alle undici del mattino.

Frances mi indicò con un cenno. Lei e quell'uomo s'avvicinarono al mio tavolino. Io non lo riconobbi. E immagino che nemmeno lui riconobbe me. Era invecchiato e indossava una di quelle pesanti giacche con tre bottoni ormai passate di moda, soprattutto in una giornata di sole in cui la maggior parte dei signori era in abito chiaro e leggero.

«Rose, cara, guarda chi c'è a Parigi.»

Non sapevo chi fosse quell'uomo con i capelli bianchi e le unghie gialle di nicotina...

«Non ricordi? È venuto a trovarci a Elsinor Park.»

D'improvviso. In un flash della memoria, doloroso e inutile, ripensai a James, morto e completamente scomparso, come scompaiono solo quelli che cerchiamo ostinatamente di dimenticare. E in quell'istante dalla natura incerta, in cui le immagini s'affollavano come in una valigia disordinata, vidi Frances nella casetta sul fiume... e anche quell'uomo che mi sorrideva.

Sì, non c'erano dubbi, era lui. Owen Lawson. Era appena arrivato in Francia. Almeno così disse.

Mi baciò la mano e i suoi folti baffi bianchi mi sfiorarono le dita.

A quanto pareva, anche i tizi con lui erano scrittori. Ci presentammo. Un americano e sua moglie. Non ho mai ricordato i loro nomi, perché sicuramente non sono riuscita a sentirli, ma ricordo perfettamente quella ragazza con il suo bel cappello, che avrà avuto circa la mia età e fumava, con il mento alto e lo sguardo perso, mentre snobbava il dolce sapore dei *macarons* e desiderava ardentemente un drink.

Credo che Frances si accorse del mio disagio, perché tirò fuori una scusa per farci trattenere il meno possibile. Quando uscimmo, mi raccontò che Owen – era così che lo chiamava – si era arruolato come volontario ed era rimasto gravemente ferito nella battaglia della Somme.

«Lo hanno dichiarato eroe di guerra e da allora ha vissuto in Inghilterra. Però dice che è stufo della campagna e che vuole trasferirsi a Parigi. Si è sposato con una pittrice australiana e hanno una figlia, sai?»

Mi pareva di ricordare che anche allora fosse sposato. E che sua moglie fosse inglese.

«Con Violet è finita male. Lei e Mary Nicholson, la prima moglie di Owen, sono sempre prese tra litigi e tribunali. Per questo lui ha cambiato cognome.»

Non capii molto. E nemmeno mi interessava particolarmente. Owen Lawson non mi piaceva. Sarà pure stato un grande scrittore, ma come persona non mi piaceva per niente. Non mi era mai piaciuto.

Arrivammo al ristorante dove Freddie ci stava aspettando. In quell'occasione mi parve elegante e perfino discretamente distinto. Guardate con che rapidità possiamo cambiare opinione sulle persone.

Un paio di giorni più tardi.

Tra qualche giorno, lui e Frances prenderanno una nave e attraverseranno l'Atlantico. E proprio come temevo, Frances mi chiede di andare con loro.

«Ti piacerà l'America. È un posto fantastico, pieno di nuove opportunità, soprattutto per una ragazza della tua età. Io non vedo l'ora di vedere quegli enormi grattacieli. E i *jazz club* della Cinquantaquattresima strada. E i teatri di Broadway...»

Le rispondo che non voglio andare con loro. Glielo dico senza troppi giri di parole.

«È troppo lontano», aggiungo semplicemente.

«Troppo lontano?» ripete Frances come se non mi credesse. «Lontano da cosa? Da chi?»

Capisco che cosa vuole insinuare. Non ho un marito, un fidanzato, un amante di cui avere nostalgia. Non ho una madre di cui prendermi cura, né fratelli con i quali festeggiare i miei compleanni. Ho solo lei.

Alzo le spalle e dico no e ancora no, assolutamente convinta. Non sono capace di trovare una scusa e lei se ne accorge. Credo sappia che per nessuna ragione me ne andrò da Parigi.

Perché mi sento così legata a questo vecchio continente? L'America mi sembra strana. Non capisco quel mondo semplice e rudimentale che cercano di esportare. Frances afferma che gli americani sono persone dotate di un grande senso pratico, che non amano perdere tempo e con cui è sempre molto facile capire come comportarsi. Questo non lo metto in discussione, ma non capisco molto bene quale sia il vantaggio. Per gli affari, certo, forse. Ma ci sono anche altre cose nella vita. E non intendo solo l'arte. Come possono tralasciare l'ambiguo, l'improbabile, l'incerto?

Eccoci ancora al *Blue Storm*. Oggi non ho nemmeno insistito per andare all'*Oiseau sauvage*. Ormai non intendo più contrariare Freddie. Insomma, perché dovrei?

Siamo arrivati proprio quando la ragazza dell'altro giorno cominciava a cantare. Oggi indossa un abito nero con una profonda scollatura a punta e una gonna corta con tre strati di frange, che sono in continuo movimento anche se lei si muove appena. Freddie, come al solito, ordina una bottiglia di champagne.

«Io prendo un cocktail», dico al cameriere. «Uno di quelli con l'amarena e la fettina d'arancia.»

Frances mi guarda stupita. Anche Freddie.

E poi, quando mi portano il drink, Frances guarda la mia bevanda rossastra e scoppia a ridere.

«Quando sarai negli Stati Uniti», faccio io, visibilmente offesa, «ti accorgerai che là lo bevono tutti. È un Manhattan. Dovresti saperlo, tu che sei così moderna.»

Prendo il mio drink e mi alzo. Vado verso il palco. La cantante mi riconosce e mi strizza un occhio vedendo il mio bicchiere. Le sorrido. Oggi canta una canzone diversa. Sembra che parli con il suo ragazzo e lo chiama continuamente «baby». Questa ragazza mi pare molto simpatica, mi mette di buonumore. Quando decido di archiviare l'arrabbiatura e di tornare al tavolo mi accorgo, per mia sfortuna, che Frances e Freddie hanno compagnia.

Sono circondata.

Assediata.

Credo che dovrei arrendermi.

Quella coppia, gli amici americani di Owen Lawson. Quella donna di cui non ricordo il nome e il suo bocchino d'ambra... Owen non è con loro.

«No, no», dice al cameriere. «Per noi una bottiglia di bourbon.»

Arriva ancora qualcuno e si siede. Si fanno delle informali presentazioni e si pronunciano nomi che non sente nessuno. Sono tutti americani. Americani a Parigi.

«Nella *Gazette du Bon Ton*», dice qualcuno a Frances. «Devi leggerlo, dico davvero.»

«Cos'è? Una specie di *Vanity Fair*?»

E poi quell'uomo che parla della *Gazette* guarda anche me, con gli occhi lucidi di chi ha già alzato troppo il gomito. Non mi è mai piaciuta la gente che non sa aspettare.

Le persone attorno al tavolo aumentano, come succede

molto spesso a *L'Oiseau sauvage*. Peccato che questo non sia quel locale né questi siano i miei amici di sempre.

«Le scenografie sono di quello spagnolo, Pablo Picasso, e la coreografia è di Léonide Massine», grida Frances all'uomo all'altro capo del tavolo.

«Mistinguett e Maurice Chevalier», sento che dice qualcuno. «È un'operetta.»

«Ma se è un capitano di navi», protesta la donna seduta accanto a me. Sicuramente, nessuno oltre a lei sa a che cosa si riferisca.

C'è anche un altro americano. Lui invece so come si chiama: Roger. È di Cincinnati. Almeno non è ubriaco come gli altri.

Parlo con lui. Non ho alternative. Mi domanda delle riunioni a casa di Gertrude e Alice. La sua voce riesce a superare la musica. È grave, potente, virile.

«Ho sentito parlare di quei salotti. Appena ha saputo che sarei venuto a Parigi, Alan Campbell, il marito di Dottie, mi ha consigliato di andarle a trovare. Conosci Dottie, Dorothy Parker...»

Non avevo idea di chi fosse quella Dottie, e anche se c'ero andata qualche volta con Frances, non ero nemmeno un'assidua frequentatrice dei salotti di Gertrude Stein. Di sicuro in quella casa incontravi sempre un affollamento di ego. Per una persona comune era impossibile ricavarsi uno spazio tra tutte quelle celebrità, tanto che a volte me ne andavo senza essere riuscita a pronunciare una sola frase completa. Non mi importava più di tanto, ma comunque non mi pareva che quelli che monopolizzavano la conversazione avessero argomenti così importanti di cui parlare.

Roger è alto, forte, simpatico. Lo trovo abbastanza attraente.

Allontana la sedia dal gruppetto che si è affollato attorno al nostro tavolo e la avvicina alla mia con una sorprendente disinvoltura. Dal bar, la cantante mi strizza di nuovo un occhio.

«Ma tu sei inglese o francese?»

È una domanda che odio. Non so mai che cosa rispondere. A volte ci provo, ma ciò implica troppe spiegazioni.

«Sono cresciuta in Francia ma la mia famiglia è inglese.»

Sembra soddisfatto di questo semplice chiarimento.

«Io vorrei visitare l'Europa, soprattutto il Sud, sai, Nizza, la Costa Azzurra... Magari anche la Spagna... Tra un paio di mesi andrò in Italia e prenderò un appartamento in affitto per l'inverno. Credo che laggiù la temperatura sia gradevole.»

La musica sta diventando troppo forte. Roger viene più vicino, e io gli racconto che Frances e io siamo state varie volte in Italia. Mentre parlo, mi rendo conto che in qualche maniera sto cercando di conquistarlo. Cerco di piacergli, di apparirgli interessante, degna d'ammirazione. Vorrei che si sentisse attratto da me. Gli racconto di Siena e delle ville della Riviera del Brenta. Lui conosce solo Roma e Firenze.

Crede che Venezia sia una città sporca e piena di topi.

«Non sono molto sicuro di volerci andare», dice con naturalezza.

L'americana con il bocchino d'ambra ordina un'altra bottiglia di bourbon. Il tavolo è coperto di bicchieri. Frances e Freddie sono spariti sulla pista da ballo.

«Forse non dovresti preoccuparti dei topi e della sporcizia», ribatto a Roger. «Non lo fa nessuno, quando vede Venezia.»

«Ma è davvero così affascinante?»

Mi rendo perfettamente conto che desidera essere convinto. E che in un certo senso, sicuramente senza volerlo, mi sta mettendo alla prova.

«Sì, certamente, sì.»

All'inizio cerco di spiegargli perché, ma poi decido di lasciar perdere, perché non riesco a trovare parole che non siano luoghi comuni per descrivere quella città.

Mi guarda e sorride.

«Credo di dover proprio andare a Venezia», esclama, riaccomodandosi sulla sedia con la soddisfazione di chi ha raggiunto il suo obiettivo. Il suo torace si dilata e tende la camicia bianca.

Poi si china in avanti, posando il gomito sul ginocchio. Si allunga verso di me e mi parla con voce molto bassa.

«Ci verresti con me?»

Sorrido. Ora sono io a poggiarmi spensieratamente contro lo schienale della sedia.

«A casa di Gertrude e Alice?» domando con malizia. «Certo, uno di questi giorni....»

«Bene, ti prendo in parola. Cosa ne dici di domani?»

Allora rido, e anche lui. All'improvviso siamo due sostanze chimiche che sono entrate in contatto.

È accaduto. Adesso possiamo ricominciare a interagire con il resto del mondo. Roger si rivolge al tizio seduto dall'altra parte.

«È fantastico il senso dell'umorismo degli inglesi, non crede?»

Quello lo guarda e annuisce con gli occhi socchiusi e la bocca aperta come uno stupido.

Siamo sulla porta. Qualcuno propone di andare a *La Cloche*, un locale di jazz che chiude più tardi del *Blue Storm*.

Già da un po', Frances e Freddie hanno deciso di tornare a casa.

«Alla *Cloche*?» domanda qualcuno con voce rauca, «ma in quella bettola suonano il peggior jazz del mondo.»

«Hanno whisky?»

«A barili.»

«Allora vada per *La Cloche*!»

Prendiamo alcuni taxi. Roger e io dividiamo il nostro con la ragazza con il bocchino d'ambra e suo marito. Lei ha perso il cappello e discutono per tutto il tragitto. Si insultano nel modo più duro che abbia mai sentito, e quando arriviamo a destinazione lei non vuole scendere dal taxi.

«Lasciali perdere», dice Roger, senza la minima comprensione, mentre porge un paio di bigliettoni al taxista. «Fanno sempre così. Questa notte li butteranno fuori dall'hotel e domattina lei avrà un occhio nero.»

Non sono sicura che Frances sarà felice in mezzo a questa gente.

28

La Morris Bullnose di Frances è in un garage di rue d'Anjou. Freddie vuole che la vendiamo perché porterà una Ford dagli Stati Uniti. Io però non l'ho ancora fatto. Preferisco aspettare che tornino. Roger mi ha accompagnato a prenderla per andare a Deauville. Passeremo lassù la fine settimana.

Ormai la Morris è vecchia e non è più comoda come prima, ma per me è sempre la macchina di Frances, anche se a guidare è Roger. Mi pare strano che ci sia qualcun altro al suo posto. E anche a lui deve sembrare strano guidare una macchina con il volante a destra. Più che strano, direi che gli pare una specie di gioco, o di sfida. Schiva ostacoli uno dopo l'altro, fino a quando finalmente, all'altezza di Bonnières-sur-Seine, comincia a prendere confidenza. A qual punto mi tranquillizzo anch'io, e lo guardo compiaciuta. Roger ha una cuffia da pilota che abbiamo comprato al *marché aux puces* di Saint-Ouen, io un cappello di feltro, con la tesa dritta e una piega su un lato, che ho fermato con un foulard di seta per non farlo volare via. Non voglio toglierlo, perché il vento mi spettinerebbe e arriverei a casa dei Ferguson conciata da fare pena. Spero sinceramente che non ci sia Elliott. Sarah non mi ha detto nulla a questo proposito.

Sarah e Charles si sposeranno in agosto. Mi sembra strano,

soprattutto perché non posso evitare di paragonarmi a lei e di pensare che seppure entrambe abbiamo l'età giusta per sposarci, io non riesco a vedermi nei panni di moglie e madre. Non ancora. Per me è ancora troppo presto per molte cose.

Frances tornerà dall'America per partecipare al matrimonio, e anche se Freddie dovrà trattenersi negli Stati Uniti per motivi di lavoro, lei prenderà la nave la settimana prossima. «Muoio dalla voglia di vederti e di raccontarti tutto quello che mi è capitato in questi mesi», dice il cablogramma che mi ha inviato. A quanto pare, Freddie partirà più tardi e non arriverà in tempo per le nozze.

«Come ti è sembrato quel tipo? Quel Jordan Miller?»

Roger guida con la capote abbassata. Il vento e il rumore del motore mi impediscono di sentire bene quello che dice.

«Gli piaci», grida senza guardarmi.

«Cosa?»

«Ti è stato addosso per tutta la serata», grida ancora più forte.

«Cosa assurda», ribatto, anch'io gridando. «Non è affatto come pensi. Voleva solo farmi leggere un racconto che ha scritto.»

«Anche lui? Dio mio! In quella casa vogliono tutti scrivere un libro?»

«Cosa dici?»

Ferma la macchina accanto a un palo di legno.

«Che sono una banda di saputelli», esclama, recuperando il suo abituale tono di voce dopo aver spento il motore.

All'improvviso, il silenzio piomba così fulmineo che mi sconvolge. Non so bene a cosa si riferisca, anche se credo d'immaginarlo. Roger non si atteggia a intellettuale ma è un accanito lettore e, per quel poco che so, quando si mette a scrivere è molto più bravo di tanti miei conoscenti, inclusa Gertrude.

«Se non alzo la capote non riusciremo a scambiare una parola per tutto il viaggio», esclama aprendo la portiera. «E poi vedo che hai freddo.»

Indica il mio foulard, stretto attorno al cappello e al collo. Non gli dico che si tratta di pura e semplice civetteria.

«E così voleva farti leggere il suo racconto?»

«Sì. Mi ha chiesto un parere.»

Roger assume un'aria incredula. Chi sono io perché qualcuno mi chieda un parere sulla qualità letteraria di un racconto?

«Non voleva la tua opinione», ribatte senza nessuna intenzione di offendermi.

Riaccende il motore.

«Voleva altro.»

Protesto. Ma in fondo, anche se non mi fa piacere ammetterlo, sono d'accordo con lui.

«Ma se c'era anche sua moglie.»

«Ah...» si gira un attimo e mi guarda con il suo smagliante sorriso. «Credimi, per certi soggetti questo non è un problema.»

Non so che tipo di rapporto abbiamo Roger e io. Ci conosciamo solo da tre mesi, ma da quando Frances è partita ci vediamo tutti i giorni. Io gli piaccio e lui mi piace, questo è più che evidente, ma nessuno dei due ha mai pronunciato la parola fidanzamento o impegno. Per questo mi fa sorridere che sia così geloso.

«Ti ha raccontato della sua medaglia, vero?»

Non gli rispondo. Ma sì, ovviamente, me lo ha raccontato. L'artiglieria austriaca apre il fuoco all'impazzata e lo colpisce alle gambe, ma nonostante questo lui si carica in spalla un soldato italiano ferito e riesce a trarlo in salvo...

«È già un miracolo che non la metta sul blazer. È l'uomo più arrogante che abbia mai conosciuto in vita mia.»

«È molto giovane», replico. «Sta cercando di farsi strada e immagino che cerchi di distinguersi in un ambiente in cui questo non è semplice. Tieni conto che è praticamente mio coetaneo... È normale che gli piaccia pavoneggiarsi.»

Ovviamente il mio ragionamento non ha nessun fondamento. Io stessa lo trovo privo di senso.

«E allora? Tu non sei arrogante, eppure conosci un sacco di artisti e scrittori. Chissà cosa darebbe quel tizio per frequentare il tuo giro di amici.»

«Tu credi?»

Mi guarda ancora, ma per il momento non risponde. A volte non capisco bene che cosa stia pensando. È intelligente, simpatico, e credo che sia anche una brava persona. Eppure c'è qualcosa che mi sfugge. Qualcosa che riguarda la sua posizione nel mondo, ciò che si aspetta dalla vita. Per esempio: vuole visitare l'Europa, vorrebbe andare in Italia, in Grecia, e forse anche in Spagna, però non si decide, lascia passare il tempo come se le cose dovessero muoversi senza il suo intervento, da sole, in un modo talmente improvvisato che a me farebbe saltare i nervi. Non so nemmeno che cosa si aspetti dalle persone che lo circondano. Gli piace frequentare i circoli degli artisti ma non fa che criticare tutti. Non dico che non abbia ragione, perché ce l'ha, ma lui è così... non so... intransigente, implacabile, e mi domando perché bazzichi i salotti e veda la gente che disprezza tanto. Considerando tutto questo, non posso evitare di riflettere su quale sia il mio ruolo nella sua vita.

«Staremo a casa dei tuoi amici?»

Si riferisce ai Ferguson, ovviamente.

«Sì, certo. Ma ci saranno solo Sarah e il suo fidanzato. La sua famiglia non arriverà fino a dopo il matrimonio. Anche se, chissà, è possibile che all'ultimo momento rinuncino perfino a partire...»

Gli racconto che la casa è stata chiusa per molti anni, prima per la guerra e poi, dopo la morte di James, per lo strano abbattimento che impedisce a lady Ferguson di lasciare Elsinor Park.

«Cosa le succede?»

«È malata di nervi. I medici dicono che ha una specie di fobia, come un attacco di panico, quando si trova tra estranei. Sta malissimo. Non so nemmeno se riuscirà a venire al matrimonio.»

Attraversiamo un paesino con bellissime residenze estive. Quando passiamo il ponte sulla Senna, gli alberi sulla sponda si riflettono nell'acqua. Mi sorprendo di notare che sono più belli che dal vero. Ondeggiano tremuli, insicuri, effimeri, e sono lucenti come se fossero coperti da una mano di vernice.

«Sono molto snob?» domanda Roger con un certo timore.

«No, assolutamente», rispondo io convinta. «Sarah e Charles sono meravigliosi, molto affettuosi, vedrai.»

«Non ho mai conosciuto un lord.»

«Be', il lord è suo padre.»

Si gira di nuovo verso di me e sorride. Dio mio! Come mi piace il sorriso di Roger!

«Lord Ferguson è un uomo molto tranquillo», continuo io, «vive in campagna e va a Londra solo se non ne può fare a meno. Non so se qualche volta abbia indossato una di quelle parrucche che si mettono nella Camera dei Lord...»

«Accidenti», esclama Roger con ironia, «che razza di truffa è questa? Un lord che non si comporta come un lord.»

E mi guarda ancora.

E mi sorride.

E io mi lascio intrappolare ancor di più nella ragnatela che stiamo tessendo tra noi.

Il viaggio verso la costa è piacevole. La strada segue il corso della Senna e così ammiriamo il paesaggio, fertile e ancora macchiato di verde e ocra.

«Potremmo pranzare a Rouen, ti va?»

«D'accordo», rispondo io, entusiasta dell'idea. «Se non ricordo male c'è un ristorante vicino alla cattedrale. Ha una veranda, e quindi potremo mangiare all'aperto.»

«La cattedrale dove madame Bovary s'incontrava con il suo amante?»

«Accidenti», rispondo con quel tono canzonatorio che a

volte usiamo tra noi. «Vedo che sei un americano colto, sai che Flaubert era di Rouen.»

So che questi piccoli scontri dialettici lo divertono almeno quanto me.

«Certo, piccola. Cosa credevi che fossi? Uno di quei rozzi cowboy?»

«Be', ho conosciuto qualche tuo compatriota che pensava che la Spagna fosse nel sud del Messico.»

Scoppia in una risata contagiosa.

«Chi ha detto una sciocchezza simile? Quel Miller?»

«No, qui ti sbagli, caro mio. Per la cronaca, Jordan mi ha parlato parecchio della Spagna. Credo che ci sia perfino già stato o che comunque pensi di andarci presto. Conosce abbastanza bene la cultura e i costumi spagnoli.»

«Non parliamo più di lui. Hai letto il libro che ti ho dato?»

«Quello di Ezra Pound? Sì, lo sto leggendo poco per volta.»

«Cosa ne pensi?»

«È...»

«Troppo intenso?»

Rido. È proprio quello che penso, anche se non lo avrei mai espresso così.

«A dire la verità, non riesco a leggere più di due poesie per volta. Pound parla il cinese?»

«Non molto bene, credo. Almeno così dicono.»

«E come fa allora ad azzardarsi a tradurre i versi di un poeta della dinastia Tang?»

«Be', più che una traduzione credo sia un esperimento linguistico. Ma a te piacciono di più altri autori, come per esempio quella Emily Dickinson, vero?»

«Molto di più», ammetto. Non gli dico che ho le sue poesie in valigia.

Adesso è Roger a ridere.

«Sei troppo attaccata alla letteratura romantica», commenta con una punta di arroganza. «E ormai non è più di moda.»

«Una nostra conoscente», rispondo io sul piede di guerra, «la stilista Coco Chanel, dice che tutto quello che è alla moda poi passa di moda. Byron, Shelley, Baudelaire, e anche un autore come Yeats, saranno ancora vivi quando il tuo Ezra Pound sarà ormai consumato. E non ti venga in mente di dire che sono antiquata.»

Roger tace per qualche secondo.

«Non direi mai niente del genere, tesoro. Preferisco farti una proposta.»

All'improvviso, mi vengono in mente diverse cose. E quasi tutte mi spaventano.

«Vuoi venire in Italia con me?»

Non so cosa rispondere.

«Ho preso in affitto una casa in quel posto di cui mi hai parlato, la Riviera del Brenta. Non è una di quelle ville maestose, ma è vicino a Venezia. E anche abbastanza vicino a Padova, Vicenza e Verona... Spero solo che non ci siano troppe zanzare.»

Non riesco a immaginare come potrebbe essere vivere in Italia con Roger.

«Ha la facciata dipinta di giallo», aggiunge, come se questo dettaglio continuasse a stupirlo.

Sono nervosa, non so che cosa rispondere. Rifletto molto velocemente. Il futuro. Frances sta per sposarsi con Freddie e probabilmente si trasferirà definitivamente negli Stati Uniti...

«C'è anche un giardino. Il proprietario mi assicura che è ben curato.»

Roger attende con pazienza, ma dopo qualche minuto si sente costretto a insistere: «Cosa mi dici? Vieni?»

«Quando pensi di partire?» domando con prudenza, anch'io a bassa voce.

«In settembre», risponde.

«Ma Frances...» riesco a dire.

Lui reagisce subito.

«Naturalmente tu potresti raggiungermi quando vuoi, magari per trascorrere i mesi più freddi dell'inverno. Mi hanno detto che in Italia il clima è molto più mite che a Parigi.»

«Be', nel sud sì, ma a Venezia gli inverni sono umidi.»

Roger è diventato molto serio. Guarda davanti a sé e credo che abbia la fronte aggrottata, perché ha un sopracciglio così disteso che le ciglia spuntano fuori come il pelo irto di un gatto. Credo che si senta privato di ciò che si aspettava.

«Non vuoi venire.»

Non posso accettare con l'entusiasmo che lui vorrebbe. Comincia a girarmi la testa. Non capisco che cosa mi stia succedendo.

Stiamo entrando a Rouen. Quando attraversiamo il ponte, scorgo in lontananza le torri della cattedrale e subito dopo le strutture di legno delle case medievali. Poi non ricordo più nulla: né il ristorante in cui abbiamo pranzato né se uno di noi abbia parlato di Giovanna d'Arco o dei quadri di Monet. Nel bene o nel male, ho cancellato tutto.

29

DEAUVILLE mi è sembrata più bella che mai. Non faceva caldo ed era meno affollata perché i parigini non erano ancora arrivati con le loro macchine moderne, le loro divise da polo e i loro lustrini. Quella Deauville agli inizi di giugno conservava ancora qualche tratto in comune con la gradevole località balneare in cui ero stata prima della guerra.

Sarah ci stava aspettando. Aprendo la portiera della macchina, ebbi l'impressione di usurpare il ruolo di Frances il giorno in cui l'avevo conosciuta, in quello stesso posto, mentre scendeva dalla stessa macchina con il suo caro amico Sacha. Erano trascorsi otto anni.

« Sarah, cara... »

Cominciai a salire le scale a forma di trapezio. Quella piramide ascendente, tronca come i miei pensieri. Un gradino, due... Vivere in Italia.

Sarah e Charles scesero per venirci incontro.

All'improvviso, ebbi un desiderio impellente di essere me stessa.

Io.

Sarah e io ci abbracciammo con l'affetto che abbiamo sempre provato l'una per l'altra. Dopo quello spiacevole episodio della festa, tre anni prima, non ci eravamo più viste. La trovai dimagrita e molto più attraente. Assomigliava un po' a sua madre e, pur non avendo la sua eleganza né la sua bellezza esagerata, sembrava però più affabile, più vera. Anche lei si era tagliata i capelli e i suoi occhi verdi adesso sembravano più grandi, come il suo sorriso. Charles, invece, era sempre lo stesso. Quando lo vidi provai una sensazione molto curiosa: una specie di confidenza intima, un sentimento che, me ne resi subito conto, era prodotto dall'innata tranquillità che lui trasmetteva. E allora, ancora una volta e in segreto, invidiai Sarah.

La casa era rimasta come allora: gli stessi mobili nell'ingresso, le due strette ali di scale e il salone dove, per la prima volta, avevo incontrato James. Non mi sentivo a mio agio, non so perché. Sarah era cambiata, e anch'io, ma lei con gli anni era migliorata: era una donna sicura e felice, che stava per sposare l'uomo che amava. Io invece non sapevo bene se fossi migliorata. Sapevo solo che non volevo andare in Italia. Non volevo essere l'amante di Roger. Non volevo che mi chiedesse di sposarlo.

E allora, che cosa ci facevo lì con lui?

Durante la serata parlo con spigliatezza e leggerezza, come se tutto questo non stesse capitando a me. Sarah e io ci scambiamo notizie degli amici di Londra. In un momento in cui Roger e Charles non ci guardano, lei mi interroga con lo sguardo.

Non so che cosa dire. Che mi sento attratta da Roger, che lui mi diverte, mi piace. Che mi distoglie dalla strana solitudine che provo senza Frances. No, questo non glielo dirò. Perché allora dovrei confessarle anche qualcos'altro, cioè che non ho bisogno di un Freddie nella mia vita. Non ancora.

Durante le prime ore che trascorriamo in casa dei Ferguson, penso solo a scappare indietro nel tempo. Mi vedo in quel salone, una bambina di quattordici anni con un vestitino blu dal collo alla marinara... Parlo, rido e mi comporto con frivolezza, ma in cuor mio vorrei solo correre in biblioteca e rinchiudermi là dentro. Con tutti quei libri che in passato mi promettevano una vita emozionante e felice... E magari con il ricordo di James, che si è congedato dalla vita prima che il mondo cambiasse per sempre.

È metà mattina. Nel viale ci sono gruppi di persone che passeggiano sotto il sole tiepido di giugno. Le donne indossano vestiti freschi e leggeri golfini di maglia. Gli uomini, abiti chiari e giacche sportive, alcune a righe, abbinate a pagliette di diverse forme e dimensioni. Certe signore hanno ombrellini con pizzi e ricami.

Sarah e io siamo scappate per fare due passi e stare qualche minuto da sole. Oggi siamo andati tutti insieme a vedere l'asta dei purosangue, che precede la prima corsa della stagione. A quanto pare, Charles voleva comprare un cavallo, e una volta fatta la scelta lo abbiamo lasciato con Roger a occuparsi della transazione e di tutte le pratiche del caso. In segreto, Charles mi ha rivelato che il cavallo è un regalo per Sarah, e quindi finalmente ho capito perché loro due siano venuti in Francia alla vigilia del matrimonio.

Conservo ancora questa scena nella memoria.

Luminosa come le mattine di giugno.

Sarah e io.

Abbiamo lasciato Charles e Roger al mercato dei cavalli e ora passeggiamo insieme sul viale davanti al Casino.

«Sai», dice Sarah infilandosi i guanti, «ho sentito che stanno progettando di costruire una grandiosa passeggiata. Una passeggiata vicino alla spiaggia... Mi pare un'idea stravagante, non credi?»

Dopo essersi messa i guanti, per evitare che il sole le scurisca le mani, Sarah apre l'ombrellino.

«Sarà meno caldo, ovviamente, ma non so se vada bene

passeggiare così vicino alla spiaggia, credo che con la brezza si rischi di abbronzarsi troppo.»

Mi guarda da sotto l'ombrellino, la luce concentrata attorno al capo come un'aureola.

«A me non piacerebbe avere la pelle come quella delle mogli dei pescatori. Qualunque cosa dica quella mademoiselle Chanel.»

Un poco oltre le morbide dune che delimitano il termine della spiaggia, sul bagnasciuga, c'è un gruppetto di bambini che scava nella sabbia umida. Attorno a loro volteggiano una mezza dozzina di gabbiani.

«Cosa fanno?» domando.

«Prendono quegli animaletti che ci sono nelle conchiglie. Molluschi, mi pare che li chiamino. Certi li mangiano.»

«A Deauville?» chiedo.

«No, non sono di qui. Vengono in barca da Trouville, attraverso il fiume, e aspettano la bassa marea per prendere quegli animaletti, vongole, chiocciole di mare, ostriche... Prima della guerra nessuno mangiava certa roba, ma adesso, come vedi...»

«Non sarà pericoloso? Ho sentito dire che si può prendere il tifo.»

Sarah alza le spalle. Penso che il problema non la preoccupi più di tanto. Però, ricordando un episodio che avevo completamente dimenticato, aggiungo: «La sorella di madame Hervieu è morta di tifo dopo aver mangiato ostriche a Pirou».

Sono sicura che Sarah non si ricordi nemmeno chi sia madame Hervieu.

Il sole è sparito dietro alcune nuvole. Ci vorrà un bel pezzo prima che sbuchi di nuovo. Allora Sarah chiude il parasole e mi dice: «Su, Rose, lascia stare le conchiglie e parliamo di te e Roger. Immagino che tra voi due ci sia qualcosa di serio».

A Sarah non voglio raccontare bugie. Perché mai? Le cameriere le avranno riferito che al mattino si sveglia nel mio letto.

«Posso averlo quando voglio.»
«Non ho dubbi.»
Sarah mi conosce troppo bene. Potrei cercare di imbrogliare me stessa prima di lei.
«Non chiedermi perché, però mi è subito sembrato un candidato perfetto per te. Credo che andreste d'accordo, si vede.»
«Sì, certo, per ora andiamo abbastanza d'accordo.»
Ora mi osserva con più attenzione.
«E allora?»
«Mi piace molto. Mi fa divertire.»
Sarah insiste.
«E allora?»
Glielo dico. Non è Roger. Non è lui. A voce alta, per sentirlo anch'io.
Non so esattamente con quali parole lo dico.
Ci sarà un altro, ma non Roger.
Ricordo solo come i pensieri risuonano dentro di me. Posso ancora ripeterlo in silenzio, dopo tutti questi anni e dopo che, fortunatamente, ho conosciuto il vero amore. Non era Roger, perché lui, quando i sogni che allora parevano irrealizzabili si avverarono, lo dimenticai.
«Non ti capisco», esclama Sarah.
Non mi contraddice, cerca solo di capire perché, ma io non ho voglia di continuare a parlarne.
«E tu?» domando, cambiando argomento. «Sei felice con Charles?»
Alla fine del viale, attraversiamo la strada.
«Felice? Certamente. Charles è meraviglioso, con lui è tutto facile. Andiamo da quella parte. Così passiamo davanti alla villa dei Rothschild.»
Sarah mi conduce verso il marciapiede ombreggiato da grandi platani dai rami nodosi. In cima a un pendio verde, dall'altra parte della strada, si erge la bella casa che ora è dei Rothschild e che di lì a qualche anno avrebbe comprato il magnate Ralph

Beaver Strassburger. La proprietà è recintata da una semplice staccionata di legno chiaro. E su in alto spicca la casa in stile normanno, coronata da una moltitudine di torri e camini.

«Hanno ospiti», esclama Sarah osservando il movimento dei domestici vicino al cancello principale. In fondo al viale spuntano diverse macchine nere dalla carrozzeria luccicante.

«Hai saputo qualcosa di tuo padre?» mi domanda con una certa prudenza.

È un argomento che in questo momento non posso affrontare. Adesso no, Sarah, per favore, non ora.

Credo che si accorga del mio disagio.

«Perdonami», dice, sinceramente dispiaciuta nel vedere la mia espressione. «Non volevo essere indiscreta.»

Un silenzio teso cala tra noi. So che lei si sente profondamente mortificata. Allunghiamo il passo, per vedere se qualcosa, attorno, riesca a cancellare quest'assurdo malessere che è caduto su di noi e che quasi mi toglie il respiro.

«Verrà al mio matrimonio», aggiunge lei, immagino dopo averci riflettuto molto. «Credo che tu debba saperlo.»

All'improvviso il cielo si rannuvola. Il sole sparisce come non fosse mai esistito. Devo reagire.

«Non preoccuparti», mento. «Per me non è un problema.»

Cerco di pensare ad altro. Alla luce di Deauville, per esempio. In giugno non ha uguali. Le nuvole vengono e vanno. All'improvviso splende un sole accecante e cinque minuti dopo il cielo può diventare nero, e magari piove per qualche minuto. Ma dopo la pioggia torna il sole e tutto assume quel colore limpido e intenso delle cose nuove. Penso a questo. A come tutto è pulito dopo la pioggia.

«Domani andiamo all'ippodromo?» domando a Sarah. «Charles ha accennato qualcosa, ma non so se pensavi di andare con lui.»

«Certo, cara», risponde con un tono che cerca di sembrare spensierato. «È la prima corsa della stagione. Non me la perderei per nulla al mondo.»

«Non so se ho portato qualcosa di adatto da mettermi», penso a voce alta. «Sarà una di quelle corse all'inglese, immagino.»

«All'inglese?» ride Sarah.

«Sì, dai, grandi cappelli e gonne con le balze.»

Sarah scoppia subito a ridere. La tensione si dissolve completamente.

«Be', temo di sì.»

Un cane abbaia quando passiamo davanti alla cancellata di una villa. Sembra piuttosto aggressivo.

«Ma al tuo posto non me ne preoccuperei», aggiunge Sarah guardandomi con ammirazione. «Perfino alle corse di Deauville si nota lo stile di una parigina alla moda.»

Ho ereditato il titolo. Così era Frances quando l'ho conosciuta, una parigina alla moda. Ancora quella sensazione: voglio la mia identità.

«Vi dispiace se io non vengo?»

«Alle corse? Ti perderai qualcosa di veramente emozionante.»

«Sì, lo so. Ma ho bisogno di stare un po' da sola, sai? Ho una questione molto importante da affrontare e devo prendere una decisione.»

«Forse qualcosa che ha a che vedere con il tuo americano?»

Annuisco in silenzio. Intanto siamo arrivate all'entrata di casa. Il cancello è aperto. Sono felice che Sarah non possa continuare a farmi domande.

In questa biblioteca James e io abbiamo parlato per la prima volta. I mobili sono coperti da lenzuola bianche, e anche i quadri. Solo le librerie sono rimaste esattamente com'erano. Le percorro con lo sguardo. Ci sono molti autori che a quell'epoca non conoscevo e che ho letto in seguito, durante gli anni solitari della mia adolescenza, e ancora dopo, nell'Inghilterra buia della mia prima giovinezza. Quando si diventa maturi, come sono io adesso, si legge e si dimentica con molta facilità. È come se ci fosse bisogno di fare spazio in un deposito già troppo pieno. Quando sei giovane, invece, leggi senza sapere che le parole che stai leggendo parleranno di te nel corso degli anni, che ti piaccia oppure no.

Apro il libro. Cerco il paragrafo.

> «'Non è nulla', singhiozzò lei. 'Stavo solo per dirti che in cielo non mi sentivo a casa mia, e piangevo fino a spezzarmi il cuore perché volevo tornare sulla Terra. Gli angeli erano talmente adirati che mi hanno lanciato giù, in mezzo all'erica, sulla cima di Wuthering Heights, dove mi sono svegliata piangendo di gioia.'»

Poi sposto il lenzuolo bianco che copre una delle poltrone, quella dove di solito sedeva il nonno di Sarah, e mi accomodo lì con il libro.

E quando loro tornano dalle corse, con gli occhi pieni di colori e velocità, dico a Roger: «Io non torno a Parigi. Mi fermo ancora qualche giorno in Normandia».

Si stupiscono. È un annuncio che coglie tutti di sorpresa. Compresi Sarah e Charles, che invece tornano subito in Inghilterra.

«Vado a trovare la famiglia che mi ha cresciuto», spiego dopo qualche minuto di sconcerto.

Credo che tutti, incluso Roger, si rendano conto della situazione.

«Mi rincresce, devo tenere la macchina», dico più tardi a Roger, quando rimaniamo soli. «Ma c'è un treno che in tre ore ti porterà a Parigi. Non ti dispiace, vero?»

Quando lo accompagno alla stazione, è silenzioso.

Siamo già sul marciapiede, accanto al suo vagone.

«Non viaggi in prima classe?» gli domando vedendolo salire in uno di quegli scompartimenti con i sedili di legno.

Ride.

«Come siete, voi europei... Certo che no, piccola. Non mi succederà niente a trascorrere qualche ora in mezzo alla gente con i calli sulle mani; anzi, credo che mi aiuterà a rimettere i piedi per terra dopo tutti quei nobili e quei purosangue.»

Non so se prenderla come una critica pungente o una semplice battuta.

«Davvero», aggiunge notando il mio stupore. «Mi piace viaggiare in seconda classe. Succedono delle cose...»

Poi, senza esitare, mi prende per la vita, mi trae a sé e mi bacia appassionatamente. Non posso vedere, ma immagino che ci stiano guardando tutti. Poi, con molta calma, mi allontana un poco, mi osserva da vicino, e mi sfiora delicatamente la guancia con un dito.

«Aspetto una risposta da te», dice.

In questo momento lo sento così vicino che sono tentata di accettare ciò che mi propone. Ma non lo faccio.

«Lascia che ci rifletta. Fino a dopo il matrimonio, per favore.»

Non ci fu l'occasione. Non saprò mai che cosa avrei fatto se non fossi andata a quel matrimonio, dove ho incontrato le due persone più importanti della mia vita.

30

Lola alza la testa e mi guarda. Mi accorgo che ha gli occhi un po' stanchi, ma capisco che vuole continuare a leggere.

Non parliamo, perché non occorre. Ci basta un sorriso complice per tornare a dove eravamo.

31

A VOLTE ripenso ancora a come facevamo l'amore, Roger e io. Mi vergogno a raccontarlo, anzi, mi vergogno anche solo a pensarlo. Sicuramente questa era l'unica cosa che c'era tra noi: una grande intesa sessuale.

Ci pensavo proprio l'altro giorno. Era lui? Io? Perché eravamo simili? O era solo perché avevamo l'età giusta e le occasioni adatte per farlo? Non svelerò qui dettagli scabrosi, ma vorrei rendere giustizia a tutti i pomeriggi, le notti e le mattinate in cui, tra le lenzuola del suo o del mio letto, lasciavamo trascorrere le ore, bagnati dalle carezze e dal desiderio. So che non è bello dirlo, e che è perfino inappropriato, ma non ho mai avuto un altro amante come Roger. Eppure, nonostante questo, non poteva essere lui...

Adesso mi vedo al volante della vecchia Bullnose per le strade della Normandia. È una bellissima giornata. Di quelle con le nuvole chiare. Una giornata normanna. Viaggio sola. Mi sento libera.

Non ho avvisato gli Hervieu. Credo che saranno molto sorpresi quando mi vedranno arrivare.

Dopo Caen, quando imbocco la strada di Saint-Lo, comincio a vedere le fattorie di legno e argilla, le tenute circondate dalle siepi e quel cielo incomparabile della bassa Normandia.

Da quell'estate, quando scoppiò la guerra e miss Abbott mi portò in Inghilterra, non sono più tornata qui. Ho una specie di nodo allo stomaco.

Mi fermo per più di mezz'ora a Saint-Sauveur-Lendelin. Voglio comprare una scatola di tabacco. Per madame Hervieu ho preso un foulard di seta in uno dei negozi alla moda di Deauville, ma all'improvviso mi è venuto in mente che a suo marito piaceva sedersi sulla panca di pietra, vicino al muro della facciata, e che proprio lì, quando aveva finito di lavorare nei campi, si preparava una sigaretta di tabacco scadente che fumava di gran gusto. Il ricordo di quei momenti mi riporta a qualcosa che credevo di aver perduto per sempre: un modello di vita che non corrisponde per niente alla mia attuale. So perfettamente che cosa mi sta succedendo e non mi oppongo. Tutti i miei pensieri ruotano attorno a una stessa idea, eppure non farò nulla perché non so ancora come farlo.

Passo accanto all'*École communale des filles*, con le sue arcate e i muri di pietra. Che freddo faceva sempre là dentro... Adesso la scuola è chiusa, le bambine hanno finito le lezioni, ma io mi affaccio lo stesso a una di quelle finestre con i vetri sporchi e guardo l'aula in cui ricordo di aver studiato. È rimasta praticamente identica. Non mi accorgo nemmeno del deterioramento causato dagli anni. È uno spazio pieno di vita e mi trasmette una strana energia.

Davanti alla chiesa e al municipio c'è un mercato all'aperto. I contadini vendono ogni tipo di prodotto locale: i formaggi, i panetti di burro avvolti in grosse foglie di vite, il sidro e le composte o le marmellate di mela e di mela cotogna. La sola vista di questi semplici piaceri basta quasi perché ne risenta il sapore. Un ragazzo mi fa assaggiare i suoi formaggi. Quando vede la mia espressione, sorride soddisfatto. Gli sorrido anch'io. Non mi serve un formaggio, ma lo prendo lo stesso. È interessante verificare come la memoria sia capace di collegare due sensazioni così distanti come qualcosa che vedi oggi e i sapori dell'infanzia. C'è qualcosa di magico in questo.

Davanti alla chiesa c'è la bancarella di una donna che vende saponi preparati artigianalmente. Li avvolge in una stoffa a fiori o a quadretti, ogni profumo ha il suo colore: ce ne sono al miele, alla lavanda... Parlo un momento con questa donna, sento il suo accento normanno che mi è tanto caro. Mi spiega che prepara i saponi come le ha insegnato sua nonna, ma lei aggiunge qualche goccia di olio essenziale comprato a Caen, e che sua cognata, che ha un negozio di tessuti, le regala i campionari con cui prepara le confezioni. Mi confessa che fabbrica le saponette della misura adatta ai ritagli di stoffa della cognata. Sono così belli, i suoi saponi, che mi viene da pensare a quale successo avrebbero a Parigi. Ne compro uno per tipo, come regalo di benvenuto per Frances. le piaceranno sicuramente.

Sono quasi le undici. Temo che arriverò a casa degli Hervieu proprio all'ora di pranzo, ma immagino che per loro non sarà un problema. Man mano che mi avvicino alla fattoria, aumenta un po' la mia agitazione. Forse avrei dovuto avvisare. Come staranno? Come saranno adesso i ragazzi?

Avanzo sul sentiero di terra battuta e vedo la casa a un solo piano, un edificio lungo, con vasi di fiori sui davanzali delle finestre. Sembra la casa di una fiaba. Una di quelle fiabe con i bambini abbandonati nel bosco. E, a ben vedere, forse è proprio così.

Non faccio in tempo a spegnere il motore che si apre la porta e sbuca una donna con i capelli grigi. Sposta il grembiule da una parte e sembra sorpresa o spaventata. Ha un fazzoletto azzurro attorno al collo. È madame Hervieu, naturalmente, la riconoscerei anche se fossero trascorsi mille anni. Lei invece non capisce bene chi io sia. Noto la sua espressione stupita mentre scendo dalla macchina e le vado incontro, con le mie scarpe chiare e le calze bianche. Quando osserva i miei vestiti, le sopracciglia di madame Hervieu s'inarcano in modo interrogativo, ma poi ecco la sua grande gioia quando finalmente mi avvicino e capisce che sì, sono proprio io.

Non mi abbraccia, si gira verso la casa: «Bernard», grida. «Vieni subito, guarda chi c'è.»

Monsieur Hervieu s'affaccia alla porta con la sigaretta in bocca. Indossa una giacca di velluto e un vecchio gilè, forse lo stesso che usava quando stavo da loro.

Neanche lui mi riconosce.

«Ma guarda chi è», insiste la donna. Per un attimo penso che andrà da lui a scrollarlo per farlo reagire. «Rose... è Rose, la nostra Rose.»

Pronuncia il mio nome in francese. E a me fa piacere sapere che da qualche parte, su questa Terra, qualcuno pronuncia ancora così il mio nome.

«Ma perché è venuta così, senza avvisarci? Guardi come sono combinata...»

Si passa entrambe le mani sugli abiti, come se volesse togliere una polvere invisibile.

«Per favore, madame», la prego io, «non mi dia del lei. Non lo sopporto. Mi scuso tantissimo per il disturbo e per essere capitata senza avvisare.»

«Disturbo? Bambina mia, non dire sciocchezze, vero, Bernard?»

E finalmente mi abbraccia. Ha lo stesso odore che aveva allora, di campagna, di aria pulita, di mangime per le galline, di biancheria asciugata al sole. Mi sento bene. Nella mia testa, le parole di Emily Brontë acquistano improvvisamente tutto il loro senso.

A nulla valgono tante giustificazioni e spiegazioni quando ripenso alla mia infanzia. È conservata in questa cucina, riposta nel frutteto, nei piatti di peltro, negli occhi grigi di madame Hervieu. La mia infanzia. Ciò che ero.

«Sei sempre così studiosa?» domanda ingenuamente madame Hervieu. Lei non può sapere che cosa stia succedendo dentro di me. «Dio mio, come ti piaceva leggere... Avevi sempre un libro.»

Ha il foulard di seta tra le mani. Lo tocca come se fosse troppo delicato per lei, eppure non si decide a rimetterlo nella scatola. Mi ha ringraziato un po' timidamente, e credo voglia tenerlo davanti agli occhi per trovare il modo di ringraziarmi ancora, con più calore. Io però vorrei che finalmente lo mettesse via.

«Ultimamente leggo poco, a dire il vero. Vivo con mia zia, la sorella di mia madre. È una donna molto vivace e la vita sociale mi impegna molto.»

Madame Hervieu accarezza il foulard con le sue dita nodose.

«Ho sempre pensato che saresti diventata qualcuno.»

Si accorge che forse ha corso troppo.

«Voglio dire che Bernard e io», guarda un attimo suo marito, anche la scatola di tabacco è sulla tavola, «ci siamo detti tante volte che tu non eri come le altre ragazze che devono per forza trovarsi un marito, sai? Quante volte ho detto a Bernard che a parte te non ho mai conosciuto nessun altro capace di fare qualunque cosa si proponesse nella vita.»

Sono sul punto di scoppiare a piangere.

«E i ragazzi?» domando io cercando di cambiare discorso. «Cosa fanno?»

Madame Hervieu s'illumina in viso.

«Ah», esclama, «si sono sposati tutti e tre, e ora hanno le loro case.»

«Anche Marcel?»

«Sì, sì, anche il piccolo. Ha un bambino di due mesi. Come passa il tempo, vero?»

Questa vita... Una linea retta, senza scosse.

«Ti fermerai a pranzo con noi, spero. Sto preparando la *matelote* d'anguilla, ti ricordi?»

Ricordo. A noi bambini non piaceva per niente quella

minestra che madame Hervieu preparava con i pesci che regalavano a monsieur Hervieu a Pirou. La cuoceva a fuoco lento, aggiungendo i funghi freschi.

«E poi torta di prugne, delle nostre, del nostro frutteto. A Parigi sicuramente non troverai delle prugne che durino tutta l'estate, dico bene?»

Mi fermo da loro. Mangiamo tutti e tre insieme al tavolo di legno malandato, lo stesso dove un tempo studiavo, dove sgranavamo pannocchie o infilavamo scalogni. Il luogo dove accadeva tutto. Il centro dell'universo.

Dopo pranzo, madame Hervieu insistette per andare a trovare suo figlio Marcel, che viveva a un paio di chilometri più in là, sulla strada per Périers.

«Poi puoi rimanere a dormire in camera tua. È rimasta uguale.»

Per niente al mondo avrei voluto offenderla, ma con il trascorrere delle ore mi sentivo sempre più a disagio. Non potevo assolutamente rimanere a dormire. Sapevo che dentro di me qualcosa stava per esplodere.

Andammo da Marcel con la mia macchina. Quando misi in moto e li vidi là, loro due, stretti l'uno contro l'altra, quel disagio diminuì un poco. L'aria del pomeriggio era leggermente profumata dagli ultimi fiori di melo. E mi sgomberò la testa per un istante.

La fattoria era nuova. Un edificio di pietra a due piani con uno spiazzo davanti, dove c'erano un aratro, un carro con l'asse poggiato a terra e una coppia di buoi legata alla parete sotto la tettoia. Ci accolse un uomo alto e corpulento, che baciò madame Hervieu senza smettere di fissarmi. Era impossibile riconoscere il piccolo Marcel in quel tizio dal naso camuso e dal corpo massiccio. Tanto lui come sua moglie, una donna secca e seria con i capelli rossi, erano in imbarazzo a causa del mio arrivo, e anche se cercarono di fare finta di niente era evidente che la mia presenza li metteva in un disagio dal quale non sapevano come liberarsi. Per fortuna il piccolo allietò tutti e passò dalle braccia di uno a quelle dell'altro, fino a quando cominciò a piangere sconsolato e io potei finalmente congedarmi da quella che per anni era stata la mia famiglia. Lì non c'era più posto per Rose.

Esclusa, senza un luogo dove passato e presente non si disturbassero a vicenda.

Guidai per circa cinquecento metri, fino a quando la fattoria non scomparì alla mia vista. Allora fermai la macchina all'imbocco di un sentiero e scoppiai a piangere. Non credo di aver mai pianto così tanto in vita mia.

32

Sicuramente, nel bene e nel male, non sarò mai abbastanza grata a Frances per avermi permesso di conoscere la Parigi degli anni Venti.

Vidi Jordan Miller ancora un paio di volte prima di partire per l'Inghilterra. L'ultima fu al *Criterion*. Mancavano due giorni all'arrivo di Frances e Roger era già in Italia, quindi mi sentivo in una specie di limbo. Avevo pensato di restare a casa, ma i miei amici René e Suzy capitarono prima di cena e mi trovai costretta ad andare con loro.

Prendemmo un paio di stuzzichini nel bar del *Criterion*, dove René aveva dato appuntamento a dei musicisti che avrebbero ingaggiato per la festa di compleanno di Suzy. Dopo una mezz'ora, si unirono a noi anche i Moore, Marianne Frost, Jordan Miller e sua moglie Elizabeth, che aveva otto anni più di lui e gli trotterellava appresso con un atteggiamento tanto sottomesso quanto incomprensibile. Un attimo dopo arrivarono anche Dick Parker e Maida. Non si perdevano mai una serata. Dick era bello, così bello, raffinato ed elegante che smetteva perfino di suscitare l'interesse delle donne. Tempo dopo, quando smise di frequentarlo, Jordan disse che era fine e delicatino come una signorina. Quanto a Maida, mi metteva un po' in imbarazzo, perché a qualsiasi ora la si incontrasse sembrava sempre ubriaca fradicia. Comunque era impossibile andare al bar del *Criterion* e non trovare qualche conoscente. Solitamente le serate finivano con una specie di riunione di belli e maledetti, frizzante e incontenibile come la Parigi di quegli anni.

Le conversazioni.

Sempre disparate, confuse, complicate.

«... è capace di scolarsi una bottiglia di bourbon in una sola serata...»

Dietro di me, qualcuno trascina una sedia.

«... e a quel punto sbuca fuori lei praticamente nuda...»

Un uomo mi bacia sulla guancia, non ricordo chi, ma so che poi si siede lontano, all'altro capo del tavolo. E che per un attimo questo mi dispiace.

«... un libro di quel poeta irlandese...»

E una voce di donna che chiama il cameriere.

«... come si sono azzuffati...»

«Ma tu leggi poesie? Io solo romanzi. Il futuro è la narrativa...»

So che là in mezzo ci sono persone di grande talento e anche qualche fanfarone.

«Dammi retta, la poesia è destinata a scomparire.»

Quella sera, tranne René e me, erano tutti americani. Anche Suzy. Capitava. A volte io stessa mi domandavo dove fossero finiti i nostri amici francesi. Nel giro di un paio di mesi, questa mareggiata giunta da oltreoceano li aveva allontanati dalla mia vita.

«...ah... ma tesoro, quello è dell'Idaho, ci credo che è fuori di testa!»

Americani. Erano creativi, spontanei, irriverenti. Ma soprattutto spaventosamente ottimisti. Roger aveva ragione: l'Europa era invecchiata, e poco per volta tutti quegli stranieri si stavano impossessando di Parigi. Era vera, questa impressione, o era dovuta al semplice fatto che Frances era via da tre mesi e io mi ero lasciata trascinare da Roger?

«Allora lui le ha tirato uno sganassone e l'ha fatta cadere per terra. Lì, davanti a tutti...»

Qualcuno ordina un'altra bottiglia. Altre voci e altre risate. E fiumi di alcol.

I musicisti sono arrivati e René si è appartato con loro a un capo del tavolo per prendere accordi. Appena René libera la sua sedia, Miller si alza e va a sedersi accanto a Suzy. So già che cosa succederà dopo.

All'altro capo del tavolo, Maida, che sta seduta accanto alla moglie di Miller, beve il rum di Jordan e poi fa un cenno al cameriere mostrandogli il bicchiere vuoto.

E sento, come in un sogno che ho già fatto: «Un proiettile... e quel povero soldato italiano che...»

Suzy è una ragazza americana molto simpatica e seducente. Ha i capelli lunghi e rossi, molto ricci. Li porta sempre raccolti in modi diversi e qualunque cosa faccia con quella portentosa chioma è sempre favolosa.

«Non potevo lasciarlo lì a morire, capisci?»

Sicuramente non sono i capelli la prima cosa che Jordan ha notato, perché Suzy, che è molto alta, molto bella, molto ricca, ha anche un bellissimo seno. E questo fa impazzire gli uomini. Stasera indossa una tunica a disegni geometrici con i due lati aperti e uniti da liste dello stesso tessuto dell'abito che disegnano un percorso completo del suo corpo nudo. Quando è seduta, da queste piccole aperture laterali s'intravede la bella curva ascendente dei suoi seni grandi e sodi. Capisco il povero Jordan. Non è facile staccare gli occhi da quello spettacolo.

«Sì... sono stato decorato... Il governo italiano...»

René è tornato. I musicisti se ne sono andati.

«Ciao, bello», dice a Miller. «Eccomi di ritorno. Adesso puoi tornare al tuo posto.»

Jordan si alza di malavoglia e torna all'altro capo del tavolo, dove Maida fuma una sigaretta fissando ossessivamente il vuoto.

«Chi era?» domanda René a Suzy.

«Un giornalista. Mi pare che mi abbia detto di essere un corrispondente del *Toronto Star*.»

Sono gli anni Venti. Siamo giovani, intrepidi e tutti perfettamente sconosciuti.

Marianne Frost sta cercando di dirmi qualcosa attraverso le voci e le risate, quando mi accorgo che qualche tavolo più là c'è Owen Lawson.

Mi vede anche lui. Mi saluta con un cenno del capo e quasi subito si alza e s'avvicina. Però va prima dai Parker, e fa segno di raggiungerlo al suo accompagnatore, un tizio con baffi e occhiali che sembra un professore universitario. Vedo che li presenta, o magari si conoscevano già, perché Dick e l'uomo con gli occhiali si stringono calorosamente la mano e cominciano a chiacchierare animatamente. Poi Lawson gira attorno al nostro tavolo, passa davanti ai Miller senza degnarli di uno sguardo e infine raggiunge il capo dove ci sono io. René scosta la sedia e gli fa spazio. Adesso Owen Lawson finge di parlare con me, mentre non stacca gli occhi dal vestito di Suzy.

«È tanto che non vedo Frances», dice con un accento così assolutamente inglese che mi colpisce come se fossero mille anni che non lo sento. «Mi hanno detto che ha fatto il grande passo.»

«Torna tra un paio di giorni. È stata negli Stati Uniti per quasi tre mesi.»

«Oh... Un viaggio lungo, non c'è dubbio.»

Accende una sigaretta e il fumo mi arriva dritto negli occhi.

«Andrà al matrimonio della figlia dei Ferguson?»

Questa domanda mi sorprende.

«Sì», rispondo semplicemente.

Avvicina la sigaretta alla bocca con le sue dita dalle unghie lunghe, gialle di nicotina.

«Allora ci si vede là.»

* * *

Che cosa mi infastidisce di quest'uomo? Non è il suo aspetto. Non solo quello. Nemmeno la sua conversazione. È colto, educato, ameno. Credo che la mia avversione sia dovuta a Elsinor Park, a come quel giorno mi sono sentita troppo giovane e non all'altezza. Ogni volta che incontravo Owen Lawson mi sentivo così. Stranamente esclusa. Da qualcosa. Non so da che cosa. Forse dal letto in cui James incontrava Frances di nascosto, mentre io potevo solo leggergli libri. E va bene. Così stavano le cose. Assurdo, lo so, ma anche inevitabile.

«Rose? Rose Cosway?»

C'è un uomo davanti a me. Ci metto un attimo a riconoscerlo.

«Elliott», mormoro senza volere, quando riconosco il suo sgradevole sorriso. «Cosa fai a Parigi?»

Capisce che non mi fa nessun piacere vederlo.

«Sono qui con la mia fidanzata. Sarah non te lo ha detto? Mi pare che tu sia stata con lei a Deauville.»

«No», rispondo educatamente. «Non lo sapevo.»

«Mi piacerebbe fartela conoscere.»

Lo seguo, cercando di non sembrare troppo antipatica. C'è una ragazza molto giovane seduta a un tavolino per due. Non sembra divertirsi troppo.

«Florence, ho il piacere di presentarti Rose Cosway.»

La ragazza si alza e abbozza un timido sorriso.

«Siamo quasi parenti», aggiunge Elliott guardandomi. «Non è vero?»

Stringo la mano della sua fidanzata. *Quasi parenti... Che cosa vuoi dire, Elliott?*

Non voglio sedermi con loro. Spiego che ho un altro impegno, che sono con alcuni amici al tavolo in fondo. Elliott e Florence si girano da quella parte. Dick Parker si è alzato in piedi con il bicchiere in mano e dice qualcosa che credo sia molto divertente, perché tutti scoppiano a ridere.

«Sono scrittori americani, sai?» dico a Elliott con grande perfidia. «A tuo fratello sarebbe piaciuto questo ambiente.»

Il dito nella piaga. Quasi parenti, eh...?

Ci salutiamo, dandoci appuntamento al matrimonio.

«A proposito», esclama come per caso, ma con intenzione. «Ci sarà anche il duca di Ashford, lo sapevi?»

«Sì», rispondo con parecchio sangue freddo. «Qualcuno me lo ha detto, non ricordo chi. Sarà un avvenimento memorabile, ovviamente. Sono felice per Sarah e per Charles. Come sai, nutro un profondo affetto per loro.»

Elliott non ha il tempo di rispondere, perché io mi congedo dalla sua fidanzata con un lieve cenno del capo, troncandogli le parole in bocca.

Al mio tavolo intanto continuano i bagordi. E io sono profondamente alterata.

Guardo tutti. Uno per uno.

Questa notte, appena arriverò a casa, scriverò a Roger per dirgli che dopo il matrimonio di Sarah e Charles lo raggiungerò in Italia.

33

«CREDE sia innamorata di Roger?»

Lola ha finalmente fatto una pausa quando una vicina che tornava dal panettiere ci ha dato il buongiorno. È un bel pezzo che sta leggendo e immagino le faccia piacere riposare un attimo.

«Immagino di no.»

«Che peccato... Non vedo l'ora che Rose s'innamori...»

Sorrido, e decido di affrontare un'altra questione che mi preoccupa di più.

«Mi stavo domandando se a lei e suo marito non potesse far piacere ricominciare a fare gli editori. Immagino che sia un lavoro appassionante.»

Lola mi guarda meravigliata. Credo che la mia domanda l'abbia colta di sorpresa.

«Sì, era un lavoro interessante», ammette senza troppo entusiasmo.

«Crede che sia difficile?»

«Riaprire la casa editrice? Impossibile», risponde tagliente.

«Per i soldi?»

Alza le spalle.

«Sì», riconosce. «In un certo senso. Ma a parte quello,

cosa possiamo pubblicare? Pemán, Agustín de Foxá, Gabriel y Galán? Non sa nemmeno chi siano, vero?»

Non riesco a capire che cosa mi voglia dire.

«Mio marito ha pubblicato in Spagna l'opera di Apollinaire, di Cocteau, di Paul Morand... Non potrebbe adattarsi a quello che ci è caduto addosso. Dice che preferisce vendere gomme per cancellare.»

«Capisco. Suo marito è un uomo tutto d'un pezzo.»

«O molto testardo», ribatte lei. «Insomma, vuole che andiamo avanti?»

«Non è stanca?»

«No, si figuri... Mi piace questa storia. Potrei continuare a leggere per ore.»

Lola non sa quanto mi facciano felice queste parole. E aggiunge ancora: «E sa una cosa, Alice? Mi piace molto condividerla con lei».

34

QUANDO Frances scende dalla nave, mi accorgo che avevo quasi dimenticato quanto potesse essere bella ed elegante. Indossa una gonna a pieghe di seta grigio perla cangiante, con dei quadretti che emettono luccichii quando si muove sulla passerella. Ho l'impressione che cammini su un tappeto d'acqua. Porta anche un grazioso cappello a cloche con nastri di seta incrociati. E una giacca blu con uno scudo sul taschino, sportiva e di taglio maschile, come quella dei giocatori di polo. Ha solo un filo di trucco.

Sono passati più di vent'anni da quel momento, ma io lo ricordo ancora e continua a sembrarmi favoloso che Frances sia tornata a casa.

Navi che partono, navi che arrivano... All'improvviso, capita tutto a Le Havre. In quella città sporca, arrugginita e puzzolente, Frances e io dormiamo insieme in un hotel di rue du Commerce e la mattina dopo ci imbarchiamo su un traghetto della White Star Line per l'Inghilterra. La Morris Bullnose è sul ponte, chiusa fra altre quattro macchine, e noi due, con i gomiti appoggiati sul corrimano, restiamo lassù fino a quando la foce della Senna scompare. Anch'io ho un cappello a cloche, tirato sulle orecchie e con un'ala piegata. Ci siamo messe entrambe il soprabito. Oggi il vento non m'importa.

«Sai una cosa?» le dico, mentre contemplo la scia che l'imbarcazione forma a babordo. «Mio padre verrà al matrimonio.»

Lei non si muove. Non mi guarda. Le sue mani, infilate nei guanti di capretto, sovrastano la schiuma del mare come due uccelli immobili. Per un attimo ho il dubbio che non mi abbia sentito.

«Mi dispiace, cara», dice alla fine. La sua voce è più grave del solito. «Mi dispiace molto. Avrei preferito che tu non dovessi affrontare questa cosa.»

«Non importa», rispondo, questa volta sinceramente. «Non più.»

«A me sì, invece», replica quasi subito lei. «Mia cugina avrebbe dovuto avvisarmi. E se non lei, perché non può star dietro a tutto, avrebbe dovuto dirmelo Sarah. Sapendolo prima, magari non ci saremmo nemmeno andate....»

Continua a non guardarmi. So che non è con me che è arrabbiata ma comunque ho una piccola stretta al cuore.

«Credi che verrà con sua moglie?»

«Ah...» Frances fa una risatina, così amara che sembra un gemito. «Sarà tanto sfacciato da farlo.»

Nonostante il vento così fastidioso e gli schizzi d'acqua che inevitabilmente ci colpiscono di tanto in tanto, ci tratteniamo ancora un attimo da questa parte del ponte. Parliamo a lungo di lei e di Freddie, dei loro progetti. Frances ha un atteggiamento strano. Per qualche ragione che non riesco a capire, non sembra la solita Frances. Io vorrei sapere che lei è completamente felice, come Sarah, come tutte le spose di questo mondo, invece è controllata, prudente. Eccoci là, insieme, a guardare il mare, che non è blu o verde ma grigio come il mercurio, profondo e minaccioso, un mare in cui avrei dovuto vedere il riflesso ciò che stava per accadere.

* * *

«Come sto?»

«Sei bellissima come sempre»

Frances indossa un abito che non le avevo mai visto. Lo ha preso negli Stati Uniti. È di voile trasparente, color salmone, con una sottoveste di seta dello stesso colore. La cintura è bassa, morbida, con pietre di ambra nera. Anche il corpetto e la gonna hanno dei disegni geometrici ricamati con perline e filo nero. È talmente studiata la semplicità di questo vestito, che l'attenzione non cade tanto sull'abito in sé quanto sulla donna che lo indossa. Anche se, ovviamente, si notano entrambi.

«Sei molto abbronzata», dico indicando le sue braccia nude.

«Sì», risponde improvvistamente allegra. «Freddie e io siamo stati molto in barca. Certi giorni stavo sempre in costume da bagno.»

Ho visto quel costume da bagno. Credo che se si presentasse con un capo del genere sulle spiagge della Normandia l'arresterebbero all'istante.

«Negli Stati Uniti sono molto permissivi», osservo.

«Per nulla, cara. Sono ipocriti quasi come gli inglesi e sicuramente molto più dei francesi. Credimi, per certe cose la migliore è la Francia.»

«Peccato che Freddie non sia potuto arrivare in tempo...» Lo dico con il cuore. Ho finito per affezionarmi a quello stupidone.

Nella hall, prima di prendere il soprabito mi guardo allo specchio. Anche il mio vestito grigio è di voile, con dei disegni geometrici ricamati sul bordo della gonna. Non mi piace molto questa coincidenza.

«Vuoi davvero andare in macchina?»

«Sì, cara, sì. Il pranzo sarà nella proprietà dei Ferguson nello Hertfordshire. Non voglio dipendere da nessuno per andare fin laggiù e meno che meno per tornare.»

Almeno non dovremo farcela a piedi fino alla rue d'Anjou. Frances ha chiesto di portarle la macchina alla porta di casa.

«Sicura che sto bene?» domanda ancora.

Sembra nervosa, insicura. Sono sul punto di dirle di non preoccuparsi troppo per il suo aspetto, perché sono io quella che incontrerà il proprio padre per la prima volta.

«Sei abbagliante.»

Poi ci rifletto meglio. È proprio quel giorno che glielo dico. Quella frase mi risuonerà nelle orecchie per tutta la vita.

«Abbagliante non è la parola giusta, Frances. Certe donne quando arrivano in un posto ti abbagliano, mentre tu illumini.»

Frances è visibilmente commossa dalle mie parole. Appoggia la borsetta sulla mensola e mi abbraccia.

«Non farmi piangere, che mi rovino il trucco.»

35

STIAMO ancora parlando. Prima mi ha accompagnato all'hotel. Poi ci siamo fermati a bere un drink al bar. E quando hanno chiuso, l'ho invitato a salire nella nostra suite e lì abbiamo continuato a parlare... Ho voglia di toccarlo, di posare la testa sul suo torace e restare così per tutta la vita.

Tra noi non è successo niente. Non ancora. Niente di fisico. Eppure so per certo che quello che sta accadendo è importante.

Si chiama Henry. Henry Tomlin.

Ci siamo appena conosciuti. È venuto al matrimonio di Sarah con Lawson. È suo amico. Frances e io siamo capitate al loro tavolo. Con noi ci sono anche un diplomatico di nome Harold e la sua giovane moglie.

Harold alla mia destra. Henry Tomlin alla mia sinistra.

«Harold è destinato a Parigi», sta raccontando la ragazza a Frances, mentre Henry, come per scusarsi, mi dice che lui fa il traduttore. «Io invece sono rimasta a Londra perché abbiamo due bambini piccoli.»

«Noi abitiamo a Parigi», esclama Frances facendo un gesto per indicare anche me.

«Ah sì?» all'improvviso vedo che Henry interroga Owen con lo sguardo. Non so che cosa significhi quell'occhiata. E poi si rivolge a me: «Sarò a Parigi tra un paio di settimane. Mi fermerò per tutto l'inverno».

«Starai da Owen?» domanda Frances dando un taglio ai resoconti famigliari della moglie del diplomatico, che a questo punto non può far altro che imbastire una conversazione con un Lawson di malumore.

«No», risponde Henry. «Temo di no. Io sono del Galles. Abbiamo un forte senso d'indipendenza.»

Harold ha assunto un'espressione contrariata. E anche sua moglie. Frances scoppia a ridere.

«Speriamo di vederci spesso, allora», esclama mostrandosi chiaramente dalla sua parte.

Henry cerca di tenere la conversazione sul generale, ma non so come, forse era inevitabile, noi due cominciamo a parlare di libri. Lui sta traducendo Marcel Proust. Gli confesso che non l'ho letto.

«Devi leggerlo. La *Recherche* entrerà nella storia della letteratura francese come l'opera più significativa del ventesimo secolo.»

Qualche giorno prima avevo sentito Owen Lawson che diceva la stessa cosa dell'ultimo romanzo di James Joyce, *Ulisse*, che uscirà tra poco. Le due opere più significative del ventesimo secolo saranno complesse, aride e infinite come il momento storico in cui furono scritte.

Ma ora siamo all'inizio di tutto. Mi sento felice. Nonostante mio padre. Nonostante la paura che avevo...

Tutti i miei ragionamenti su questa giornata sono andati a gambe all'aria. A un tavolo ci siamo Henry e io, che intessiamo il nostro futuro. A un altro c'è l'uomo che è mio padre. Me lo hanno già presentato.

È successo appena siamo arrivate. Sarah è venuta a riceverci. Il suo abito da sposa è semplice ma elegantissimo, come lei. Dopo la cerimonia si è tolta il velo e ora nei capelli ha un'acconciatura di pizzo abbinata al vestito. È raggiante. I suoi occhi grigi brillano come se avessero bevuto tutta la luce di questo soleggiato giorno che sta per terminare.

«Rose», mi dice senza troppi giri di parole, «vuoi che te lo presenti subito?»

Annuisco, senza dire nulla. Perché attendere? A volte il «dopo» non arriva mai.

Allora Sarah mi prende per mano. Ci facciamo strada tra la gente che sorride alla sposa. Alcune signore con enormi cappelli con le piume si agitano quando passiamo.

«Vieni anche tu?» domanda Sarah a Frances.

«No, no. Andate solo voi, care», risponde lei con tono falsamente disinvolto. A volte Frances finge molto male.

Eccolo lì, in compagnia di una donna molto giovane. Sono sbalordita dal loro aspetto austero e un po' antiquato. Lei sembra quasi la moglie di un pastore.

«Rose, ti presento sir Edgar Goodwill, duca di Ashford.»

Lui mi porge entrambe le mani. Sembra un gesto affettuoso. Metto le mie mani nelle sue.

Un brivido. È un momento che mi emoziona e stranamente non mi sento per nulla a disagio.

Non faccio in tempo a domandarmi se gli assomiglio, né a imprimere nella retina i particolari dei suoi lineamenti, come la forma del naso o il colore degli occhi, perché sento subito mio padre che dice: «Questa è Constance, tua sorella».

Questo invece mi stupisce. Perché nessuno mi ha mai detto che ho una sorella?

Nei suoi occhi vedo il mio stesso stupore. E subito vedo anche altro: mi sta valutando. Guarda il mio cappello, il vestito, le calze e le scarpe italiane. E questo rapido esame provoca la sua gelosia, che viene per restare. Da allora Constance mi ha sempre invidiato, non so perché.

Torniamo al nostro tavolo. Ecco Henry. La sua conversazione è molto stimolante e i suoi occhi comunicano sincerità. Penso subito a Charles Glenmire, che adesso è il marito di Sarah.

Henry è lo stesso tipo d'uomo. Solido. Qualcuno cui puoi consegnare la tua vita sapendo che si prenderà sempre cura di te. Roger svanisce poco a poco, con l'avanzare della notte.

Se potessi riunire in modo coerente tutte le sensazioni di quella sera... Ma non è possibile. Da tanto ormai ci ho rinunciato.

Frances e io andiamo a sistemarci il trucco. Siamo solo noi due.

«Come è andata?» mi domanda. «Cosa ti ha detto?»

«È stato affettuoso. A dire il vero non abbiamo quasi parlato, ma immagino che ci saranno altre occasioni.»

Frances si sta incipriando il viso.

«Non farti troppe illusioni, cara. Goodwill è una vera canaglia. Un arrogante che pensa solo a se stesso.»

Mi infastidisce che parli in questo modo.

«Perché lo odi così tanto? È solo per mia madre?»

Frances sembra sul punto di dire qualcosa. Il suo viso s'irrigidisce. È un'espressione che le ho visto solo in pochissime occasioni.

«Sì, solo per questo, cara», risponde con voce affaticata. «Solo per questo.»

Non so che cosa dire. Soffre più lei di me.

«Almeno ha avuto la decenza di non venire con sua moglie...» chiude la cipria e la mette in borsetta. È davvero furiosa.

«E sua figlia? L'hai vista? Sembra un'istitutrice.»

Mi viene da ridere. Allora sorride anche lei.

«Hai notato che vestito?» esclama guardandosi allo specchio e aggiustandosi l'abito in vita. «Come fai a indossare un vestito del genere a un matrimonio?»

«Quanti anni ha?» domando senza troppa curiosità, un po' per inquadrarla.

«Un paio di mesi più di te.»

«Accidenti», faccio io. «Il duca si è dato parecchio da fare in quel periodo.»

Allora ride anche Frances.

«Meno male che la prendi così. Ovviamente è il modo migliore per affrontare la situazione.»

Si china e tira verso il basso la fodera del vestito. Ho l'impressione che voglia stirare delle pieghe che vede solo lei.

«Andiamo, cara», prosegue cingendomi affettuosamente la vita. «A parte la sposa, stasera a questa festa non c'è un'altra donna bella come te.»

Perché me lo dice? Non è necessario. Io sto bene, mi sento a mio agio con me stessa, con quello che sono. Non mi serve essere la figlia legittima di sir Edgar Goodwill. Non più, Frances, non più. Non lo dico a nessuno, non l'ho mai detto nemmeno a Henry, ma l'unica famiglia alla quale ho desiderato appartenere, in un determinato momento della mia vita, è stata la famiglia Hervieu.

Ormai è finito tutto. È l'una di notte. Henry e io abbiamo trascorso quasi sei ore insieme. Parliamo di tutto, di Parigi, della musica jazz, di Ravel e Debussy, dei nostri romanzi preferiti, della Normandia e di certe abitudini inglesi che entrambi detestiamo. Gli piace Emily Dickinson, come a me. Gli piace Čechov, come a James. Non lo appassiona molto Ezra Pound, e anche qui siamo sulla stessa lunghezza d'onda. Non so se anche per lui è lo stesso, però a me lui piace. Mi piace molto. Vorrei correre in camera di Sarah e Charles, ringraziarli e dire segretamente a Sarah: è lui, è quello giusto, non te lo avevo detto che prima o poi sarebbe capitato?

Abbiamo bevuto alla festa, al bar dell'hotel, e adesso ho ordinato una bottiglia di champagne al servizio in camera. Mi sono lavata due volte i denti, semmai lui decida di baciarmi.

È l'una di notte. Proprio allora bussano alla porta, e io apro allegramente pensando che sia la nostra bottiglia.

Davanti a me ci sono due poliziotti e un uomo con un frac grigio che riconosco: è il direttore dell'hotel.

«Scusi, signora», esordisce uno dei poliziotti con tono troppo ufficiale. Comincio ad avere una paura incontrollabile e inizio quasi a tremare. «Lei è una parente di miss Frances Cosway?»

Improvvisamente faccio mente locale. Non avevo nemmeno più pensato a lei. Forse avevo dato per scontato che stesse dormendo in camera sua, perché se n'era andata dalla festa verso le undici. Era venuta a salutarmi.

«Tu resta», mi aveva detto. «Vedo che ti diverti.»

Mi aveva dato un bacio sulla guancia e mi aveva sussurrato all'orecchio: «È bello il gallese».

Ricordo che si allontanò cercando di non affondare con i tacchi nel prato e che il suo scialle si agitava come fosse dotato di vita propria. A un certo punto, mentre camminava sul sentiero di ghiaia, pensai che andava a zigzag.

«È successa una disgrazia, signora», mormorò il direttore dell'hotel. «Possiamo entrare?»

Mi spostai e mi appoggiai alla parete. Una disgrazia. Di che cosa stavano parlando? Che disgrazia?

Henry è accanto a me. Mi aiuta ad arrivare al divano. Mi fa sedere. Tutti mi guardano con apprensione.

«Miss Frances Cosway ha avuto un incidente in macchina.»

Guardo quest'uomo che mi pare sinceramente addolorato.

«È...?»

Non so che cosa mi rispondano, né chi sia a rispondere. So solo che mi guardano con aria di circostanza e che Henry mi prende la mano.

36

Non hanno ancora portato via il cadavere. Stanno aspettando il giudice istruttore.

Quando Henry e io arriviamo alla curva di Hampstead, dove è accaduto l'incidente, Sarah e Charles sono già lì. Sono stati i primi a sapere. A quanto pare, Frances aveva l'invito in borsetta, e così la polizia era andata al ricevimento, dove c'era ancora qualche ospite, per cercare qualcuno che potesse identificare il corpo. La notte di nozze di Sarah si è trasformata in un tragico avvenimento. Non riesco a capacitarmi completamente del mio dolore. Anzi: provo una pena enorme per Sarah, come se questa disgrazia fosse capitata a lei e non a me.

Ci buttiamo l'una tra le braccia dell'altra. Il corpo di Frances giace sotto una coperta dell'esercito. Non voglio guardare. Non posso guardare.

Sarah mi conduce lontano da quel corpo inerme, verso l'albero contro cui si è schiantata la Morris Bullnose. Charles dice a Henry che è stato lui a identificare il cadavere.

La Morris ha il muso accartocciato e il radiatore in vista. Fuma ancora leggermente. È ridicolo, ma mi dispiace che la Morris sia finita così. È la Morris Bullnose di Frances, continuo e continuo a ripetermi.

Non so che cosa fare con il mio corpo, che non mi ubbidisce. Vorrei svenire, uscire da questo incubo che sembra uno scherzo macabro.

E non è ancora finita.

Non sono ancora terminate le sofferenze.

Ci sono ancora maledette sorprese.

Sta cominciando a piovigginare quando sopraggiunge la Rolls-Royce da cui scende mio padre. Mi stupisco molto di vederlo qui. E intanto nessuno è ancora riuscito a fare in modo che arrivi il giudice istruttore.

Anche mio padre mi abbraccia. Il nostro primo abbraccio...

«Mi spiace molto, cara», mi dice all'orecchio. Il collo del suo cappotto odora di un miscuglio di sudore e vetiver.

Poi qualcuno ci suggerisce di andare in macchina. La pioggia sta bagnando il corpo di Frances. Un poliziotto posa la sua mantella sulla coperta, e io vorrei infilarmi sotto quel telo bagnato e abbracciarla più forte che posso per non farla andare via.

Frances...

Sarah, Charles e Henry mi fanno salire sulla Rolls con sir Edgar. Tutti devono pensare che abbiamo bisogno di stare soli.

Ci sediamo l'una di fronte all'altro. Lui si china in avanti e mi porge le mani come ha fatto qualche ora fa. Non voglio che lo faccia. Non so perché, ma desidero solo tenere le mani appoggiate su quel sedile di pelle beige. Voglio stare così. *Lascia che mi appoggi su qualcosa di reale, papà.*

Gli consegno le mani come se gli consegnassi la mia volontà.

«Voglio che tu sappia che, anche se hai appena perso tua madre, non sei sola. Mi prenderò io cura di te.»

Che cosa sta dicendo?

«Non devi preoccuparti.»

Madre? Che cosa sta dicendo questo pazzo? Mia madre si chiamava Margaret, Maggie. Era la tua amante, Edgar Godwill, e tu l'hai abbandonata al suo destino. Quel destino ero io, lo sai?

«Farò il necessario affinché tu possa portare il nostro cognome. Non ti mancherà mai nulla.»

Voglio scendere da questa macchina. Ritraggo le mani e apro la portiera. Le mie scarpe bianche affondano in una pozzanghera. Corro verso le altre macchine cercando disperatamente Sarah. Finalmente li vedo. Sono tutti e tre insieme. Charles fuma con il finestrino aperto.

Mi fermo davanti a loro. Ferma sotto la pioggia. Con il viso inondato di lacrime e gli occhi spalancati per lo stupore.

È Henry che scende e mi fa salire sulla macchina della polizia. Vedo che finalmente hanno portato via il corpo di Frances. Ho voglia di gridare.

È tutto vero. Sarah me lo conferma.

Sì.

«Frances mi ha fatto promettere», Sarah si gira verso Charles. «Ha fatto promettere a tutti che non te lo avremmo mai detto.»

Non capisco. Non posso capire.

All'alba mi riaccompagnano all'hotel. Hanno chiamato un medico, che mi somministra un sedativo. Sarah vuole restare, ma è la sua notte di nozze e non posso accettare.

«Resteresti tu con me?» domando a Henry.

Non so perché glielo chieda. È un perfetto sconosciuto. Non so nemmeno perché gli chieda di stendersi sul letto e di abbracciarmi. Dormiamo così. La nostra prima notte insieme.

37

NEGLI ultimi giorni, Matías ci aveva pensato un paio di volte, ma poi non aveva mai avuto il tempo di controllare che cosa ci fosse di preciso negli scaffali della narrativa in inglese. Si stupiva talmente tanto, tutte le volte che quella donna arrivava e comprava due o tre romanzi, che si era fermamente riproposto di chiedere a Lola da dove fossero saltati fuori quei libri che non ricordava di aver mai acquistato.

Diede un'occhiata prima di aprire il negozio. C'erano volumi abbastanza nuovi, che di certo non provenivano dai fondi di nessuna casa editrice da lui conosciuta. Erano uno diverso dall'altro. Sembrava piuttosto che venissero da una biblioteca privata. Insieme con i libri che sapeva di avere ancora in magazzino, e che lui stesso aveva comprato al mercatino, cioè una dozzina scarsa di titoli, c'erano autori famosi e altri che nemmeno lui conosceva. E quelli che conosceva erano di tale rilievo che a mano a mano che scopriva tutti gli altri gli dispiaceva molto non sapere l'inglese. Comunque, doveva parlare con Lola, perché era chiaro che i libri non potevano essere capitati in negozio da soli. Qualcuno doveva averli portati.

Mentre alzava la serranda si ricordò una cosa: Lola una volta gli aveva parlato di un libraio in calle Sagasta che stava chiudendo il negozio. Sua moglie era incredibile... Sicuramente c'era andata a sua insaputa e aveva comprato uno stock di volumi a un prezzo conveniente. Be', naturalmente non aveva niente da obiettare, perché a dire il vero ultimamente stavano vendendo più libri in inglese che in spagnolo.

Era già dicembre. Quella mattina il clima era freddo e sgradevole, e alcune aiuole dei marciapiedi orientati a nord erano già gelate. Fino all'ora di uscita da scuola sicuramente in negozio non sarebbe entrato nessuno.

Per fortuna Matías indossava la vecchia giacca di velluto con le toppe sui gomiti, che era diventata la sua divisa da lavoro. Era un capo comodo, con cui si sentiva abbastanza calato nel ruolo. Sia chiaro che, fosse stato per lui, avrebbe usato uno di quegli spolverini grigi, ma Lola si era infuriata nell'istante stesso in cui glielo aveva accennato. Sua moglie aveva tante qualità, però a volte la sua educazione da bimba perfettina veniva a galla e navigava tra di loro.

Nel negozio c'era una discreta temperatura grazie alle tubature che salivano dalla caldaia in cantina. Per fortuna, perché altrimenti non avrebbero potuto permettersi nessun tipo di riscaldamento. Così, almeno, potevano tenere la porta sempre aperta e sopportare il freddo che entrava quando si alzava un po' di vento.

Come adesso. Siccome non si aspettava che si presentassero dei clienti così presto, quando vide quel tizio davanti al banco Matías pensò che gli avrebbe chiesto dell'appartamento di qualche suo vicino.

Era un uomo di mezza età, piuttosto basso, con dei baffetti sottili sopra due labbra piegate in un sorriso sgradevole.

Non gli disse buongiorno, ma si guardò attorno con aria ben poco amichevole. Appena lo vide, Matías pensò che fosse un agente della Brigada político-social, la sezione della polizia incaricata della repressione politica.

«Posso aiutarla?» domandò preparandosi al peggio.

L'uomo lo guardò come se non avesse piacere di incontrarsi a faccia a faccia con lui. Esitò qualche istante. Poi infilò la mano nell'impermeabile, tastando all'altezza del petto. Tanto ci mise Matías a capire che quel tizio non era venuto per arrestarlo.

«Ha l'inchiostro per questa penna?»

Matías prese la penna, e intanto soffiò l'aria che involontariamente aveva trattenuto nei polmoni. Notò che era una Parker.

«Sì», rispose freddamente, e quasi subito pensò che avrebbe dovuto essere più gentile. «Posso ricaricargliela oppure darle un calamaio.»

«La ricarichi», rispose l'uomo.

Matías svitò la penna, infilò il pennino nel calamaio e azionò quattro volte lo stantuffo. Era una Vacumatic Golden Pearl, in celluloide marrone con il rivestimento laminato. Queste penne gli erano sempre piaciute, erano affidabili ed eleganti. Poi pulì con cura il pennino d'oro, badando che lo straccio non si infilasse accidentalmente nella fessura.

«È una bella stilografica», commentò consegnandola al suo proprietario. «Però di tanto in tanto dovrebbe farla pulire.»

«Pulire?»

«L'interno. Così non si blocca. Soprattutto se la usa con inchiostri diversi.»

«Lei lo fa?»

«Be'», rispose Matías, «l'ideale sarebbe mandarla alla casa madre. Io posso darle solo una pulita superficiale, senza smontarla. Ma dovrebbe lasciarmela almeno per una giornata.»

L'uomo strizzò gli occhi, che erano piccoli già di natura. Matías pensò che assomigliava a una volpe.

«Va bene. Lei è sempre qui? Intendo, non è che poi vengo e c'è un altro commesso?»

Matías rispose ingenuamente: «Be', a volte c'è mia moglie, ma non cambia nulla».

«In quali giorni?»

«Martedì e giovedì mattina c'è lei, ma davvero, lei può

passare questa sera prima della chiusura ma anche domattina, che è martedì, se preferisce. La penna sarà pronta e mia moglie gliela darà senza nessun problema.»

«Be', vediamo. Forse allora la ritirerò domattina. Lo dica a sua moglie. Non voglio perdere tempo.»

Quando l'uomo si voltò e uscì dalla porta senza salutare, Matías rifletté ancora che, nonostante la Parker, quel tizio sembrava un poliziotto.

Non erano trascorsi nemmeno cinque minuti, e lui stava ancora ritirando lo straccio sporco d'inchiostro, quando la donna che curava Adela entrò di corsa dalla porta.

Appena la vide capì che cosa stava succedendo.

«Venga», esclamò. «Ormai ha finito di soffrire. Il dottore sta scrivendo il certificato.»

Matías abbassò di nuovo la serranda, chiuse il lucchetto e così facendo ebbe l'impressione di chiudere anche un capitolo della sua vita di cui non si sentiva particolarmente soddisfatto.

38

AMPARO ha bussato alla porta proprio cinque minuti prima che uscissi, quando avevo già preparato i libri e li avevo infilati nella borsa. Veniva a portarmi il vaso e l'ombrello. Non sarebbe stato per niente facile liberarmi di lei.

«Guardi... guardi che bel lavoro ha fatto.»

Ha appeso l'ombrello allo schienale di una sedia e mi mostra il vaso come se dovesse vendermelo.

«Quell'uomo ha certe mani... Non trova?»

Cerco di tagliar corto, ma so benissimo che cosa mi aspetta.

«È venuto molto bene», dico. «Proprio come nuovo.»

Cerco di afferrare il vaso ma lei non lo molla.

«Vero?» sorride soddisfatta. «Guardi, guardi...»

Indica la crepa, che è stata rabberciata con delle graffette e coperta con una mano di smalto per renderla liscia e perfetta.

«Senta, senta con la mano...»

Amparo ripete tutto due volte. Sempre.

«Manco un segnetto», insiste. «Manco uno.»

Comincio a perdere la pazienza. Sapevo che questa benedetta crepa mi avrebbe dato filo da torcere, ma oggi non ho tempo per certe sciocchezze. Ho molta fretta perché prima di andare alla libreria voglio passare dal bar per ordinare i caffè e i *churros*. E inoltre devo trovare il momento giusto per mettere i libri sullo scaffale senza che Lola se ne accorga.

«E l'ombrello? Guardi che tessuto.»

Lo apre in mezzo alla cucina.

«Dicono che porti rogna, ma io non ci credo a certe cose, sa? Tocchi, tocchi...»

Tocco ubbidiente il tessuto, e riesco solo a sentire che è scivoloso.

«È nylon, si figuri. Con questo di certo non si bagnerà più, che piova pure quanto vuole. Le durerà un bel pezzo.»

«Quanto le devo, Amparo?»

Apro il portamonete, e dato che non mi risponde, insisto: «Oggi sono un po' di corsa...»

Amparo si dà una grattatina alla scollatura. È un gesto che fa spesso quando vuole dire qualcosa e non sa come cominciare.

«Ha saputo?»

Vuoto il contenuto del borsellino sul palmo della mano, in attesa che lei mi dica quanto ha pagato l'artigiano.

«Vedo che non sa niente.»

E allora si lascia cadere pesantemente su uno dei miei sgabelli. Dalla gravità del gesto capisco che la cosa andrà per le lunghe.

«Non ci potevo credere, davvero. Una famiglia così per bene, gente che abita da sempre in questo quartiere, roba da non crederci.»

Avrei voglia di dirle: «Vieni al sodo, Constance». All'improvviso mi accorgo di quanto Amparo mi ricordi la mia sorellastra.

Poso il borsellino sul tavolo e mi siedo accanto a lei con un'espressione spazientita che però non basta a scoraggiarla.

«Chi lo avrebbe mai detto, guardi, proprio qui, nel nostro quartiere...»

«Ma cos'è successo?» domando alla fine. «Mi sta facendo preoccupare.»

«E c'è proprio da preoccuparsi, signora Rosa, c'è proprio da preoccuparsi. Il figlio dei Cárdenas, quelli dell'ultimo piano, quel ragazzo con gli occhiali...»

Non so di chi parli. Conosco i suoi genitori, ma credo di non aver mai scambiato con loro più di un buongiorno e un arrivederci.

Amparo mi guarda con l'espressione seria di chi sta per interpretare un dramma.

«Lo hanno trovato morto in una di quelle case, sa di cosa parlo, povero ragazzo. Sedici coltellate, gli hanno tirato quelle brutte canaglie. Non aveva una parte del corpo che non fosse coperta di sangue.»

«In una di quelle case?» domando perplessa quando mi lascia parlare. «Intende una casa d'appuntamenti?»

«Povero ragazzo... E poveretti i suoi genitori, diciamoci la verità... Sì, in una casa d'appuntamenti, proprio così, ma il peggio non è questo, perché non era una di quelle case dove gli uomini vanno in cerca di donne...»

«E allora?»

Si avvicina e abbassa la voce.

«Era una casa dove vanno quelli dell'altra sponda.»

Al principio non capisco.

«Finocchi», dice agitando le mani con impazienza. «Froci, ci siamo capite vero?»

Non mi piace nessuna delle parole che usa e credo che lei se ne accorga. Cerco di ricordarmi di quel ragazzo.

«Era tutto coperto di sangue...»

«Quando è successo?»

«A me lo ha detto stamattina la lattaia. Sembra che lo abbiano trovato ieri, all'alba. Si è dissanguato lentamente, ormai non gli restava nemmeno un filo di vita.»

«E i suoi genitori?»

«Si può immaginare come devono stare. Stamattina sono

andata su per dirgli che di qualunque cosa abbiano bisogno... ma non mi hanno nemmeno aperto.»

Sono costernata. Fa sempre impressione sapere che le disgrazie accadono vicino a noi.

«È davvero una notizia triste.»

«C'era da aspettarselo. Quando prendi quella strada prima o poi finisci male...»

«Crede che lo abbiano ammazzato perché era omosessuale?»

Mi guarda sbalordita.

«E perché altrimenti?»

«E perché avrebbero dovuto?»

Amparo è sveglia. Sa che non deve continuare a parlare con me di questo argomento perché potremmo finire per litigare. Penso che associ il mio atteggiamento al fatto che sono straniera.

«Io dico solo che ci sono dei posti dove la gente per bene non deve andare», conclude brontolando.

Poi fa una pausa, si alza in piedi e aggiunge: «L'aggiustatutto mi ha chiesto diciotto pesetas».

Mentre vado al negozio, penso all'accaduto. È strano. Amparo ha perso suo padre in guerra, me lo ha raccontato tante volte. I *nacionales* lo hanno fucilato all'entrata del paese. Quindi non credo che questo regime susciti la sua simpatia. Mi stupisco di vedere con quanta facilità la gente si adatti all'ideologia dei vincitori.

Constance avrebbe potuto dire qualcosa di molto simile a quello che aveva appena detto la mia vicina. Una volta ha fatto un commento del genere quando le ho detto che Henry conosceva Vita Sackville-West. Eravamo a Lambeth Hall, a uno dei suoi tè in cui «il mondo Constance» si esibiva in tutta la sua grandezza: tovaglie ricamate a mano durante le fredde serate invernali, dolci fatti in casa e tre o quattro amiche scialbe e provinciali. C'era anche il pastore, dettaglio molto inglese, in fondo. Non ho mai capito come Constance fosse capace di raccogliere attorno a sé tanta gente così noiosa. Insomma, io ero sola. Henry non era voluto venire. E non gliene faccio una colpa, ovviamente. Da tempo si era stancato di accompagnarmi in quelle visite estive a Lambeth Hall. Comunque, davanti a lei c'era il pubblico perfetto per assistere a quanto accadde in seguito. E anche davanti a me, devo riconoscerlo.

Constance aveva appena parlato del castello di Knole, e così io dissi che una volta Henry e io eravamo stati invitati a trascorrere a Knole il fine settimana.

Credo che la mia sorellastra abbia provato la stessa invidia di quella prima volta, quando ci conoscemmo al matrimonio di Sarah.

«Sei stata a Knole?» mi domandò senza riuscire a evitare un tono sbalordito che rasentava l'ammirazione.

O la rabbia.

«Sì», risposi, all'inizio senza nessuna cattiva intenzione. «Ci siamo andati con un editore e sua moglie, che fa la scrittrice.»

«È così fantastico come dicono? Mi pare che abbia più di trecento stanze.»

A volte mi piace essere crudele con Constance, lo ammetto.

«Trecentosessantacinque, per la precisione, una per ogni giorno dell'anno», specificai, sapendo di servirle sul piatto una buona dose di rabbia.

«E i giardini? Anche quelli sono spettacolari come dicono?»

«I più spettacolari che abbia mai visto in vita mia: più di mille acri di terra, con cervi che scorrazzano da tutte le parti... All'interno è come una specie di villaggio, un patio dietro l'altro, dodici entrate diverse e più di cinquanta scale. Una volta o l'altra dovresti andarci, cara. Lambeth Hall ti sembrerà piccolissima dopo che avrai visto Knole.»

Fino a quel momento Constance mi aveva guardato attonita, ma all'improvviso sobbalzò e s'irrigidì come se avesse inghiottito un palo.

«È vero ciò che si racconta di quella gente?»

Non mi lasciò il tempo di chiederle a che cosa diavolo si riferisse. Constance guardò il pastore come sapendo in anticipo che lui l'avrebbe appoggiata.

«A quanto pare hanno abitudini abbastanza particolari. Immorali, direi.»

Il prete smise di masticare e le due amiche della mia sorellastra chinarono il capo come uccelli che sentono il pericolo.

«Sì», continua Constance. «A quanto pare i tuoi amici fanno parte di un certo gruppo di intellettuali, sai, bohémien senza regole che conducono una vita disordinata e sono legati tra loro da relazioni perverse.»

E siccome nessuno dice niente, aggiunge: «Le donne con le donne e gli uomini con gli uomini, capite?»

Mi ha disarmato. Vorrei dirle qualcosa per tapparle la bocca una volta per tutte, ma non ne sono capace. Guardo il pastore, rosso come un pomodoro, e le due amiche, con le sopracciglia inarcate per lo sgomento, e mi viene una voglia matta di farli scandalizzare ancora di più. Però mi trattengo. Con Constance sono sempre stata capace di mantenere la calma.

«Non sai quello che dici, cara», rispondo con voce calma e tono grave. «La gente di cui parli ha un senso dell'etica molto più grande rispetto a qualunque persona io conosca. E lo hanno ampiamente dimostrato. Per esempio, lo sapevi che quel gruppo di intellettuali e bohémien, come li chiami tu, durante la guerra ha manifestato pubblicamente la propria convinzione pacifista e ha corso il rischio di finire in prigione per aver appoggiato l'obiezione di coscienza? Mi dica, pastore Meyer, uno dei precetti divini non dice forse 'non uccidere'? Mentre, che io sappia, nessuno dei dieci comandamenti parla di relazioni omosessuali... Ma di furto sì, non è vero? E anche di assassinio, no?»

Adesso sono io a fare una pausa.

«Be', Constance, quella gente non ha mai ammazzato nessuno né ha mai rubato niente. Questo te lo assicuro.»

Faccio un'altra pausa. Questa volta carica di significato.

«Non so, cara Constance, se tutti noi possiamo dire lo stesso. Sai a cosa mi riferisco, vero? A quel vizio che hanno certe persone di volere mettere le mani su ciò che non gli appartiene. Ma in fondo non possiamo sperare che gli esseri umani siano perfetti, non crede anche lei, pastore Meyer?»

So che ha capito benissimo. So anche che non lo ammetterà mai, ma non m'importa. Possiedo ancora Croft House e i suoi pascoli aridi... E ho anche Henry. E quando tornerò a casa lui mi starà aspettando con il giornale piegato a metà e il suo ciuffo castano che gli cade sulla fronte... Oltre la finestra si vede il mare, che ha lo stesso colore e la stessa intensità dei suoi occhi. E tutto questo, anche se oggi è solo un ricordo, è talmente vivo in me che la povera Constance mi fa quasi pena. Mi dispiace, cara, ma è qualcosa che tu non avrai mai.

Ho appena detto al barista di portarci i caffè tra un'ora. È il tempo che penso impiegheremo per leggere il prossimo capitolo. Vedo che Lola ha già preparato il libro e che la mia sedia è pronta.

«Buongiorno», saluto in fretta.

«Salve», risponde lei con inattesa allegria. «Ero un po' preoccupata. Pensavo che oggi non sarebbe venuta.»

«Ma come, che non sarei venuta? Se l'altro giorno siamo arrivate al punto più interessante.»

Indossa un abito di tessuto leggero, stretto in vita e attillato sui fianchi. È molto sexy, come direbbero nel mio Paese. In alto, i bottoni salgono fino alla spalla e disegnano una linea asimmetrica molto stile anni Quaranta. Sicuramente l'abito è di quell'epoca.

«In realtà, stamattina siamo stati sul punto di non aprire.»

«Come mai? È successo qualcosa?»

«No, non a noi.»

Non voglio sembrare curiosa, perciò non chiedo altro.

«È... insomma, glielo dico.»

Sembra che debba farsi coraggio per parlare. Le sorrido, perché si senta libera di confidarsi oppure no.

«Non toglie il cappotto?»

«Sì, certo», rispondo subito.

Appoggio la borsa e i guanti su una pila di libri e il cappotto su un angolo del bancone. Poi mi siedo.

«Sa, è morta una persona molto vicina a mio marito.»

«Come mi dispiace», dico io, sapendo benissimo di chi parla.

Lola mi guarda perplessa. Immagino che non sia convinta di volermelo raccontare.

«Era la sua prima moglie», rivela infine.

Non voglio fare domande, ma intuisco che abbia bisogno di parlare, e così mi preparo a sentire la versione di Lola, che sicuramente sarà completamente diversa da quella della portinaia di calle Prim.

Ma proprio mentre lei sta per cominciare, quell'uomo entra dalla porta. Lola non lo vede perché è di spalle, ma io sì. Capisco che questo tizio porta un mucchio di guai.

Lola si gira verso il bancone quando sente dei colpetti di tosse al posto del solito buongiorno. E diventa pallida come la cera.

Non sono una persona aggressiva, anzi, tutto il contrario, e il mio senso dell'umorismo mi salva nei momenti difficili, ma questo tizio mi manda fuori dei gangheri.

Lola si alza come una molla.

«Cosa vuole?»

L'ometto si stira insolente. Se fosse per me gli direi che per quanto s'allunghi non sarà mai alto come un uomo normale. So come affondare il dito nella piaga. Mi trattengo per non complicare le cose.

«Perché non mi lascia in pace? Cosa vuole adesso?»

Il tipo protende le mani, come volesse bloccarla.

«Ehi, calma», replica mostrando due canini giallastri e abbozzando quello che dovrebbe essere un sorriso. «Vengo a ritirare la mia penna.»

Lola sembra sconcertata.

«Quale penna?»

«Una Parker che ho lasciato ieri al tuo collega, bellezza.»

Lola non reagisce.

«Allora?» insiste lui, visibilmente soddisfatto per quella confusione. «È per oggi.»

A questo punto mi avvicino al bancone. Ho visto la penna sulla mensola in basso, accanto al calamaio e allo straccio macchiato d'inchiostro blu. Ma non ho intenzione di dargliela.

«Torni domani quando c'è il titolare, le darà lui la penna.»

Lui mi guarda con lo stesso astio dell'altro giorno. Credo che gli dia un fastidio enorme trovarmi sempre qui.

«Desidera altro?» chiedo piazzandomi davanti a lui a braccia conserte.

Non risponde subito. Strizza gli occhi.

«Lei non è spagnola, vero?»

Caspita, adesso ha puntato l'arma contro di me.

«Perché me lo chiede?» domando con tono poco amichevole come il suo.

Mi osserva freddamente per qualche istante, come se mi stesse studiando. Poi abbozza un brutto sorriso.

«Perché da queste parti non ci piacciono gli stranieri che vengono a ficcare il naso nei fatti nostri.»

Allora sorrido anch'io.

«Che peccato», ribatto. «Purtroppo certe cose non si possono ottenere nemmeno mettendo i rialzi nelle scarpe.»

Se crede che non abbia notato questo dettaglio si sbaglia di grosso.

A Lola scappa una risatina. Lui diventa livido. Ho l'impressione che le sue guance si ritirino e che suo malgrado la rabbia lo inghiottisca intero.

Allora si aggiusta il collo del cappotto ed esce dalla porta lanciandomi un'occhiata assassina. È divertente vederlo battere in ritirata con la coda tra le gambe.

«Grazie», dice Lola.

«Di nulla», rispondo. «Lei però dovrebbe trovare il modo di dare un taglio a questa storia. Gente di questo tipo può portare un sacco di guai.»

Si lascia cadere sullo sgabello. Sembra sul punto di scoppiare a piangere.

«Ne vuole parlare?» le domando.

Nega ripetutamente con la testa.

«Allora perché non leggiamo un po'? Così si distrarrà dalle sue preoccupazioni.»

Le allungo il libro. Lei lo prende controvoglia.

Per qualche istante rimane in silenzio, con lo sguardo perso.

«Non ne posso più», esclama all'improvviso con la disperazione stampata in viso. «Le giuro che non ne posso più.»

Non siamo lontane, però mi avvicino ancora un po' e le metto una mano sulla spalla. Lei comincia a piangere.

«Mi piacerebbe poterla aiutare», dico.

Lei scuote la testa.

«È troppo», singhiozza. «Non ce la faccio a farmi carico di tutto. Non ce la faccio...»

Allora mi racconta. Quello che ha dovuto fare con quell'uomo per salvare Matías dalla pena di morte. Sì, me lo racconta senza trascurare nessun particolare, ferendosi con ogni parola, con ogni ricordo... Un appartamento vecchio e buio in calle Infantas. La stanza è al secondo piano, sopra l'insegna luminosa di una pensione. Lei guarda la luce che si accende e si spegne, pensione *Ruano*, pensione *Ruano*, e mentre succede tutto cerca di pensare a Matías... Dopo, resta solo la vergogna.

«Non voglio che Matías lo sappia.»

Adesso capisco. Da dove viene il potere che quel tizio esercita su di lei.

«Mi disprezzerebbe, sa?»

«Credo che si sbagli», obietto, cercando di fare in modo che la mia voce non riveli la compassione che provo per lei. «Suo marito sarebbe orgoglioso di lei se sapesse fino a che punto lo ama. Glielo assicuro.»

Mi guarda come se non avessi la minima idea di che cosa stiamo parlando. Nei suoi occhi c'è qualcosa che ho già visto altre volte, soprattutto durante la guerra: quella paura profonda che si attacca alla retina e diventa subito desolazione.

«Io credo», insisto per alleggerire la situazione, «che sia lei a non perdonare se stessa. In fondo tutti apprezziamo i sacrifici che gli altri sono capaci di fare per noi. La cosa peggiore non è che suo marito non riesca a perdonare questo suo tremendo sacrificio, ma che lei non riesca a dimenticarselo.»

Ha posato la mano sul petto, come se volesse trattenere qualcosa che le provoca una terribile agitazione. Credo di aver colpito nel segno.

Quando il cameriere arriva con la colazione, so che oggi non leggeremo nemmeno una riga. E so anche che nei prossimi giorni avrò un nuovo compito da svolgere.

39

«Ma non dovevi tenere un elenco dei libri che si comprano e si vendono?»

«Sì, ma a dire la verità ultimamente non ho avuto molto tempo.»

«Pensavo che te ne saresti occupata il martedì e il giovedì. Sostenevi che ti annoiavi a trascorrere tanto tempo qui.»

«Sì, ma in questi ultimi mesi c'è stato un gran daffare.»

«Daffare?»

«Ho cercato di mettere in ordine, ma ci sono state molte richieste di cancelleria, sai?»

No, Matías non poteva saperlo perché non era vero.

«E poi ho letto delle cose. A proposito, ringrazia Garrido per il libro di quella ragazza, Carmen Laforet. Mi è piaciuto molto.»

«Ringraziarlo? Ha voluto otto pesetas...»

«Quel Garrido è un avvoltoio... Il volume nuovo costerà quasi uguale.»

«Non è una suora della carità, questo te lo assicuro.»

Matías sta tentando di sistemare gli scaffali in fondo. Anche lì ci sono più libri in inglese di quanti pensasse. Va da Lola per chiedere spiegazioni, ma lei lo anticipa: «A che ora è il funerale?»

«A mezzogiorno», risponde lui. «Ma io andrò prima, per parlare con quelli delle pompe funebri.»

Matías è di spalle. Lola va da lui e lo abbraccia. Lui non si muove. Allora lei gli posa la testa sulla schiena e i due restano così per un istante.

«Buongiorno.»

Si girano entrambi.

«Scusate», dice la ragazza. «Vorrei cambiare un romanzo.»

È la ragazza che arriva tutte le settimane con il suo romanzetto d'amore. Lola va da lei per servirla. La ragazza è arrossita come una collegiale.

«Li ho letti quasi tutti», spiega come al solito quando Lola appoggia la scatola sul banco. «Non ne ha di nuovi?»

È una ragazzetta scialba, né bella né brutta, con i capelli lunghi e ricci che s'increspano nella frangia e sulle tempie. Indossa un vecchio cappotto.

«Leggi questo», suggerisce Lola porgendole il libro di cui lei e Matías stavano parlando qualche minuto prima.

La ragazza lo prende e legge: «*Niente*, di Carmen Laforet».

Poi guarda Lola con una certa perplessità.

«Ma è una storia d'amore?» domanda.

«Molto meglio», risponde Lola. «Parla di cose vere.»

La ragazza è titubante.

«Non so se mi piacerà»

«Tu leggilo», insiste Lola, «e se non ti piace me lo riporti e te lo cambio gratis.»

Matías la guarda sbalordito.

«Va bene», dice la ragazza con aria per niente convinta. Paga le sue due pesetas e se ne va guardando il libro come fosse una bestia rara.

«Accidenti», esclama Matías quando la ragazza esce dal negozio. «E tu eri quella che non voleva mettere in vetrina il romanzo di Rose Tomlin?»

Lola sorride.

«Già... Tutti si sbagliano... Se invece di essere in questo vicolo la nostra vetrina fosse in calle Barquillo ce lo rimetterei subito. Ma qui è inutile. Qui non si ferma mai nessuno.»

Intanto Lola ha aperto uno dei cassetti del bancone e sta frugando come se stesse cercando qualcosa.

«Hai preso la fascia?» domanda a Matías.

«Sì», risponde lui tirando fuori della tasca della giacca un pezzo di stoffa nera che cerca di annodare attorno al braccio.

«Vieni qui, che te la cucio.»

«Pensavo di metterci una spilla da balia.»

«Ma come, una spilla da balia? Per piacere...»

Si è messa il ditale e sta infilando un filo nero nell'ago.

«Vieni, su, forza», gli dice tirandolo per la manica.

Lui sorride. La guarda in silenzio, mentre lei gli cuce la fascia che porterà in segno di lutto per Adela.

Anche lei sorride. Non lo guarda, ma sa che lui ha quell'espressione che vale qualunque sacrificio. All'improvviso si ricorda le parole della sua amica inglese: «Suo marito sarebbe orgoglioso di lei se sapesse fino a che punto lo ama. Glielo assicuro».

«Oggi vado a mangiare dai miei», gli dice.

Non ne ha la minima voglia, ma sa che lui si sentirà meglio sapendola impegnata. Non vuole mettergli fretta.

«Dopo pranzo mia madre e io vorremmo andare a fare compere. Mi chiami se hai bisogno che stia qui?»

«Non serve. Tranquilla.»

Quando arriva alla fine della fascia, avvolge un paio di volte il filo e lo ferma infilando l'ago sotto i punti, con una velocità di cui lei stessa si sorprende. Un ultimo punto. Ha finito.

«Adesso non si stacca più», esclama rimettendosi in piedi.

Matías la prende per il mento.

«Devo andare», brontola molto vicino a lei. Lola sente il suo respiro, che conosce così bene da confonderlo a volte con il proprio.

«Allora vai», e lo lascia, pur sapendo che lui non andrà ancora.

Lui la bacia sulle labbra.

«Ma com'è bella la mia ragazza», dice mentre si allontana e poi la bacia ancora.

Adesso è lei che si allontana...

«Non dovevi andare?»

E lo bacia ancora.

Dopo un addio che sembra infinito, alla fine Matías prende il cappotto, se lo mette sul braccio e si accinge a sollevare il piano del bancone per uscire dal negozio, quando se ne ricorda.

«A proposito», aggiunge vedendo la penna accanto allo straccio sporco d'inchiostro blu. «Oggi verrà sicuramente un tizio con la faccia da sbirro, un uomo bassetto e odioso. Non spaventarti: viene a ritirare la Parker che c'è là sotto. Spiegagli cos'è successo e digli che non ho avuto tempo di pulirla. Se preferisce la può prendere e non gli chiedi niente.»

Lola è ridiventata pallida.

«È venuto ieri.»

Si gira di spalle perché lui non veda che le manca il respiro. Matías si scusa.

«Mi spiace, con questa storia di Adela ho dimenticato di avvisarti.»

Lola cerca di parlare con voce ferma.

«Non preoccuparti, ha detto che non c'è fretta. Torna quando ci sei tu.»

40

Sono passata al negozio di ottica per avvisare Sagrario che oggi non potrò andare alle prove con lei. Sono quasi le dieci, ma sembra che abbiano appena aperto perché lei si sta ancora infilando il camice.

«Ah, be', quasi meglio così», dice quando le spiego che devo andare al Consolato. «Non mi sono ancora ripresa dallo spavento dell'altro giorno.»

È una ragazza un po' impressionabile. Io mi ero già completamente dimenticata di quella faccenda. Vorrei raccontarle che ieri uno dei miei vicini è stato trovato morto ammazzato, perché così si renderebbe conto che a Madrid queste cose succedono continuamente.

«Ha visto se sul giornale c'era qualche notizia della rapina dell'altro giorno?» le chiedo pur conoscendo la risposta.

«È curioso», risponde lei ingenuamente. «Non ho visto niente. E non ne hanno parlato nemmeno alla radio.»

Non so se rivelarle o no quello che penso. Alla fine glielo dico, velatamente, ma lo faccio.

«Non sarà che quel tizio magari lo ha ammazzato per sbaglio il poliziotto e quindi non vogliono che si sappia?»

Sagrario ci riflette un attimo. Chiude l'ultimo bottone del camice bianco e poi alza le spalle.

«È quello che dice anche mio padre», confessa a bassa voce. «E forse ha ragione, sa? Perché io sono andata alla polizia per testimoniare, ho dichiarato che avevo visto tutto, e a essere sinceri loro non mi hanno fatto molto caso. Mi hanno detto che se avessero avuto bisogno della mia deposizione mi avrebbero chiamato.»

Alza ancora le spalle, come se per lei quella storia fosse troppo complicata.

«Mio padre sostiene», aggiunge, abbassando ancor più la voce anche se siamo sole, «che non mi chiameranno. Lei cosa pensa?»

«Probabilmente suo padre ha ragione.»

«Però non è giusto. Quel pover'uomo non aveva nessuna colpa e lo hanno ammazzato davanti a sua moglie. Non crede che quel poliziotto dovrebbe pagare per quello che ha fatto?»

Questa ragazza è troppo ingenua.

«Cerchi di dimenticarsene», le dico. «Non continui a pensarci. Lei non può farci niente, non dipende da lei.»

«Ha ragione», ammette.

Nel frattempo è entrato qualcuno.

«Allora ci vediamo mercoledì prossimo?» mi domanda più rincuorata.

«Sì, mercoledì prossimo», rispondo io non troppo convinta.

In fondo sono un po' ingenua anch'io, rifletto mentre mi dirigo al Consolato britannico. Ci vado una volta al mese. Parlo con il console o con il suo segretario, consegno una nuova petizione e torno a casa a mani vuote, ma non mi arrendo. Certo che no.

«Cerchi di dimenticarsene», ho consigliato a Sagrario, ma io sono la prima a non farlo. Anche se sarò costretta a vendere tutte le mie proprietà a Constance, rimarrò qui fino a quando riuscirò a ottenere che il governo spagnolo lo riconosca.

Il solito rituale.

Entrare in Consolato. Salutare Dorothy, domandarle come stanno i suoi figli che sono in collegio in Inghilterra, salutare Christopher, che si è scottato una mano e adesso ha una grossa fasciatura, parlare con Nigel facendo finta di non accorgermi che si è tagliato i baffi ma al tempo stesso fingendomi gentile per evitare che mi consideri una vecchia pazza che da dieci anni viene qui a rompere le scatole per suo marito... Cercare... Sforzarmi... Non crollare, sebbene sia così snervante.

Quando ho completato il nuovo modulo, e dopo aver parlato con il console Vickers, vado a salutare Dorothy. Come sempre.

Noto che ha appeso il disegno di un papavero sulla parete accanto alla scrivania. Immagino che lo abbia fatto uno dei suoi figli. Sotto ci sono alcuni versi: «Sui campi delle Fiandre sbocciano i papaveri. / In mezzo a tante croci, in lunghe file uguali». Conosco il significato di quei papaveri e di quei versi. Tutti gli inglesi lo conoscono.

Le sorrido e, accorgendosi che sto guardando il disegno, lei ricambia il sorriso. Dorothy e io abbiamo qualcosa in comune. Suo marito è morto qualche anno fa, nella Seconda guerra mondiale. Era un pilota della RAF e il suo aereo fu abbattuto da qualche parte tra la Danimarca e l'Olanda.

«Guardi, ne ho uno anche per lei.»

Tira fuori dal cassetto uno di quei papaveri di carta che si preparano per il Remembrance Day, il giorno della commemorazione. In Inghilterra, l'11 novembre lo portano tutti.

«Ormai è tardi», dice Dorothy con evidente afflizione, «ma pensavo che magari l'avrei vista prima.»

«Non si preoccupi, cara», rispondo puntandomi il papavero sul collo del cappotto. «Qualunque giorno va bene per ricordare i nostri cari, non crede?»

Questo papavero è l'unica consolazione che mi resta della

visita di oggi, perché il mio colloquio con il console è stato inutile come al solito.

«Come è andata?» mi chiede gentilmente.

«Come sempre», rispondo.

Dorothy si è affezionata a me. Sono tanti anni che vengo a presentare la mia petizione.

«Non è stanca?»

Ne abbiamo già parlato altre volte. Lei pensa che il governo spagnolo non cederà mai.

«Devo farlo, cara. E in fondo non chiedo molto: devono solo ammettere che quei soldati hanno ammazzato mio marito quando la guerra era già finita.»

«Capisco», per Dorothy non è semplice come per me, «ma sarebbe come riconoscere che si è trattato di un volgare assassinio e non di una morte di guerra.»

«Lo so.»

Immagino che mi capisca, ma in fin dei conti che cosa importa? Mi interessa sempre meno l'opinione degli altri.

Quando esco dal consolato faccio una lunga passeggiata fino alla Glorieta de Atocha, dove prenderò l'autobus per Carabanchel.

Norme. Accordi e convenzioni. Tutti insieme lo stesso giorno, a cantare, a pregare, o a fare quello che gli conviene...

Be', no. Mi dispiace, ma no. Perché per me il Remembrance Day è oggi. Perché è oggi che ricordo i prati gelati di quelle montagne. È oggi che sento gli inni di quelli che muoiono... «Sui campi delle Fiandre sbocciano i papaveri. / In mezzo a tante croci, in lunghe file uguali.» E anche nei campi di Spagna. Anche se tutti vogliono dimenticarsene.

L'autobus è già arrivato. Prima di salire compro un mazzo di fiori da una zingara con tre grossi secchi di crisantemi e garofani.

Questo viaggio, come una liturgia.

Una volta al mese, qualunque cosa succeda, quasi sempre

dopo essere andata al consolato, vado al cimitero britannico a visitare la tomba di Owen. Chi lo avrebbe mai detto, quando ci siamo conosciuti in casa dei Ferguson, o in seguito, quando ci siamo rivisti a Parigi, che Owen sarebbe diventato uno dei miei migliori amici? Povero Owen, che strana amicizia è stata la nostra, e come sei lontano adesso. È terribile, ma bisogna fare grandi sforzi per non dimenticarsi dei morti.

Questi autobus non sono molto comodi, soprattutto quando sono affollati. Non adesso, però, perché ho due posti solo per me. Mi sono seduta vicino al finestrino così posso vedere come cambia il paesaggio. Dopo che abbiamo attraversato il fiume, quando l'autobus comincia a sobbalzare per le buche, vedo che stanno costruendo un nuovo quartiere. Sono case umili, dei cubi di quattro o cinque piani che sembrano appoggiati sul terreno senza asfalto come fossero messi lì a casaccio. Madrid sta crescendo. Negli ultimi quattro anni è cambiata molto, soprattutto alla periferia. Sono spariti i campi, i piccoli vigneti e le coltivazioni di meloni. Adesso ci sono quartieri nuovi dappertutto.

L'autobus infila un tratto di strada in cui non c'è nemmeno una costruzione – sono solo trecento metri ma sembra di essere usciti dalla città – e poi imbocca un lungo sentiero non asfaltato. Le case sono allineate sui due lati della strada, bianche, con grandi portoni, alcuni marroni e altri di uno strano colore azzurro indaco. Questo colore mi ricorda i villaggi che abbiamo attraversato durante la guerra, quando cercavamo di raggiungere Madrid su quella vecchia camionetta dell'esercito. Quasi tutte le costruzioni hanno un piccolo cortile. In un edificio c'è un'officina con la serranda alzata e in un altro un birrificio con un barile sulla porta. È impressionante vedere come questo tipo di costruzioni non abbia nulla in comune con una capitale. Non riesco a immaginare nulla del genere a Londra o a Parigi. Eppure a me è sempre piaciuta quest'aria da paesone che ha Madrid.

È la mia fermata. Prendo i fiori, che intanto hanno bagnato il sedile. Lo asciugo come posso con il palmo della mano e tiro l'anello per avvisare il conducente che devo scendere. Una donna con un cesto in grembo e uno scialle nero sulle spalle mi sorride senza motivo. Sono sul punto di ringraziarla per quel gesto così inatteso e gentile. Gli spagnoli sorridono poco. È la prima cosa che ho notato quando sono arrivata. Pensai che fosse per la guerra, e poi per il dopoguerra, ma adesso capisco che loro sono fatti così. Ricambio il sorriso e scendo con il mio mazzo di fiori.

La lapide è piena di fango. Non posso pulirla perché non ho acqua, ma pazienza. Quando pioverà si pulirà da sola. Credo che non manchi molto, perché il cielo si è rannuvolato.

Quel che invece mi stupisce è vedere che il mazzo di fiori che ho lasciato l'ultima volta è sparito. So che alcuni lo fanno, me lo ha detto una volta il guardiano: rubano i fiori dalle altre tombe per metterli su quelle dei loro parenti. Non m'importa minimamente, devo riconoscerlo. Non credo lo facciano per cattiveria o per avarizia. Credo piuttosto che lo facciano perché non possono permettersi di comprare un misero mazzo di fiori per i loro cari.

Insomma, Owen, ecco qui questi crisantemi gialli che ho comprato da una zingara. Pensa che poi, se qualcuno te li porta via, sarete in due a goderveli.

Mi dispiace molto che tu non stia riposando nelle spiagge di Dover, come avresti voluto.

Mi dispiace anche non aver fatto scrivere sulla tua lapide quei versi di Matthew Arnold di cui un giorno abbiamo parlato: «Sbattuti tra confusi allarmi di avanzate e fughe, / dove eserciti ignoranti si scontrano nella notte...» Ti prometto che prima o poi lo farò.

Se un giorno torneremo a casa, lo farò.

Per il momento non stai male qui, vero? In fin dei conti

siamo insieme... In questo Paese dove pensavamo che ci saremmo fermati solo un paio di mesi.

Sì, so che l'epitaffio che ti ho fatto mettere sulla tomba sembra un po' inconsueto, ma questo è suolo britannico, caro mio. Qui puoi essere eccentrico quanto vuoi. E inoltre pensavo che lo avresti trovato divertente. Hai visto quella cappella laggiù? Il defunto ha una targa smaltata con la foto di una scimmia. Sarà anche una mascotte, dico io, ma secondo me è un po' troppo stravagante. Tu sulla tomba hai quella frase che mi ha colpito tanto quando ti ho conosciuto. È un modo come un altro per ricordarti.

Mi piace quando la leggo. Mi sembra di ascoltarti.

Pulisco la prima lettera, che non si legge perché è coperta di fango. Adesso sì. Adesso si vede. Mi piacerebbe che il mio amico libraio venisse a vedere.

Tu e Conrad.

Quell'amicizia che, come la nostra, è sopravvissuta al tempo, ai litigi e alla morte.

CI SONO STATI SOLO DUE ARGOMENTI SU CUI CI SIAMO TROVATI A DISCUTERE: QUALE SIA IL VERO SAPORE DELLO ZAFFERANO E SE SIA POSSIBILE DISTINGUERE UNA PECORA DALL'ALTRA.

Adesso devo andare, Owen. Credo che stia per piovere.

Salendo sull'autobus penso che domani è giovedì... Quando glielo dico?

41

«Per Natale rimane qui o torna in Inghilterra?» mi chiede Lola.

«No, no», rispondo immediatamente, senza valutare ciò che dico. «Resterò a Madrid.»

«E suo figlio verrà da lei per le feste?»

«Quasi di sicuro», mento sfacciatamente. Insomma, tanto mancano ancora più di dieci giorni a Natale.

Lola ha preso gentilmente il mio cappotto. Mi accorgo che passa distrattamente la mano sul tessuto.

«Com'è morbido», esclama con quella sua tipica spontaneità. «Che lana è?»

«Non è lana di pecora, è di vigogna.»

«È come l'alpaca ma più cara, vero?»

Rido, perché a volte Lola è così spontanea che sembra una bambina.

«Sì», confermo. «Credo che la ricavino da certi animali che vivono sulle Ande.»

«È incredibile, non pesa nulla.»

«Eppure è caldissimo. Ce l'ho da almeno vent'anni e non passa mai di moda.»

Ha posato con cura il cappotto su una montagna di libri ammucchiati sul bancone.

«Mia madre lo dice sempre: le cose belle durano.»

Poi mi guarda e alza le spalle.

«Però, ovviamente...»

Quell'«ovviamente» comprende tutta un'infinità di perdite e disgrazie.

Spero di riuscire a mettere i libri sugli scaffali perché oggi ne ho portati quattro: un nuovo Faulkner, André Gide e Paul Valéry, entrambi in francese, e un volume con legatura in pelle d'agnello con un paio di opere teatrali di Shakespeare. Sabato, quando ci sarà Matías, comprerò quello di Faulkner e quello di Edith Wharton che ho portato l'altro giorno, e poi dovrò cominciare a comprare libri in francese perché a casa in inglese non ne ho più.

«Ieri sono andata con mia madre in quel grande magazzino, *Galerías Preciados*. Abbiamo comprato i regali di Natale, sa, e poi abbiamo preso un tè in un bar in stile inglese, non so se lo conosce, il caffè *La India*... Ho pensato a lei.»

Ci sediamo quasi contemporaneamente. Vedo che il libro è pronto sulla scaletta a tre gradini alle spalle di Lola.

«Ho detto a mia madre che ho un'amica inglese.»

«Ah sì? E lei cosa le ha detto?»

Lola ride.

«Credo che non dovrei riferirglielo.»

«Insomma, non sarà poi così terribile.»

«Sì, le giuro di sì.»

«Davvero? Mi sta incuriosendo. Non si fa con una persona più anziana. Su, me lo racconti.»

«Be'», esclama senza nessuna malizia. «Ha risposto di approfittarne per chiederle di restituirci Gibilterra.»

Adesso rido anch'io.

«Sono sincera, credo che questo non dipenda da me.»

Mi sorprende notare un improvviso tono di scusa nella sua voce. Penso che, come me, anche lei reputi che la battuta di sua madre è completamente fuori luogo.

«Purtroppo i miei non hanno una visione molto liberale. Sono troppo vicini, se così vogliamo dire, a questo regime.»

«E a lei questo non piace», azzardo.

«Ovviamente no. Questo mi crea molti problemi, soprattutto con Matías.»

«Capisco.»

Non mi piace l'espressione afflitta che ha sul viso. Non è la Lola che conosco.

«Lei a volte si sente come divisa, vero?»

Gira la testa e mi osserva attentamente.

«Sì», ammette. «È così.»

«Non se ne faccia un cruccio, è perché vuole ancora bene ai suoi genitori. Senza questo affetto non proverebbe nessuna contraddizione.»

Continua a fissarmi come se volesse scoprire qualcosa che a prima vista non si vede.

«Perché con lei è così facile parlare di certe cose?» mi chiede, immagino senza aspettarsi nessuna risposta da parte mia. «Credo di non aver mai parlato di queste cose nemmeno con le mie migliori amiche.»

Adesso sono io a osservarla pensosa.

«Sa perché?»

Faccio una pausa.

«Per quel libro», dico indicando *La ragazza dai capelli di lino*. «Ci siamo abituate a condividere l'intimità di Rose Tomlin, il suo mondo segreto. E questo ci dispone alle confidenze.»

«Sì», riconosce Lola. «È probabile.»

Si alza e lo prende.

«A proposito», aggiunge un secondo prima di tornare a sedersi. «Grazie per avermi aiutato l'altro giorno.»

All'inizio non capisco.

«Con quell'uomo.»

«Ah... non mi deve ringraziare.»

«Per nulla al mondo vorrei», aggiunge preoccupata, «che questa faccenda le causasse dei problemi con le autorità spagnole. Perché potrebbero rimandarla in Inghilterra, vero?»

Ancora quell'espressione afflitta che le imbruttisce il viso.

«No, cara, non possono. Glielo assicuro, può stare tranquilla.»

Sono tentata di spiegarle come funzionano queste cose, però mi trattengo. Da tanto tempo, ormai, mi sono parata le spalle in previsione di questa lontana possibilità: a qualcosa doveva pur servirmi essere la figlia di chi sono.

«E sa una cosa?» continuo. «Credo che quel tizio non tornerà più a darle fastidio.»

Lola assume una certa aria perplessa, come se pensasse che questo non sia possibile. Invece io so che è così. Insomma, in questo momento potrei metterci la mano sul fuoco.

Dopo il cimitero. Con il ricordo di Parigi in mente... Di quando Henry e Owen erano ancora vivi e noi tre eravamo capaci di qualsiasi cosa.

Ecco. Dopo il cimitero.

Cammino fino a calle Infantas. È ora di pranzo.

All'angolo con la calle Alcalá incrocio un carro tirato da due cavalli normanni. Trasportano otto barili posti in piedi. Immagino siano consegne di quel birrificio che ho visto dall'autobus. Tra poco questi carri scompariranno e sulle strade di Madrid ci saranno solo camion, tram e automobili, come a Parigi.

C'è poca gente sulla Gran Vía e ancor meno quando giro l'angolo, attraverso la calle Reina e imbocco la Infantas. Purtroppo l'edificio dove si trova la pensione *Ruano* non ha la portineria. Peccato, perché chiacchierare con le portinaie è la mia specialità.

La porta è aperta, così salgo al primo piano e suono il campanello. C'è anche un battente, ma preferisco non fare troppo baccano.

Un ometto con la brillantina sui capelli e i baffetti con le punte impomatate all'insù mi apre la porta. Non è molto alto, però ha le spalle larghe, come un sollevatore di pesi.

«Scusi se la disturbo», esordisco con il mio più affabile dei sorrisi e l'accento inglese più marcato che posso; so che questo trucco funziona. «Sto cercando una persona che credo sia cliente di questa pensione. L'ultima volta che l'ho visto stava al piano di sopra.»

L'uomo mi guarda sorpreso.

«Di sopra?» domanda. «È impossibile. La pensione occupa solo questo piano. Al piano di sopra ci sono due appartamenti privati.»

Resto sbigottita. Stando a quanto mi ha raccontato Lola, mi sembrava di aver capito che aveva incontrato quell'uomo nella stanza di una pensione.

«Com'è il tizio che cerca?» domanda l'uomo.

«Be', insomma, avrà più o meno la mia età. Ed è alto come lei.»

Bado bene a non dirgli che è basso.

«E ha un paio di baffetti con una forma un po' ridicola, vero?»

E così dicendo, con gli occhi che brillano dalla soddisfazione, porta istintivamente la mano sui suoi folti baffi.

«Credo che sia un poliziotto o qualcosa di simile.»

Mi fa un cenno.

«Venga, venga, dentro parleremo più tranquilli.»

Chiude la porta lanciando un'occhiata su per le scale.

«Quello non è un poliziotto», dice subito dopo aver chiuso la porta. «È un suo amico?»

Avverto un tono leggermente circospetto.

«No, si figuri», rispondo per metterlo nuovamente tranquillo. «Assolutamente no. Lo cerco per recapitargli il messaggio di una persona. Quel tizio ha un debito con una mia amica, capisce?»

Ho centrato nel segno. Evidentemente il tizio della Parker non è molto simpatico ai suoi vicini.

«Gli piacerebbe, a quello, essere un poliziotto», sbotta con rabbia. «Invece è solo uno spione che aiuta la buoncostume e va in giro a caccia di gente da denunciare.»

Credo di intuire da dove venga il suo risentimento.

«Sa cosa intendo?» mi chiede, senza che sia necessario perché io ho già capito perfettamente. «Gente di spettacolo, prostitute, omosessuali... Lei è straniera, vero?»

Accentuare il mio accento inglese ha sortito l'effetto che speravo. Confermo che lo sono.

«Allora sa già come vanno queste cose.»

Non capisco bene a che cosa alluda, né che cosa c'entri il fatto che sono straniera con il tizio che infastidisce Lola. Però immagino che si senta più a suo agio con una forestiera che certo non andrà a raccontare questa storia alla polizia.

«Quindi lui non abita qui?»

«Nella pensione? No, abita nell'appartamento di sopra. Ma adesso non ci sarà. Sua moglie invece sì. L'ho appena incrociata sulla scala.»

Bene. Funziona.

«A lei quel tizio non è molto simpatico, vero?»

Ho aperto la chiusa. L'acqua esce a fiotti. Porta con sé tronchi, pietre, fango... Si trascina dietro anni di risentimento. Il mio ometto mi racconta che è stato quel tizio a denunciare un suo «amico» – lo sottolinea per farmi capire, se voglio, a che tipo di amicizia allude – e si dilunga nella descrizione delle botte che gli hanno dato. «Lo hanno riempito di legnate», dice tristemente. E poi mi racconta di una povera donna, costretta a prostituirsi per mantenere i suoi figli, che quel tizio faceva arrestare ogni due per tre, e non perché fosse immorale o niente del genere, ma solo per nuocere a una povera infelice che non poteva difendersi.

«È brutta gente», conclude. «Ci vada con i piedi di piombo.»

Quando gli tendo la mano per salutarlo, ormai mi sono fatta un'idea chiara della persona che sto cercando. Però manca ancora il dettaglio più interessante. E prima di chiudere la porta, quando io ormai sono sul pianerottolo, l'uomo abbassa la voce.

«Ma senta cosa le dico: fuori di qui farà anche il gradasso, quello, ma in casa è sua moglie che porta i pantaloni. Lo fa filare dritto come un fuso. E vuole sapere perché?»

Si avvicina un poco e abbassa ancor più la voce.

«Suo padre è Martínez Saglés. Sa chi è?»

Faccio segno di no con la testa. Allora lui controlla a destra e a sinistra.

«Falangista. È uno dei capoccia di Franco. È uno zoticone, ma diverse volte è stato lì lì per diventare governatore civile. Quindi s'immaginerà chi comanda in quella casa...»

Sapevo che questa visita avrebbe dato i suoi frutti. Lo sapevo. Vorrei baciare il gestore della pensione.

Dieci minuti più tardi sono seduta su una sedia foderata di verde nella sala da pranzo più brutta che abbia mai visto in vita mia, con una donna tutta scapigliata che parla a voce troppo alta. E allora, finalmente, si apre la porta. Aspettavo con ansia questo momento.

Lui resta di sasso quando mi vede. Non dice una parola.

«Questa signora è venuta per te», annuncia sua moglie senza troppi preamboli.

«Sì, in libreria siamo molto preoccupati», esordisco prima che lui possa reagire. «Siccome lei è un nostro fedele cliente...»

La moglie ci guarda entrambi senza credere a quella storia. Sono sicura che non abbia mai visto suo marito con un libro in mano.

«Ormai sono passati un paio di giorni da quando ha portato la sua penna in negozio», specifico perché la faccenda sembri verosimile. «Ci siamo dimenticati di dirle che chiudiamo, e che quindi non potremo più servirla.»

Lui sembra non capire. O che non voglia capire.

«Sa, stavo dicendo a sua moglie che lei è un nostro vecchio cliente, fin dai tempi della guerra. Quando è arrivato stavo proprio per raccontarle qual era esattamente la sua relazione con i titolari del negozio a quell'epoca.»

Comincia ad agitarsi. Allora prendo la penna dalla tasca del cappotto e gliela porgo. Lui l'afferra e resta muto come un pesce.

«Be', mi fa piacere avergliela consegnata personalmente e anche avere conosciuto sua moglie. Ne approfitto per dirle di non disturbarsi ad andare ancora alla libreria, perché tanto non troverà quello che cerca. Mai più.»

Adesso credo che abbia capito.

«Bene», esclamo rimettendomi in piedi, «vi lascio, adesso vorrete cenare. Se le serve qualcosa, adesso che sappiamo dove abita possiamo recapitarglielo a domicilio. Verrò io stessa, e prenderò accordi con sua moglie, d'accordo?»

Non so che cosa mi risponda, né mi interessa. Missione compiuta.

«Volevo farle una proposta.»

All'improvviso torno alla realtà e vedo Lola sul suo sgabello, con il libro in mano. Non so per quanto tempo sia rimasta assorta nei miei pensieri.

«Mi piacerebbe invitarvi a cena da noi la vigilia di Natale, lei e suo figlio.»

Mi sorprende. Tanto che non riesco a reagire.

«Cosa ne dice? Vuole pensarci su?»

«Be'...»

«Insomma, non deve dirmelo adesso. Prima senta anche lui. Neanch'io l'ho ancora detto a Matías, ma sono sicura che gli farà piacere.»

«La ringrazio tantissimo. Però non saprei... Voi vorrete stare con la vostra famiglia.»

Lola fa cenno di no con la testa.

«No, noi due la vigilia ceniamo sempre da soli. E per una volta mi piacerebbe cambiare.»

«E i suoi genitori?»

Torna seria. O triste. O un miscuglio di entrambe le cose.

«Anche loro cenano da soli.»

Capisco che non devo fare altre domande. Sento qualcuno che entra dalla porta. Per un attimo penso all'ometto con i baffi, invece per fortuna è il cameriere.

«Oggi non abbiamo *churros*», dice appoggiando il vassoio sul bancone. Alla pasticcera è morto un parente e così hanno chiuso. Però vi ho portato delle brioche buonissime.»

Scopre il vassoio.

«Se non vi piacciono, le porto subito indietro e vi dò qualcos'altro: pane tostato con la marmellata, oppure delle madeleine.»

«Per me va bene», dice subito Lola.

«Vanno bene le brioche», confermo. «Sembrano davvero buonissime. Non stia a tornare per riprendere le tazze, gliele porto io quando vado a casa.»

«Nemmeno per sogno», protesta lui. «Torno qui tutte le volte che serve, ci mancherebbe.»

Prende il bricco e versa il latte caldo.

«Bevetelo prima che si raffreddi.»

Poi abbassa molto la voce.

«Sentirete che buono il caffè oggi. È brasiliano... Il capo lo ha comprato al mercato nero.»

42

Piove sempre ai funerali. Anche oggi.

La fossa è aperta. Vogliono metterci dentro Frances e io non riesco a impedirlo perché il mio corpo non mi ubbidisce, la mia lingua non risponde. Per quanto ci provi, non riesco a esprimere quello che sento. Ascolto Owen che legge dei versi terribili di Emily Dickinson che ho già sentito in passato, quando per me non avevano nessun significato.

Ora invece sembrano incredibilmente dolorosi.

Sicuri nelle stanze di alabastro –
dove l'alba e il meriggio non li sfiorano –

Owen legge con voce spezzata. E io voglio solo che taccia una volta per tutte.

Dormono i miti membri della Resurrezione –
sotto travi di raso, con un tetto di pietra.

Che taccia.

Invece non succede niente. Niente di quello che penso. Niente di quello che vorrei succedesse in questi momenti. Sono qui, accanto alla sua tomba. Questa è l'unica cosa vera.

Questa, e il tocco freddo di questa terra che la coprirà per sempre. Frances non se lo merita.

Quando tutto finisce, mi metto vicino al sentiero, con il vestito e il cappello nero, sotto un ombrello nero, e stringo la mano di quelli che vogliono farmi le condoglianze. Attendo paziente che tutti sfilino davanti a me... Sarah, la cara Sarah... Elliott... Lord e lady Ferguson... In una sinistra processione... Owen Lawson, René e Suzy... gli amici che piangono, i pittori sconsolati, i musicisti afflitti, le creature della notte... Mio padre e Constance.

Aspetto che se ne vadano. Questi volti che riconosco ma al tempo stesso mi sembrano terribilmente estranei. Freddie non c'è e non riesco a ricordare perché. Perché non c'eri, se l'amavi tanto, Freddie?

E poi, quando i becchini aspettano che me ne vada anch'io per fare con calma il loro lavoro, io resto lì con la pioggia che ticchetta sul mio ombrello nero e aspetto...

Henry rimane con me. È l'unico uomo che riesco a sopportare in questi momenti.

E quando la tomba è coperta e le corone sono posate sulla terra nuda, gli uomini vanno via e finalmente posso piangere.

Piove ancora.

Trascorrono i mesi. Henry dovrebbe essere a Parigi ma non mi chiama e io non capisco perché. Non vedo nessuno. La sera non esco più.

Suzy è l'unica che viene a trovarmi. Arriva sempre all'improvviso, e talvolta rimpiango il rituale delle vecchie dame vittoriane – mai dopo le sei e mezzo, mai per più di due ore, mai più di una volta la settimana – che un tempo, quando stavamo a Londra, mi sembrava così ridicolo. Preferirei che qualche volta Suzy si disturbasse ad avvisarmi, ma lei non ne è capace. In questo assomiglia un po' a Frances.

Tutto, nella mia vita, prima o poi torna a Frances.

Leggo. Leggo molto. E adesso le parole di James assumono il loro vero significato: «Quando ti sentirai sola, leggi un libro... Ti salverà». All'improvviso i libri assumono l'aspetto tondo e umido di un salvagente. Scopro Joyce, che mi appassiona, e leggo e rileggo l'ultimo paragrafo di uno dei suoi racconti: «Sì, i giornali dicevano il vero: c'era neve dappertutto in Irlanda. Stava cadendo su ogni punto dell'oscura pianura centrale, sulle colline senza alberi, cadeva dolcemente sulle paludi di Allen e, più a ovest, dolcemente cadeva sulle onde scure e tumultuose dello Shannon. Cadeva anche sopra ogni punto del solitario cimitero sulla collina dov'era sepolto Michael Furey. S'ammucchiava fitta su una croce contorta e sulle lapidi, sulle punte del cancelletto, sui roveti spogli. La sua anima svanì lentamente nel sonno, mentre sentiva la neve cadere lieve su tutto l'universo, come la discesa della loro ultima fine, su tutti i vivi e su tutti i morti».

Rileggo questo racconto una volta dopo l'altra perché mi consola. C'è qualcosa, in questo scritto, che mi riempie di una dolce malinconia. A volte rileggo Čechov o Edith Wharton. Non sono in vena di esperimenti o di altre novità.

Roger è venuto a salutarmi prima di tornare negli Stati Uniti. Non ho provato niente, nemmeno quella vecchia attrazione che ci ha fatto trascorrere tanti bei momenti insieme. Il dolore per la morte di Frances mi ha lasciato senza istinti vitali. Quando Roger è andato via, mi sono accorta di aver perso i due impulsi che mi facevano sentire viva: l'appetito e il desiderio. Non c'è niente che io desideri in questi momenti. Niente e nessuno.

Sono dimagrita molto. Suzy dice che le faccio stringere il cuore. A me non importa minimamente, anzi, direi perfino che il mio aspetto mi piace, perché mi sono trasformata in una di quelle immagini gotiche, emaciate e verginali. Mi manca solo un velo bianco sui capelli biondi.

Sto sempre qui. Un giorno dopo l'altro. In quest'appartamento che sa ancora di Frances, del suo profumo, del suo corpo, del suo respiro. Ho avuto una madre e non mi hanno mai dato l'opportunità di chiamarla così. E adesso sono condannata a ricordarla in una casa dove risuonano le sue risate e la sua voce calda. Sto qui come se non esistesse un altro posto nel mondo. Indosso un pigiama nero e un lungo maglione d'angora. Credo di avere i capelli sporchi.

Sento il campanello della porta d'ingresso e poi la voce di Suzy.

«Lasci, signora Angellier, mi annuncio da sola.»

E i suoi passi rapidi.

Ricordo anche che la mia governante spunta dietro di lei con diffidenza, in attesa che io approvi quella visita inaspettata. Lei conosce Suzy, ma intuisco che oggi qualcosa non le sembri del tutto normale.

«Faccia accomodare il signore nel salotto», ordina Suzy senza voltarsi. Capisco che questa volta non è sola e allora comincio ad angosciarmi. «Noi arriviamo subito.»

Nei ricordi è difficile vedere te stessa. Ma io mi vedo. Sono nello studio, distesa sul divano. Il camino è acceso, ma io ho abbottonato il maglione d'angora e mi copro con la coperta a quadri. Ho sempre freddo. E sulla coperta un libro di Edith Wharton, che è il mondo in cui vivo adesso. Lontano di qui.

Suzy si avvicina e mi guarda con disappunto. Poi mi prende il libro dalle mani e mi costringe ad alzarmi.

«Ma ti sei vista? Rose, cara, vieni con me.»

Mi porta in camera. Apre l'armadio.

«Sistemiamoci un attimo, non voglio che qualcuno ti veda in questo stato.»

Vedermi? Chi?

Eccomi senza il mio pigiama di seta... e senza il mio comodo maglione d'angora.

«Sei tutta pelle e ossa», esclama Susy guardandomi di sfuggita.

Chi sono? Una bambina, che deve essere vestita?

«Mettiti questo.»

Nemmeno quando ero una povera orfanella abbandonata, qualcuno mi aveva mai guardato con tanta compassione.

«E adesso vieni, che dobbiamo raccogliere questi capelli.»

Chi è, Suzy? Chi c'è con te? È Henry, vero?

Mi rendo conto che desidero con tutte le mie forze che sia lui. O lui o Frances. Nessun altro. Due visitatori ugualmente improbabili, penso tra me, pur sapendo che Frances è morta mentre Henry no. Anche se in questi momenti mi sembra lontano come se lo fosse.

Perché seguo Suzy nel lungo corridoio del nostro appartamento in rue de Surène, vicino al boulevard Malesherbes e a quella chiesa che Napoleone fece costruire a forma di tempio greco? Cammino insicura, traballante, come se questa fosse la sua casa e non la mia.

E all'improvviso...

Vedo i vestiti che indosso: una gonna a pieghe di seta grigia cangiante e una camicetta bianca. Entrambe di Frances. Mi assale una rabbia infinita. Avrei voglia di picchiare Suzy. Come osi anche solo toccare la sua roba, maledetta americana ficcanaso? Ma la rabbia resta solo dentro di me, si sfoga su di me, non posso far male a nessuno eccetto me stessa. Mi odio perché indosso i suoi vestiti, perché vivo nella sua casa, perché le assomiglio.

Suzy corre verso la porta del salotto. L'uomo davanti alla finestra non è Henry.

«Come stai, cara?»

Mi porge una mano bianca, dalle dita affusolate e con le unghie gialle di nicotina. È il biglietto da visita di Owen Lawson.

«So che non vuoi vedere nessuno, però noi sentiamo tutti la tua mancanza.»

Ci sediamo e io noto dei dettagli assurdi: i suoi soliti baffi adesso hanno qualche pelo bianco, i suoi occhi sono più chiari di come li ricordassi...

«È tanto che voglio venire a trovarti», dice con quel suo garbo così assolutamente neutro che mi irrita tanto, «e oggi finalmente sono riuscito a convincere Suzy a portarmi con lei.»

«Owen ha insistito molto, cara. Credo che ti farebbe bene ricominciare a vedere gli amici.»

Amici?

Owen non è mio amico. Io odio Owen.

Nessuno immagina quel che sto pensando, perché ci sediamo e mi comporto come una ragazza per bene, con la mia gonna a pieghe e la mia camicetta bianca. Non so se ho le calze, immagino che Suzy non mi abbia lasciato uscire dalla camera senza calze... Mi siedo sull'ottomana, molto vicino a Owen, e allora lui mi prende la mano. Mi coglie impreparata. Sono quasi sul punto di ritrarla, ma mi trattengo. In circostanze normali è un gesto che quest'uomo non si sarebbe mai permesso. Non siamo abbastanza in confidenza. Però sembra che il dolore consenta eccezioni in termini di contatto fisico. Non sono a mio agio, anche se non lo do a vedere. Mi sembra tutto terribilmente scomodo. Io seduta sul bordo del divano, la schiena dritta, la mano rugosa di Owen. La sua presenza.

All'improvviso sento la mia voce. Sembra completamente normale. Direi perfino, con mia stessa sorpresa, che sembra quasi affettuosa.

«Ti ricordi Elsinor Park, la casa dei Ferguson, nel Surrey?» gli domando, senza sapere molto bene perché ripenso a quei momenti proprio adesso. «Ci siamo conosciuti là.»

«Sì», dice Owen.

So che non se ne ricorda minimamente.

«Abbiamo camminato fino al fiume», insisto, sempre tenendo la sua mano tra le mie. «James, Frances, tu e io. Non era ancora finita la guerra.»

Non te ne ricordi, Owen Lawson. Non ti ricordi di quella ragazzina di quindici anni, che si era innamorata per la prima volta e aveva il cuoricino sul punto di scoppiare. Quel giorno mi avevate escluso dal vostro mondo di adulti. Non puoi ricordartene, Owen, perché per voi io non esistevo.

«Ora siamo rimasti soltanto tu e io», gli dico, e finalmente capisco dove stanno cercando di andare i miei pensieri.

James e Frances sono morti. Perché loro?

«Ricordo perfettamente quel pomeriggio», dice subito Owen. Con il pollice mi accarezza il dorso della mano. «James Ferguson era convalescente, avevano affondato la sua nave, e tu avevi una treccia bionda, color grano maturo.»

Che cosa? Che cosa dice?

«Ti ho battezzato *La ragazza dai capelli di lino*. Eri vivace come uno scoiattolo, ma quel giorno sembravi un po' imbronciata.»

Che cosa? La ragazza dai capelli di lino? È stato lui?

Penso. Tutto insieme. Owen che parla di me, James che precipita... La Morris Bullnose. Correnti d'acqua gelida e stanze d'alabastro.

Loro sono morti. E noi due siamo vivi.

Suzy sa mantenersi in disparte, quando vuole. All'improvviso mi accorgo che c'è anche lei, con quella gonna a grandi quadri, così eccentrica, e il suo bel seno che freme come un'esplosione di vita. Cerco di cambiare discorso, però invano. Non riesco a trovare un solo argomento che mi consenta di proseguire per più di tre frasi. Fino a quando, finalmente, Owen pronuncia il suo nome: «Henry è di sotto».

Il cuore mi balza in petto. Lo sapevo. Non se ne accorge nessuno, perché annuisco con un semplice gesto e poi domando come sta senza cambiare minimamente il tono della mia voce.

«Vorrebbe vederti. Mi ha incaricato di chiederti se tu lo voglia ricevere.»

* * *

Non so come siamo arrivati fino a qui. Henry e io camminiamo sul marciapiede. Suzy e Owen ci precedono di qualche passo. Non uscivo da più di un mese. È sicuramente per questo che mi sorprendono così tanto i rumori della città: le voci, il martellamento di un attrezzo che proviene da uno scantinato, le ruote delle automobili sul selciato... È un rumore invasivo, un fracasso che aleggia nell'aria e che non posso controllare. Tutto, là fuori, m'impaurisce. Cerco di ripararmi stringendomi molto vicino a Henry. Penso... per fortuna ci sono loro, c'è lui, non sono sola... L'ancheggiare di Suzy, con la giacca che le cade proprio sotto i fianchi, segna il ritmo dei miei passi. La seguo come stregata, non riesco a decidere niente da sola, ho bisogno che qualcuno mi indichi la strada.

Mezz'ora dopo siamo in rue de Rivoli.

Henry non è alto come Roger, né così decisamente virile come Jordan Miller, e nemmeno languido come il ricordo che conservo di James convalescente. Henry è normale. Ma quando c'è lui non vedo nessun altro.

Entriamo nel giardino delle Tuileries e camminiamo sotto le piante che in questo periodo cominciano a ingiallire. Certi tratti del sentiero sono coperti da un letto di foglie secche, ma in generale gli alberi hanno ancora un colore verde pallido. Di qui a un mese gli olmi, i gelsi e i melograni diventeranno bruni e prima che ce ne accorgiamo saranno spogli. Pioverà e farà freddo. L'autunno si getterà su Parigi come un amante ansioso, ma oggi splende ancora un sole tiepido e crepuscolare. Quando propongo di sederci su una panchina della Terrasse des Feuillants, Suzy inventa una scusa per svignarsela.

«Be', noi due andiamo», dice prendendo intenzionalmente Owen sottobraccio. «Henry invece resterà ancora a farti un po' di compagnia, vero caro?»

Effettivamente, in quei momenti Suzy e Owen sono di

troppo. Ci fermiamo lì, nella luce debole di settembre, seduti l'una accanto all'altro senza ancora sapere che avremmo passato così il resto della nostra vita. Della sua vita. Dalla nostra panchina posso vedere, attraverso i rami degli olmi, il museo dell'Orangerie.

«Ti domanderai perché non sia venuto prima.»

Non sono arrabbiata, però mi sorprende che non sia venuto e glielo dico chiaramente. Si gira verso di me. È serio.

«Pensavo che le cose tra noi avrebbero potuto prendere una piega che forse non sarebbe stata la migliore, considerando la mia situazione e la tua.»

Ha i capelli castani, lisci, e una ciocca leggermente più chiara gli cade sulla fronte.

«In fin dei conti, tu stai attraversando un momento molto delicato.»

Improvvisamente china il capo, non so se per un moto di tormento o d'imbarazzo. Alle sue spalle, nella panchina dietro la nostra, una coppia si bacia senza badare a nessuno.

«Sei vulnerabile», continua lui senza guardarmi. La sua voce ora è più grave del solito. «E potresti confonderti.»

Finalmente si gira verso di me.

«E quindi voglio che tu lo sappia da me, prima che te lo dica qualcun altro. Sai, Rose, ora a Parigi sono solo, ma a Londra ho una moglie dalla quale per il momento non posso divorziare.»

Il sole scompare dietro un ramo. Lui indossa una giacca verde scuro e io una gonna di Frances.

«Ma cosa dico... Penserai che sia pazzo. O presuntuoso. Sicuramente in tutto questo tempo non hai pensato a me nemmeno per un attimo.»

Sembra imbarazzato. Le sue scarpe marroni sbucano dall'orlo dei pantaloni come due animaletti ammaestrati. Che cosa mi sta succedendo? Da dove viene questa forza che spinge la mia mano verso di lui? Da dove viene questo desiderio di accarezzargli il viso?

Non so come siamo arrivati a casa sua, nel suo letto, in questa strada vicino all'Arena di Lutezia e alla gare d'Austerlitz. Prima di arrivare qui, ormai ero perfettamente sicura di quello che avrei fatto, completamente concentrata, pronta a sentire le sue mani sul seno, prima attraverso la camicetta di Frances e poi senza, ed ero pronta a riconoscere – sì, a riconoscere più che conoscere – questo corpo tante volte immaginato.

E mentre le ombre della notte scivolavano silenziose dentro quella stanza, il mondo intero tumultuava attorno a me. E intanto sentivo lo schiocco della sua lingua nella mia bocca, la campane della chiesa lì vicino, il pianto lontano di un bambino, i gemiti soffocati, il tictac del suo orologio sul comodino... Tutto.

Quella notte parlai a briglia sciolta. Per ore. Avevo bisogno che sapesse chi ero, come ero cresciuta, che sapesse dalle mie labbra che cosa provavo quando stavo dagli Hervieu o in collegio. Gli parlai anche di James. Dovevo dargli di più, oltre al mio corpo consumato dal dolore. Avevo bisogno che mi accettasse con il mio pesante fardello. Credo di aver parlato a lungo di Frances. E lui mi parlò di sua moglie. Senza sotterfugi e senza false giustificazioni. Quando spuntò l'alba facemmo ancora l'amore, e fu ancora più bello, perché ormai non eravamo più due sconosciuti.

43

FRAMMENTI.

Henry e io abbiamo vissuto insieme per quindici anni. Non è molto tempo, lo so, ma per me è tutta la mia vita.

Il particolare curioso è che conservo solo alcuni pezzetti della nostra vita insieme. Altri frammenti sono andati perduti. Sicuramente, la felicità funziona come le droghe: ti anestetizza e quando ti svegli non riesci a ricordare molto. A volte penso che tutto questo è dovuto alla morte di Henry, che nella mia testa a volte c'è tanto dolore che non riesco a recuperare molti ricordi. E invece vorrei conservarli tutti. Assolutamente tutti.

Frammenti.

Ormai non abito più nell'appartamento di rue de Surène. Henry e io stiamo sempre insieme. Lui lavora alla sua traduzione e ascolta quei nuovi musicisti francesi che gli piacciono tanto, Debussy, Maurice Ravel, Erik Satie, e poi, quando finisce, andiamo insieme a passeggio per le strade di questa Parigi che non è la stessa città in cui vivevo prima. La sera non usciamo molto, solo quando qualche amico ci convince ad andare a prendere un drink al *Criterion* o al *Dôme*. L'appartamento dove abitavo con Frances è ancora chiuso.

La signora Angellier ha coperto i mobili con delle lenzuola bianche e poi ci siamo dette addio. In questa nuova vita non mi servirà una governante.

È bella la Senna dalla nostra finestra, nell'angolo che si affaccia sul Jardin des Plantes, anche se è troppo vicino al molo di Austerlitz, sempre pieno di gru e di navi fumanti. Da qui il fiume sembra più vero, con tutto quel movimento di scaricatori, treni e merci. Questa è più vera dell'altra Senna, quella che si può contemplare dal Pont Royal o dal Pont Neuf, perché è qui che arrivano le mercanzie ed è qui che da sempre si rifornisce questa città. Mi affascina questo andirivieni che per qualche aspetto mi ricorda Le Havre. Certe mattine, quando fa molto freddo e non ho voglia di uscire, prendo un libro e mi siedo accanto alla finestra. Se suona il preludio con cui Owen mi ha battezzato, *La ragazza dai capelli di lino*, allora ripenso a Elsinor Park e a Deauville e a come eravamo tutti noi. Henry dice che prima vivevo in un mondo di fantasia in cui nessuno doveva lavorare. Ed è vero.

Non gli piace che lo aiuti con le sue traduzioni di Proust, ma spesso deve chiedermi una mano perché in fin dei conti il francese è la mia lingua madre. Ho provato a tradurre alcuni paragrafi, ma questo mestiere ha dei segreti di cui non possiedo le chiavi. Leggo l'opera di Proust in francese, e poi la traduzione di Henry, e a volte non saprei dire quale sia il testo migliore. Devo ammettere che lui lavora molto, ore e ore, e a me piace vederlo litigare con i suoi manoscritti pieni di appunti e cancellature.

In giugno sono venuti Sarah e Charles. Henry e io li abbiamo portati a visitare il quartiere e Sarah è rimasta stupefatta vedendo la vita di strada. Credo che fosse sbalordita anche dal mio abbigliamento, così diverso da quello dell'epoca in cui Frances e io trascorrevamo le giornate a fare compere. Diciamo che era un po' più stravagante e molto più economico.

«Ti vedo molto felice.»

Ammisi di esserlo. Molto.

Camminavamo tra le bancarelle piene di babbucce di cuoio e cianfrusaglie di bronzo e i banchetti di curcuma, peperoncino e zafferano.

«Devo comprare delle arance», dico a Sarah facendola fermare. Un uomo con il copricapo bianco di chi ha visitato la Mecca pesa i pomodori su una bilancia.

Sarah si stupisce molto. Non capisce bene perché vada io a fare la spesa.

«Se mi vedesse Frances...» le confesso a bassa voce. «Ho imparato a cucinare, e anche se abbiamo una ragazza che viene a fare le pulizie, appena posso faccio io la spesa e preparo da mangiare. Non abbiamo la cuoca.»

Sentendoci parlare in inglese, alcune donne che attendono il loro turno si girano verso di noi.

«Io non potrei stare senza servitù. Come fai?»

«La vita è più semplice se sei impegnata», rispondo.

Tocca a noi. Compro le arance e quando ci allontaniamo Sarah mi prende sottobraccio e mi domanda all'improvviso: «Dimmi, e lui com'è?»

Ci rifletto bene. È la prima volta che le dico che cosa provo per Henry.

«È tranquillo, onesto e paziente.»

Lei sorride. Però voglio aggiungere ancora qualcosa, cioè cos'ha Henry che gli altri non avevano.

«Lo conosco profondamente, sai?» aggiungo. «So cosa pensa, quello che prova e quello che si aspetta da me.»

Sarah annuisce e all'improvviso dice: «Come sei fortunata. Ti invidio. Invece io certe volte non capisco Charles...»

Per la prima volta mi domando se siano felici.

Frammenti.

Il mio appartamento in rue de Surène è ancora chiuso e i

mobili sono sempre coperti con lenzuola bianche. A volte ho nostalgia di qualcosa e allora ci torno da sola, senza Henry. Apro la porta e, nonostante mi faccia male risvegliare il ricordo di Frances, prendo un quadro dipinto da uno di quei suoi amici che ormai non vedo più. Altre volte una scultura di bronzo o perfino una lampada. Queste incursioni mi producono sempre uno strano effetto. Sento che dissotterro frammenti di passato e che li trasporto nel presente. È come se li portassi da una vita all'altra.

Henry sta terminando un nuovo libro di poesie. Quando passeggiamo per strada, a volte prende dalla tasca della giacca un taccuino nero con la copertina di stoffa e segna una frase o un'idea. Da questi improvvisi lampi d'ispirazione nascono poi le sue poesie. Mi piace sempre di più quello che scrive. È profondamente misterioso.

Owen Lawson è diventato uno dei nostri migliori amici. È successa una cosa talmente inaspettata che, ovviamente, né Henry né io l'avremmo mai immaginata: Owen si è innamorato di quella ragazza che cantava al *Blue Storm* ed è stato sul punto di lasciare sua moglie. Lei si chiama Bonnie. Adesso non canta più in quel locale, ma va e viene con la sua orchestra, e Owen impazzisce ogni volta che parte per una tournée.

Ho deliberatamente tralasciato di parlare dell'altra moglie, quella di Henry, ma adesso è tempo di affrontare l'argomento.

È sposato, sì. Lo so dal primo giorno. In questi due anni che abbiamo vissuto insieme non mi ha mai detto che intende divorziare, ma so perfettamente che se potesse lo farebbe subito. Sua moglie è irlandese. Cattolica. Non vuole divorziare per niente al mondo. Henry pensa che non sia una questione religiosa, ma sociale, e sa che sarà impossibile raggiungere un accordo. Non vuole intraprendere con lei una guerra senza quartiere perché crede che ne uscirebbero entrambi rovinati. A me non interessa molto, anche se qualche volta, senza averlo mai confessato a nessuno, mi sono domandata come sarebbe la mia vita se lui non fosse sposato. Se devo essere sincera, non credo che cambierebbe minimamente.

Frammenti.

Lady Ferguson, la madre di Sarah, è morta. Henry e io siamo andati nel Surrey per assistere al suo funerale insieme con la famiglia. Elliott si è sposato con quella sua fidanzata e adesso sono in attesa del loro secondo figlio.

Anche Sarah e Charles avranno un bambino. A quanto pare, ci hanno provato invano per tanto tempo e alla fine è avvenuto il miracolo. Sarah ha un pancione enorme e non sembra molto felice. Immagino che sia triste per sua madre. Sembra anche preoccupata per il padre. Vorrebbe che lord Ferguson si trasferisse a Londra per andare a vivere da loro.

«Credo che non sopporterà di restare solo in questa casa», mi confessa di ritorno dal cimitero, mentre la macchina attraversa il ponte ed entriamo a Elsinor Park.

La casetta sul fiume è sempre là, con i salici e la barchetta ormeggiata sulla sponda. Sembra tutto esattamente uguale, e invece quante cose sono cambiate... Non ci sono più James, Frances né lady Ferguson, la donna più bella che abbia mai conosciuto. Al cimitero, mentre la seppellivano, tutti venivano da me per dirmi che donna speciale fosse Frances. Anche se ormai sono passati più di due anni.

Quando scendiamo dalla macchina e accompagno Sarah in camera sua, dopo averla convinta a riposare fino all'ora di cena, lei mi chiede di trattenermi un attimo e io mi fermo con molto piacere. Non so dove sia Henry, immagino insieme con Charles e gli altri uomini. Sarah è sfinita e ha i piedi gonfi. Le dico di coricarsi e le metto un paio di cuscini sotto i piedi per farle tenere le gambe in alto. Si è sfilata il vestito ed rimasta con la sottoveste. Fa un caldo umido.

«Aspetto un bambino da lui, ma non so chi sia, Rose, ti giuro che non so chi sia mio marito.»

Questa sua confidenza mi coglie di sorpresa.

«Perché dici così?» le domando. «Charles è un tesoro.»

«No, Rose, no», insiste. «Tu non sai niente.»

Piange, e io mi preoccupo vedendola soffrire così. Allora si alza e mi rivela a bruciapelo: «Ha un amante».

Faccio fatica a crederlo.

«Non è possibile», ribatto, senza pensare che ha ragione lei: io non so niente di loro. «Charles ti ama e pende dalle tue labbra. Sono sicura che ti sbagli, non credo che ci sia un'altra donna.»

Sarah resta seduta, con la pancia enorme fasciata dalla sottoveste e le gambe leggermente aperte. È un'immagine che mi addolora. Si appoggia alla testata e con una mano stringe forte il copriletto.

«Ho detto 'un' samante, Rose, non 'una' amante.»

Non riesco a reagire.

«Cosa dici?» domando incredula. «Sei sconvolta dalla morte di tua madre e adesso non vedi le cose come sono in realtà. Lo so per esperienza, cara. Il dolore ci sconvolge talmente tanto che a malapena riusciamo a immaginarlo.»

«Rose», dice con il viso coperto di lacrime. «Li ho visti. In casa mia, nel nostro letto.»

Non riesco a immaginare Charles con un altro uomo.

«Non posso sopportarlo, Dio mio, non so cosa fare...»

Povera Sarah. Cara Sarah, che sei sempre stata al sicuro...

«Hai pensato di divorziare?» le domando.

«Aspetto un bambino, Rose.»

«Lo so. Prima fallo nascere e poi divorzia discretamente, senza scenate.»

«Non ce la farei.»

Non c'è niente che possa fare per lei, a parte abbracciarla. Ho sempre avuto un grande affetto per Sarah, ma in quel momento provavo anche una pena infinita. L'avevo invidiata per tutta la vita, perché aveva dei genitori, dei fratelli, una casa meravigliosa nella contea del Surrey e un'altra in Normandia. Avevo invidiato quel suo modo scanzonato di affrontare la vita, la sua sicurezza, il suo futuro così prevedibile... L'avevo invidiata, pur senza ammetterlo, fino al limite dell'inverosimile. E adesso provavo tanta pena...

Durante quella conversazione con Sarah non le dissi qualcosa che pensavo tra me: trova un accordo con lui, vivi la tua vita e che lui viva la sua. Non gliel'ho detto perché mi sembrava moralmente riprovevole, ma ora mi pento di aver taciuto.

Allora avevo venticinque anni ed ero felice perché la mia vita seguiva una traiettoria logica. Affrontavo delle sfide e le vincevo. Sapevo che cosa significava perdere il controllo e sapevo che era possibile recuperarlo. Avevo imparato a stare al mondo.

Sì, devo ammettere che mi sentivo felice...

E lo sono anche adesso, mentre ricompongo questi piccoli ritagli di vita che ho deciso di chiamare «frammenti».

Frammenti. Sì. Pezzi, ma preziosi.

Suzy è tornata negli Stati Uniti. Mi manca molto.

Jordan Miller vive in Spagna, a Valencia, e ogni tanto ci scrive. «A Valencia è terribilmente bello mangiare un buon melone con una caraffa di birra fredda sulla spiaggia», ha scritto l'ultima volta, per invogliarci ad andarlo a trovare. Sta per pubblicare un romanzo che parla degli anni che ha vissuto qui a Parigi, e nella sua lettera mi dice che leggendolo riconoscerò alcune nostre vecchie conoscenze.

Owen ha divorziato. Adesso vive con Bonnie in un piccolo appartamento a Montparnasse e l'altro giorno il padrone di casa è andato da loro con i gendarmi per sfrattarli. Non sapevano dove andare e così ho offerto loro l'appartamento di rue de la Surène, che era ancora chiuso. Una casa va in rovina se non ci vive nessuno. Bonnie è contentissima, dice che non è mai stata circondata da tanto lusso e che non capisce perché io preferisca vivere in un quartiere dove ci sono ancora i carbonai che ti portano a casa il carbone con il carro e i cavalli. Ci sono cose che gli americani non capiranno mai.

Inverno, forse fine gennaio. Stamattina Parigi si è svegliata sotto una coltre di neve e io sono sola perché Henry è dovuto andare a Londra per incontrare un editore. Nel primo pomeriggio mi imbacucco bene e vado a fare una passeggiata. La neve si è già sciolta e ora le strade sono invase da un pantano scivoloso e sporco. Mentre passo davanti alla parete d'angolo dell'edificio dove si trova la fontana Cuvier, per poco non cado. Un uomo mi soccorre afferrandomi prontamente per il braccio e, mentre lo ringrazio, contemplo incredula quella figura di donna seminuda tra leoni e coccodrilli. Sento un freddo tremendo a vederla. Non è la giornata ideale per uscire, lo so, ma non lo è nemmeno per rimanere in casa. In realtà avrei voglia di andare in un posto come *Ladurée*, o uno qualunque di quei locali dove con Henry non vado mai, ma in queste condizioni non credo potrò andare molto lontano.

Il cielo è completamente coperto da un manto grigio di nubi, che all'interno hanno una luce strana e intensa, come di ghiaccio. Immagino che da un momento all'altro ricomincerà a nevicare. Allora cerco un posto carino dove sedermi un attimo e lo trovo vicino all'Arena di Lutezia, proprio dietro l'angolo di rue des Arènes. È un caffè piccolo e accogliente. C'è poca gente. Il cameriere mi indica un tavolo vicino alla finestra, quasi appiccicato a un altro con una giovane donna che scrive su un taccuino. La osservo mentre aspetto il mio *café au lait* e un delizioso croissant dal sapore di burro fuso che mi ricorda la mia infanzia in Normandia.

La ragazza ha i capelli scuri, raccolti sulla nuca in un modo che sembra un po' provvisorio, come se dovesse mettersi il cappello. È magra, le spalle non molto larghe e il viso pallido. Potrebbe chiamarsi Thérèse. È vestita in modo discreto ma elegante e noto che porta dei piccoli orecchini, i più piccoli che abbia mai visto in vita mia. In un racconto fatto di frammenti come questo, vi domanderete il perché di tutti questi dettagli su una sconosciuta. È una cosa che incuriosisce perfino me. Perché mi ricordo che portava una camicetta a rombi giallo e granata e una giacca di mohair color senape? E i suoi orecchini? Per quale motivo ricordo che erano piccoli? Il suo taccuino aveva la copertina nera ed era identico a quello che usava Henry per prendere appunti. Sarà stato per questo? No, so benissimo che non era per questo.

Non abbiamo scambiato una parola, quella donna e io, ma da anni di tanto in tanto mi viene in mente la sua immagine. Ripenso a lei ogni volta che incappo in un imprevisto.

È sera. Provo una specie di abbandono, una desolazione crepuscolare che induce al raccoglimento. Un silenzio.

Ha ricominciato a nevicare e senza volerlo rivivo tutti gli inverni segreti della mia vita.

So che tutto questo capitava per una semplice ragione: ero sola. Erano anni, ormai, che Henry e io non ci separavamo nemmeno per un giorno. Non dico che ero sconfortata e nemmeno triste o nient'altro del genere, però mi sentivo in balia di una situazione straordinaria. Sola e all'erta.

Quando sono uscita dal caffè, quella donna era ancora là. La neve cadeva sempre più fitta. Ho raggiunto il portone di casa, che era aperto, e sono salita fino al terzo piano. Sul pianerottolo, seduto su un gradino, c'era un uomo: Roger.

Qualche volta, Henry e io avevamo parlato della fedeltà ed eravamo praticamente d'accordo che le nostre faccende di coppia dovevano riguardare solo noi due; che gli altri, il resto della gente, le loro regole e i loro divieti non ci riguardavano. Diciamo che avevamo concepito la situazione in modo abbastanza permissivo, forse condizionati dal fatto che Henry era ancora sposato con un'altra: potevamo ammettere la presenza occasionale di una terza persona, a patto che ciò non comportasse inganni e bugie. Comunque, fino a quel momento erano state solo semplici teorie, perché almeno a me non era mai passata per la testa la possibilità di avere un'avventura con un altro.

Ma adesso Roger era là, Henry era andato in Inghilterra, e io ero sola, in una notte in cui Parigi era coperta di neve.

Roger dovette fermarsi a cena. Pensavamo, lo dicevamo, ma naturalmente io non ci credevo minimamente – e immagino che nemmeno lo volessi – che nel giro di un paio d'ore forse avrebbe smesso di nevicare.

Quando finimmo di cenare, la neve continuava a cadere di traverso sopra le luci di Parigi. Non era ragionevole che lui tornasse al suo albergo. Gli dissi che poteva fermarsi a dormire.

Bevemmo come allora. Ridemmo come allora. Facemmo l'amore nel letto di Henry, poi Roger si addormentò tranquillamente e io misi la vestaglia e rimasi in piedi accanto alla finestra a guardare la neve come si guarda il fuoco: pensando ad altro.

Non riesco a ricordare di che cosa esattamente abbiamo parlato Roger e io. Di quell'incontro ricordo solo le mie sensazioni riguardo a un Henry assente ma al contempo presente. Non sapevo che cosa avrebbe detto se glielo avessi raccontato e nemmeno se prima o poi glielo volessi mai raccontare. Ammetto che la situazione mi angosciava, ma ormai era successo. Non era stato un incidente, non mi ero lasciata trascinare, non era stato involontario. Non ero nemmeno stata costretta dalle circostanze. Era successo perché fin dall'inizio avevo voluto che succedesse, fin da quando ero in quel caffè e guardavo quella donna che avrebbe potuto chiamarsi Thérèse, e perfino da prima, quando pensavo che mi sarebbe piaciuto andare da *Ladurée* o in uno di quei posti dove ero solita andare senza Henry. Credo che quel giorno Roger comparve nella mia vita perché doveva comparirvi.

44

Bonnie, Owen, Henry e io decidemmo che in primavera saremmo partiti insieme per la Spagna, per andare a trovare Jordan, che stava sempre a Valencia. Fu un lungo viaggio di tre giorni, in treno. La prima notte la trascorremmo alla frontiera e la seconda, benché potessimo anche proseguire, la passammo in una pensione a Barcellona. Owen era molto interessato a vedere quella città perché a quanto pare a Parigi aveva frequentato un musicista catalano, di cui non ricordo il nome, e lui gliene aveva parlato talmente tanto che ormai l'aveva idealizzata. A Bonnie piacque molto Barcellona, perché c'erano tanti locali sempre aperti. A me invece ricordava alcune città italiane che avevo già visitato. Più di tutto mi piacque il clima, la temperatura mite e leggermente umida, con quel tepore che la costa porta via al mare.

Il viaggio da Barcellona a Valencia, di notte, su un treno zoppicante che sembrava dovesse fermarsi da un momento all'altro, lo ricorderò per sempre. Era difficile dormire là sopra. Viaggiavamo in uno scompartimento per sei persone, ma a Tarragona un uomo che occupava due sedili era sceso e quindi eravamo rimasti solo noi quattro. Bonnie e Owen dormivano abbracciati. Di tanto in tanto, a intervalli, Owen russava, e tutte le volte che ero sul punto di prendere sonno mi svegliava. Ricordo che Henry aveva posato la testa tra lo schienale e la separazione dei sedili, che aveva la forma di un petto di colomba, e sembrava addormentato. Posai anch'io la testa contro il telaio del finestrino, ma niente da fare: a quell'ora di notte ormai ero completamente sveglia. Anche la sensazione di avere un buco pieno d'aria nello stomaco non aiutava molto. Comunque mi piaceva stare lì desta, vigile, all'erta. Mi sentivo come se dovesse succedere qualcosa di straordinario.

Guardavo le nostre immagini riflesse nel vetro del finestrino e i nostri visi, tutti e quattro, che si stagliavano contro il buio che c'era fuori. E allora, molto lentamente, come se qualcuno tirasse una tendina scura facendo entrare poco per volta la luce, si fece giorno. Ed ecco lì, alla mia destra, il Mediterraneo, dapprima grigio e uniforme, poi un po' argentato e infine, quando il sole si alzava all'orizzonte, decisamente blu. C'erano solo tre colori in quel paesaggio: il verde dei pini, il marrone della terra e il blu del mare, ma quella semplicità pareva racchiudere tutti colori dell'arcobaleno. Era come se da quel mare e da quel litorale nascesse ogni cosa.

Ho fatto molti viaggi durante la mia vita, ma questo è uno di quelli che non potrò mai dimenticare. Henry era appena tornato dall'Inghilterra e io gli avevo detto di Roger. Mi domandò soltanto: «C'è qualche motivo per cui dovrei preoccuparmi? Vuoi andare via con lui?»

Io gli assicurai di no e lui mi credette. Non tornammo mai più sull'argomento. Roger e tutti i Roger di questo mondo svanirono per sempre.

E adesso Henry dormiva su quel treno spagnolo e io vegliavo su di lui sapendo che saremmo stati insieme per tutta la vita. Il sole si alzava, inondando tutto con una luce dorata, e il mare sembrava vicino e invitante.

Sul marciapiede della stazione, Jordan ed Elizabeth ci stavano aspettando. Ricordo quell'immagine come una delle ultime che conservo di loro due insieme. Anni dopo, nel

1938, quando tornai a Valencia, avrei dato qualunque cosa per ritrovarli lì, ma quella volta, in quella stazione in guerra, saremmo state solo io e la paura.

Valencia piacque molto a tutti. Jordan ed Elizabeth abitavano in centro, in un albergo che curiosamente aveva un cartello con il nome HOTEL INGLÉS affisso sulla facciata. Durante quei pochi giorni in città, trascorremmo la maggior parte del tempo a passare da un bar all'altro e da una taverna all'altra. Alla fine conoscevamo ogni tipo di locale: taverne, cantine, osterie, bottiglierie, birrerie, caffè, cocktail bar, bar, enoteche, chioschetti, dehors nei parchi, *chiringuitos* sulla spiaggia, baracchini... Non avrei mai immaginato che in una città potessero esserci così tanti posti dove andare a bere.

In un locale o in quell'altro, Jordan ci presentò i suoi amici spagnoli. Erano persone alla mano, alcuni giornalisti o scrittori locali, qualche pescatore e perfino un lustrascarpe dal carattere molto allegro. Parlavano tutti a voce alta. Jordan era l'unico che riusciva a capirli, ma tanto io quanto Henry rimanemmo stupiti dal numero di amicizie che lui ed Elizabeth avevano stretto in pochi mesi. Ricordo di aver perfino detto a Henry che anche noi due saremmo dovuti essere un po' più socievoli. Lui mi guardò con il suo mezzo sorriso e poi mi accarezzò i capelli come se fossi stata una bambina. Non mi piaceva che mi trattasse così.

Valencia. Sole. Caldo. Ricordo che eravamo sdraiati in quell'hotel, avvolti in lenzuola leggermente umide, con la finestra spalancata. Henry aveva i capelli appiccicati sulla fronte per il sudore e con le dita accarezzava meccanicamente l'infossatura tra il mio ventre e l'osso dell'anca.

«Stai sudando», disse.

«Non sudo», risposi. «Mi sciolgo.»

Scoppiò a ridere e mi trasse a sé. Poi, man mano che diventavo vecchia, quell'infossatura è scomparsa; credo di non averla nemmeno più e comunque ormai nessuno potrà più accarezzarla con le dita.

Un bel giorno andammo verso sud, tra aranceti e case coloniche di fango dalla facciata senza intonaco.

«*Alquerías*, si chiamano *alquerías*. È una parola araba», spiegò Jordan.

Arrivammo in una specie di villaggio con alte palme cariche di datteri. Jordan fermò la macchina.

«Credo che ci siamo persi.»

Cercammo tutti di dare una mano, ma Elizabeth si agitò un po' perché aveva lasciato il bambino a Valencia.

«Non fare l'isterica», la fulminò Jordan. «Siamo solo a dieci chilometri da Valencia. Volendo, potresti tornare a piedi.»

Restammo tutti in silenzio. Elizabeth si girò docilmente verso Bonnie.

«Non lo lascio mai solo», cercò di giustificarsi. «E non conosciamo neanche bene quelle persone.»

Owen e Jordan erano andati verso la casa per chiedere indicazioni.

«Non preoccuparti», disse Bonnie cingendole affettuosamente le spalle. «Torneremo per l'ora prevista: dopo pranzo. Te lo prometto. E non a piedi, come dice tuo marito.»

Il sole brucia forte quando risaliamo tutti in macchina e ci rimettiamo in marcia. Mi stupisce che Jordan ed Elizabeth si comportino come se non fosse successo niente.

«Siamo arrivati.»

Miller ha posteggiato la macchina davanti a una casupola senza finestre, con il tetto di paglia. È un tetto molto aguzzo, a due spioventi, come quello di certe antiche costruzioni normanne. Su ciascuna estremità c'è una croce di legno.

«Questa è la Albufera», annuncia Jordan, visibilmente soddisfatto del suo senso dell'orientamento.

Siamo sulla sponda di un lago. Elizabeth scende dalla macchina e abbraccia felice il marito. Henry e io ci guardiamo, Bonnie mormora qualcosa che non capisco, e allora Owen alza le spalle, va al bagagliaio della macchina e prende una *bota de vino*. Io non ne avevo mai visto una. È una borraccia di pelle di capra da cui si beve direttamente, senza bicchiere.

«Bisogna bere *a morro*, a canna, come dicono gli spagnoli.»

Jordan ci dà una dimostrazione: afferra la borraccia con due mani, la solleva, la stringe, e un esile filo di vino gli zampilla sui denti.

Proviamo tutti. È divertente.

Non so quando arrivarono i pescatori, né quando nella capanna prepararono il pranzo. Ricordo che Henry e io passeggiamo sulla riva osservando i pali che si usano per tendere le reti. Su ciascuno ci sono gabbiani e cormorani. Tutto ha un aspetto piacevole, ma qualunque cosa guardi ti accorgi del duro lavoro della gente che vive attorno al lago.

Vedo ancora tutti noi, là, in terra spagnola, a bere e mangiare contenti. E ricordo la dignità di quel pescatore e della sua famiglia. Tornando, mentre Bonnie si lamentava dell'odore d'aglio che si sentiva ogni volta che aprivamo bocca, Jordan disse: «Al mondo ci sono molti uomini e donne per cui andrebbe issata una bandiera».

In quel viaggio si rafforzò l'amicizia che Jordan e io avevamo stretto a Parigi e che in seguito avremmo mantenuto per corrispondenza. E fu allora che si stabilirono la data e le circostanze della morte di Henry, benché nessuno di noi ancora lo sapesse.

Di ritorno dalla Spagna, venni a sapere che Sarah si era suicidata.

45

«CHE tristezza...»

Lola ha posato il libro aperto sul bancone. Quando prende una pausa durante la lettura, fa sempre qualche commento. È seduta sullo sgabello con la schiena appoggiata alla parete dove termina il bancone, nell'unico spazio dove non ci sono scaffali.

«Povera ragazza», la sua voce roca ha un tono davvero afflitto. «Mi piaceva molto quel personaggio.»

Poi si rende subito conto.

«Ma cosa dico!» mi guarda turbata. «Sarah non è un personaggio, è davvero esistita. È morta davvero. Questo non è un romanzo... sono memorie.»

Alcune parole sono dure come sassi. Io annuisco in silenzio.

«È terribile», aggiunge senza sapere che il sasso segue una traiettoria definita.

«Sì, è una storia vera», dico e, pilotando la conversazione verso uno spazio più ambiguo, aggiungo: «Spesso mi chiedo, quando leggo, se la finzione narrativa non nasconda qualche verità più... come dire, più vasta».

Lola è perplessa.

«Non so se ho capito bene cosa intenda.»

«Nel mondo reale i fatti accadono solo in un modo. Nella

finzione narrativa invece il margine è più ampio: abbiamo i fatti, quello che sarebbe potuto accadere, quello che immaginiamo succederà e perfino quello che vorremmo che accadesse sebbene sia improbabile che accada.»

Lola sorride. Ha i denti bianchi e quasi perfetti. Un dettaglio che le invidio.

«Lei parla come fosse una scrittrice.»

Mi sfugge una risata involontaria.

«No, cara, sono solo vecchia, e quindi attingo qui e là.»

«Lei non è affatto vecchia, non dica così.»

«Be', mi sento come se lo fossi, glielo assicuro.»

Guardo l'orologio e vedo che si è fatto un po' tardi. È quasi ora di chiudere.

«A proposito», esclama Lola dopo un breve silenzio, «penserà che sia assurdo, ma per un attimo quel Jordan Miller mi ha ricordato Ernest Hemingway.»

«Sì, potrebbe essere», ammetto. «Però magari in questo caso è solo un luogo comune, non crede?»

Fa un cenno con il capo, dandomi a intendere che non è molto convinta, ma non ribatte.

«Ha pensato al mio invito per la vigilia?»

Mancano solo sei giorni al ventiquattro. Credo di doverle dare subito una risposta.

«Sì, volevo proprio parlargliene oggi. Purtroppo mio figlio non potrà venire a Madrid. Sembra che il ventiquattro sia di guardia.»

Di guardia? In una miniera? Mi sembrava verosimile, ma, a dire il vero, a volte non so nemmeno io come faccia a inventarmi certe cose.

«Allora non ne parliamo più: lei verrà a cena da noi.»

Accetto senza farmi pregare, primo perché mi fa molto piacere e poi perché sarà una splendida occasione per attuare i miei propositi.

«Ha fretta?» mi domanda Lola.

«No, assolutamente.»
«Matías arriverà tra poco e avrei piacere di presentarglielo.»
Prima o poi doveva succedere. Insomma, qualche inghippo ci deve pur essere in questo assurdo piano che cerco di attuare.
«Suo marito?» domando con quel candore che per fortuna la vita dona agli anziani e ai bambini. «Ma noi ci conosciamo già, si ricorda che gliel'ho raccontato?»
Lola sembra perplessa.
«Sì, certo», insisto. «Sono venuta qui qualche sabato.»
Non aggiungo altro. Non posso confessarle che metto dei libri su uno scaffale quando c'è lei e li compro quando c'è suo marito.
«Ah...» esclama esitando. «Non me lo ricordavo. Mi spiace.»
Rifletto velocemente. Matías arriverà da un momento all'altro. Devo preparare una spiegazione anche per lui, ma non mi viene in mente niente.
«Oh», faccio guardando l'orologio. «Me ne stavo dimenticando... Mi spiace, ma devo scappare. Ho ordinato delle medicine in farmacia e devo andare a ritirarle prima che chiuda.»
Lola si stupisce ancora di più.
«Dica a suo marito che sono la donna inglese che viene tutti i sabati. Si ricorderà di me.»
Sto per andarmene. Ho il cappotto in mano e ho già alzato il piano del bancone.
«Alice...»
Faccio fatica ad abituarmi a quel nome. Credo che non sia stata una buona idea dirle che mi chiamo così.
«Sì?»
«A essere sincera», dice Lola guardandomi perplessa, «non ho accennato niente a Matías di questi nostri incontri.»
Poso lentamente il piano del bancone.
«Be'», taglio corto, cercando di andarmene per evitare che tutte queste spiegazioni poi ci tocchi darle direttamente a

Matías, «non credo che abbia molta importanza. Gli racconti la verità, cioè che siamo diventate amiche grazie al libro che c'era in vetrina.»

Lola sorride subito. È molto bella quando le preoccupazioni se ne vanno dal suo viso.

«Sì, ha ragione», riconosce. «A Matías farà piacere.»

Un paio di isolati più in là, quando giro l'angolo per entrare in plaza de Chueca, vedo Matías che esce dalla metropolitana con il suo impermeabile abbottonato e una sciarpa al collo. Mi fermo davanti alla vetrina di un negozio di alimentari e lo vedo passare riflesso nel vetro. Ha quattro o cinque libri sotto il braccio. Una delle due: o non è riuscito a consegnarli tutti o ne ha comprati di nuovi.

46

Oggi è mercoledì. Ho tutta la mattina per occuparmi delle mie faccende. E ovviamente ho molto da fare.

Innanzitutto ho chiamato Constance. Naturalmente è rimasta sorpresa. Mentre parlavamo ho pensato a quanti anni avrà adesso la mia sorellastra. Abbiamo qualche mese di differenza. Dove prende tanta energia e ostinazione? Ci sono persone che sicuramente non riposano mai.

Abbiamo combinato di vederci a Parigi. All'inizio lei insisteva che dovevamo incontrarci a Londra, per via degli avvocati e compagnia bella. Così ho dovuto essere risoluta.

«Senti, Constance», le ho detto, «cascasse il mondo, io non verrò a Londra. Quindi, vedi tu: se vuoi quella casa arrangiati per portare a Parigi il tuo avvocato, perché o lì o niente. Scegli.»

Ha insistito ancora, adducendo che le faceva male un ginocchio, che riusciva a malapena a camminare...

«Perfetto, allora aspettiamo che tu ti rimetta. Per me non c'è problema. E inoltre mi pare che qualche anno fa gli Ambersth fossero interessati a comprare Croft House. Magari vogliono ancora farmi una proposta.»

Siamo a migliaia di chilometri di distanza, però mi sono goduta la sua sconfitta. Alla fine abbiamo stabilito di trovarci a Parigi dopo Natale. Prima di allora dovrò andare a Croft House per prendere le cose che voglio conservare e ingaggiare una ditta di traslochi internazionali per farle trasferire a Parigi, o magari qui a Madrid, non ho ancora deciso. Comincia un'altra tappa della mia vita. Spero di non pentirmene.

Amparo sale ansimando con la borsa della spesa. Ho lasciato la porta socchiusa per vederla tornare. Quando mi vede sulla soglia assume anche lei un'espressione sorpresa. Oggi tutti si stupiscono per qualcosa.

«Sta uscendo?» mi chiede.

«No, Amparo, la stavo aspettando.»

Appoggia sul pavimento la borsa, da cui sbucano un mazzo di bietole e due filoncini di pane, e sbuffa rumorosamente.

«Volevo chiederle un favore», esordisco mentre lei si riprende dalla sfacchinata. Credo che Amparo sia troppo grassa, perché fa fatica a respirare. «Insomma, un altro favore dei tanti che mi fa sempre.»

Fa un gesto con la mano, come per sminuire le mie parole.

«Mi dica, mi dica», incalza con decisione. «Può contare su di me per qualunque cosa...»

«Vede, devo lasciare la Spagna.»

«Non dirà sul serio?» mi interrompe.

«Solo per qualche settimana.»

«Ah, che spavento... Mi ha fatto preoccupare, perché insomma, ormai ci conosciamo, siamo buone vicine, non mi piacerebbe proprio dovermi abituare a qualche sconosciuto che non si sa mai chi ti capita...»

Devo interromperla.

«Aspetti, Amparo, mi faccia finire.»

«Ah sì, scusi, è che per un attimo...»

«Venga su, per favore. Credo che sarà meglio se stiamo dentro a parlare.»

Come sempre, va direttamente in cucina. Questa è un'abitudine spagnola che ancora mi sorprende: si riuniscono tutti in quella o in quell'altra cucina, come se in casa non ci fossero altre stanze. Eccola già seduta sul suo sgabello preferito.

«Vede, ho una questione famigliare...»

«Niente di grave?» mi interrompe.

«No, Amparo, per fortuna no. Come le dicevo, a causa di una questione di famiglia devo tornare per un paio di settimane nel mio Paese, così volevo chiederle due cose: la prima è se per favore può ritirare lei la mia posta tutti i giorni e controllarla.»

«Ma cosa dice, benedetta donna. Manco per sogno. Come faccio a ficcare il naso nella sua posta. Ci mancherebbe altro.»

«No, aspetti, non voglio che la apra, deve solo riferirmi se c'è qualche busta che viene dal Consolato, dall'Ambasciata o da qualche istituzione ufficiale, spagnola o inglese.»

«Come, spagnola?»

«Sì, un ministero, la Dirección general de seguridad, capisce...»

Sembra diffidente.

«E cosa devo fare se il postino mi consegna una di quelle buste?»

«La pregherei, se non le chiedo troppo, di inviarmela a questo indirizzo», le allungo un foglio sul quale ho scritto l'indirizzo di rue de Surène.

«Parigi?» domanda quando lo vede. «Ma lei non è inglese?»

«Sì, Amparo, ma ho delle faccende da sbrigare in Francia.»

Come sempre, sono sul punto di perdere la pazienza.

«E la sua famiglia? Allora non passerà le feste con loro?»

E, come sempre, commetto l'errore di rispondere a tutte le sue domande.

«Sì, mia sorella Constance verrà a Parigi. Ci troveremo là.»

«Ah... Parigi...» esclama con aria sognante. «Magari....»

Poi recupera quel suo atteggiamento generoso che mi piace tanto di lei.

«Bene, ritirerò tutti i giorni la sua posta e se c'è la lettera che sta aspettando gliela mando volentieri. Si figuri cosa mi costa, con l'ufficio postale qui girato l'angolo. Così faccio una passeggiata che mi fa solo bene.»

Questa volta non è difficile mandarla via. So che aspetta suo marito e suo figlio per pranzo. Spero che non debba cuocere le bietole.

47

«IL locale è bellissimo. E la via, come vede, è un continuo viavai di gente. Che tipo di negozio volete aprire?»

Ho chiesto a Sagrario di accompagnarmi per darmi una mano con le pratiche. Dato che lei si occupa dell'amministrazione del negozio di suo padre e conosce bene la burocrazia spagnola, credo che mi sarà d'aiuto.

«Una libreria», rispondo all'agente immobiliare, che sta tremando di freddo nonostante il cappotto tutto abbottonato e la sciarpa.

«Ah», esclama lui ossequiosamente. «Un'ottima idea, sì, signore. Mi dispiace dirlo, ma in questo Paese la cultura è un problema che va risolto.»

Si aggira all'interno del locale come valutandone le possibilità.

«Be', guardi, non ci sono nemmeno lavori da fare. È tenuto così bene che sarebbe perfetto per una libreria.»

Quest'uomo ha ragione. Anch'io me la immagino benissimo: il bancone, gli scaffali, tavoli al centro per le novità... Niente matite o gomme e men che meno libri di seconda mano.

«Lo pagheremo con due sole cambiali», sento che dice Sagrario svolgendo il suo compito alla perfezione, «quindi può farci una buona offerta. Non troverà un'altra cliente come la signora.»

«Certo, certo... Siate sicure che, se alla fine arriviamo a un accordo, il prezzo si abbasserà fino a soddisfarvi, anche se io rimarrò senza la mia commissione.»

«Bene, bene... Allora prima di continuare veniamo al sodo: quanto?»

L'uomo si gratta la testa come se facesse qualche calcolo a mente.

«Penso che potrei darvelo per centoventicinquemila pesetas», dice infine.

Lascio parlare Sagrario. È abbastanza brava.

«Niente da fare», ribatte sicura. «Cominciamo a ragionare a partire da centomila.»

L'agente si mette le mani sulla testa.

«Ma è più del quindici per cento!»

«Certo», prosegue Sagrario, «ma avrà i soldi praticamente sull'unghia. Anche questo è da considerare.»

L'uomo comincia a camminare nervosamente per il locale. Io tiro la manica a Sagrario per avvisarla di non esagerare, ma lei non mi considera nemmeno. I suoi occhi brillano di malizia.

«D'accordo», dice improvvisamente l'uomo. «Facciamo centoquindici, che già ci sto perdendo.»

Sagrario allunga la mano come se fosse solo lei a comprare.

«D'accordo», esclama senza nemmeno consultarmi.

Poi, quando rimaniamo sole, mi spiega: «Ho guardato un po' di prezzi prima di venire e ho chiamato un amico di mio padre che ha appena comprato un locale più piccolo di questo in calle Embajadores. Lo ha pagato centodiecimila pesetas e le assicuro che calle Embajadores non si può nemmeno paragonare con calle Barquillo. Può considerarsi soddisfatta: abbiamo fatto un vero affare».

Sono contenta, certo, ma lei non può sapere il perché.

«Davvero vuole aprire una libreria? Non che la trovi una cattiva idea, perché lei ce la vedo in mezzo ai libri, ma...»

Aspetto che finisca. Mi piace questa ragazza.

«Non so, penserà che sono matta, ma io la immagino più come un'artista, sa, senza orari né doveri, solo la sua arte. La vedrei di più a girare il mondo per dare dei concerti di violino, per esempio.»

Scoppio a ridere.

«Ah, cara ragazza, ma se io non ho mai avuto il minimo orecchio per la musica!»

Lei non vuole credermi.

«Sono due anni che andiamo insieme ai concerti. Non mi può ingannare.»

Rinuncio. Soprattutto perché so che quando si mette in testa una cosa non c'è modo di farle cambiare idea. Stiamo facendo uno spuntino al caffè *La India*. Tutto il locale puzza del sigaro che sta fumando un tizio accanto alla finestra.

«La libreria non è per me. Io compro il locale ma lo gestiranno dei miei soci, una giovane coppia che ha già una libreria.»

«E perché?»

«È piccola», rispondo. «E si trova in un posto che non è proprio adatto. Credo che possano aspirare a qualcosa di meglio.»

«Ma, e lei? Non lo farà solo per loro...»

«No, cara, non solo per loro.»

Per la prima volta da quando ci conosciamo, sono sul punto di farle una confidenza, ma alla fine decido di aspettare.

«Le sto facendo perdere un sacco di tempo e lei dovrà tornare in negozio.»

«No, si figuri. Ci vado tutti i giorni solo per non stare a casa. Non ho nessuna fretta.»

Ci alziamo e lei si infila il cappotto. Lo abbottona fino al collo.

«A proposito, come si è trovata con il commercialista?»

mi chiede prendendo i guanti dalla borsa. «È stato bravo Sanchís?»

«Sì, è stato molto gentile. Mi ha fatto un'ottima impressione.»

«E si potranno occupare loro di tutti i documenti, dei permessi e di tutto il resto? Per noi, in negozio, fanno ogni cosa. Devo dire che mio padre è abbastanza contento, anche se sostiene che sono un po' cari.»

«Sì, certo, si occuperanno loro di tutto. A proposito, la ringrazio moltissimo per il suo aiuto», le rivolgo un gran sorriso mentre la guardo infilare le sue giovani dita nei guanti di lana. «Lei è un angelo.»

«Non lo dica nemmeno, signora Rosa», esclama con la sua solita spontaneità. «Non ho fatto niente. Io mi diverto a fare queste cose.»

Usciamo. Nella Puerta del Sol, la neve ha cominciato ad attecchire. Le venditrici ambulanti di biglietti della lotteria, con il loro foulard in testa, si strofinano le dita che spuntano dai guanti mentre gridano il numero della fortuna.

48

Giovedì mattina Lola si è alzata prima del solito. La sera prima si è addormentata tardi. Si è girata nel letto pensando a migliaia di cose, tutte insieme, tutte in fretta... Le sembrava di avere una giostra nella testa.

Adesso è lì, al caldo, nel suo letto, con quest'uomo che è suo marito e che lo è stato negli ultimi quindici anni. Matías è tutto per lei, ma la giostra non si ferma. Gira e gira, portandosi via le parole di lui, che si ripetono all'infinito: «Credo che dovremmo sposarci».

È stato ieri notte. Avevano quasi finito di cenare. Lei sta pelando un'arancia e lui ha appena acceso una sigaretta con quell'accendino che in guerra si usava per innescare le granate e che fa sentire male Lola ogni volta che lo vede.

«Credo che dovremmo sposarci.»

Matías la guarda impaziente sopra il fumo della sigaretta che ha appena acceso. Poi, con calma, aggiunge: «Adesso che Adela è morta, non ci sono più impedimenti».

Lola è più impulsiva di lui e a volte reagisce bruscamente.

«Vuoi dire che era per quello?» appoggia il coltello sulla tovaglia con tanta violenza che perfino lei sobbalza. «Che tutto dipendeva da Adela?»

Lui si mostra molto tranquillo. Sembra preparato alla sua reazione.

«Ufficialmente non potevamo, lo sai benissimo.»

«Già», ribatte lei con tono sbrigativo, «ma io pensavo che noi due ci fossimo già sposati legalmente. Almeno, così dicevi prima.»

«Certo», riconosce Matías. «Per me tu sei mia moglie e io mi sono sempre sentito tuo marito a tutti gli effetti, lo sai perfettamente.»

«E allora, se era tutto così legale, che bisogno c'è adesso di sposarci di nuovo? Vuoi dare ragione a loro?»

Matías nasconde il viso dietro una boccata di fumo. Sembra sereno, ma Lola sa di averlo colpito sul vivo.

Qualche secondo dopo, quando la guarda negli occhi, sembra improvvisamente avvilito.

«Le cose non cambieranno mai, Lola. Dobbiamo accettarlo una volta per tutte. E se mi succede qualcosa non voglio che tu rimanga senza niente.»

Con quel modo di fare la disarma. Allora gli prende la mano sopra il tavolo.

«D'accordo», dice. «Lasciami riflettere con calma. E adesso andiamo a letto perché muoio di freddo.»

Quella notte non parlano più. Ma ciò che non dicono le parole lo dice la pelle. Lola infila i piedi tra le cosce di Matías e si accomoda nell'incavo della sua spalla. Sulla giostra vede Rose Tomlin che le sussurra: «La mia patria era l'incavo di una spalla...» Matías le accarezza e le accarezza sempre lo stesso braccio e lei non si muove fino a quando, alla fine, lui s'addormenta. E poi la notte avanza, lenta, infinita, come se nel sonno di Matías e nella veglia di Lola si riunissero tutte le ore del mondo, un mondo pieno di minuti, di tanti tictac prodotti da orologi invisibili, mentre la giostra gira e il viso della *Ragazza dai capelli di lino* appare e riappare.

Si addormenta. E si sveglia.

Quella ragazzina bionda con un vestito di pizzo celeste. Che cosa ci fa in sella a un cavallo di cartapesta? Perché porta il diadema di Frances?

La giostra gira. Matías dorme.

All'improvviso, ecco il volto di Adela con l'espressione severa e ostile, e sua madre che la saluta allegramente con la mano. Tutte loro su una giostra che gira e gira...

Si addormenta.

E si sveglia.

Matías la abbraccia tenendola per la vita e lei non può muoversi. Non importa, sta bene così.

Quando lui si alza, lei è completamente sveglia ma non apre gli occhi. Lo sente entrare e uscire dal bagno, sente che si veste e, quando lui si china e la bacia sulla fronte, dice: «Non ce la faccio ad alzarmi. Ho dormito malissimo».

Matías sorride.

«Dormi ancora un po', allora.»

No. Si alza lo stesso. Oggi deve stare lei in negozio. Matías ha preparato il caffè e un po' di pane fritto con lo zucchero.

«È buono», fa lei.

Lui sembra di buonumore.

«Allora te lo preparerò ancora.»

Si mettono il cappotto, escono di casa insieme, camminano sul marciapiede, attraversano una strada sulle strisce pedonali... E proprio allora lei si fa coraggio e glielo dice: «Io non ti sposerò».

Matías si ferma e si gira verso di lei, che è costretta a fare un movimento strano.

«Perché no?» domanda.

Non saprebbe dire se quella decisione gli dispiaccia, ma la sua espressione è seria.

«Continuiamo a camminare, che fa molto freddo.»

«No», Matías la trattiene per un braccio. «È una cosa importante. Perché no?»

Anche Lola è seria.

«Tu e io siamo già sposati, ricordi? Ci siamo sposati nel '36, proprio quando è cominciata la guerra. Siamo andati davanti al giudice. Ci hanno consegnato un certificato di matrimonio. È stato tutto completamente legale.»

«Sei sicura di quello che dici? Perché lo sai cosa pensa la gente. Compresi i tuoi genitori, per non andare troppo lontano.»

Prima d'allora, Matías non aveva mai nominato i suoi genitori. Tra di loro, era un tema tabù. Lola è sul punto di piangere. Non ha praticamente dormito e ha il cuore e i nervi sfiniti.

«So molto bene chi sono io», esclama con una sicurezza di cui lei stessa si sorprende. «E anche chi sono loro, non preoccuparti.»

Lo spinge leggermente per farlo camminare.

«E adesso andiamo, che muoio di freddo.»

Quando arrivano alla libreria e lui alza la serranda, Lola se ne ricorda.

«A proposito, quest'anno avremo un'ospite per la vigilia.»

49

So che questo pomeriggio Matías sarà da solo in libreria. Dico al taxista di portarmi là e di aspettarmi per cinque minuti all'imbocco del vicolo.

«Eccola, la mia cliente misteriosa.»

Questa frase mi sorprende e mi fa piacere, perché immagino che non dovrò dare troppe spiegazioni. Matías, dall'altro lato del bancone, mi sorride con aria chiaramente complice.

«Vedo che lo sa già.»

«Mia moglie me lo ha detto. Bene, bene... a quanto pare voi due avete trascorso dei bei momenti insieme.»

«Vede...»

Sono sul punto di raccontargli tutto, e lo farei se ne avessi il tempo. Però non ce l'ho.

«Sto andando alla stazione, ma non volevo lasciare Madrid senza un saluto.»

«Un saluto?» domanda improvvisamente preoccupato.

Ha assunto la stessa espressione di Amparo, prima sorpresa e poi delusa. Bene. È bello sapere che ci sono persone che non vogliono che tu vada via.

«Sua moglie mi avrà aspettato stamattina, ma ho avuto dei problemi e non ho trovato un minuto per avvisarla.»

«È successo qualcosa di grave?»

«No, no, assolutamente. Solo questioni di famiglia.»

«Tornerà?»

Mi sta guardando con sincera simpatia. È bello. Bruno. Ha un'aria seria. Un po' malinconica. Per un attimo, quasi mi dispiace di non essere più giovane.

«Sì, appena avrò sistemato tutto. Ma non potrò cenare con voi la vigilia di Natale. Me ne rammarico perché mi avrebbe fatto molto piacere.»

Fa un gesto rassegnato.

«E poi volevo darle questa.»

Prendo la lettera dalla borsa. È una busta molto gonfia. Credo di aver scritto più di quanto immaginassi. Matías mi guarda con un sorriso malizioso mentre gli consegno la busta sigillata.

«Vorrei che la leggeste insieme, se potete.»

«Ah...» esclama allungando la mano per prenderla. «Per un attimo, quando ha aperto la borsa, ho creduto che avrebbe infilato qualche libro sotto il bancone.»

Quindi lo sa? Anche questo? Il suo sorriso dice di sì, che mi ha scoperto.

«Ha pensato che non me ne sarei accorto?»

Sento un clacson. Immagino che il taxista si stia innervosendo, ma adesso non posso andarmene.

«Da quando lo sa?»

«Da questa mattina, da quando Lola mi ha raccontato che state leggendo quel libro insieme. Appena ha cominciato a parlarmi di lei e mi ha raccontato tre o quattro dettagli, ho fatto due più due.»

Accidenti. È più furbo di quanto sembri. La mia lettera a questo punto non ha più senso.

«Lo ha detto a Lola?»

«Sì, ma lei non mi crede. È convinta che lei si chiami Alice e che abbia trascorso la sua gioventù in Rhodesia.»

Credo che stia ridendo di me, ma a dire il vero preferisco così.

«Quando leggerà questa lettera le crederà, non si preoccupi. E adesso mi spiace molto ma devo andare, altrimenti perderò il treno.»

Esita.

«Solo una cosa», domanda incuriosito. «Come ha fatto? A mettere le sue memorie tra i libri che dovevo ancora riporre negli scaffali, intendo.»

Il taxista suona ancora il clacson.

«È stato facile», adesso anch'io gli rivolgo il mio miglior sorriso. «Lei è molto fiducioso. Mi ha fatto entrare nel retro senza conoscermi. Ed era distratto da quell'uomo che si chiama Garrido, ricorda? Questo mi ha aiutato a farla franca.»

Lui scuote la testa con aria allegra. Un ricciolo scuro gli cade sulla fronte. Non assomiglia per niente a Henry, ma in questo momento me lo ricorda.

«Rimanga sempre così», gli dico. «E dica a Lola di terminare il libro senza di me, io conosco il finale.»

Gli porgo la mano. Lui me la stringe. La lettera è sul bancone.

Il taxi è entrato nel vicolo e ha fatto inversione. Matías è uscito per salutarmi. Mentre abbasso il finestrino lo sento che dice: «Arrivederci, Rose Tomlin. Torni presto».

Penso a Lola, che sta finendo di leggere il libro da sola...

50

Poco dopo essere tornata da Valencia ho scoperto di essere incinta. Henry sprizzava gioia da tutti i pori. Chiamava il bambino «il piccolo spagnolo» perché sicuramente lo avevamo concepito in Spagna, in quella stanza d'albergo che odorava di polvere e in cui si sudava nel mese di marzo.

Ricordo quella gravidanza come un'esperienza strana, piena di emozioni contraddittorie. Per me è difficile parlarne in modo oggettivo, perché la mia mente ha deciso di liberarsi del dolore. Ero contenta di quel bambino, ma credo di esserlo stata più per Henry che per me stessa.

Abitavamo sempre in rue Censier e, ogni giorno che passava, facevo sempre più fatica a salire quelle tre rampe di scale. A volte pensavo di chiedere a Henry di trasferirci nell'appartamento dove prima vivevo con Frances, ma ero sicura che lui non avrebbe mai accettato. Era molto orgoglioso. Non sono una stupida, né lo ero allora, sebbene fossi perdutamente innamorata di lui. Quel suo orgoglio, quel suo perenne rifiuto di accettare qualunque privilegio derivasse dalla mia famiglia gli faceva onore, ma spesso sono arrivata a pensare che il suo atteggiamento fosse legato a un cliché piuttosto che a una reale convinzione. E poi c'era il mio corpo, impegnato da quella strana creatura che non era ancora mio figlio ma che mi costringeva a comportarmi in modo insolito. Non potevo correre né bere alcolici, non dovevo arrabbiarmi né ingrassare e non era consigliato nuotare o giocare a tennis, se mai ne avessi avuto la voglia o l'occasione. A volte guardavo Henry e mi rendevo conto che la sua vita non era cambiata per niente. La mia invece sì, era dimezzata.

Nel frattempo, la relazione tra Bonnie e Owen era finita e lei era sparita. Fu una rottura molto tormentata e quasi violenta. Quando lei se ne andò, Owen tornò a trasferirsi in un piccolo monolocale a Montparnasse e di tanto in tanto lui e Henry cominciarono a uscire insieme la sera. Io invece dovevo restare a casa, con quella pancia enorme e quegli orribili vestiti da donna incinta. Quando Henry rientrava e veniva a letto, mi prendeva per la vita e con la mano accarezzava il ventre gonfio in cui, a quanto pare, c'era nostro figlio. Io però lo sentivo come un problema che rischiava di farci separare e rendeva scomoda la nostra vita. Ecco che cosa provavo. A volte un amore infinito per il bambino, altre un enorme fastidio.

Persi il mio bambino in settembre, quando ero incinta di sei mesi. Henry era dovuto andare in Inghilterra per lavoro e io ero rimasta da sola a Parigi.

Avevamo discusso in modo davvero spiacevole. Insomma, lui quasi non aveva discusso. Si era limitato a dire che non si sarebbe mai trasferito nell'appartamento di rue de Surène, che io sapevo fin dall'inizio che lui abitava nel *quartier du Jardin des Plantes* e che mi aveva sempre detto che non aveva intenzione di cambiare.

«Sei un egoista... Sarà meglio che io ci vada da sola in una casa con un minimo di comodità.»

«Come vuoi.»

«Me ne vado subito.»

«Come vuoi.»

«E me la caverò anche senza di te.»

«Come vuoi...»
Scoppiai a piangere.
Lui mi abbracciò.
E allora, dopo che per l'ennesima volta ci fummo giurati amore eterno, lui partì.
Rimasi di nuovo da sola a Parigi, circondata da un vuoto immenso.

Durante la notte, il dolore continuò ad aumentare. La mattina, quando iniziò l'emorragia, chiamai il figlio dei vicini per dirgli di avvisare Owen, però non mi lasciarono aspettare che arrivasse. Qualcuno chiamò un dottore e mi portarono subito all'ospedale. Diedi alla luce un bambino già morto... E, quando finì tutto, l'unico a prendermi tra le braccia fu Owen.
So che cosa significava quel bambino per Henry, ma non mi mortificò quando gli dissi che non avrei mai più potuto averne altri.
«A me basti tu», disse con quella sua voce grave e armoniosa che a volte confondevo con un violoncello o con una viola d'amore.
E nascose il viso, perché non mi accorgessi che stava piangendo.
Si sentì sempre in colpa per non aver accettato di cambiare casa, lo so, anche se a dire il vero non passò molto prima che lo facessimo. Appena mi rimisi in sesto, tornammo in Inghilterra.
Sono una donna senza figli. Lo sarò sempre. Conosco solo l'amore degli uomini, di un uomo, e questo mi basta.
Mio padre morì mentre ero in ospedale. Non so se sia davvero necessario che lo dica, ma non mi dispiacque affatto non assistere al suo funerale.
Di lì a poco ricevetti una lettera dei suoi avvocati che mi informavano delle condizioni del testamento e anche Constan-

ce si mise in contatto con me. Henry e io dovemmo andare in Inghilterra per sistemare tutto quel mare di documenti. Alloggiammo a Croft House mentre io risolvevo le questioni dell'eredità e Henry terminava la traduzione di André Gide che gli era stata commissionata. Furono mesi davvero meravigliosi. Ci riprendemmo dalla perdita del nostro bambino e alla fine Henry si liberò dai suoi pregiudizi sul condividere ciò che mi apparteneva. So che gli piaceva Croft House. Era una casa semplice, senza troppe pretese. Era ben arredata e aveva una vista incantevole. Dalle vetrate, ampie, che andavano quasi dal suolo al soffitto, si poteva ammirare quel braccio di mare che separa l'Oceano Atlantico dal Mare del Nord e che i francesi hanno sempre chiamato Canale della Manica. Dall'altra parte di questo tratto di mare, in linea retta, c'era la Normandia.

Ricordo che un giorno, mentre staccavo delle tende per farle lavare, Henry accese il grammofono.

«Voglio che ascolti questo.»

Io stavo in cima a una scala.

«Non sarebbe meglio che tu mi aiutassi con le tende?» ribattei io abbastanza allegramente. «Ti sembra questo il momento di mettersi ad ascoltare musica?»

Henry cercava un brano appoggiando sul disco la puntina.

«Vengo, cara, solo un momento.»

Un brano di Debussy cominciò a suonare.

«Alcune persone», disse Henry avvicinandosi alla scala, «arredano la casa con mobili e quadri. A me piace arredarla con la musica.»

Riconobbi il preludio. Era *La ragazza dai capelli di lino*, il mio intero passato tornava all'improvviso come una gloriosa valanga.

«Lì c'è il tuo ritratto», disse indicando il grammofono. «Per decorare il salotto.»

Quando sei innamorata, non esiste uomo più intelligente,

sensibile e brillante di quello che ami. Credo che in quel momento stessi addirittura per dimenticare che era stato Owen a chiamarmi così.

Quando arrivò l'inverno proposi a Henry di tornare a Parigi, ma ormai ci eravamo abituati a quella sorprendente tranquillità e quindi, senza che fosse niente di definitivo, decidemmo di trascorrere quell'inverno a Croft House.

Owen stava sempre a Parigi e dato che non tornavamo si trasferì nell'appartamento di rue Censier. Lo trovavo divertente. Owen finiva sempre per stare nelle case che io lasciavo.

51

Frammenti, ritagli di vita.

Jordan Miller venne a trovarci in diverse occasioni. Compariva e poi spariva per uno o due anni. E poi spuntava di nuovo, come se ci fossimo visti il giorno prima.

Ricordo benissimo la prima volta che venne a Croft House. Arrivò all'improvviso, subito dopo che il suo romanzo era stato pubblicato in Europa. Non eravamo nemmeno ancora riusciti a leggerlo. A quanto disse, stava tornando da Londra. Però casa nostra non era su nessuna strada che andava a Londra, a meno che Miller non fosse sbarcato su una delle vicine scogliere, e credo che non fosse così.

All'inizio Henry non lo sopportava, ma poi gli capitò la stessa cosa che a me era successa con Owen, cioè dal disprezzarlo arrivò ad apprezzarlo, come se le due parole, oltre ad avere la stessa radice, corressero l'una dietro l'altra.

Quanto a me, invece, devo ammettere che mi faceva piacere vedere Jordan Miller per dei brevi periodi, perché mi portava notizie dei vecchi amici. Quella volta mi raccontò che Dick e Maida continuavano a bere e a fare a botte con la grinta di due pugili che non vogliono perdere nessun combattimento. Peccato che ormai li abbiano persi tutti, aggiunse Jordan senza nessuna pietà... Bonnie stava a Barcellona e aveva ricominciato a cantare nei jazz club. Anche lei aveva scritto un libro e, secondo Jordan, glielo avevano pubblicato solo perché parlava della sua relazione con Owen Lawson rivelandone ogni dettaglio scabroso. Roger si era sposato con una ricca newyorkese e adesso viveva alla grande. E così, parlando un po' dell'uno e un po' dell'altro, riuscimmo a trascorrere due serate senza dirci niente di davvero importante.

«Il successo ha ridimensionato il suo ego», disse Henry quando Jordan, infine, ripartì per Londra, questa volta per la strada giusta.

Ancora ricordi, che tornano senza chiedere il permesso...

Henry e io siamo a Parigi nell'appartamento di rue de Surène, quando Jordan si presenta all'improvviso con una giovane donna che non è Elizabeth. Veniamo a sapere in quel momento che lui e sua moglie hanno divorziato e che Jordan si è risposato subito con questa ragazza che indossa una camicetta di seta e sembra troppo giovane. Non chiedo i particolari, perché dovrei farlo? Non chiedo nemmeno notizie della povera Elizabeth, ma lui ci fa capire che dopo dieci anni di matrimonio tanto la sua relazione quanto la stessa Elizabeth erano invecchiate...

La sua nuova moglie si chiama Muriel e la sua dote principale è essere innamorata pazza di Jordan. Questo, di sicuro, è evidente. Così evidente che in determinate occasioni è perfino fastidioso. Henry e io non abbiamo l'abitudine di baciarci durante la cena, né di toccarci se siamo in compagnia. Quando andiamo a letto, Henry esplode: «Che stress vedere tutta quella passione. Sono sfinito».

E poi Owen. Ancora oggi, dopo tutte le cose che ci sono capitate, mi domando come diavolo abbia fatto a entrare così intimamente nelle nostre vite.

Dai tempi di Bonnie ci frequentavamo assiduamente, tanto

nel Sussex – soprattutto da quando lui si era trasferito definitivamente in Inghilterra – quanto a Parigi, durante i lunghi periodi che trascorrevamo in città per rifarci della pacifica vita in campagna. A volte Henry diceva che il nostro sembrava un matrimonio a tre. Non era diverso nemmeno con Felicia, una scultrice inglese che avevamo cominciato a frequentare durante i lunghi inverni a Croft House e che a volte pareva abitasse in casa nostra.

E poi c'era Constance, la mia sorellastra.

Credo che Jordan e Constance si siano conosciuti in un'occasione. Non ricordo bene la scena, però rammento che Jordan mi disse: «Tua sorella mi fa paura. La gente come lei ha la capacità di trascinarti in un mondo tremendamente noioso».

Sicuramente, Jordan temeva più la noia della morte.

In quegli anni, viaggiammo molto in Europa. Italia, Grecia, il sud della Francia... È curioso, perché tutto ciò che desideravamo vedere stava attorno al Mediterraneo. Tutti gli anni facevamo un viaggio e Owen veniva sempre con noi. Solo o in compagnia. La maggior parte delle volte in compagnia, a onor del vero. Non riesco a ricordarlo senza una donna accanto, ma so che in segreto, senza mai confessarlo a nessuno, lui rimpianse sempre Bonnie. Quando tutti noi credevamo che ormai loro due si detestassero, lui o lei faceva una fugace entrata in scena che puntualmente, senza nessuna eccezione, si concludeva con uno spaventoso litigio. Adesso si odiavano con la stessa intensità con cui prima si amavano.

Insomma, Owen faceva ufficialmente parte della nostra vita. Nel bene e nel male. Ha sempre dato una mano a Henry, aiutandolo a farsi delle conoscenze utili, presentandogli delle persone e condividendo con lui tutte le amicizie che aveva stretto nel corso degli anni.

Ricordo anche – questo non potrei dimenticarlo nemmeno

se volessi – un periodo in cui Owen sparì. Quando tornò in Inghilterra, con lui c'era Bonnie. Non era niente di straordinario, era già successo altre volte, ma quella volta lei era ammalata; non sapevamo fino a che punto fosse grave, e credo che non lo sapesse nemmeno Owen. Lui l'aveva trovata ridotta in uno stato pietoso in una fetida pensione sulla frontiera spagnola e si era preso cura di lei con amore infinito, fino a quando l'allegra Bonnie, dalla voce triste come l'alba, morì. Non era rimasto nulla della ragazza che cantava nel buio *Blue Storm* e viveva di cocktail. Il giorno del suo funerale, di ritorno dal cimitero, preparai dei Manhattan in suo onore e Henry, Owen e io ci ubriacammo per cercare di sfuggire dalla realtà e sentirci più vicino a lei.

52

PERSONE, luoghi, brandelli di vita...

Maiorca, una casa in campagna vicino a Capo di Ses Salines, con Henry e un Owen distrutto dal dolore. Il sole cocente, le case di un bianco abbacinante. Il mare.

Ci sono degli enormi fiori rossi, come calici. E una vite rampicante che d'estate darà l'uva. Henry scrive in continuazione, ovunque si trovi, in casa e all'aperto, di sopra, in una torre con uno studiolo praticamente senza mobili, di sotto, in cucina, sul tavolo del portico, sotto la vite, a letto, mentre prende il caffè ed è ancora impigliato nella ragnatela dei sogni... A volte anch'io sogno, immagino che questo sia per sempre.

Ci sono cose che ci rendono felici. Tutti e tre. Anche Owen, lo so. Mangiare dei piccoli pomodori che crescono nell'orto, tagliati a metà e con un pizzico di sale, intanto che leggiamo e sonnecchiamo all'ombra... Bere del vino a metà pomeriggio, da una caraffa rivestita di vimini...

Il tempo scorre come se non finisse mai.

Invece finirà. Ventun giugno. Solstizio d'estate. Sull'isola comincia a fare caldo.

«Dovremmo tornare a casa», esclama Henry. Ha lasciato il suo libro sul tavolo e scosta indietro la sedia.

Owen sta steso in un'amaca di tela appesa tra le due travi

del pergolato. Un tronco filamentoso si diparte in una moltitudine di tralci verdi. Owen ha un cappello di paglia che gli copre il viso per metà. Se lo toglie e alza un po' la testa per guardare Henry.

«Io non vengo», annuncia, mentre torna a stendersi rimettendosi il cappello sul viso.

«Tra poco non riuscirai più sopportare il caldo», osserva tranquillamente Henry. «Siamo quasi alla fine di giugno, tra una o due settimane *aquí se asarán hasta las moscas.*»

Lo ha detto in spagnolo.

«Andranno arrosto anche le mosche? Dove hai preso questa chicca?» gli domanda Owen da sotto il cappello.

Henry alza le spalle. Allora Owen aggiunge: «Sta arrivando Felicia. Ha telegrafato ieri».

«E perché non ci ha detto niente?» gli domando un po' seccata.

Owen non si degna di rispondere, è come se volesse liberarsi di noi, di ciò che rappresentiamo. Felicia è anche amica nostra. Non capisco.

Quella sera Henry e io decidiamo di andarcene e che Owen dica quel che gli pare. Ventisei giorni dopo scoppierà la guerra civile spagnola.

Siamo preoccupati. Felicia è iscritta al Partito comunista e quasi sicuramente sarà voluta rimanere in Spagna. Ma Owen? Sono molti mesi che non sappiamo più niente di lui. Anche Jordan è in Spagna, si è arruolato come volontario nelle Brigate internazionali e lavora come corrispondente per diversi giornali americani. Da lui veniamo a sapere che, appena è cominciata la guerra, Owen e Felicia hanno lasciato Maiorca e si sono uniti all'esercito repubblicano e che Felicia è morta quando lei e i suoi amici hanno cercato di far saltare un treno carico di munizioni. Un cadavere in più, uno dei tanti.

53

Febbraio è un mese che ho sempre trovato molto bello. Cambia la luce, le giornate cominciano ad allungarsi e nell'aria aleggia un aroma dolce che mi ricorda le mimose degli orti di Carabanchel.

Sono scesa dal treno e ho preso un taxi. Il taxista cerca di attaccare bottone ma io mi concentro unicamente sul tramonto di Madrid, con il suo cielo limpido e, nonostante tutto, promettente.

Amparo mi ha sentito mentre aprivo la porta di casa ed è uscita subito.

«Dio mio Signore benedettissimo! È lei!»

Mi dà un forte abbraccio e io sento che la Spagna mi riceve in quel suo grande corpo che emana sempre odore di cibo. A dire la verità, sono molto felice di vederla.

«Su, su, mi dia quella valigia. Quando è arrivata? Ha già fatto colazione?»

Non mi lascia parlare. Se sapesse quanto mi è mancato tutto questo...

«Le preparo subito un caffè con una fetta di torta che ho preparato ieri, da leccarsi i baffi, vedrà.»

Fa una pausa e mi osserva dalla testa ai piedi, facendo cenno di sì, come se mi trovasse bene, e poi aggiunge con orgoglio:

«Perché adesso abbiamo il caffè buono, cosa crede, ormai non è più come prima».

Sono stata via poco più di due mesi. Mentre Amparo va a prendere il caffè con la torta, io apro la valigia e tiro fuori la scatola di *macarons* di *Ladurée* che le ho portato. Poi osservo questo modesto appartamento in cui ho trascorso tanti anni. Confesso che è un posto piacevole per andare incontro alla vecchiaia. Ho l'impressione che qui non rimarrò mai sola.

In camera mia non c'è nemmeno un quadro. Invece a Parigi ho una casa piena di opere di Picasso, di Braque, di Léger... Ancora per poco, perché presto venderò anche quella. Ho lasciato le mie altre case per sempre.

Constance ha avuto Croft House, la casa nell'East Sussex che mio padre mi aveva lasciato in eredità e che lei ha reclamato per anni. Alla fine, sebbene mi facesse una gran rabbia cedergliela e benché custodisse molti ricordi degli anni che Henry e io vi abbiamo trascorso insieme, devo riconoscere che finalmente le cose sono a posto. Io non c'entro nulla con quella famiglia né con le sue proprietà. Non c'entro nulla perché da sempre loro mi hanno esclusa. E poi c'è un altro motivo, quello davvero importante: Henry è qui, in Spagna. E io non posso far altro che restare con lui.

Per il momento non ho ancora venduto la casa di rue de Surène, ma adesso so che potrei farlo se fosse necessario. Quanto poco serve quando si diventa anziani... Non occorre nulla, a parte l'affetto.

Sono una donna senza figli. Non ho nessuno cui lasciare le mie cose. Constance sarebbe la mia unica erede. Un giorno Croft House sarebbe stata comunque sua, quindi perché parlarne ancora.

Lei crede che a questo io non abbia pensato, invece l'ho fatto. E con molta attenzione. Ho pensato anche alle proprietà di Frances e, di sicuro, sono fermamente decisa a fare in modo che niente di ciò che è stato suo vada a Constance. Per questo Lola e Matías per me sono così importanti. Credo che li stessi cercando. Quel giorno, quando ho cominciato a seguire Matías, non sapevo dove tutto questo mi avrebbe condotto, ma credo che qualcosa dentro di me lo sapesse. Poi ho conosciuto Lola e siamo diventate amiche. *La ragazza dai capelli di lino* ne è stata responsabile. Insomma, Constance avrà una bella sorpresa quando morirò, sempre che io muoia prima di lei, ovviamente. Immagino la sua faccia quando scoprirà che ho disposto come miei unici eredi due librai spagnoli. So che non sarà possibile, però mi piacerebbe essere presente in quel momento.

Mentre mangiavamo la torta con il caffè, Amparo mi ha messo al corrente di tutte le novità, sul quartiere e sul Paese. Mi ha raccontato di qualche altro crimine, con grande dovizia di particolari, e dopo un po', miracolosamente, senza che io abbia dovuto suggerirglielo, si è congedata: «Be', lei sarà stanca e vorrà riposare. Mi chiami se le serve qualcosa e non si preoccupi per i piatti e le tazzine, me li darà dopo».

Sì, è bello essere di nuovo a casa.

Parte con la sua scatola di *Ladurée* stretta contro il petto, come una bambina con uno scrigno pieno di tesori.

Sono stanca, ma non ho sonno. Non riesco a dormire per l'agitazione e quindi mi stendo sulla coperta e mi copro con la trapunta. Per di più muoio dalla voglia di andare a vedere come è venuta la libreria. Sagrario mi ha tenuto al corrente dell'avanzamento dei lavori e immagino che sia andato tutto bene, ma voglio vedere con i miei occhi.

Credo che avrei dovuto togliermi le calze. È fastidioso sentire le dita dei piedi imprigionate mentre mille immagini mi frullano in testa. Chiudo gli occhi e vedo quell'uomo con il basco e il fucile, sulla camionetta che mi porta da Valencia a Madrid... E la campagna color ocra, con delle piccole macchie verde scuro sparse su un paesaggio che vedo per la prima volta.

C'è un miliziano che parla un po' d'inglese. Siamo seduti sul fondo della camionetta.

«Sono caduti come cimici, prima sul Jarama e poi sul fronte d'Aragona», dice senza un minimo di pietà. «Non so se troverà suo marito ancora vivo. Quei poveretti delle Brigate internazionali non avevano nessun addestramento militare e molti di loro non sapevano nemmeno imbracciare un fucile.»

La camionetta fa un fracasso infernale. Dietro siamo tre donne con una dozzina di uomini che abbiamo raccolto ad Albacete, dove c'è il quartier generale delle Brigate internazionali e dove mi hanno detto che il battaglione di Henry è impegnato nei sobborghi di Madrid. Tutti i passeggeri di questa camionetta sono spagnoli.

«Vede questa canadese?» mi dice il soldato indicando il suo giubbotto. «Me l'ha data un americano del Battaglione Lincoln.»

Attraversammo luoghi che non avrei mai potuto immaginare esistessero. Ci sono case color terra, muli affamati e gente dal viso indurito che si muove da un villaggio all'altro. Un gruppo di contadini ci saluta alzando il pugno. Hanno il cappello di paglia e la fascia nera in vita. Sono tristi come le notizie che circolano.

Madrid è lontana...

Spesso mi domando perché Henry si sia arruolato in quella guerra che non lo riguardava. So che a noi la sollevazione di Franco sembrò un'infamia, che tanto lui quanto Mussolini facevano paura, che Hitler ci pareva un pazzo e che noi tutti bravi idealisti di questo mondo decidemmo, chi più chi meno, di appoggiare la causa della Repubblica spagnola. Perché temevamo qualcosa che era già nell'aria. Molti si unirono alle Brigate internazionali. Più di quarantamila volontari di cinquantaquattro Paesi. Tutti volevano combattere per la libertà. Anche Henry. Non ho mai saputo bene che cosa lo spinse a farlo. Può darsi che si sentisse in colpa per aver lasciato Owen e Felicia in Spagna da soli... Mi domando perché non sia riuscita a fermarlo. I caduti furono migliaia e il fascismo continuò la sua avanzata fino a quando scoppiò un'altra guerra.

Quando non riesci a prendere sonno, i sogni sono pesanti, tristi, dolorosi... oppure semplicemente brutti. Sono sveglia e sogno.

Madrid. Per la prima volta.

Una città in guerra. Macerie. Gente con la paura dipinta sul volto.

Jordan sta all'hotel *Florida*. I mortai fanno traballare le pareti mentre beviamo un brandy spagnolo con dei bicchieri sporchi e io cerco di capire perché nessuno abbia notizie di mio marito.

«Henry starà bene, non preoccuparti. Il fronte è qui, molto vicino, nella Ciudad universitaria, lo puoi vedere quando vuoi.»

Con Jordan ci sono una donna e un fotografo nordamericano. Ma loro sono andati a dormire e ci hanno lasciati soli. Gli chiedo se ha notizie di Owen.

«È stato ferito sul fronte d'Aragona. A quanto ne so, adesso è all'ospedale di Benicassim e sta bene. Ma tutto questo finirà, Rose, finirà.»

È tardi. Ho freddo. Sono stanca. Ho paura.

«Corre voce che i volontari tornino a casa.»

La stanza è fredda. Sto gelando ma non ho la forza di alzarmi per mettere le lenzuola. Mi rifugio sotto le coperte e tiro nuovamente su la trapunta. Sono vestita e le calze mi danno sempre fastidio, quindi le tolgo e le lascio scivolare sul pavimento, vicino alle scarpe. A Parigi ho preso un paio di calze per Lola. Dietro hanno una cucitura nera che termina con una specie di nodo. Spero che le piacciano.

Non so che cosa penserà di me adesso che ha letto tutta la storia e che Matías le ha rivelato chi sono. Immagino che dovrò rispondere a qualche domanda.

Le persiane sono chiuse e il sole s'infila nelle fessure con una tenacia che sembra non comune in inverno. Chiudo gli occhi con la paura di addormentarmi. Devono essere le otto e mezzo del mattino. Devo aspettare ancora un po'.

Aspettare...

Ci sono uomini che sparano dai tetti. Di tanto in tanto lanciano delle granate che sollevano enormi nuvole di polvere in mezzo alla strada.

Aspettare... in quel caffè pieno di miliziani che bevono e fumano. Jordan indica un paio di uomini che sono appena entrati. Tutti sono armati.

«Guarda, quello ha una DP-38 sovietica, ma ha tolto il caricatore. Di certo è troppo pesante.»

Perché me lo dice? Che cosa ne so io di mitragliatrici?

Le loro uniformi. Quella combinazione patetica: alcuni indossano la giacca militare, altri il giubbotto di pelle, la salopette, e qualcuno perfino un gilè a rombi sulla camicia cachi. Sembra gente della strada, reclutata a caso mentre andava al lavoro. Come sarà vestito Henry? Che odore avrà?

«Questa guerra è un dannato disastro», impreca Jordan sottovoce. «Il Comitato di non intervento sta facendo una cazzata.»

La porta si apre continuamente ed entrano i soldati che tornano dal fronte. Nel caffè c'è tanto fumo che quasi non si riesce a vedere chi entra.

«Sei preoccupata?» mi chiede. «Da quanto tempo non vi vedete?»

Vorrei pensare ma non ci riesco. Qualcuno comincia a cantare.

Si la bala me da,
si mi vida se va,
bajadme sin más a la tierra...

È una voce d'uomo. Echeggia triste e stanca nel fumo del bar.

Las palabras dejad,
es inútil hablar,
*ningún héroe es el caído...**

Jordan mi traduce quelle parole. Anche la sua voce sembra sfinita.

«È una canzone che cantavano quelli del Battaglione Thaelmann, sul fronte di Huesca. Non sai quanti ragazzi sono morti in pochi giorni. Non riuscivamo nemmeno a seppellirli...»

Non posso immaginarlo. Non voglio.

«Guarda quell'uomo», esclama indicandolo con un gesto, «quello con il berretto. Guarda i suoi occhi.»

Il soldato è vicino. Posso vederlo bene. Ha lo sguardo perso, come se tutto ciò che davvero gli importa fosse lontano, molto lontano.

«Al fronte lo chiamano 'sguardo delle mille miglia'. Ce l'hanno solo quelli che hanno visto morire i loro compagni.»

Aspettare a Madrid un uomo che non arriva... Tutto ave-

* Se la pallottola mi colpisce, se la mia vita se ne va, mettetemi sotto terra... Lasciate perdere le parole, è inutile parlare, chi cade non è un eroe... *(N.d.T.)*

va un'aria romantica e idealista, una solidarietà sofferta che aleggiava tra le macerie e risuonava come una raffica di mitra... Doveva essere così, era indispensabile per continuare a combattere... L'epica ha bisogno di giovani innocenti pieni di idealismo. L'epica ha bisogno di morti.

Si la bala me da...

54

Sono entrata nel caffè di calle Barquillo. Il cameriere mi ha riconosciuto subito.

«Ma guarda! Che sorpresa!»

Ha la giacca bianca piena di macchie e un taglio sul mento. Mi ero dimenticata come sono i caffè spagnoli. Non si può dire che siano esattamente come *Ladurée*, ma là nessuno mi darebbe questo benvenuto. L'uomo si asciuga frettolosamente con uno straccio e mi tende la mano. È fredda e umida.

«Credevo che aveste chiuso il negozio», mi dice, sicuramente immaginando che io sia uno dei titolari della vecchia libreria. «Un giorno sono passato e ho visto la serranda abbassata.»

«Ci siamo trasferiti», gli annuncio orgogliosa. «Adesso siamo su questa via, cinquecento metri più giù.»

Si porta la mano alla testa.

«Non mi dica che siete voi quelli della nuova libreria!»

«Proprio così», confermo.

«Accidenti, che cambiamento. Dalla notte al giorno, insomma.»

Che gioia mi dà quest'uomo senza nemmeno saperlo. Gli dico di portarci tra un'ora caffè, *croissants* e *churros* caldi.

«Questa volta per tre persone», gli dico.

«Sarà fatto.»

L'uomo insiste per offrirmi un caffè prima che me vada. Amparo ha ragione: adesso il caffè non assomiglia nemmeno lontanamente a quello di prima.

Henry e io siamo a letto. Abbiamo trascorso qui tutta la giornata. Sorseggiamo questo liquido nero che chiamano caffè ma che non sa di caffè. Jordan ci ha lasciato la sua camera ed è andato a dormire nell'ingresso. Almeno dice così, ma ho visto come guarda la ragazza alta e bionda che è venuta con il fotografo americano. La stanza è piena di polvere e uno dei vetri della finestra è rotto e coperto con un cartone. Neanch'io sono molto presentabile. Sono dieci giorni che non riesco a fare un bagno. Però a Henry e a me non importa molto: riconosciamo il nostro odore come cuccioli della stessa cucciolata che si riconoscono tra loro. Ho i capelli appiccicosi. Se mi vedesse Frances...

Guardo il cameriere e lui mi sorride, con la sua giacca bianca piena di macchie e il taglio sul mento. Non può sapere che cosa stia pensando la vecchia con i capelli bianchi davanti a lui. Non può nemmeno immaginare che un tempo io sia stata giovane e appassionata.

La mia fossetta dell'anca dove Henry fa scivolare le dita. Quella carezza che mi paralizza.

«Cosa facciamo qui?»

Henry smette di accarezzarmi.

«Io difendo un ideale in cui credo.»

«E io?»

«Tu sei qui perché credi in me.»

«E questa guerra? Perché facciamo tutto questo per un

Paese che non è il nostro, per un Paese che cinque anni fa non conoscevamo nemmeno?»

«Perché a volte questo Paese è il migliore del mondo, Rose. E anche il peggiore.»

La stanza intera rimbomba come se vi fosse caduta una bomba.

«Sono obici», esclama Henry con indifferenza. «Se ti fermerai qui, li sentirai continuamente.»

Mi fermo. So che ormai non andrò da nessun'altra parte, che lo seguirò dovunque vada. Owen sarà evacuato a Madrid e noi tre faremo parte di quel piccolo gruppo di volontari internazionali che non partecipano alla sfilata di congedo e si fermano fino alla fine.

«Ho quarantasei anni», disse Owen quando decise di rimanere a difendere Madrid. «Sono troppo vecchio per scappare.»

E poi... Quando ormai non c'è più niente da difendere, eccoci là, che attraversiamo il massiccio di Ayllón coperto di neve e ghiaccio. Eccoci là, che marciamo fino ai villaggi di Guadalajara, dove i gerani nei vasi e nei bidoni di latta sono già fioriti. Non siamo molti, non siamo i migliori. Ma siamo quelli che sono rimasti.

55

Quando esco dal bar, tutti i negozi sono ormai aperti. In due mesi tutto è cambiato molto, anche le vetrine. La città sembra un po' più florida, un po' meno deteriorata dall'indigenza e dall'abbandono. Mi avvicino. Ormai vedo l'angolo dove c'è la libreria.

Non so se Madrid si sia lasciata la guerra alle spalle. Né se io me la sia lasciata alle spalle. Per molto tempo ho guardato tutto questo – gli orti di Carabachel, le macerie dell'Ospedale di San Carlo, le aiuole sporche del Parco dell'Ovest – come se fosse lo scenario di una guerra non ancora finita. È difficile sbarazzarsi di quel modo di guardare.

Lo sguardo delle mille miglia.

Matías ce l'ha. L'ho riconosciuto subito.

E ce l'ho anch'io.

Eccomi arrivata. Ancora tre passi e mi fermerò davanti alla vetrina, come quel giorno in cui ho pensato che io e quest'uomo dai capelli scuri avevamo «la stessa linfa e le stesse radici.»

Due passi. Sul marciapiede di fronte c'è una donna che si sta infilando i guanti. Un'auto nera passa e suona il clacson.

Un passo. Ancora solo un passo. La donna che si stava infilando i guanti scende dal marciapiede e attraversa la strada.

La luce del sole è ancora un po' obliqua. Colpisce la vetrina del marciapiede di fronte, rimbalza e si riflette nello specchio della libreria sull'altro lato della strada. Lì ci sono io, quella donna con i capelli bianchi e un cappotto di vigogna che non passa mai di moda. E lì, su un leggio, nell'angolo di sinistra della vetrina, c'è il libro, *La ragazza dai capelli di lino*, aperto alle pagine 339 e 340. Quando lo vedo, per poco non scoppio a piangere.

È una mattina di febbraio, fredda come quella d'ottobre in cui mi sono fermata davanti al suo negozio per la prima volta. Anche allora mi sembrava assurdo guardare un libro aperto in una vetrina. Assurdo come mettercelo. Sono passati soltanto cinque mesi, eppure sembra che tutta la mia vita mi sia passata davanti.

L'aria è fredda e la luce è molto chiara. Sul massiccio di Ayllón ci sarà ancora la neve. Lola mi gira le spalle, mentre parla con un cliente accanto al banco centrale, dove ci sono decine di libri di diverse case editrici disposti in piccole pile. Prende un libro e glielo porge. L'uomo legge il risvolto di copertina e lei gli dice qualcosa muovendo vivacemente le mani. Cerco Matías e lo vedo in fondo al negozio, seduto alla scrivania che c'è prima dei tre scalini che portano di sotto, al piano inferiore della libreria. È un posto in cui ti viene voglia di entrare.

Rimango lì qualche minuto, fino a quando Lola e il cliente vanno alla cassa. Durante questi mesi ho ricevuto una sola lettera da Lola, ma a dire il vero pensavo di non ricevere nemmeno quella, perché credevo che non avrebbe avuto modo di mettersi in contatto con me. Non contavo su Amparo, ovviamente. Nella sua lettera non mi faceva domande. Semplicemente mi ringraziava molto affettuosamente «per tutto quello che ha fatto per noi». E adesso sono qui, in procinto di vederli entrambi.

Matías adesso ha gli occhiali. Prima no, o almeno non me lo ricordo. Lola ha tagliato i capelli e li porta pettinati all'indietro, come Ava Gardner. Sembra più, non so, più donna... Certamente si muove con molta disinvoltura. E quel sorriso che le illumina il viso appena mi vede... Quanto mi è mancato quel sorriso.

Dice qualcosa senza smettere di guardarmi, da qui non posso sentire, ma vedo Matías che alza lo sguardo, si toglie gli occhiali e anche lui mi sorride. Lei è già qui fuori. In mano ha un golfino di lana ma non fa nemmeno in tempo a infilarlo perché mi abbraccia. Prima Amparo e adesso lei. In nessun altro posto sono mai stata abbracciata con tanto calore. Questo Paese è il migliore del mondo, anche se a volte può sembrare il peggiore.

56

«Cosa ne pensa?» mi chiede Lola indicando il leggio. Non so se lei se ne renda conto, ma è la stessa domanda che mi faceva tutte le volte che finivamo di leggere un capitolo del libro.

«Una bellissima sorpresa», rispondo.

Credo di essere emozionata.

Lola si è messa il golfino sulle spalle e restiamo così, abbracciate, a guardare insieme la vetrina. Anche Matías si è avvicinato e ci guarda da dentro il negozio. Credo che entrambi vogliano sapere che effetto mi fa vedere il libro.

«Guardi, lo teniamo sempre aperto nello stesso punto.»

Leggo l'inizio di una delle due pagine: «Questa è la Albufera», annuncia Jordan, visibilmente soddisfatto del suo senso dell'orientamento.

Siamo sulla sponda di un lago. Elizabeth scende dalla macchina e abbraccia felice il marito. Henry e io ci guardiamo, Bonnie mormora qualcosa che non capisco, e allora Owen alza le spalle, va al bagagliaio della macchina e prende una *bota de vino*. Io non ne avevo mai visto una. È una borraccia di pelle di capra da cui si beve direttamente, senza bicchiere.

«Bisogna bere *a morro*, a canna, come dicono gli spagnoli.»

E poi, mentre tutte le emozioni s'affollano, si confondono

e si avvolgono su se stesse, leggo la fine del capitolo: «Di ritorno dalla Spagna venni a sapere che Sarah si era suicidata».

«È l'ultima pagina che abbiamo letto insieme», mi dice Lola. «Volevo che lo trovasse così al suo ritorno.»

Sento un nodo di emozione nel petto.

«Ha finito di leggerlo?»

Lola mi lascia e si avvolge nel golfino, intirizzita dal freddo. Credo che un'altra volta abbia fatto lo stesso gesto in una situazione molto simile a questa.

«Certo. Non sa quanto abbia pianto...»

Matías ha acceso una sigaretta. Vedo lo stoppino giallo del suo acciarino che spunta dalla tasca dei pantaloni. Indossa una camicia verde militare e una cravatta a quadri più scuri. Ha sempre la sua vecchia giacca con le toppe.

«È così contento della sua libreria», esclama Lola guardandolo teneramente.

Si gira verso di me. Anche lei sembra molto felice.

«Sa una cosa?»

Faccio un gesto perché continui.

«Non la ringrazierò mai abbastanza. Lei ha salvato il nostro matrimonio.»

«Non dica così. Non è vero.»

Lola guarda Matías attraverso il vetro. Non smette di sorridere.

«Non è per la libreria, sa? O almeno non solo per questo.»

Matías ha fatto un gesto con la mano per dirci di aspettare. Si è messo la sigaretta tra le labbra per liberare le mani.

«La sua storia...» sento che mi dice Lola.

Lo seguiamo con lo sguardo mentre apre il pannello dietro alla vetrina e gira leggermente il leggio con il libro.

«...è stata molto importante per me. Mi ha aiutato a rendermi conto», indica Matías, che adesso ha il libro in mano, «di cosa significhi quest'uomo nella mia vita. E di cosa sarebbe di me se lo perdessi, come è capitato a lei.»

Non capisco che cosa voglia fare Matías con il libro. Restiamo in silenzio, seguendo i suoi movimenti. Una donna con un cappotto di montone si ferma accanto a noi, guarda la vetrina, ma siccome vede solo un uomo con un libro in mano fa un gesto di delusione e prosegue per la sua strada.

Matías ha rimesso il libro sul leggio ed esce subito dal negozio.

Si avvicina sorridente, con la mano calorosamente distesa, ma io non la stringo. Ho bisogno di abbracciarlo, come ho fatto con Lola qualche minuto fa. Perché penso a un paragrafo di cui nessuno ha parlato? Perché sento la mia voce e vedo quel posto?

Quel posto...

In primavera, con il disgelo, era tutto allagato: piccole pozzanghere tra il muschio, rigagnoli che solcavano l'erba e rivoli che scorrevano sulle pareti di roccia. I fiori gialli e malva sbocciano nei miei ricordi insieme con le aringhe secche e il pane casereccio... E con i sentieri che percorriamo per andare al villaggio, dove ci raccoglieranno le camionette. Henry cammina in fretta, è sempre in testa al gruppo. Qualcuno canta una canzone in inglese, un motivetto che non conosco.

Quando le persone che ami muoiono, muori anche tu.

So perché mi aggrappo a Matías e Lola con tutte le mie forze: cerco di non morire.

«Come sta?» mi chiede Matías, chiaramente divertito dalle mie effusioni.

«Sono felice di rivedervi.»

Matías annuisce. Questo suo gesto mi risulta piacevolmente familiare, come il bel sorriso di Lola.

«Guardi.» Indica il libro. «Non abbiamo mai potuto esporre il finale, può immaginarsi perché. Ma oggi, in suo onore, lo facciamo. Almeno per un po'.»

Si gira verso Lola e le fa cenno con il capo di seguirlo nel negozio.

«Se lo goda per tutto il tempo che vuole. Noi la aspettiamo dentro», dice Lola.

Quelle due ultime pagine...

57

«INGLESE!» mi grida il miliziano. «Togliti di lì o ti beccherai una pallottola.»

Owen mi tira per un braccio per farmi abbassare.

Protesto. La guerra è finita, lo sanno tutti. Possono farci prigionieri, ma non possono ammazzarci. La guerra è finita e non voglio più abbassarmi.

Siamo sul punto più alto del cammino che segue Las Hoces del Río Dulce , ci stiamo arrampicando sulle rocce. Siamo cinque adulti e un bambino. Alcuni sono completamente sfiniti. Le rovine del castello di Pelegrina sono ormai lontane e in fondo alla valle si vede il letto del fiume. Siamo vicino a un punto designato nei pressi della strada principale, dove la camionetta verrà a prenderci. Poi proseguiremo sulla strada, nascosti tra le casse, fino alla frontiera. E solo allora finirà tutto quest'incubo.

Accade in un secondo. I pioppi senza foglie seguono serpeggiando il corso del fiume, tra le pareti di roccia. Hanno esattamente lo stesso colore violaceo dei salici senza rami che c'erano a Elsinor Park vicino alla casetta sul fiume, quando li ho visti per la prima volta. E intanto il soldato spagnolo mi grida: «Inglese, abbassati o ti beccherai una pallottola».

Il soldato grida e Henry, che cammina in testa al gruppo, si gira. Mi sono già messa al riparo, ma lo vedo ancora.

Non girarti, Henry, non girarti, ti prego.

E allora sento quella raffica infernale, una, due, tre volte, prima che Henry cada a terra. Mi alzo in piedi terrorizzata. Owen cerca di fermarmi e poi si alza insieme con me. Ancora quel fragore. Che cos'è questo graffio rosso sulla spalla di Owen? Perché quell'espressione di dolore?

Qualcuno mi tira per un braccio. Ci sono dei rovi. Mi strappo i vestiti e mi graffio il fianco. Una mano ruvida mi tappa la bocca. In mezzo a dei fiorellini gialli e color malva, vedo il bambino, morto. Sua madre, morta. Un anziano con il basco, morto... Vedo gli anfibi di alcuni soldati che camminano rapidamente tra i corpi senza vita. Voglio muovermi, perché dal punto in cui mi trovo non riesco a vedere Henry.

E dopo. Quando i fascisti scendono verso il Río Dulce, lasciando dietro di sé un rivolo di morte, il soldato repubblicano che mi ha tappato la bocca, Owen e io seppelliamo i morti.

Non potei mettere una lapide, non riuscivo nemmeno a ragionare con lucidità, e quindi scrissi dei versi di Emily Dickinson su un foglio del suo taccuino nero e glielo infilai nel taschino della camicia, vicino al cuore.

Li seppellii insieme, pensando che la vecchia Emily sarebbe stata una buona compagnia.

Nonostante il rischio che correvamo, Owen e io tornammo a Madrid. Lui voleva rientrare in Inghilterra appena possibile, ma io non potevo andarmene e abbandonare Henry. Immagino che non mi importasse più niente, né di finire in carcere o in uno di quei campi di concentramento, né che mi sequestrassero il passaporto... tutto pur di non lasciare Henry da solo in questo Paese per il quale aveva dato la vita. Quando Owen mi disse che voleva chiedere alle autorità spagnole di farci rimpatriare, mi rifiutai risolutamente. Io non sono inglese, non lo sono mai stata. E nemmeno francese, non del tutto.

Non ho mai avuto altra patria, oltre a Henry e all'incavo della sua spalla.

Owen rimase con me e due anni più tardi morì di un colpo apoplettico. Lui sì che lo potei seppellire nel cimitero britannico di Carabanchel.

A volte penso a quel posto. Ormai non significa più molto per nessuno, ma io ci vado tutte le volte che posso, perché Henry non sia solo. Conosco quella gola come le mie tasche. Conosco le rocce, il corso del fiume, i noci degli orti, i meli selvatici che si afferrano ai luoghi solatii per sbocciare, il colore dei pioppi in giugno e in settembre. Conosco le api, gli stornelli che solcano il cielo in stormi, le cicogne di marzo e l'erica grigiastra che ricopre le vette. Io vengo qui perché Henry non sia solo, ma lui solo non è mai. Nemmeno in inverno, quando la neve e il ghiaccio coprono tutto.

Perché ci sono dei versi in quella fossa. Li sentirai tutti i giorni, caro Henry, declamati dalla mia voce:

Si spazzano i cocci del cuore
Con cura si ripone l'amore
Che non vorremmo più usare
Sino all'eternità.

Immagino che tu li senta, vero?
Anch'io, come te, tutti i giorni.

Cast

HANNO partecipato a quest'opera...

Rodrigo Abad e Lucía Villafañe, le due storie più belle che siano mai state scritte.

Mari Carmen García Mardones e Alfonso González nel ruolo dei grandi amici.

Josetxu e Merche, l'esempio e il dono della vita.

Josep Rovirosa, sempre nella stessa squadra.

Fini Martín Calderón e Félix Sánchez, nella cui casa è cominciato tutto. L'amicizia, il calore e la magia.

Jorge, Iñaki e Carlos, l'infanzia negli anni Cinquanta.

Anna y Nicolás, la continuazione.

Suzy, l'autentica, colei che esisteva prima del suo personaggio.

L'altra Thérèse, squisita e sensibile. Anche lei scrive nei caffè.

Victoria, sempre così presente, fedele, incomparabile aiuto.

Il vento dell'Ovest.

Tristan Bernard, Sacha Guitry, Debussy, Ford Madox Ford, Jean Rhys, Ernest Hemingway, Hadley, Francis Scott Fitzgerald, Zelda, e tutti gli altri invitati al ballo.

Maribel Tobalina, Amagoia Lataillade, Maykas, Cinta Enríquez, l'insistenza della gioventù.

Il mare. L'aria. Begoña y Manoli. Il cielo. Olga Kolotouchkina y Mario San Juan.

Pilar Vítores e tutte le donne che «illuminano».

La Normandia.

La canzoni dei volontari delle Brigate. Il loro coraggio.

Con la splendida interpretazione di...

Silvia Querini, la mia editor, che ha pensato, immaginato, lottato, discusso e sognato questa storia (le fate madrine esistono: io ne ho una).

Tutto lo staff di Lumen, perché senza persone come loro non esisterebbero libri come questo.

Mar León, brillante e geniale sussurratrice di titoli.

Finito di stampare nel gennaio 2014
presso ELCOGRAF S.p.A.
Stabilimento di Cles (TN)
Printed in Italy